28.11.18

KNAUR

Von Oliver Ménard ist bereits folgender Titel erschienen:
Federspiel

Über den Autor:
Oliver Ménard wurde 1965 in Berlin geboren. Er studierte Regie und Dokumentarfilm in Madrid und New York, danach folgte ein Hochschulstudium der Germanistik und Publizistik in Deutschland. Er arbeitet seit über zwanzig Jahren als Fernsehjournalist und lebt heute in Berlin.

Oliver Ménard

DAS HOSPITAL

Thriller

KNAUR

Die Ereignisse und Charaktere in *Das Hospital* sind frei erfunden. Einige Schauplätze des Romans wurden ihren Vorbildern nachempfunden oder sind im Sinne der Geschichte vom Autor verändert.

Besuchen Sie uns im Internet:
www.knaur.de

FSC
www.fsc.org
MIX
Papier aus verantwortungsvollen Quellen
FSC® C083411

Originalausgabe Februar 2017
Knaur Taschenbuch

Ein Imprint der Verlagsgruppe
Droemer Knaur GmbH & Co. KG, München

Redaktion: Jutta Ressel
Covergestaltung: ZERO Werbeagentur GmbH, München
Coverabbildung: FinePic / shutterstock
Satz: Adobe InDesign im Verlag
Druck und Bindung: CPI books GmbH, Leck
ISBN 978-3-426-51972-1

2 4 5 3 1

Erster Teil

SIEBEN

Weiß. Ihre Haut war schneeweiß, durchschimmernd und ebenmäßig wie Porzellan. Er konnte ihre Adern sehen, feine blaue Linien, die sich durch ihren ganzen Körper zogen, Ströme, durch die einmal das Leben geflossen war.

Ihr schwarzes Haar lag ausgebreitet vor ihm. Die schmalen Schultern, ihre langen Beine – sie war fast vollkommen. Oft hatte er sich gefragt, warum sich die Schönheit nur bestimmte Menschen als Gefäß aussuchte, während all die anderen irgendwann an ihrer Mittelmäßigkeit zerbrachen. Am Ende war die Antwort egal. Auch das Schöne musste sterben.

Ihre bernsteinfarbenen Augen hatten den ursprünglichen Glanz verloren, eine milchige Trübung zog sich über die Pupillen. Die Muskeln in ihrem Körper waren erschlafft. Sie lag auf dem Tisch aus rostfreiem Edelstahl und blickte mit halb geschlossenen Lidern starr gegen die Decke, als wollte sie sich ihrer Müdigkeit hingeben und endlich einschlafen.

Mit den Fingern rieb er über seine Manschettenknöpfe, wie er es immer tat, wenn er sich ein besonderes Bild für immer einprägen wollte. Er zog an den Ärmeln seines Hemdes. Der Stoff klebte an seinen Armen, an seinem Rücken, überall. Die Nacht war unerträglich heiß. Es war der wärmste August seit über zehn Jahren. Berlin kochte.

Er stützte sich auf den Tisch. Das gedämpfte Licht der drei Pendelleuchten über ihm umhüllte den toten Körper wie ein transparentes Tuch. Aber das war nur eine Illusion. Mit dem Zeigefinger strich er über ihren Hals. Immer wieder und ganz sanft.

Das menschliche Herz schlägt in der Minute etwa siebzig bis neunzig Mal. Dann geht es ihm gut. Bei einhundertfünfzig Schlägen beginnt das Herz zu flattern, und bei zweihundertzwanzig Schlägen explodiert es. Er hatte ihren Herzschlag unter seinen Fingern gefühlt. Das sanfte Pochen ihrer Halsschlagader, das erst zu einem Beben, dann zu einem Rasen angeschwollen und genauso schnell wieder erstorben war. Eine Boa constrictor hält ihre Beute so lange umschlungen, bis der letzte Herzschlag verloschen ist und sie nichts mehr spürt. Es war eine angeborene Fähigkeit, ein mitfühlendes Töten, das er bewunderte.

Die Blutergüsse an ihrem Hals glichen rotblauen Schatten mit zwei besonders dunklen, rundlichen Flecken, die vom Abdruck seiner Daumen stammten. Ein sinnloser Tod war schockierend. Er würde sie davor bewahren. Alles war vorbereitet.

Wie still sie vor ihm lag. Vielleicht war sie als Kind ja die Sorte Mädchen gewesen, auf die Eltern stolz sind. Ein wenig aufmüpfig vielleicht, aber auch schön und intelligent. Ihre Klassenkameraden hatten sie insgeheim sicher bewundert. Sie war ein Mensch gewesen, in dessen Nähe sich jeder gerne aufhielt, weil man sich dann selbst wertvoller und wichtiger fühlte. Vielleicht hatte ihre unerträgliche Schönheit auch genervt. Oder ihr übersteigertes Selbstbewusstsein. Oder ihre besserwisserische Art. Vielleicht auch alles von dem. Jedenfalls war sie zu einer hochmütigen Frau herangewachsen. Die drei eingestochenen Tattoos auf ihrem Körper zeugten davon. Sie war überheblich und schön, aber niemand hatte sie auf *ihn* vorbereitet.

Er beugte sich über ihr Gesicht. Er war alles, was sie in ihren letzten Sekunden gesehen hatte. Er war ein Teil ihres Lebens geworden und hatte sie in den Tod begleitet. Der Gedanke berührte ihn so sehr, dass ihm Tränen in die Augen stiegen. Er legte den Kopf in den Nacken und atmete tief durch. Seinen Gefühlen durfte er sich nicht hingeben. Nicht jetzt. Es blieb ihm nicht viel Zeit.

Die Scheinwerfer eines vorbeifahrenden Autos fielen durch die großen Fenster in den Raum, tasteten die hohen Wände aus Backstein neben ihm ab und glitten über die Stahlträger unter der Decke. So schnell, wie die Lichtstrahlen aufgetaucht waren, verschwanden sie auch wieder. Die Klimaanlage rauschte laut und unregelmäßig, ein ständiges Röcheln und Pfeifen. Seine Lederschuhe knirschten, als er um den Tisch herumging und die Glastür des Kühlschranks öffnete, der neben einem der Fenster stand.

Im Licht der Kühlschrankbeleuchtung stiegen kalte Schwaden auf. Aus dem Tiefkühlfach zog er einen Behälter und brach einen Eiswürfel heraus. Er steckte ihn sich in den Mund und zerknackte ihn mit den Backenzähnen. Der Hemdkragen scheuerte an seinem Hals, schon den ganzen Tag. Er nahm die eine Hälfte des Eiswürfels und rieb ihn über die wunden Stellen. Wasser lief über seinen Nacken. Er mochte das Gefühl der Kälte auf seiner Haut.

Mit einer raschen Bewegung zog er die schweren Vorhänge vor den Fenstern zu. Zweimal drückte er auf einen blau leuchtenden Knopf, der sich in den Fugen des Backsteingemäuers erhob. Sofort warfen die Pendelleuchten unter der Decke ihr Licht um ein Vielfaches verstärkt senkrecht nach unten. Der tote Körper erstrahlte.

Drei Standventilatoren aus Eisen standen um den Edelstahltisch herum. Einer am Kopfende, einer in Höhe der Füße und einer an der Längsseite. Weiße Kabel zogen sich von ihren Sockeln über den Boden. Sie mündeten in einen rechteckigen, blinkenden Schalter.

Er drückte mit der Schuhspitze auf den Lichtpunkt, und ein elektrisches Brummen ertönte. Die dreiflügeligen Rotoren setzten sich in Bewegung, immer schneller und kraftvoller, bis er ihren Drehungen mit den Augen nicht mehr folgen konnte. Der Wind brachte das schwarze Haar der Frau zum Tanzen. Auf und ab. Es gefiel ihm.

Er ging zum Kühlschrank und brach einen weiteren Eiswürfel aus dem Behälter. Er drehte und wendete ihn in seiner Hand. Das half ihm bei der Konzentration. Dann näherte er sich der Frau auf dem Tisch. Der Wind der Ventilatoren zerrte an ihm, brachte den Stoff seines Hemdes zum Flattern, erst schwach, dann immer stärker, je näher er ihr kam.

Ihre wundervollen Lippen waren ihm sofort aufgefallen, als er ihr das erste Mal begegnet war. Ein Laie hätte ihren Mund als voll und symmetrisch beschrieben. Welch eine lachhafte und stümperhafte Einschätzung. Die Feinheiten eines Körpers offenbarten sich nur einem sezierenden Auge. Tatsächlich war ihre Unterlippe ein wenig voller als ihre Oberlippe, nur ein klitzekleiner Unterschied, und doch war die Wirkung gewaltig. Eigenwillig und dominant, fast ein wenig schmollend ließ diese kaum sichtbare Nuance ihr Gesicht wirken. Die Unstimmigkeiten dieses kleinen Details machten ihren Körper in seiner Gesamtheit perfekt. Ihre Lippen waren der entscheidende Schnittpunkt ihrer Erscheinung.

»Ja, die Lippen. Es sind die Lippen. Ich bin mir sicher«, flüsterte er.

Ihr Mund hatte den satten roten Schimmer längst verloren. Aber noch immer wirkten die Lippen leidenschaftlich und verlangend.

Er drehte den tropfenden Eiswürfel zwischen seinen Fingern und beugte sich vor. Vorsichtig rieb er das Eis über ihren Mund und verteilte das geschmolzene Wasser mit dem Zeige-

finger. Die Tropfen sammelten sich in den feinen Falten ihrer Lippen.
»Mit einem wie mir hast du nicht gerechnet, oder? Deine Intelligenz und die Erfahrungen deines ganzen Lebens haben nicht ausgereicht, um mir zu entkommen. Würdest du mir nicht recht geben?« Er erwartete keine Antwort, aber er hörte sich gerne reden. Es vertrieb die Stille. »Wir werden jetzt etwas Einzigartiges vollbringen.« Er nickte der Frau auf dem Tisch zu. »Du und ich. Wir beide.« Er gab seiner Stimme einen sachlichen Klang. Was er vorhatte, duldete keinerlei Gefühlsregung. Emotionen würden nur ablenken und alles zerstören.
Die Wände des Backsteingemäuers vibrierten sanft. Ein Zug näherte sich dem Haus. Es war nichts Besonderes. In klaren Nächten saß er oft vor der Tür und wartete auf den galoppierenden Klang der Bahn und auf die kaum spürbaren Schwingungen der Gleisstränge. Das Surren und Pfeifen war nun ganz nahe. Das Signalhorn tutete, einmal lang und einmal kurz. Es war zehn Minuten vor Mitternacht.
Er ging zu dem kleinen Beistelltisch aus Metall, der neben der Eingangstür stand. Es war eine dieser Kommoden in Antikweiß, wie sie in den vierziger Jahren in deutschen Arztpraxen üblich gewesen waren. Auf der Ablage hatten sich schwarzbraune Rostflecken gebildet, die von seinem aufgeschlagenen Lederetui kaum verdeckt wurden. Darauf lag ein Rasiermesser. Er nahm es.
Die Griffschalen aus Grenadillholz lagen in seiner Hand, als wollten sie sich an seine Haut schmiegen. Er hielt die Klinge aus Kohlenstoffstahl prüfend vor seine Augen. Scharf geschliffen. Alles in Ordnung.
Bevor der neue Tag anbrach, wollte er fertig sein.

1

Irgendetwas stimmte nicht an diesem Morgen. Sie konnte es spüren.

Das tiefgrüne Wasser der Spree wurde von den Motoren vorbeifahrender Ausflugsdampfer in starke Wellenbewegungen versetzt. Ein langes schwarzes Stück Holz trieb auf der Oberfläche, umgeben von leeren Getränkedosen und dem Papier einer Chipstüte. Ein paar Touristen liefen in der prallen Sonne über die Uferpromenade und unterhielten sich auf Englisch, Spanisch und Französisch, wobei die Fotoapparate um ihren Hals bei jedem Wort hin- und herschaukelten. Autos fuhren über die Oberbaumbrücke, die im Sonnenlicht tiefgrau und metallisch glänzte. Alles war wie immer an diesem Sonntagmorgen. Und doch war etwas anders.

Julia lehnte sich gegen das Promenadengeländer, spürte den Druck der Streben an ihrer Brust und blickte auf die Wellen. Ihre Stirn war feucht. Mit der Hand fuhr sie sich übers Gesicht und betrachtete die bräunlichen Schlieren aus Schweiß und Make-up an ihren Fingerspitzen. Es war ein heißer August. Gut fürs Geschäft. Eine Bedienung in einem Café, die von sechs Euro die Stunde schwarz auf die Hand in einer Stadt wie Berlin überleben musste, war nun mal auf Trinkgeld angewiesen. Je mehr Touristen, desto besser. So war das eben – ein typisches Studentinnenschicksal.

»Hey, Julia. Nichts zu tun heute?«, rief ein Typ von einem vorbeifahrenden weißen Sportboot zu ihr herüber und winkte ihr zu, während er mit der anderen Hand das Steuerrad weiter nach rechts in Richtung Ufer drehte.

Es war Jo. Eigentlich hieß er Jochen, aber das Kürzel klang natürlich viel hipper, obwohl er schon auf die vierzig zuging und seine beginnende Glatze nur mit einer geschickten Kämmtechnik verbergen konnte. Er hatte einen kleinen Eisladen auf der anderen Seite der Spree und hielt gern bei ihr an.
Julia legte die Arme auf das Geländer. »Mann, du weißt doch, dass die Touri-Horden erst in zwei Stunden kommen, wenn sie ihren Rausch ausgepennt haben.«
Er nickte nur und winkte ihr noch einmal zu. Dann gab er so kräftig Gas, dass der Außenborder aufheulte und der Bug des Bootes fast ausbrach. Der Geruch von Benzin hing in der Luft. Jo verschwand in Richtung Brücke, und sein Boot hinterließ Wellen, die kraftvoll gegen die Mauer des Ufers schwappten. »Angeber«, flüsterte Julia.
Angebunden an einem kleinen Steg vor ihr dümpelte das Ruderboot von Benno. Er war der Koch des Cafés *Spreezauber*. Eine kleine Flasche Gin und eine durchsichtige Plastiktüte mit ein paar vorgedrehten Joints lagen im Fußraum und schaukelten mit den Bewegungen der Wellen mit. Typisch Benno. Er verbrachte seine langen Mittagspausen gerne allein auf dem Wasser, »weil der Stadtmensch auch mal Freiheit braucht«, wie er immer sagte. Nun wusste sie wenigstens, was er damit meinte. AB UND WEG stand mit roter Farbe auf dem Rumpf des Bootes. Alles klar.
Julia wollte sich gerade umdrehen und in die Küche des Cafés gehen, als ihr das Stück Holz ins Auge fiel, das sie zuvor schon aus einiger Entfernung gesehen hatte. Durch den starken Wellengang war das Brett nun näher gekommen, nur noch knappe zehn Meter war es entfernt. Das Holz wirkte nicht mehr so kantig wie zuvor, eher unförmig und verzogen. Julia beschirmte ihre Stirn mit den Händen und kniff die Augen zusammen. Von dem dunklen Brett gingen zwei weitere

Verstrebungen aus, als würden sie im Wasser ein T bilden, ähnlich einem Querbalken. In der Mitte sah sie einen hellen Punkt, einen runden Fleck, der unter der Wasseroberfläche verzerrt aussah und mal größer, mal kleiner wirkte. Julia erinnerte die Form zuerst an einen löchrigen Fußball, der vollgesogen mit Wasser in der Spree trieb, dann an eine leckgeschlagene Boje. Aber es half nichts. Sie wusste genau, was sie sah. Es war der Kopf eines Menschen. Kein Zweifel. Vor ihr trieb eine Leiche, die Arme weit vom Körper gestreckt, die Beine unter Wasser.

»Nein. Nein. Oh, nein.« Julia sprach laut und deutlich. Sie konzentrierte sich auf den Klang ihrer Worte, wie sie es immer tat, wenn sie im Hörsaal der Uni vor den anderen Medizinstudenten stand und gegen ihre Aufregung ankämpfte. »Nein, das kann nicht sein.« Sie schüttelte den Kopf und starrte auf die Schuhspitzen ihrer kaputt gelaufenen Sneakers. Hinter ihrer Stirn spürte sie ein intensives Pochen, das sonst nur auftrat, wenn sich ein Tiefdruckgebiet näherte. Sie legte beide Hände an die Schläfen und schloss die Augen.

Der Wind trug das Lachen einer Frau von der anderen Seite der Spree herüber. Hinter sich hörte sie die schweren Schritte eines Joggers. Die Dunstabzugshaube im Café knatterte. Auf der Oberbaumbrücke hupte ein Auto.

Julia umfasste das Geländer vor ihr. Ihr Unterkiefer zitterte, als sie die Augen wieder öffnete. Eine lächerliche Täuschung, eine irre Phantasie – mehr konnte es nicht gewesen sein. Doch das, was sie vor einem Moment für ein Brett gehalten hatte, war nun so nahe, dass sie noch mehr Details erkannte.

Die Leiche im Wasser musste eine Frau sein, sie trug ein kurzes grünes Kleid. Es klebte an ihr wie eine glänzende, metallische Hülle, unter der sich unförmige Fleischmassen gegen den Stoff aufbäumten, als wollten sie ihn zum Platzen brin-

gen. Das Gesicht der Frau war nach unten gewandt. Ihr Hinterkopf ragte ein wenig aus dem Wasser. Keine Haare. Eine Glatze. Der Körper mochte eins siebzig groß sein, vermutlich schlank, doch im Bindegewebe hatte sich Wasser eingelagert.
Julia registrierte alles mit anatomischer Genauigkeit, wie automatisch. Doch das hier war keine Vorlesung im gut klimatisierten Auditorium maximum ihrer Universität. Das hier war die Wirklichkeit an einem heißen Sonntagmorgen.
Ein Achter ruderte über die Spree. Die Männer in ihren engen blauen Shirts bewegten sich synchron wie Maschinen. Von dem Boot gingen kräftige Wellen aus, die die Tote erfassten, sie noch näher zu Julia trieben. Die rechte Hand berührte nun die Ufermauer, tippte mit den Fingern sanft dagegen – wie jemand, der vorsichtig an eine geschlossene Tür klopft und um Einlass bittet.
Julia holte tief Luft. *Polizei, ich rufe die Polizei. Jetzt, sofort.*
Als sie sich umdrehte, stand Benno vor ihr.
»Sag mal, was glotzt du denn da stundenlang aufs Wasser? Wieder Liebesschmerz oder was? Mann, Mann, Mädchen …«
Die Kochmütze hing schief auf seinem Kopf. Er legte die Stirn in Falten; gepaart mit seinen dunklen Augenbrauen verliehen sie seinem Gesicht einen besonders verärgerten Zug. Obwohl es gerade mal zehn Uhr war, hatte seine Schürze schon Fettspritzer an der Brust abbekommen. Er zuckte mit den Schultern. »Also, was ist? Kommst du jetzt? Wir haben zwei Gäste.« Er zeigte auf einen Tisch unter einem Sonnenschirm, an dem zwei Japaner in dunklen Anzügen saßen.
Julia schüttelte den Kopf. »Benno, da schwimmt jemand im Wasser …«
»Na, das ist ja unglaublich bei diesen Temperaturen.«
»Nein. Eine Leiche. Im Ernst. Da …« Julia schlug mit der

flachen Hand aufs Geländer. Für einen Moment glaubte sie, dass Benno laut loslachen würde. Doch er blickte sie nur reglos an, als hätte er in ihrem Gesicht eine Veränderung bemerkt. Vielleicht war es ihr Kinn, das noch immer zitterte. Oder ihre Stimme, die auf einmal heiser klang. Benno machte keine Scherze mehr. Er trat ans Geländer und blickte fünf Sekunden lang in die Wellen. Dann drehte er sich um, riss sich die Kochmütze vom Kopf und warf die Schürze auf den Boden. Ein Bein war schon über dem Geländer, als ihn Julia an der Schulter festhielt.

»Was machst du denn da? Was soll das werden?«

Er sah sie über die Schulter an. Seine Lippen waren nur noch schmale Striche. »Na, was meinst du? Willst du die Leiche hier weiter die Spree runtertreiben lassen?« Er deutete mit einer Hand nach rechts auf die Promenade. »Guck nur mal, wie viele Kinder hier unterwegs sind. Das können wir doch nicht machen.«

»Warum rufen wir nicht die Polizei?«

»Das machen wir danach. Ich zieh jetzt erst mal den Körper auf den Steg, und dann legen wir ein Tischtuch drüber. Und fertig.«

Mit einem Satz sprang Benno übers Geländer. Der laienhaft konstruierte Bootssteg mit seinen windschiefen Holzpfählen knirschte unter dem Gewicht des Ein-Meter-neunzig-Mannes. Er wischte sich eine Haarsträhne aus dem Gesicht und griff nach einem Paddel, das im Boot lag. Die Plastiktüte mit den Joints und dem Gin ließ er beiläufig unter dem Sitz verschwinden.

Julia wusste, dass Benno die Kochschule der Bundeswehr absolviert hatte. Die tote Frau im Wasser hatte ihn überrascht, aber nicht entsetzt. Allem Anschein nach war er immer noch mehr Soldat als Koch.

Breitbeinig stand er auf dem Steg, wie eine Lanze hielt er das Holzpaddel in beiden Händen. Den Griff richtete er nach vorne und schwang ihn hin und her, wobei er den Bewegungen der Leiche im Wasser folgte. Die tote Frau war zwei Meter vom Steg entfernt. Benno ging in die Knie und schob den Paddelgriff mit einer schnellen Bewegung in einen der Träger ihres Kleides. Langsam zog er die Leiche heran. Dann ließ er das Paddel fallen, legte sich bäuchlings auf den Steg und zog die Tote an den Achseln aus dem Fluss. Sie rutschte ihm aus den Fingern. Es klatschte, als der Körper wieder ins Wasser fiel. Benno betrachtete seine leeren Hände.

»Mist. Ihre Haut löst sich ab.« Er presste die Lippen aufeinander und packte noch einmal zu. Diesmal formte er beide Hände zu Schaufeln. Zentimeter für Zentimeter hob er die Tote aus dem Wasser. Erst tauchte der Oberkörper auf. Vom Stoff des Kleides perlten Wassertropfen ab, die im Sonnenlicht schillerten und auf den Bootssteg tropften. Es folgten die Beine und die Füße, die sich langsam über die Holzlatten schoben. Die nackten Oberschenkel der Leiche wirkten glasig, die Füße bläulich fahl und aufgedunsen.

Benno nickte Julia zu und zuckte mit den Schultern. »So ein Scheiß. Muss ein Unfall gewesen sein.«

Julia konnte den Blick nicht von der Toten abwenden. Die lachenden Touristen auf den Dampfern. Das Partyvolk mit den klirrenden Bierflaschen auf der Brücke. Und die Leiche, die nun bäuchlings mit angewinkelten Armen ganz still auf dem Bootssteg vor ihr lag. An diesem Sonntagmorgen war alles anders.

An den Zehennägeln der Toten klebten die Reste von grünem Nagellack, brüchig und abgeblättert. Über die Innenseite eines Unterarmes zog sich ein Muster aus blauvioletten Totenflecken. Dazwischen zeichnete sich etwas Graues, Strichartiges ab, das an einen Rahmen erinnerte. Viel zu symmetrisch für Totenflecke. Nun sah Julia auch die hellrote Farbe darüber. Es musste ein Tattoo sein. Der Arm lag so ungünstig, dass sie nur einen Teil erkennen konnte, aber irgendwie erinnerte es sie an etwas.

»Benno, da ist … was auf dem Unterarm.« Sie deutete auf die rechte Körperhälfte der Toten. »Kannst du sie mal umdrehen?«

Benno murmelte etwas Unverständliches.

»Bitte, mach's doch einfach.« Julias Stimme hatte einen flehenden Klang.

Benno legte die Hände auf die Hüften der Leiche und drehte sie mit einem Ruck um. Ihre aufgeschwemmten Hände klatschten mit einem dumpfen Geräusch auf das Holz. Das Tattoo war nun sichtbar.

Eine rote Sieben, umrahmt von einem grauen Rahmen, klebte wie ein Abziehbild am Unterarm. Benno starrte zuerst auf das Tattoo, dann auf das Gesicht der Toten. Er wich einen Schritt zurück und legte die Hände an die Schläfen, als wollte er verhindern, dass sich dieses Bild in sein Gehirn einprägte.

»O Gott, das ist doch … es ist … wie kann sie es sein? Warum ausgerechnet *sie*?«

Eine Hitzewelle pulsierte durch Julias Kopf, machte ihn blutleer und ließ sie taumeln. Neben ihr klapperte die Kette von einem vorbeifahrenden Rad. Ein Junge warf einen Stein ins Wasser, der mit einem Platschen in den Wellen versank. Sie hielt sich am Geländer fest und flüsterte: »Ja, sie ist es. Sie ist es wirklich. Und es war kein Unfall.«

Die Haut der Toten hing an einigen Stellen schuppig, wie loses Blattwerk von ihrem Gesicht. Ihre Augenlider ruhten verquollen und schwer auf den Pupillen.

Aber dort, wo einst ihre Lippen gewesen waren, klaffte nur noch eine sauber herausgeschnittene Öffnung.

2

Es waren genau dreiundsiebzig Krawatten. Mal länger, mal kürzer gebunden. Sie hingen über den meist rundlich wirkenden Männerbäuchen und huschten an Christine Lenève vorbei wie flatternde Fahnen. Sie hatte die Schlipsträger gezählt, wie sie es immer tat, wenn aus einer dunklen Ecke ihres Gehirns eine Frage auftauchte, die sie sich unbedingt beantworten musste. Die gefühlten dreißig Grad im Flughafen Tegel schienen die Männer in ihren Anzügen voller Beharrlichkeit zu ertragen. Kein Wunder. Es war ein Flug von Frankfurt nach Berlin gewesen, und die Business-Class mit ihren nach scharfem Rasierwasser riechenden Managern erlaubte sich keine Schwäche. Der oberste Knopf blieb zu. Keine Diskussion.
Koffer klapperten über das Rollband, verkanteten sich ineinander, als würden sie sich umarmen. Über Lautsprecher kündigte eine Frau mit fröhlichem Singsang in der Stimme die mehrstündige Verspätung eines Fluges nach Lissabon an. Es roch nach frischer Bodenpolitur, weil eine Putzfrau immer wieder ihren zerschlissenen Wischmopp in einen Plastikeimer tauchte, um eine Ecke des Ankunftsbereiches zu schrubben. Unter den Achseln ihres Arbeitskittels zeigten sich dunkle Schweißflecken.
Vor Christine lag ein kleines Mädchen in einem Blümchenkleid müde auf einem Koffer, sein rechtes Bein zuckte im Halbschlaf. Am liebsten hätte sich Christine dazugelegt, so erschöpft war sie. Aber sie musste wachsam bleiben. Sie wartete auf ihren braunen Lederkoffer mit den messingfarbenen Schnallen, den schon ihr Vater zum Reisen benutzt hatte.

Drei Wochen war sie in Nigeria für eine Fotoreportage unterwegs gewesen. Einundzwanzig Tage zwischen Armut, Korruption und Entführungen. Sie hatte einen ehemaligen Warlord getroffen, war Kindern begegnet, die der Hexerei beschuldigt wurden, und hatte mit Bauern diskutiert, die ihr Land mit Äxten und Macheten verteidigten. Und danach war sie einfach in ein vollklimatisiertes Flugzeug gestiegen, neun Stunden geflogen, umgestiegen und in einer Welt der Maßanzüge und klirrenden Goldkettchen wieder aufgetaucht – eine absurde Welt. Journalistischer Alltag eben.
In einer Schublade ihres Schreibtisches ruhten eingestaubte Urkunden, Journalistenpreise, die sie zwischen klebrigen Bonbons und ausgelaufenen Tintenpatronen achtlos weggesperrt hatte. Für Christine zählte nur die Story. Sie kämpfte um jede Geschichte, verbiss sich in die kleinsten Unstimmigkeiten und gab nicht eher auf, bis alle Antworten sauber sortiert vor ihr lagen – ganz so, als würde sie aus vielen Zutaten ein kompliziertes Gericht kochen. Einer ihrer Chefredakteure hatte sie einmal als unnachgiebige Jägerin bezeichnet, gefährlich und exzellent bis ins letzte Detail. Es war eine Beschreibung, mit der Christine sehr gut leben konnte.
Sie lehnte sich an eine der Säulen. Der unverputzte Beton über ihrem Kopf, der grau gesprenkelte Kunststeinboden und die scharfen Kanten des Gebäudes hatten den Charme einer Lagerhalle. Gerade deshalb liebte sie diesen Flughafen. Seine Kälte und Unnahbarkeit ließ die Ankunftsszenen hinter der Sicherheitsverglasung auf der anderen Seite um so erstaunlicher wirken.
Zwei Seniorinnen mit riesigen Brillen auf der Nase lagen sich in den Armen. Am Ausgang von Gate zwei küsste ein langhaariger Typ seine dunkelhäutige Freundin und blickte ihr dann lange in die Augen. Sie zog ihn an seinen Rastalocken,

lachte laut und presste ihren Kopf an seine Brust. Ein Mann in einem unmodischen Karoanzug verbeugte sich vor einer Frau, spitzte die Lippen und hauchte einen Kuss auf die ausgestreckte Hand der sehr blonden Dame. Kitschiger geht's nicht, dachte Christine, überließ sich aber dennoch dem wohligen Gefühl. So viel Liebe auf einem Platz, das gab es nur auf einem Flughafen.

Viele Jahre lang war Christine durch die Zollkontrolle gegangen, ohne dass auf der anderen Seite jemand auf sie gewartet hatte. Bei ihrem aufreibenden Job hatte sie fast das Leben vergessen. Doch heute war alles anders.

Hinter einer großen Sonnenblume, die für einen Moment hinter dem Fenster der Gepäckausgabe auftauchte, ließ sich ein junger Mann mit lockigem braunen Haar sehen.

Albert. Endlich.

Er richtete die weißen Kordeln seines Kapuzenshirts und kniff die Augen zusammen. Christine wusste genau, wonach er Ausschau hielt.

Sie winkte ihm zu, und in derselben Sekunde lächelte er. Er trat näher ans Glas, legte eine Hand auf die Scheibe und formte mit den Lippen die Worte: Beeil dich.

»Mach ich«, flüsterte Christine zurück.

Seit zehn Monaten waren sie zusammen. Schon zehn Monate oder erst zehn Monate? Sie konnte die Frage nicht beantworten.

Manchmal, wenn sie morgens müde im Bad stand, wunderte sie sich über die fremde Zahnbürste, die auf dem Rand ihres Waschbeckens lag, und dann fiel es ihr wieder ein: Sie war nicht mehr allein. Albert war an ihrer Seite. Ein gutes Gefühl.

Auf dem Rollfeld draußen schwangen Lotsen ihre Signalkellen. Die Sonne brannte durch die Fenster, und Christine spürte, wie eine dünne Schweißperle über ihren Nacken lief und

vom Stoff ihrer weißen Bluse aufgesogen wurde. Berlin im Hochsommer. Die Stadt keuchte unter der Hitze.
Zwischen einem silbernen Alukoffer und einem zusammengeklappten Kinderwagen fuhr ihr Lederkoffer auf dem Rollband vorbei. Christine griff zu. Der alte Messinggriff bog sich in der Mitte fast durch, als sie zum Ausgang eilte.
Vor ihr ging ein Mann in einem taubenblauen Anzug, der so laut in sein Handy brüllte, dass es ihr in den Ohren dröhnte. »Ja, genau … die *unique selling proposition* … ganz genau … und wenn wir das Benchmarking haben, kümmern wir uns um den *free cash flow* … genau …« Sein lautes Lachen am Ende des Satzes erinnerte an das Wiehern eines sich aufbäumenden Pferdes. Neben dem Durchgang zur Wartehalle stand der Eimer der Putzfrau, darin ihr Wischmopp. Der Mann stieß mit der Schuhspitze dagegen, und sofort kippte der Plastikkübel um, die Stange fiel polternd zu Boden. Trübes Wasser lief über die Kunststeinplatten. Der Mann registrierte es aus den Augenwinkeln und ging weiter. Die grauhaarige Putzfrau, die nur einen Meter danebenstand, ignorierte er völlig. Die Frau senkte den Kopf. Sie hatte die sechzig deutlich überschritten, und sicher war sie Kränkungen durch die Fluggäste gewohnt. Auf die alltäglichen Ungerechtigkeiten war Verlass.
Christine spürte, wie ihr das Blut in den Kopf schoss. Augen zumachen und weitergehen, das wäre das Einfachste, und genau aus diesem Grund tat sie das Gegenteil.
Sie brauchte nur zwei Sekunden. Schwungvoll wie eine Bowlingkugel führte sie den Koffer in ihrer Hand. Sie traf den Mann genau in den Kniebeugen, und fast synchron ließ er sein Handy fallen. Seine linke Hand ruderte durch die Luft, er versuchte, das fallende Gerät zu greifen, vergeblich. Mit ausgestrecktem Fuß wollte er den Aufprall abfangen. Es war eine

beschämend billige Sporteinlage. Das Handy prallte von seinem Knöchel ab und blieb vor den Füßen der Putzfrau liegen. Unerwartet schnell drehte er sich zu Christine um. Auf seiner vor Wut gekräuselten Stirn perlten Schweißtropfen.

»Können Sie nicht aufpassen? Verdammt.« Er zischte die Worte zwischen seinen schmalen Lippen hervor.

»Schon, aber ich bin wohl über die Stange da gestolpert.« Christine deutete auf den Wischmopp am Boden. »Und dann noch diese Hitze, puh …« Sie zuckte mit den Schultern und zog die Augenbrauen hoch. Ihre jahrelang antrainierte Geste für Momente, in denen sie besonders unschuldig wirken wollte.

Voller Empörung stieß der Mann die Luft aus und hob sein Handy auf. Die Szene wirkte, als würde er vor der Putzfrau einen Kniefall machen – wie man es im Mittelalter von einem Knappen erwartet hätte, der seiner Königin huldigt. Dieses Bild gefiel Christine. Bevor sie weiterging, lächelte sie der Putzfrau zu, und die lächelte zurück – eine kurze Sekunde zwischen zwei Fremden, die keine Worte brauchten. Dann senkte die Frau schnell wieder den Blick. Das Lächeln umspielte weiterhin ihre Lippen.

Christine verließ die Gepäckausgabe und ließ sich in Alberts Arme fallen. Er presste sie fest an sich. Der Geruch von Gewürznelken stieg in ihre Nase. Dieses Aftershave benutzte er sonst nur an Feiertagen. Seine Bartstoppeln kratzten über ihre Wange. Sie mochte dieses Gefühl. Es fühlte sich schmerzhaft lebendig an.

Albert klemmte sich die Sonnenblume unter den Arm. »Endlich ist meine Frenchie wieder da. Endlich«, flüsterte er ihr ins Ohr. Er strich mit der Hand über ihr Kinn, dann küsste er sie. Frenchie war ihr Spitzname, den Albert seit ein paar Monaten immer benutzte, wenn er emotional aufgewühlt war.

Der Name war eine Anspielung auf Christines Kindheit in Frankreich und ihr Leben in Cancale. So war es nun mal, wenn man bei seinem Vater in einem Haus am Meer aufgewachsen war. Einem Stadtmenschen wie Albert, der nur ungern in ferne Länder reiste, mochte ihre Vergangenheit außergewöhnlich erscheinen. Doch an ihren Spitznamen hatte sich Christine noch immer nicht gewöhnt. Deswegen weigerte sie sich auch, das Spiel der Verliebten mit einer weiteren abstrusen Namensschöpfung zu bereichern. Albert war Albert, und so sollte es auch bleiben.

Er legte die Sonnenblume auf den Koffer, hielt Christine an den Oberarmen und schob sie ein Stück von sich fort. »Lass mal sehen.« Er musterte sie vom Scheitel bis zur Schuhspitze. »Diesmal keine Kratzer und Schürfwunden im Gesicht? Wird unsere Topjournalistin endlich mal ein bisschen vorsichtiger?«

»Niemals.« Mit gespielter Empörung tippte sie mit dem Finger auf eine wunde Stelle an Alberts Handrücken. »Und was haben wir hier? Hat sich unser Wirtschaftsredakteur in meiner Abwesenheit etwa geprügelt?«

Albert betrachtete seine Hand, als sähe er sie zum ersten Mal. »Na, also … nein, mir ist eine Scheibe Brot im Toaster hängengeblieben, und da habe ich mit einem Messer versucht …« Er ahmte eine stichartige Bewegung nach. »Und dann bin ich abgerutscht. Blöd.«

»Wie aufregend und unglaublich gefährlich.« Christine wollte gerade Albert die Arme um den Hals legen, als der Mann im taubenblauen Anzug an ihnen vorbeilief.

»Nein, genau … wir müssen die *human resources* komplett austauschen«, rief er in sein Handy. Abrupt blieb er stehen, als er Christine wiedererkannte. Sein Blick war eine Mischung aus Verachtung und einem Schuss Zorn. Ein Blick, wie ihn

nur ein Alphatier aus dem oberen Management für den täglichen Gebrauch kultivieren konnte. Vielleicht dachte er darüber nach, Christine mit Worten zu sezieren.
»Miststück«, sagte er gerade so laut, dass sie es hören konnte. Nur ein Wort. Enttäuschend. Dann presste er sein Handy wieder ans Ohr und verschwand zwischen Dutzenden elfenbeinfarbenen Taxis, die vor den Ausgängen des Flughafens auf Fahrgäste warteten.
Albert schüttelte den Kopf. »Hast du mal wieder neue Freundschaften geschlossen?«
»Das war die typische Reaktion eines Mannes angesichts meiner Überlegenheit. Dürfte dir nicht neu sein, oder?« Sie schob die Hände in die Taschen ihrer engen Jeans und lachte. Albert nahm ihren Koffer, packte die Sonnenblume am Stil, und dann gingen sie zwischen den bunten Turbanen einer Reisegruppe aus Bangladesch die Halle hinunter. Auf den digitalen Anzeigetafeln flimmerten die Namen weit entfernter Städte wie Moskau, Miami und Riad in leuchtendem Gelb. Vor den Schaltern der Fluggesellschaften standen lange Schlangen von Menschen, die meisten mit angespannter Miene. An diesem Dienstag waren wohl nur wenige Flüge pünktlich.
»Sag mal …« Albert hob den Koffer so hoch, dass er vor Christines Gesicht hin- und herschaukelte. »Wär es nicht mal Zeit für einen Rollkoffer? Ganz schön schwer, dieses Antikmonstrum.«
»Auf gar keinen Fall. Ich kann Rollen nicht ausstehen. Sie erinnern mich an hölzerne Wackeldackel auf Rädern, die Kinder hinter sich herziehen. Ich finde das stillos.«
»Echt?« Er neigte den Kopf zur Seite.
»Klar.«
Außerdem verabscheute Christine das Geräusch von klappernden Rollen auf Berlins Bürgersteigen. Das Klackklack

nervte sie vor allem zur Sommerzeit, wenn die Touristen in die Stadt einfielen. Aber das war nur ein Teil der Wahrheit. Christine liebte den zerschlissenen Koffer ihres Vaters. Oft war Remy Lenève auf der Schwelle ihres Zimmers in Cancale aufgetaucht, wenn er von einer Reise zurückgekehrt war. In diesen Momenten wurde der Raum immer vom warmen, würzigen Duft seiner Sandelholzseife erfüllt. Den Koffer hatte er in der rechten Hand, sein Lieblingscordsakko in der linken gehalten. Beides ließ er fallen, um Christine in seinen Armen aufzufangen und sie durch die Luft zu wirbeln. Es war ein Ritual, das sie beide feierten und den Trennungsschmerz der vergangenen Tage vergessen machte.

Christine war siebzehn gewesen, als ihr Vater starb. Mit der unheimlichen Energie eines Mädchens, das den Tod eines geliebten Menschen nicht akzeptieren will, hielt sie an all den Dingen fest, die sie an ihn erinnerten.

Heute war Christine achtundzwanzig, und geändert hatte sich daran nichts. Niemals würde sie sich vom Koffer ihres Vaters trennen. Aber sie wollte Alberts Wiedersehensfreude nicht trüben, deshalb behielt sie ihre Gedanken für sich.

Vor einem Zeitungskiosk blieb sie stehen. »Ich brauche meine Gauloises, aber ganz schnell.« Mit vier Schritten war sie vor dem kleinen Kiosk. Zeitungen, Kaugummis, Reiseführer, Schlafmasken und Stoffbären türmten sich vor Christine auf. Hinter dem Tresen stand ein grauhaariger Mann mit Schnauzer und Schiebermütze. Ohne Regung schaute er auf seinen Fernseher, der auf einem wackligen Holzschemel stand. Christine hörte die anfeuernden Männerchöre, die aus dem Lautsprecher drangen. Natürlich, ein Fußballspiel. Sie bat um ihre Zigaretten, und der Mann reichte sie ihr. Dabei wandte er den Blick nicht vom Fernsehschirm ab.

Christine tippte auf die rote Packung vor sich. »Die sind

light.« Sie schob die Zigaretten über den Tresen zurück – so vorsichtig, als würde ein giftiger Skorpion vor ihr liegen. »Sehe ich aus wie jemand, der auf Mädchenzigaretten steht?« Der Mann wandte sich ihr zu und schob seine Mütze ein Stück nach oben. Er verzog den Mund zu einem Grinsen. Im unteren Kiefer fehlte ein Zahn, dafür erinnerte das Funkeln seiner Goldimplantate an eine gut gefüllte Schatzkammer. Mit einer flinken Bewegung zog er die richtigen Zigaretten unter dem Tresen hervor und legte einen Lutscher auf die Packung. »Was zum Naschen, für danach.« Sein Grinsen war noch breiter. Christine legte das Geld auf den Tresen, nahm die Packung und drehte sich um.

Die Sonnenblume lag auf dem Boden, daneben ihr Koffer, und davor stand Albert mit eingefallenen Schultern. Sein Gesicht ähnelte einer steingrauen Maske, als wären all seine Muskeln erstarrt. Nur seine Lippen zitterten. Mit dem rechten Finger zeigte er auf eine Zeitung, die direkt neben Christines Kopf in der Auslage hing. Auf einem grobkörnigen Schwarzweißfoto war die Leiche einer Frau abgebildet. DIE TOTE AUS DER SPREE stand in wuchtigen Buchstaben auf dem Titelblatt.

»Nana …« Der Name klang wie ein heiseres Räuspern aus seinem Mund. »Nana ist tot.«

3

»Sie ist erwürgt worden. Aber das war wohl noch nicht genug. Man hat sie verstümmelt und dann einfach wie ein Stück Dreck in die Spree geworfen.« Albert hielt die Zeitung von seinem Körper weg, als sei sie ein glühendes Holzscheit. Er saß neben Christine auf dem Beifahrersitz des Citroën DS. Sein linkes Knie wippte auf und ab – ein alter Tick, der nur auftrat, wenn er aufgeregt war. Er legte eine Hand auf seinen Oberschenkel und presste ihn gewaltsam nach unten. Dann ließ er die Zeitung sinken und blickte durch die Windschutzscheibe auf den Flughafenparkplatz.

Vor dem abgestellten Wagen lief ein bärtiger Mann mit langem Haar und Rucksack entlang, als sei er gerade eben von einem Berg herabgestiegen. Ein paar Tauben pickten die Reste einer Eiswaffel vor einem Müllcontainer auf. Weiße Schranken hoben und senkten sich in der Nachmittagssonne vor dem Parkplatzgelände. Albert sah alles und nahm trotzdem kaum etwas wahr. Vor ein paar Minuten war er von der Wiedersehensfreude auf Christine erfüllt gewesen, doch nun war ihm, als würde ein dunkler Schatten seine Lungen zusammenpressen.

Er zerknüllte die Zeitung in seinen Händen und warf sie in den Fußraum des Wagens. Die Druckerschwärze des Papiers hatte Schlieren an seinen Fingern hinterlassen. Sein Atem ging viel zu schnell, aber er konnte ihn nicht unter Kontrolle bringen. »Ihre Lippen … Wer immer das war, er hat ihr die Lippen einfach aus dem Gesicht geschnitten.« Er schlug mit der Faust auf das Armaturenbrett des Autos. Die Plastikverkleidung vibrierte. »So ein verdammtes Schwein.« Über den Hass in seiner Stimme war er selbst erstaunt. So ging es wohl auch Christine. Sie deutete ein Kopfschütteln an.

Die ganze Zeit über hatte sie geschwiegen. Sie wollte ihm sicher ein paar Minuten Zeit geben, um den Tod Nanas zu verkraften. Nun wandte sie sich ihm zu. Ihre Hände ruhten auf dem rissigen Lederlenkrad. Sie kniff ihre großen dunklen Augen ein wenig zusammen, so dass ihr ebenmäßiges Gesicht durch die kleine Falte zwischen den Brauen eine seltsame Schwere bekam. Albert kannte diesen Blick. Jetzt wurde es ernst.

»Wenn du wütend bist, dann sag das Alphabet auf. Danach beruhigst du dich wieder.« Sie legte ihm eine Hand auf die Schulter. »Oder denk daran, dass dein Zorn den Mörder freuen würde.«

Das saß. Christine hatte recht. Albert konnte sich selbst nicht leiden, wenn er wütend war. Es passte nicht zu ihm. Er brauchte zwanzig Minuten, um einen Apfel zu essen. Um Kinos machte er grundsätzlich einen Riesenbogen, weil er sich nicht das Tempo vorschreiben lassen wollte, in dem die Bilder an seinen Augen vorbeiflimmerten. Christine lachte ihn dafür regelmäßig aus. Er war ein Mensch, der auf die Replay-Taste drückte, wann immer es ging – ein rationaler Geist, der alles bewusst tat und sich viel Zeit nahm.

Insgeheim liebte er das Vorhersehbare. Spontane Wut stand ihm schlecht. Sie war ihm peinlich. »Tut mir leid. Ich will nur verstehen, wie das passieren konnte. Ich kapier's einfach nicht.«

Der schwarze Citroën DS hatte dreißig Minuten lang auf dem Parkplatz des Flughafens in der Sonne gebraten. Albert hatte ihn dort abgestellt, wie er es immer tat, wenn er Christines Wagen fahren durfte, um sie am Flughafen abzuholen. Die

Hitze im Auto erschien ihm unerträglich. Er kurbelte das Seitenfenster herunter. Nun kam auch noch der Gestank eines vorbeituckernden Daimlers mit Dieselmotor dazu.
Christine wischte sich eine Haarsträhne aus dem Gesicht. Ihr schwarzer Pagenkopf saß wieder perfekt, aber ihre Nase glänzte schweißnass. »War sie eine sehr gute Freundin?«
Albert hätte fast laut gelacht. Er sah Nana vor sich, wie sie ihre Arme in die Hüfte stemmte. »Nein. Eigentlich nicht. Sie war sehr schwierig und oft richtig nervend. Nana war so etwas wie eine Komplizin, bevor es dich gab. Das ist sechs Jahre her. Da war ich gerade frisch in Berlin. Ein Direktimport aus Würzburg, sozusagen.«
Albert entstammte einer konservativen Apothekerfamilie aus Bayern. Sein Vater hieß auch Albert, ebenso sein Großvater, und selbst sechs Generationen zuvor ließ sich dieser Name noch in den auf Pergamentpapier niedergekritzelten Stammbäumen der Familie Heidrich finden. Albert hasste den Klang jeder Silbe. Oft hatte er unter der alten Eiche auf dem Anwesen seiner Eltern gesessen und sein Leben verflucht, das aus Traditionen, Ritualen und überholten Weltvorstellungen bestand. Die Historie seiner Familie klebte wie ein alter Kaugummi an seinem Schuh, bis er ihn mit Gewalt abgekratzt hatte. Er war nach Berlin gegangen. Seine Eltern hatten protestiert. Ihm war es egal gewesen.
»Ich habe Nana an der Uni kennengelernt, beim Informatikstudium. Hat eine ganze Weile gedauert, bis sie sich mit mir angefreundet hat.«
Ihr stolzer, aufrechter Gang war ihm damals sofort aufgefallen. Sie war verschwiegen, abweisend und dabei von einer heimlichen Überlegenheit gegenüber all den anderen Studenten gewesen. Einmal hatte er im Innenhof des Fachbereiches auf einer Wiese gesessen. Nana setzte sich neben ihn, über-

kreuzte die Beine und stupste ihn mit der Schulter an. »Du kannst doch viel mehr, als du zeigst. Trau dich doch mal.« Sie stand auf und ging. Er blieb noch eine Stunde auf dem Rasen sitzen, strich immer wieder mit der flachen Hand übers Gras und dachte über ihre Worte nach. Bis er zu dem Schluss kam, dass sie recht hatte.

»Nana war eine ganz besondere Frau. Sie hat mit Algorithmen so selbstverständlich jongliert, wie andere Menschen über die Straße gehen.« Albert ahmte mit der linken Hand eine Schließbewegung nach. »Oder eine Haustür öffnen. Darin bestand ihr Talent, verstehst du?«

Christine wischte sich mit dem Handrücken über die verschwitzte Oberlippe und nickte.

»Nana war eine Hackerin, und zwar eine verdammt gute. Die Beste. Und ausgerechnet mich wollte sie für ihre Sache gewinnen, damals. Klar, das hat mir geschmeichelt. Du weißt ja, was dann passiert ist. Plötzlich hockte ich in einer Kreuzberger Kellerwohnung und war damit beschäftigt, großkapitalistische Unternehmen lahmzulegen.« Er schüttelte den Kopf. Wie absurd das heute alles klang. Aber Nana hatte es damals zu einer ganz selbstverständlichen Angelegenheit gemacht.

Sie war eine junge Frau gewesen, die genau wusste, was ihr das Leben schuldete. Er sah sie vor sich: ihr schwarzes Haar, das sie zu einem Zopf geflochten trug, den Laptop auf den angewinkelten Knien und das blaue Licht des Monitors, das von unten in ihr schönes schmales Gesicht strahlte. Sie hatte sich darauf spezialisiert, die Websites von Pharmakonzernen zu hacken, ganze Systeme lahmzulegen und Chaos zu verbreiten. Für sie war die Sache klar: Wer Geld mit den Krankheiten anderer Menschen verdiente, musste bestraft werden.

Sie war charismatisch, skrupellos und von einer Überzeugungskraft, die keinen Widerspruch duldete. Und er, der Sohn eines Apothekers, der zwischen braunen Glasflaschen und Messbechern aufgewachsen war, machte mit. Es war die perfekte Rebellion gegen sein altes Leben. Nana stellte seine Welt auf den Kopf, und auf einmal ergab alles einen Sinn. »Damals habe ich geglaubt, mit Nana an der Seite die Welt verändern zu können. Und ich musste dafür nicht mal umständliche Reisen auf mich nehmen.« Er deutete mit den Handflächen einen etwa dreißig Zentimeter großen Abstand an. »So ein kleiner Computer hat dafür völlig gereicht. Mehr nicht. Eigentlich unglaublich.«

Albert legte eine Hand auf sein linkes Knie, das wieder zu wippen angefangen hatte.

Neben dem Citroën lief eine vollbepackte Familie mit einem Baby vorbei, das mit lautem Gebrüll gegen die Hitze protestierte. Die Mutter schaukelte ihr Kind auf dem Arm hin und her, und das Geschrei ebbte ab.

»Nana war eine brillante Hackerin. Aber irgendwann hat sie die Kontrolle verloren. Es gab nur noch Schwarz und Weiß. Unsere Gruppe wurde immer größer, und sie hat sie regiert wie eine selbstherrliche Königin.«

»Klingt gar nicht so übel.« Christine öffnete die Fahrertür und ließ ein Bein herausbaumeln. »Und dann wurde dir alles zu viel, und du bist mit der kleinen Journalistin gegangen, die einen Hacker für eine Korruptionsgeschichte im EU-Parlament gebraucht hat. Stimmt's?«

»Exakt. Dann kamst du mit deinen irren Storys.« Albert setzte sich aufrecht hin. Sein Shirt klebte klatschnass an seinem Rücken. Er zog den Stoff von der Haut. Endlich hatte er auch seinen Atem wieder unter Kontrolle. Er holte tief Luft. »Ich habe erst später kapiert, dass ich eine Königin gegen eine andere eingetauscht hatte.« Er nahm Christines Hand. »Du hast mich von der Gruppe befreit. Im Ernst. Wir waren Kriminelle. Das hätte wirklich schiefgehen können. Und womöglich ist genau das jetzt passiert.«

Neben der geöffneten Fahrertür lag eine leere Cola-Dose. Christine kickte sie mit der Schuhspitze ihres Sneakers weg. Das Blech polterte über den Asphalt und knallte gegen das Kontrollhäuschen des Parkplatzes. Hinter der Scheibe bewegte ein grauhaariger Mann seine Lippen wie ein Pantomime. Er drohte mit dem Zeigefinger, aber Christine zuckte nur mit den Schultern, als hätte sich die Dose eigenständig in Bewegung gesetzt. Ihr Lächeln erinnerte Albert an ein fünfjähriges Kind, das unschuldig, aber doch neugierig seine Umwelt erforscht. Vielleicht liebte er sie ja deswegen so.

Christine stützte das Kinn in die Handfläche und spitzte die Lippen. Sie sah nun wieder ernst aus. »War Nana denn immer noch aktiv als Hackerin? Ich meine, wann hast du sie zuletzt gesehen? Erinnerst du dich noch?«

An dem Tag, als Albert die Gruppe verlassen hatte, verabschiedete ihn Nana mit einem beiläufigen Schulterzucken, als sei er schon weit weg. »Viel Glück, Albert.« Nur drei Worte. Dann hatte sie sich wieder ihrem Laptop zugewandt. Er war die schmalen Stufen hinaufgestiegen, fort von dem muffigen Keller, in dem er zwei Jahre den Sinn seines Lebens gefunden hatte. Nie wieder war er Nana danach begegnet. Er war ihr aus dem Weg gegangen.

»Das muss vier Jahre her sein, seit ich mich verabschiedet habe. Mindestens. Später hat Nana als Dozentin an der Uni gearbeitet. Sie war wohl kurz vor ihrem Doktortitel. Mehr weiß ich nicht.«

In der Seitenablage der Fahrertür stand eine Wasserflasche. Christine nahm einen Schluck und verzog das Gesicht. Das Wasser war zu warm und schmeckte abgestanden. »Und heute bist du Wirtschaftsjournalist bei einem Fernsehsender und sitzt den ganzen Tag auf einem wippenden Designerstuhl. Nicht schlecht.«

Albert atmete schwer aus. »Ja, super.« Er stützte sich auf den Fensterrahmen der Beifahrertür und erschrak über sein Gesicht im Rückspiegel. Die rot geäderten Augen und die tiefen Stirnfalten ließen ihn nicht unbedingt wie einen Mann aussehen, der die dreißig noch nicht erreicht hatte. Er blickte auf die zerknüllte Zeitung zu seinen Füßen und wunderte sich, was eine auf so billigem Papier gedruckte Geschichte in ihm auszulösen vermochte. »Ich habe meine Vergangenheit in der Gruppe nie vergessen. Es ist alles untrennbar miteinander verbunden, bis heute. Das macht mir die Sache mit Nanas Tod so schwer.« Er strich mit der Hand über Christines Nacken, eine ihrer Lieblingsberührungen. »Ich muss wissen, was da passiert ist.«

Christine drehte den Zündschlüssel im Schloss um. Aus der Konsole des über vierzig Jahre alten Autos ragte der Schalthebel wie ein riesiger Füllfederhalter heraus. Sie tippte den Metallstift an, und sofort brummte der Vierzylinder unter der Haube. »Das verstehe ich. Sehr gut sogar.« Sie legte den Schalter um und gab Gas. »Dann lass uns mal sehen, was von deiner Gruppe übrig geblieben ist.«

4

Die Oberbaumbrücke glich einer zugemüllten Partymeile auf Mallorca. Leere Flaschen lagen auf dem Asphalt. Ein leichter Wind trieb bunte Papierfetzen über die Straße, die zerfetzten Reste von weggeworfenen Werbeflyern türkischer Restaurants. Gewaltige Strohhüte schaukelten hin und her. Bierflaschen wurden gegeneinandergestoßen, und dazwischen raschelten die aufgeschlagenen Straßenkarten von hilflosen Touristen. Ein Punk mit Netzshirt beschallte die Brücke. *Drug me, drug me, drug me,* dröhnten die Stimmen der Dead Kennedys aus seinem alten Kassettenplayer. Auf der anderen Seite der Brücke stand ein Mann mit grauem Haar, das er mit einem Gummi im Nacken zusammengebunden hatte. Er verkaufte biblische Buttons, einen für drei Euro.
Christine fiel der Spruch GOTT HAT TAUSEND AUGEN auf, der fett gedruckt auf einem der Anstecker stand. Hoffentlich hatte Gott auch tausend Hände, um sich die Augen zuzuhalten.
Sie rollte mit dem Citroën ein paar Meter weiter im Nachmittagsstau auf der Oberbaumbrücke. Albert saß neben ihr und biss auf seiner Unterlippe herum. Christine konnte seine Anspannung spüren, als wäre er von einem elektrischen Nebel umgeben, der bei der kleinsten Berührung einen Stromstoß auslösen würde. Er brauchte Zeit. Sie gab sie ihm.
Die U 1 ratterte über die Eisenbahnbrücke und überquerte die Spree. Die Brückenbögen mit ihren roten Steinen saugten die Geräusche der Bahn auf und warfen sie um ein Vielfaches verstärkt auf die Menschen darunter zurück.

Christine hasste den Lärm auf der Brücke, der wie eine klebrige Masse in ihren Kopf drang. Es war ein Wirrwarr aus vielen kleinen Geräuschen, die sie einzeln aus dem Soundbrei lösen musste, um sie den Bildern vor ihren Augen zuzuordnen: ein stotternder Auspuff, das Quietschen auf den Gleisen, Trommelklänge, die über die Spree getragen wurden. Sie nahm das Geschehen überdeutlich wahr, all die vielen kleinen Details in ihrer Umgebung, die ihre Sensoren wie feingliedrige Fühler ertasteten und abspeicherten.

Dieses Talent war Christines gefährlichste Waffe in ihrem journalistischen Alltag. *Achte auf die versteckten Unstimmigkeiten, die sich in den kleinen Details offenbaren. Immer. Dann wirst du jede verborgene Wahrheit in deiner Umgebung entdecken.* Ihr Vater hatte ihr diese Methodik beigebracht, als sie sieben Jahre alt gewesen war, und er hatte recht behalten. Jede ihrer Storys funktionierte so. Ihre Sucht nach der Wahrheit hatte sie zu einer gefährlichen Frau gemacht. Das Chaos auf der Oberbaumbrücke aber strengte sie nur an. Es war Krach, mehr nicht.

Albert schien von alldem nichts wahrzunehmen. Sein Blick war nach unten gerichtet. Er fixierte sein wippendes linkes Knie, als sei es ein Körperteil, das unmöglich zu ihm gehören konnte. Seine Stirn war schweißnass. Er kaute auf den weißen Kordeln seines Kapuzenshirts herum.

»Geht es dir gut, Albert?«

Er riss den Kopf hoch, als sei er aus einem langen Schlaf erwacht. »Ja. Also, ich meine … vielleicht. Wenn ich ehrlich bin … eigentlich nein.«

Drei Antworten auf eine Frage. Es ging ihm nicht gut. Albert war ein feinfühliger Mensch, der sich alles zu Herzen nahm. So war er schon gewesen, als sie noch Partner waren und für ihre Reportagen durch Rumänien, den Sudan oder Russland gereist waren. Christine ging mit analytischer Härte an ihre Storys heran. Sie rechnete immer mit dem Schlimmsten und misstraute jedem Menschen, der ihr begegnete. Grundsätzlich.

Christines Vater war Inspektor bei der französischen Eliteeinheit *Brigades de recherche et d'intervention* gewesen. Sie war die Tochter eines Inspektors. Auch wenn sie es am liebsten verheimlicht hätte, aber Mörder waren in ihrer Kindheit allgegenwärtig gewesen. Sie hatte viel mehr von der Arbeit ihres Vaters mitbekommen, als sie vor anderen zugab. Sie verstand, wie das Hirn eines Täters funktionierte, wie die Triebe einen Menschen verändern konnten, bis nur noch ein dunkles Etwas übrig blieb. Nanas Mörder machte mit Sicherheit keine Ausnahme von dieser Regel, die Christine ihr Leben lang mit mathematischer Zuverlässigkeit begleitet hatte. Die Verstümmelungen an Nanas Leiche verrieten den Psychopathen.

Krankheiten, dissoziale Persönlichkeitsstörungen und die unbewusste Weitergabe von Traumata – all das konnte Menschen zu sozialen Raubtieren machen. Christine kannte Dutzende Studien, doch sie lachte nur darüber. Natürlich hatte jeder Täter seine eigene Geschichte, schließlich bekam niemand zum achtzehnten Geburtstag die Persönlichkeit eines Mörders geschenkt. Aber psychologische Erklärungsversuche befreiten niemals von einer Schuld. Ein Mörder war ein Mörder. Der Rest war unbedeutend. Christine war die Tochter ihres Vaters.

Albert mit seiner warmherzigen Art war ihr Gegenpol. Insgeheim liebte sie ihn dafür, selbst wenn sie es niemals aussprechen würde. Er erinnerte sie an ihr jüngeres Selbst, wie sie einmal gewesen war, bevor ihr Vater ermordet wurde. Damals, als sich alles änderte.

Sie verdrängte die Gedanken. Nach all den Jahren taten sie

noch immer weh. Christine ließ den Arm aus dem Fenster hängen und spreizte die Finger ihrer Hand, um den Fahrtwind zu fühlen. Sie stellte die Lüftung höher. Es knatterte aus dem Gebläse der Armatur. Die Autos vor ihr fuhren wie in Zeitlupe. Das typische Nachmittagstempo auf Berliner Straßen.
Zwanzig Meter weiter schaltete die Ampel an der Kreuzung auf Rot. Stillstand. Ein Mann mit gewaltigem Bierbauch schlängelte sich auf seinem rostigen Fahrrad an den Autos vorbei und blieb vor Christines Citroën stehen. Er hatte von der Sonne knallrote Schultern bekommen. Seine Rückenbehaarung war imposant. Wie nasse Wolle quoll sie unter seinem gerippten Unterhemd hervor. Auf dem Gepäckträger klemmte ein Bierkasten. Zwischen den Flaschen ragten Karotten, Spaghetti, Rettiche und Kartoffeln hervor. Der Mann drehte sich zu Christine um und betrachtete die Motorhaube ihres Wagens. »Schickes Auto haste, Kleene. *Hui, hui, hui …*« Er nickte, als wollte er sich seine eigene Meinung bestätigen. »Hat Papi dich mal ans Lenkrad gelassen, wa?«
Christine streckte den Kopf aus dem Seitenfenster. »Und du, hat Mutti dich zum Einkaufen geschickt?«
Er hob seinen Daumen und grinste breit.
Christine musste lachen. »Sag mal, wo parke ich denn hier?«
Er zeigte nach links, wo die Bögen der Brücke endeten und sich eine kleine Grünfläche erstreckte.
»Fahr mal dahinten am Ufer lang, da gibt's noch Parkplätze vor der Bäckerei.« Er blickte auf ihr Berliner Kennzeichen. »Aber nicht den Touris verraten.« Damit warf er ihr eine Kusshand zu und fuhr mit seinem Rad über die rote Ampel. Kreuzberg im Hochsommer. Alles war so wie immer.

Der Mann im Unterhemd hatte nicht gelogen. Ein paar Minuten später stand der Citroën im Schatten der ausladenden Äste einer Eiche. Albert zeigte auf ein grünes Gründerhaus mit Jugendstilornamenten an der Fassade. »Das da ist es.«
Die großen alten Fenster des Hauses schienen gutmütig auf die Passanten herabzublicken. Ein paar Zweige kratzten im ersten Stock am Glas der Scheiben. Eine grauhaarige Frau im Stockwerk darüber lehnte sich aus dem Fenster und beobachtete Christine und Albert. Auf der anderen Seite der Straße machte ein Mann Fotos von der Umgebung. Um seinen Hals baumelten zwei Fotoapparate.
Je näher sie dem herrschaftlichen Altbau kamen, seinen verzierten Balkonen und dem kleinen Türmchen auf dem Dach, desto mehr wunderte sich Christine. »Ein wirklich sehr schönes Haus. Aber warum habt ihr damals die Kellerwohnung gemietet?«
Albert zuckte mit den Schultern. »Kein Geld. Wir waren Studenten.« Ein dünnes Lächeln lag auf seinen Lippen. Er strich sich über seine kurzen Locken. »Und von meinen Eltern hätte ich es nicht genommen. Die dreihundert Euro konnten wir als Gruppe gerade noch aufbringen.« Er blieb vor einer dunkelbraunen Flügeltür stehen, die ins Kellergeschoss des Hauses führte. »Komisch. Warum ist die Tür nach unten nur angelehnt?« Albert stieß sie auf und schlich die bröckligen Treppen hinab. Er zog sofort den Kopf ein. Auf der Hälfte der Treppe ließ er absichtlich eine Stufe aus. Alte Gewohnheit, da war Christine sich sicher. Sie selbst hatte diesen Vorteil nicht. Sie tastete sich mit ausgestreckten Fingern voran. Die Kellertreppe war aus Ziegeln gemauert, die Risse hatten und an den Ecken abgestoßen waren. Ein falscher Schritt, und sie würde stürzen. Der Geruch von Muff und Moder schlug ihr entgegen. Ein fahler gelblicher Lichtschein fiel auf die Stufen.

Jemand musste sich in den Kellerräumen aufhalten. Sie hatte das Untergeschoss noch nicht erreicht, als in dem Gemäuer eine fremde Stimme tönte: »Ach, sieh mal an. Unser Apothekersohn schaut mal wieder vorbei.«

Die Stimme war nicht leicht einem Mann oder einer Frau zuzuordnen, es war ein dünnes Organ ohne jede Brustresonanz und Bass, aber dennoch einen Hauch zu tief für eine Frauenstimme. Christine ließ die letzte Stufe hinter sich.

»Und das da ist deine Freundin oder wie? Soll das ein Antrittsbesuch bei deinen alten Kumpels werden?«

Der Mann im Kellerraum hatte hellrote Haare und einen genauso rötlich schimmernden Vollbart, der ihm etwas Wikingerhaftes verlieh und in völligem Gegensatz zu seiner dünnen Stimme stand. Seine Jeans hing ihm wie ein schlaffer Sack in den Kniebeugen. Hellbraune Sommersprossen verteilten sich in seinem Gesicht und über seine Unterarme, als wären die Flecken mit einem Pinsel auf die Haut gesprenkelt worden. Von seinem verwaschenen schwarzen T-Shirt lächelte Christine der gealterte Charles Bukowski an. Durch den Bauchansatz des Rothaarigen wirkte das Gesicht auf dem Stoff seltsam verzogen.

»Wenn du Nana sehen willst … ist ’n bisschen spät dafür, Albert.« Ein Kopfschütteln folgte. »Sogar viel zu spät.« Er nahm eine Tastatur und ließ sie in eine der braunen Pappkisten fallen, die verstreut auf dem Steinboden herumstanden. Neben einem Tisch befand sich ein in Folie eingewickelter Monitor. Daneben lag umgekippt die Plastiktüte eines Supermarktes, in der Bücher gestapelt waren. Alles sah nach Aufbruch aus.

Der Raum wirkte trotz der freigelegten Mauersteine wie eine Hightech-Zentrale. Überall hingen Kabel herum. Die roten und blauen Strippen wanden sich auf dem Boden und an den

Wänden und bildeten Muster, die an das irre Kunstwerk eines Happening-Künstlers aus den siebziger Jahren erinnerten.
Christine zählte sieben Schreibtische, meist aus Glas, doch nur zwei Computer standen darauf. Auf dem Tisch direkt neben dem Eingang lagen vier schwarze Notizbücher, ein Lippenstift, ein Buch über Zahlentheorien und zwei verwelkte Rosen. Vielleicht war dies ja Nanas Platz gewesen. Von der Decke strahlten gedimmte Halogenstrahler auf die Schreibtische und tauchten sie in ein gelbliches Licht – ganz so, als wären ihre Besitzer nur für eine kurze Pause nach oben gegangen. An der Wand hing ein Plakat mit einer Weltkugel. *DROP DEAD – fall tot um* – stand in schrägen, blutroten Buchstaben darunter. Handgemalt. Genau wie die schiefen Zahlen am rechten Rand des Posters: 52.54204724 und 13.40436391.
Die Zahlenreihen sagten Christine nichts. Ein numerischer Brei. Daneben hing ein Foto mit einer geballten Faust, die einen Trommelrevolver hielt. Die Zahlen 0 und 1 waren mit schwarzem Edding auf das Bild gekritzelt worden. Das sollte sicher eine Anspielung auf das binäre Zahlensystem der Programmierer sein.
Weiter rechts hing ein riesiges Wandboard mit privaten Fotos, Skizzen von Schaltplänen und Artikeln über die Pharmaforschung.
»Ich bin wegen Nana hier.« Albert ging einen Schritt auf den Rothaarigen zu. Er klang sehr ernst. »Verstehst du, Guido? Ich will wissen, was passiert ist.«
Sein scharfer Tonfall erstaunte Christine. Offenbar waren Albert und Guido schon früher aneinandergeraten.
»Na so was. Ich glaube nicht, dass Nana heute noch kommt.« Guido ging zu einem Tisch hinüber und riss den Drehstuhl dahinter so gewaltsam hervor, dass er gegen die Wand knallte.

Feiner Staub rieselte aus dem Mauerwerk. »Aber du kannst ja gerne hier auf sie warten. Könnte allerdings noch ein Weilchen dauern.« Er lachte laut und hoch. Für Christine klang es nur nach Verzweiflung.
Albert senkte den Kopf. Seine Schultern sackten nach unten. Christine kannte diesen Ausdruck. Er suchte nach der richtigen Antwort. In seinem Innersten mochte er die Zeit verfluchen, die er so gerne angehalten hätte, um die Sätze gegeneinander abzuwägen und ihre Wirkung zu überprüfen, bevor er seinen Mund öffnete. So war Albert eben.
Guido ging einen Schritt auf ihn zu. Nur anderthalb Meter trennten die beiden. »Verdammt, Albert. Mit dir hat es angefangen. Du warst der Erste, der die Gruppe verlassen hat.« Guido knabberte an seinem Daumen. An jeder Fingerspitze klebte ein Pflaster – vielleicht ein Zeichen für Unsicherheit, Ängste oder unterdrückte Aggressionen. Eine Zwangsstörung jedenfalls.
»Hättest du die Gruppe nicht verlassen, wären wir alle noch zusammen. Nach dir sind Christian und Tarek gegangen, dann Birgit und Timon.« Guido kniff die Lippen zusammen. »Und dann war ich mit Nana allein. Nur noch wir beide, weil wir immer noch was bewegen wollten. Kapierst du?«
Albert richtete sich auf. Er drückte den Rücken durch und stemmte die Hände in die Hüften. »Was willst du mir eigentlich sagen? Dass Nana noch leben würde, wenn ich nicht gegangen wäre? Das glaubst du doch nicht wirklich.«
Guido strich über die rötlichen Härchen auf seinem Unterarm und fixierte eine angeschlagene Stelle im Gemäuer. »Nana war genial, aber du hast uns zusammengehalten. Wir waren eine starke Gruppe. Vor uns haben Konzerne gezittert. Niemand hätte was gegen uns ausrichten können.« Er ballte die Faust. »Du warst der Erste, Albert. Du hast dich einfach ver-

pisst. Und wofür? Für irgendeine Journalistin da draußen, die dich nur ausgenutzt hat. Ich habe die Geschichten gehört.«
Christine nahm den Seitenblick aus Alberts Augenwinkeln wahr. Er wollte protestieren und sich auf ihre Seite stellen. So kannte sie ihn. Aber sie brauchte seine Unterstützung nicht. Mehr noch, sie wollte sie nicht. Sie hatte genug von dem gockelhaften Theater im Keller und ging zwei Schritte auf Guido zu. Er war anderthalb Köpfe größer als sie, und doch fuhr er zusammen, als sie seine persönliche Distanzzone von einem Meter durchbrach. Sein Verteidigungsimpuls war aktiviert. Wie automatisch wich er einen Schritt zurück.
»Ich bin Christine Lenève.«
Er musterte sie. Ihr Name schien in seinem Kopf einen Denkprozess auszulösen. Sofort steckte er sich einen Daumen in den Mund und kaute darauf herum. Er wusste, wer sie war. Christine war sich sicher.
»Ja, genau.« Sie legte ein Lächeln auf. »Ich bin die Journalistin, wegen der Albert gegangen ist. Ich bin verantwortlich dafür, dass eure Gruppe auseinandergefallen ist, und bestimmt bin ich auch an Nanas Tod schuld.«
Guidos Augenlider flatterten. Sein rechtes Ohr zuckte. Christine hob die Schultern. »Ja, ganz genau. Von mir aus bin ich an allem schuld. Eine billige Lösung, aber bitte sehr.« Sie drehte die Innenflächen ihrer Hände nach oben. »Es gibt doch nichts Besseres als klare Schuldzuweisungen, nicht wahr?«
»Christine …« Albert verstand offenbar nicht, was sie bewirken wollte. Dabei war es ganz simpel. Sie hob eine Hand, eine deutliche Aufforderung zu schweigen.
Auch Guidos Redefluss war versiegt. Sein Mund stand halb offen. Reglos lag seine Zungenspitze auf den unteren Schneidezähnen. Weiter hinten im Raum brummte ein Lüfter. Vor der Tür der Kellerwohnung gab ein Motorradfahrer im Stand

immer wieder Gas. Guido steckte einen weiteren Finger in den Mund und kaute darauf herum. In der Ferne kreischte ein Kind.
»Ist hier Rauchen erlaubt?« Christine zog ihre frische Packung Gauloises aus der Gesäßtasche ihrer Jeans. Guidos Mund war noch immer halb geöffnet. Er nickte viel zu schnell. Sein Körper schüttete Hormone aus. Perfekt. So wollte sie ihn haben. Die Mauer, hinter der er sich verschanzte, war eingerissen.
Christine drehte am Rädchen ihres Feuerzeugs und röstete die Spitze ihrer Zigarette in der Flamme. Dann nahm sie einen langen Zug. »Also …« Sie ließ Guido nicht aus den Augen. Er wand sich unter ihrem Blick. »Eure Freundin ist tot. Eine Hackerin. Eine anonyme Schnüfflerin, die Großkonzernen Angst gemacht hat. Was, wenn sie nur der Anfang war?«
Guidos sommersprossiges Gesicht war wie eingefroren.
Seine Unsicherheit bereitete Christine auf eine fast unanständige Weise Freude. Auch wenn sie es nie zugeben würde, seine Anschuldigungen hatten sie verletzt. »Hast du dir schon mal Gedanken darüber gemacht, dass Nana und du vielleicht gar nicht so anonym wart, wie ihr dachtet?«
Guido zerrte mit zwei Fingern an einem Pflaster herum und knetete es. Er wich Christines Blick aus.
»Der Mörder hat Nana in der Spree versenkt. Wenn ich jemanden heimlich verschwinden lassen möchte, würde ich mir nicht einen drei Meter tiefen Fluss in der Mitte der Hauptstadt aussuchen.« Christine zuckte mit den Schultern. »Oder?«
Albert griff nach einem schwarzen Drehstuhl, der neben einem der Glastische stand, und setzte sich. Der Stuhl quietschte, als er sich vorbeugte. »Ich würde das auch nicht tun.« Er schüttelte den Kopf. »Nein. Definitiv nicht.«
»Ganz genau.« Christine richtete den Kragen ihrer Bluse und

trat noch ein wenig näher an Guido heran. Fast konnte sie seinen Atem in ihrem Gesicht spüren. »Ihr Mörder wollte, dass sie gefunden wird. Er wollte ein Zeichen setzen. Eine Warnung womöglich. Und nun frage ich mich, an wen sie gerichtet ist.«

Guido hielt Christines Nähe offensichtlich nicht mehr aus. Er wich zurück und lehnte sich mit dem Rücken an eine Steinmauer. Mit einer Hand spielte er an einem blauen Kabel herum, das an die Wand getackert war. Wieder eine Übersprungshandlung.

Vielleicht hatte er in diesem Moment eine Antwort auf Christines Frage gefunden. Zwei Hacker. Einer war tot. Blieb nur noch einer übrig. Simple Mathematik.

Hinter Guido fiel das rötlich gelbe Licht der späten Nachmittagssonne durch die Kellerfenster. Menschen liefen in Eile über den Bürgersteig. Nur ihre Beine waren von hier unten zu sehen. Füße in Sportschuhen, Badelatschen und Pumps. Schnelle Schritte, wie sie der Betriebsamkeit des Berliner Feierabends entsprachen.

Guido atmete schwer. Bukowskis Gesicht auf seinem Shirt hob und senkte sich. »Nana hat nie viel geredet. Sie kam nur noch einmal die Woche.« Er sagte es mit einem bitteren Unterton. »Den Rest der Zeit hat sie an ihrer Uni verbracht, die Fast-Frau-Doktor.« Er betrachtete die Decke über sich so konzentriert, als würde zwischen den grauen Fugen ein Text hängen, den er nur ablas. »Ich habe keine Ahnung, woran sie zuletzt gearbeitet hat und wen sie hier unten mit ihren Maschinen ins Visier genommen hat. Sie war verschwiegen. Selbst mir gegenüber.« Er deutete mit Zeigefinger und Daumen eine Reißverschlussbewegung über seinen Lippen an. »Nana war besessen davon, die Welt zu verändern. Sie hat Manager von Großkonzernen persönlich angegriffen, sie bloßgestellt. Diese Sache mit der Steuerhinterziehung von Pietro Schreber, diesem Baumogul, der die ganzen alten Mieter vor die Tür gesetzt hat …«

»Das war sie?« Albert beugte sich auf seinem Stuhl vor.

Guido nickte. »Ein flotter Hack, und seine Daten sind anonym im Finanzministerium gelandet. Ging alles ganz schnell.«

»Wow.« Albert faltete die Hände im Schoß. Für einen Moment sah er direkt gerührt aus.

Christine setzte sich auf die Kante eines Tisches und ließ ihr Bein hin- und herpendeln. »Langsam beginnt sie mich zu interessieren.« Sie nahm einen kurzen Zug an ihrer Zigarette. Das Rot ihres Lippenstiftes hinterließ Abdrücke auf dem Papier. »Eure Freundin hat sich viele Feinde gemacht.«

»Genau wie du«, sagte Albert leise.

»Ja, aber ich lebe noch«, antwortete sie kaum hörbar.

Christine warf ihre Zigarette auf den Boden und trat das glühende Ende mit der Spitze ihres Sneakers aus. »Lässt sich in Nanas Rechner nichts finden, das ein bisschen Licht in ihren Tod bringt?« Sie zeigte auf den Tisch mit den verwelkten Rosen. »Das ist doch ihrer, oder?«

Guido lachte sein viel zu hohes, unangenehmes Lachen und schlug sich mit der flachen Hand auf den Oberschenkel seiner Cordhose. »Erste Regel in unserer Gruppe …«

»Niemals sollst du sensible Daten auf deiner Recheneinheit lassen. Niemals«, sagte Albert. »Woran sie auch gearbeitet hat, du wirst nichts davon auf ihrer Festplatte finden.«

»Genau.« Guido trat an Nanas Schreibtisch und drehte den schwarzen Monitor mit einer raschen Bewegung zu Christine. »Das hier ist eine informelle Nullnummer. Hier ist nichts zu holen. Dafür war Nana zu smart.«

Albert nickte Christine zu, als sei er ihr persönlicher Lügendetektor. »Passt. Nana war immer misstrauisch und hat vieles gegen uns abgeschirmt. Vielleicht hatte sie auch Angst, dass mal jemand plaudert.«

»Neuer Gedanke. Was wäre, wenn ihr Tod gar nicht mit euren Hackereien zusammenhängt? Hatte sie einen Freund?«

Christine ging auf Nanas Tisch zu und nahm die Rosen in die Hand. »Von wem sind die?«

Guido winkte ab. »Ach, die liegen da schon seit über einem Jahr rum. Sie hatte mal was mit 'nem Koch.« Er deutete auf das Kellerfenster. »Dahinten an der Spree gibt es ein Café. Der Typ arbeitet da. Wir waren oft dort. Damals.«

Christine schlenderte zu dem Wandboard. Die Fotos gewannen an Schärfe, je näher sie kam. Einige Bilder hatten einen Gelbstich am Rand, das Papier war leicht gewellt, was auf die Feuchtigkeit im Keller zurückzuführen war. Auf allen Fotos entdeckte sie Nana.

Eine Aufnahme zeigte sie im Kreis mit ein paar Frauen, die alle dunkelblaue Blusen oder Blazer trugen. Das Bild hätte wunderbar in den Werbeprospekt einer Bank gepasst, mit dem sich auch die heikelsten Investments lächelnd hätten verkaufen lassen – wenn nur Nana mit ihrer knallgrünen Lederjacke, ihrer Zigarette und dem schiefen Grinsen nicht gestört hätte. Die anderen Frauen hielten Laptops in den Händen und blickten mit ernster Miene in die Kamera. Ein metallisch glänzender Hightech-Klotz befand sich im Hintergrund. MATHEMATISCHE FAKULTÄT stand auf einem Schild neben der Tür. Auf einem anderen Foto war ein grauer Raum mit freigelegtem Mauerwerk zu sehen. Die Kellerwohnung mit ihren hackenden Bewohnern. Eine Frau mit auftoupiertem blonden Haar saß auf einem Tisch und streckte zwei Finger zum Victory-Zeichen aus. In der Mitte stand Nana, umringt von fünf Männern mit Kapuzenpullis, darunter Guido, der beide Hände in den Hosentaschen seiner Jeans vergraben hatte. Auf dem Bild war er mindestens zehn Kilo leichter als der Mann, der nun ein paar Meter neben Christine auf dem Boden kniete und irgendwelche Überbleibsel in einer Pappkiste verstaute.

Weiter hinten auf dem Foto stand Albert mit kaum merklich hochgezogenen Mundwinkeln, die wohl ein Lächeln andeuten sollten. Er strahlte eine vornehme Zurückhaltung aus, die Christine eher bei einer britischen Teegesellschaft vermutet hätte.

Doch da war noch ein abgegriffenes Foto, das einen anderen Albert zeigte. Ein Polaroid mit verwaschenen Farben. Nana saß mit Albert auf einer Betontreppe. Das Bild war im Sommer aufgenommen worden. Im Hintergrund erstreckte sich ein Park mit gewaltigen Ahornbäumen und grünem Blattwerk. Nana trug ein enges rotes T-Shirt mit einem John-Lennon-Aufdruck. Sie war eine schöne Frau. Ihre vollen Lippen und langen schwarzen Haare gaben ihr den Touch einer Andalusierin, nur ihre unnatürlich blasse Haut widersprach diesem Eindruck. Alberts Oberkörper war ihr zugewandt. Er hatte einen Arm um Nanas Schulter gelegt und blickte sie von der Seite an, als würde es keinen Fotografen geben, der die Stille dieses Moments störte. Die Szene strahlte die Friedfertigkeit eines Gemäldes von Otto Modersohn aus. Die verwischten Konturen des Polaroids lagen wie ein geheimnisvoller Schleier über der Vergangenheit. Zwei Menschen, die sich nicht mochten, sahen jedenfalls anders aus.

»Ich hau jetzt ab.« Guidos Stimme war nun noch eine Oktave höher. Sie klang schrill in Christines Gehörgängen. »Die Wohnung läuft auf Nanas Namen. Die Bullen werden bald aufkreuzen, und da will ich nicht mehr hier sein.« Er klappte die Laschen einer braunen Pappkiste zu und zog ein transparentes Klebeband darüber.

»Wohin willst du?« Albert ging in die Knie und legte eine Hand auf die Kiste. Die beiden begegneten sich auf Augenhöhe.
»Einfach nur weg. Ich … ertrag das hier nicht mehr.«
Von der Straße her drang ein metallisch schleifendes Geräusch in die Kellerwohnung, das in einem abrupten Quietschen endete. Hinter einem der Fenster tauchte ein dunkelblauer VW Passat auf. Die Beifahrertür wurde aufgerissen, und ein Paar schwarze, halbhohe Männerschuhe wurden sichtbar. Die Füße liefen über den Bürgersteig an den Kellerfenstern vorbei, verschwanden für einen kurzen Moment hinter dem Mauerwerk und tauchten wieder auf der Treppe auf.
Ein Mann mit halblangem Haar und weißem Oberhemd erschien im gelblichen Licht der Beleuchtung. Er sah aus wie ein wandelnder Geist.
Sein Körper wirkte angespannt. Über seinem linken Arm lag ein dunkles Sakko, unter seinem rechten hing eine Waffe in einem Schulterholster. Er blinzelte. Das schummrige Licht schien ihn zu irritieren. Nach drei weiteren Stufen stoppte er.
»Christine?« Er beugte den Kopf vor. »Christine Lenève?«
»Wer ist denn der?« Guido zeigte auf den Mann, der gerade sein Haar in einer feminin anmutenden Geste nach hinten warf.
»Na, ein Bulle. Was denn sonst?« Christine setzte ihr freundlichstes Lächeln auf und streckte die Hand aus. »Guten Tag, Kommissar Dom. Herzlich willkommen.«

5

Fragen, Fragen. Immer diese quälenden Fragen. Er konnte sich nicht entscheiden. Das weiße Hemd zur blauen Hose? Oder wäre ein kräftiges Aquamarinblau nicht doch die bessere Wahl? Er hielt die beiden Hemden an ihren Button-down-Kragen mit ausgestreckten Armen vor sich. Dann entschied er sich für das weiße Oberhemd mit den Umschlagmanschetten. An diesen heißen Sommertagen wirkte ein weißes Hemd viel natürlicher und unauffälliger als ein dunkler Farbton. Er würde an einem Spätnachmittag zuschlagen, in den lauen, noch taghellen Abendstunden, wenn sich die Menschen nach der Arbeit langsam entspannten und die Sonne weiter in Richtung Westen wanderte. Weiß war gut. Er nickte sich im Spiegel der Umkleidekabine zu. Nicht einen Moment vergaß er den strategischen Ansatz seiner Überlegungen.

Er zog Hose und Hemd an und stolzierte vor dem Spiegel auf und ab. Er drehte den Kopf, ging in die Knie, verrenkte den Oberkörper und streckte die Arme aus. Der Stoff dehnte sich, lag nicht beengend auf seiner Haut. Fast perfekt. Aber selbst neunundneunzig Prozent Perfektion waren ihm zu wenig. Viel zu wenig. Wenn so etwas erst einmal einriss, breitete sich das Virus des Unzulänglichen sehr schnell aus. Er hatte es oft genug erlebt. Wie er den pestialischen Hauch des Mediokren verabscheute, in dem sich das Scheitern einer Sache schon von vornherein andeutete.

»Passt alles, oder brauchen Sie noch Hilfe?«

Vor der Umkleidekabine sah er die schmale Gestalt der Stylistin, die sich vor dem dünnen Stoff des Vorhangs abzeichnete.

Eigentlich war sie nur eine einfache Verkäuferin, aber selbst schlecht bezahlte Angestellte bekamen in diesem Modehaus einen wohlklingenden englischen Titel. Wie leicht sich die menschliche Eitelkeit doch übertölpeln ließ. »Ja, ich überlege noch. Ich melde mich, wenn ich Sie brauche.«

»Gut.« Sie zwitscherte das Wort in einem viel zu hohen, langgezogenen Ton, der ihn anwiderte. Dann konzentrierte er sich wieder.

Er blickte zehn Sekunden in den Spiegel auf der Suche nach dem fühlbaren Fehler. Die aufrechte Haltung, sein freundliches Gesicht – sie passten gut zur weiß-blauen Kombination. Und doch war da etwas, das ihn an seiner Erscheinung störte, etwas schwer Greifbares. Er lehnte sich mit dem Rücken an die Holzwand der Umkleidekabine. Es war der Eindruck seiner Gesamterscheinung. Eine fehlende Nuance, kein Zweifel. Seine Kleidung war förmlich und distanzierend, aber er wollte genau das Gegenteil erreichen: Sympathie, Vertrautheit und Nähe. Er öffnete die obersten zwei Knöpfe des Hemdes und krempelte die Ärmel über die Ellbogen. Ja, besser. So sah ein Mann aus, der mit beiden Beinen im Leben stand und den ganzen Tag gearbeitet hatte. Ein Zupacker. Einer, der genau wusste, was er wollte. Das war der Typ, der Frauen gefiel.

Charakterlich würde er den verständnisvollen Feingeist mimen. Mit dieser Täuschung ließ sich ein wunderbares Netz spinnen, in dem sein Opfer schon bald zappeln würde.

Der kleine Zeiger seiner chromfarbenen Uhr stand auf fünf. Noch knappe sechsundzwanzig Stunden. Mit militärischer Exaktheit hatte er alles geplant. Er zog das Hemd aus, strich es glatt, glich die Faltlinie der Ärmel mit dem Kragenrand ab, legte sie dann rechtwinklig nach unten und klappte das Hemd zusammen. Die Hose faltete er ebenso sorgsam und legte sie neben dem Hemd auf die Sitzbank.

Nackt stand er vor dem Spiegel. Schweiß lief in einer schmalen Bahn über seinen Brustkorb und bildete einen feinen glänzenden Film. Er zog mit dem Zeigefinger eine imaginäre Linie über seine Brust. Als er den Finger von der Haut nahm, zeichnete sich die Feuchtigkeit an der Kuppe ab.
Ein älteres Ehepaar schritt an der Umkleidekabine vorbei und beklagte die unverschämten Preise des Modehauses. Weiter hinten kicherte die Stylistin, die einer Kollegin von den unbeholfenen Bemühungen ihres letzten Dates berichtete. Eine elektronische Registrierkasse piepste in unregelmäßigen Abständen.
Im weichen Licht der Deckenstrahler verrieb er den Schweiß zwischen Zeigefinger und Daumen. Der menschliche Körper war nicht vollständig beherrschbar. Zumindest nicht in lebendigem Zustand. Eigentlich erstaunlich. Er hob den Zeigefinger auf Augenhöhe. Genau dieser Makel faszinierte ihn. Er wollte die Materie beherrschbar machen, sie seinem Willen unterwerfen.
Perfektion duldete keinen Widerstand. Und Perfektion war alles, was in diesem Leben zählte.
Er zog seine Jeans und das schwarze T-Shirt mit dem V-Ausschnitt an und ging zu der gläsernen Ladentheke. Hose und Hemd legte er neben die Registrierkasse. In einer Vitrine an der Wand lagen Lederbörsen, Schlüsselanhänger und die Kollektion eines Designer-Parfüms. Der Schriftzug auf dem Plastik-Flakon simulierte eine filigrane Handschrift, die typisch für die Zeit war, als Liebesbriefe noch mit dem Füllfederhalter geschrieben wurden. Lächerlich. Er musste nicht an dem Zerstäuber riechen, um sich den zusammengepanschten süßlichen Geruch vorzustellen. Er wünschte sich eine Zeit zurück, in der Modehäuser noch nicht zu Ramschläden verkommen waren, in der noch Maß genommen wurde und es tatsächlich

um die Kunst des Schneiderhandwerks ging. Natürlich vergeblich.

»Ist das alles?«, raunte ihm die Stylistin von der anderen Seite der Theke zu. Die Frau war vielleicht Mitte vierzig. An ihren feinen, sternförmigen Augenfalten konnte er mühelos ihr Alter ablesen. Sie hatte leicht hängende Mundwinkel, wie sie für vom Leben enttäuschte ältere Frauen typisch waren. Von ihren Lippen bröckelte der tiefrote Lippenstift in kleinen Krümeln ab. Die Poren an den Nasenflügeln waren zu groß und mit schwerem Make-up zugepinselt, das in der Hitze des Sommertages zu einer hellbraunen Masse verschmolzen war. Was hätte wohl ein Künstler der Renaissance, ein Mann wie Michelangelo Buonarroti, bei ihrem Anblick empfunden? Ihn erinnerte ihr Gesicht an eine leidenschaftslos und billig sanierte Berliner Hausfassade.

»Ja, das ist alles.« Er sprach mit einem sachlichen Unterton, der ein weiteres Ausdehnen des Gespräches unterbinden sollte.

Die Frau beugte sich über die Theke, bis ihr enger schwarzer Bleistiftrock knirschte. Den Oberkörper schob sie über den Tisch. Ihre Brüste in der zu weit geöffneten beigen Bluse wirkten wie die Präsentation überreifer Früchte auf einem Obstteller. Diese Aufdringlichkeit war ihm peinlich. Glaubte sie wirklich, dass sie einen wie ihn für sich begeistern konnte?

»Also, wir hätten hier noch ein paar Hemden in Slim-Line.« Ihre gebleachten Schneidezähne konnten nicht von ihrem Gelispel ablenken. »Die passen nur durchtrainierten Männern«, zischelte sie und schob sich noch ein wenig weiter vor. »Ich bin Ihnen wirklich sehr gerne behilflich, wenn Sie es wünschen.«

»Nein danke. Ich bin zufrieden mit meiner Wahl.« Er nickte ihr zu. »Sehr sogar.«

»Das sind dann vierhundertzwanzig Euro. Kreditkarte oder

Cash?« Ihre Augenbrauen waren zu Halbbogen gekrümmt, ein sichtbarer Ausdruck ihrer Enttäuschung.
»Bar. Ich zahle bar.« Eine Kreditkarte besaß er nicht. In der Welt des bargeldlosen Zahlungsverkehrs war er ein Unsichtbarer, der keine Spuren hinterließ. Die Stylistin, die vor seinen Augen nun noch deutlicher zur Verkäuferin schrumpfte, nahm das Geld und reichte ihm die champagnerfarbene Einkaufstüte über die Theke. »Bis dann«, hauchte sie ihm zu, und ihr Lispeln klang wie ein löchriger Fahrradschlauch, aus dem die Luft mit einem Zischen entwich.
»Bis dann.« Er nahm die Tüte und wandte sich zum Ausgang. Vor dem Ladenfenster schlenderte ein Streifenpolizist in Uniform vorbei, neben ihm seine deutlich jüngere Kollegin. Die beiden gingen über die dicht bevölkerte Friedrichstraße, vertieft in ein Gespräch. Immer wieder wurden die beiden Beamten kurz von den Schaufensterpuppen des Modehauses verdeckt, näherten sich aber stetig dem Ausgang des Geschäfts und damit auch der Richtung, die er eingeschlagen hatte.
Er verlangsamte seine Schritte ein wenig, rollte die Einkaufstüte unter seinem Arm zusammen und trat entschlossen durch den Ausgang. *Kein Zögern. Keine Auffälligkeiten.*
Der Beamte auf der Straße hatte die fünfzig schon überschritten und trug einen buschigen Schnauzer, der schweißnass in der Sonne glänzte. Auf seinem blauen Hemd waren tellergroße Schwitzflecken sichtbar. Schlagstock, Dienstwaffe, Pfefferspray, Handschellen und ein Paar zusammengerollte Lederhandschuhe hingen an seinem Einsatzgürtel und schaukelten bei jedem Schritt mit. Seine Kollegin nahm im Gehen einen langen Schluck aus einer Plastik-Wasserflasche. Sie legte den Kopf so weit in den Nacken, dass ihr die Kappe vom Kopf rutschte und vor dem Ausgang des Geschäfts auf den Bürgersteig fiel.

Eine Frau auf High Heels lief mit ihrem braun gefleckten Jack-Russell-Terrier an der Schirmmütze vorbei. Der Hund schnüffelte kurz an der Kappe, bis sich die Leine spannte und er weitergezerrt wurde. Ein gehetzter Pizzabote wäre fast mit seinen schmutzigen Sportschuhen auf die Mütze getreten, konnte seinen Schritt aber gerade noch verlängern und ausweichen. Es roch nach geschmolzenem Käse und Tomaten, nach Abgasen und einem Gemisch aus fruchtigen Parfüms, das die vorbeiziehenden Frauen in Sommerkleidern umspielte. Da lag die Kappe nun direkt vor seinen Schuhspitzen. Ein kleines dunkelblaues Stoffhäufchen, das ihm eine unbekannte Polizistin wie ein Hindernis in den Weg gelegt hatte. Er analysierte die Situation mit kalter Sachlichkeit. Ein wenig genoss er sie sogar. Die beiden Streifenpolizisten waren seine Gegner, billiges Fußvolk einer kleinen, aber feindlich gesinnten Armee, die nicht den Hauch einer Ahnung hatten, wer da eigentlich vor ihnen stand. Einfach weiterzugehen wäre auffälliger gewesen, als sich der Situation zu stellen. Für ihn war die Sache klar.

Die Einkaufstüte raschelte, als er sich hinunterbeugte, nach der Kappe griff und sie der Beamtin reichte. Sie streckte den Arm aus. Ihr blonder Zopf schwang dabei hin und her, wie auch der schwarze Schlagstock an ihrer linken Hüfte. Sie lächelte ihn an. »Ein Gentleman mitten in Berlin. Gibt es auch nicht alle Tage.«

Ihr Kollege grunzte nur etwas und schaute dem hektischen Feierabendtreiben auf der Friedrichstraße zu. Dabei strich er über die Knopfleiste seines viel zu engen Hemdes und seufzte leise, als wünschte er das Ende dieses heißen Arbeitstages herbei. Die Polizistin warf den Zopf nach hinten und setzte die Kappe mit einer schnellen Bewegung auf.

»Ist doch eigentlich zu heiß für eine Mütze, oder?« Diese Fra-

ge bereitete ihm ein besonderes Vergnügen. Einen Moment überlegte er sogar, ob er sich den Weg zu einem Ort erklären lassen sollte, den er niemals aufsuchen würde.
»Wir dürfen die Kappen im Dienst nicht abnehmen.« Die Beamtin zuckte mit den Schultern. »Auch nicht an einem so glühend heißen Tag wie heute.«
Ihr Kollege wandte sich ihm zu. Die Augen des Mannes lagen im Schatten der Schirmmütze, dennoch spürte er seinen Blick, der ihn von oben bis unten abtastete – einen Moment zu lang, wie er fand. Aber diese eine Sekunde, in der sein Herz zwei Schläge zu viel machte, sich seine Muskeln verspannten und er hellwach wurde, war der pure Hochgenuss.
»Tut mir wirklich leid für Sie.« Er spielte ihnen den Freundlichen vor und führte sie dabei wie zwei Tanzbären an den Nasenringen durch seine kleine Arena. »Sie machen Ihren Dienst doch nicht schlechter, nur weil Sie keine Mütze tragen.« Ein wenig gespielte Empörung kam immer gut an.
Und tatsächlich – die beiden Beamten nickten gleichzeitig. »Erzählen Sie das mal unserem Abschnittsleiter«, sagte der schnauzbärtige Polizist, und seine Kollegin hängte noch schnell ein »Keine Chance« dran.
Ein weißer Mini Cooper fuhr an ihnen vorbei. Das Auto hupte einen Radfahrer an, der auf der Mitte der Straße betont langsam fuhr. Der Mini näherte sich mit der Stoßstange bis auf wenige Zentimeter dem Hinterreifen des Fahrradfahrers. Ein langes, ununterbrochenes Hupen wurde hörbar.
Der Polizist wandte sich der Straße zu. »Diese Hitze macht die Leute nur aggressiv. Würde mich nicht wundern, wenn da noch was passiert bei diesen Wahnsinnstemperaturen.«
»Na, hoffentlich nicht.« Der harmlose und freundliche Klang seiner Stimme hätte noch mehr Tiefe und Empathie vertragen können, doch für die beiden war er glaubhaft genug.

»Schönen Tag noch. Wir müssen weiter.« Die Streifenpolizistin hob zum Abschied die Hand.

»Werd ich haben«, sagte er und ging in die andere Richtung der Friedrichstraße davon. »Einen sehr schönen Tag werde ich haben. Sehr bald …«

Diesmal hatte seine Stimme einen bedrohlichen Unterton angenommen, doch die beiden Polizisten konnten ihn längst nicht mehr hören.

6

Ein süßlicher Geruch stieg Christine in die Nase, ein wenig wie Moschus und doch stark beißend. Der Geruch von Leichen. Unverwechselbar.
Das Kriminallabor des Landeskriminalamtes befand sich im Untergeschoss und hatte keine Fenster. Es war trostlos hier unten und kalt. Ihre Haut zog sich zusammen. Sie verspürte ein Kribbeln in den Unterarmen.
Kommissar Tobias Dom ging voran. Er trug einen Mundschutz, eine weiße Haube und einen grünen Kittel, dazu ein paar Latexhandschuhe. Genau wie Christine. Dom drückte auf einen Lichtschalter, und eine Neonröhre an der Decke warf ihr flirrendes Licht in den Raum.
Sie passierten ein Labor mit höhenverstellbaren Aluminiumtischen. An den provisorisch verspachtelten Wänden standen Schränke, nicht mehr als billig zusammengenagelte Pressspanplatten, von denen die Beschichtung an vielen Stellen abgeplatzt war. In einer Ecke lag ein durchsichtiger Plastiksack mit leeren bunten Ampullen und benutzten Spritzen. Gelbstichige Computermonitore, Mikroskope, eine Waage, Drehstühle, deren Sitzpolster abgenutzt waren, und mehrere Becken mit verschmierten Aluminiumoberflächen – nach einem Hightech-Labor der Polizei sah es hier jedenfalls nicht aus. Eine Packung *Knabber-Spaß* lag auf einem Ecktisch. Brezeln und Salzstangen waren über die Tischplatte verstreut, daneben stand eine halbvolle Flasche Orangensaft. Die Essensreste erinnerten Christine an die Überbleibsel einer Studentenfete. Der Raum nebenan wirkte mit seinen gefliesten Wänden

und dem Linoleumboden steril wie ein Waschsalon. Es war die Kühlkammer mit ihren massiven Metallbehältern samt schweren schwarzen Scharnieren an den Außenkanten. Christine zählte zwölf graue Boxen, die sich bis unter die Decke erstreckten.

»Wir sind da.« Kommissar Dom blickte sie über seinen Mundschutz wie ein maskierter Verschwörer an. »Sind Sie sicher, dass Sie sie sehen wollen?«

»Natürlich. Sie haben es mir doch angeboten.« Christine sprach überdeutlich. Mit dem Mundschutz über ihren Lippen hatte sie dennoch das Gefühl, jedes Wort zu vernuscheln. »Ich wäre eine miserable Journalistin, wenn ich mir das entgehen ließe.«

Zwischen Doms dunklen Augenbrauen bildete sich eine tiefe Furche. »Ich frage ja nur, weil es wirklich eine harte Nummer ist. Ihr Freund Albert hat ja auch auf meine Einladung verzichtet.«

»Die Tote war eine Freundin von ihm«, entgegnete Christine, »da ist es doch verständlich.« Sie wollte nicht, dass Albert vor Tobias Dom wie ein Weichling dastand.

Er verengte die Augen. Dom schien die neue Information über Alberts Beziehungsgeflecht förmlich aufzusaugen.

»Für mich ist es aber kein Problem. Wirklich nicht.« Und das war nicht gelogen.

Christine hatte während ihres Journalistikstudiums mehrmals den Saal der Gerichtsmedizin besucht. Ihre Dozenten hatten Toten den Brustkorb aufgebrochen und Knochen zersägt. Sie hatte vieles gesehen, aber der wahre Schrecken verbarg sich eigentlich immer hinter den Gerüchen. Hier war es nicht anders. In der Kühlkammer musste vor kurzem eine Leiche an- oder abtransportiert worden sein. Neben dem süßlichen Unterton, den Christine schon anfangs bemerkt hatte, kam nun auch noch ein Gemisch aus ätherischem Thymian, Moder und Formaldehyd dazu, das ihr in der Nase brannte. Sie zog ihren Mundschutz mit zwei Fingern ein wenig höher. Es half nichts.

»Ich dürfte Ihnen das hier eigentlich gar nicht zeigen.« Dom legte eine Hand auf den Chromgriff eines Behälters. Seine Muskeln spannten sich. Gleich würde er die Lade aufziehen. »Sie wissen das, oder?«

Christine nickte. Natürlich durfte er das nicht. Ein Polizist, der einer Journalistin in einem aktuellen Mordfall den Zugang zu Beweismitteln ermöglichte – das war mehr als ungewöhnlich. Und Tobias Dom betonte diesen Umstand so unmissverständlich, wie es nur jemand tat, der einen Moment später seinerseits einen Gefallen einfordern wollte. Wenn das wirklich sein Plan war, dann erschien er ihr durchsichtig wie ein Glas Wasser.

»Ich vertraue Ihnen. Und ich hoffe, Sie wissen es zu schätzen, Christine.« Mit einer einstudiert wirkenden Bewegung, die typisch für ihn war, warf Dom den Kopf nach hinten. Er hatte wohl für einen Moment vergessen, dass er sein Haar nicht über die Schultern schleudern konnte.

Er zerrte an den Bändern seiner Haube und schob sich die unter den Rändern hervorquellenden braunen Haarsträhnen hinter die Ohren.

Christine zwinkerte ihm als Zeichen ihrer Zustimmung zu.

Mit Sicherheit hatte Dom den Keller der Hacker observieren lassen. Er brauchte Informationen über die Ermordete, und er vermutete sie bei ihr, der investigativen Journalistin. Dom wollte sie aushorchen. Doch nun passierte genau das Gegenteil. Erst vor fünf Stunden war Christine auf dem Flughafen Tegel gelandet, und nun stand sie in einer Leichenkammer – mittendrin in einer neuen Story. Das war selbst für sie ein Re-

kord. Hinter ihrem Mundschutz lächelte sie nur und freute sich insgeheim, dass Dom ihre Mimik nicht sehen konnte.
»Es gibt sicher keine einfache Antwort auf das, was ich Ihnen gleich zeigen werde. Aber das dürfte Ihnen ja nicht neu sein.«
Er nickte. »Sie haben ja Erfahrung mit diesen Dingen.«
Dom spielte auf den Fall Ikarus an, bei dem sich ihre Wege vor knapp zehn Monaten zum ersten Mal gekreuzt hatten. Eine Fernsehmoderatorin war damals verschwunden, und Christine und Albert hatten die Fährte aufgenommen. Was so harmlos anfing, endete in einem erbitterten Kampf gegen einen Serienmörder.
Christine hatte ihr Leben riskiert, um den Mann zu Fall zu bringen. Für Tobias Dom war sie damit zu einer nicht begreifbaren Größe geworden. Sie war gerade mal eins fünfundsechzig, und anscheinend konnte Dom eine so zierliche Frau nur schwer mit diesem geballten Aktionismus in Einklang bringen. Er bewunderte sie. Christine spürte es selbst hier unten in der kalten Kammer. Doms Augensprache war deutlich. Er musterte sie von oben bis unten, als könnte er so in ihr Gehirn eindringen und sie besser verstehen.
»Nun öffnen Sie schon das Fach.« Sie tippte mit ihren behandschuhten Fingerspitzen gegen das kalte Metall der Box. »Ich will die Leiche sehen.«
Mit einer schnellen Bewegung zog Dom den chromfarbenen Griff am Kühlbehälter nach oben und klappte die Tür auf.
Mit der anderen Hand zerrte er eine metallische Lade aus dem Innern der Box heraus, die mit einem Klacken vor Christine einrastete. Das Geräusch hallte von den gefliesten Wänden wider. Eine kahlköpfige Frau lag da. Nana. Sie war es.
Christine atmete aus. Viel zu laut. Unter ihren Schuhen quietschte das Linoleum, als sie einen Schritt nach hinten machte. Aus weiter Ferne war das Rauschen des Autover-

kehrs zu hören. In einem der alten Heizungsrohre knackte es. Die Neonlichter über ihr brummten. *Mon dieu.*
Nanas Gesicht war tiefgrün und verquollen. Es hatte nichts mehr mit der Frau gemein, die Christine vor zwei Stunden auf den Fotos in der Kellerwohnung gesehen hatte. Doch den Schrecken ließ sie nicht zu. Christine zerlegte den Körper der Toten auf der Suche nach Spuren in viele kleine Einzelteile, sezierte ihn mit den Augen. Beine. Becken. Brust. Kinn. Stirn. Nase. Nanas Zähne ragten ohne ihre Lippen wie weiße Stanzen aus dem Gesicht. Keine Augenbrauen. Ihre Lider ähnelten dunkelbraunen Schwämmen, die über den Pupillen klebten. Der ganze Körper war eine deformierte Masse.
Tobias Dom zeigte mit der rechten Hand auf den Nacken der Toten. »Die Fingerabdrücke an Nana Reinhardts Hals erzählen eine besondere Geschichte.«
Christine beugte sich über die herausgezogene Lade, die wie ein Klapptisch zwischen ihr und Dom in der Luft schwebte. Über Nanas Halsschlagader befanden sich sechs dunkle Punkte, daumengroße Abdrücke, daneben schmale, lange Verfärbungen, wie mit einem Buntstift dunkel schraffriert. Die Hämatome stammten von Fingern. »Die Hände an ihrem Hals sind mehrmals angesetzt worden.« Sie zeigte auf die Leiche und deutete eine Drehbewegung mit dem Finger an. Dom nickte. Christine wendete den Kopf der Toten nach rechts. »Es sind mehrere Daumenabdrücke. Von denselben Händen?«
Wieder nickte Dom.
»Das könnte darauf hindeuten, dass sich der Mörder viel Zeit genommen hat, vielleicht sogar zwischendurch kleine Pausen eingelegt hat, bevor er wieder weitergemacht hat. Und das heißt …« Christine drehte Nanas Handgelenke nach außen. Quer über ihre Pulsschlagader verliefen feine Linien. »Ja. Da

sind dunkle Striemen an ihren Handgelenken.« Sie kniff die Augen zusammen. Die Verfärbung des Körpers erschwerte ihre Suche nach Spuren. »Und über der Brust und den Unterschenkeln sind wohl auch welche. Sie war angebunden.«

»Sehr gut, Christine.«

Sie legte die kalte Hand der Toten auf die Lade zurück. »Der Täter hat den Prozess hinausgezögert. Vielleicht hat er sie gewürgt, bis sie in Ohnmacht gefallen ist. Und als sie erwachte, ist das Spiel wieder von vorne losgegangen. Er hat es genossen.«

»Durchaus möglich.« Dom verschränkte die Arme vor seiner Brust. Er folgte jeder von Christines Bewegungen.

Sie fühlte sich wie in der Schule, unter dem strengen Blick ihres Chemielehrers, der sie bei einem komplizierten Versuchsaufbau kontrollierte. Eigentlich hatte sie es nicht nötig, aber mittlerweile machte es ihr Spaß, Dom zu beeindrucken. Christine neigte ihren Kopf zur Seite. Aus dieser Perspektive erschien Nanas Leib in einem anderen Winkel, so dass ihre Haut nun das Licht der Deckenbeleuchtung zu reflektieren schien.

Wie ein transzendenter Schleier umgab das künstliche Licht ihren Körper, an dem willkürlich verteilt vereinzelte Hautfetzen wie vergessene Blätter hingen. Christine entdeckte nicht ein einziges Haar auf Nanas Haut. Es ließ sie auf unheimliche Weise noch nackter erscheinen. »Der Mörder hat sie komplett rasiert. Ich bezweifle, dass es Nana selbst war. So eine Glatze hätte sie sich wohl kaum freiwillig angetan.« Christine strich über Nanas Kopf, der sich unter ihren Fingern wie eine kalte Kugel anfühlte. »Aber warum?«

Dom zog die Augenbrauen hoch. Unter seinem Hemd zeichneten sich in Höhe des rechten Oberarms verwaschen die Konturen eines Tattoos ab. Ein Skorpion. Er strich mit einer

Hand über die Stelle, als wollte er das Tier streicheln, es beruhigen. »Sehen wir auch so. Und wir wissen es nicht. Anzeichen einer Vergewaltigung gibt es nicht. Brauchbare DNA-Spuren haben wir bis jetzt auch nicht gefunden, dafür aber Reste von Alkohol am ganzen Körper. Der Mörder wollte sie wohl regelrecht desinfizieren, obwohl …«

»Obwohl sich damit keine Nukleinsäuren zerstören lassen. Die DNA bleibt erhalten. Ob er das gewusst hat?«

»Keine Ahnung. Aber Sie wissen es. Erstaunlich.« Die Konturen seiner Lippen formten sich hinter dem Mundschutz zu einem Lächeln. »Gut, dass Sie auf unserer Seite stehen.«

Das war nicht ganz richtig. Christine stand immer zuerst auf ihrer Seite – die der Journalistin. Sie war eine Getriebene, die mit allen Mitteln nach der Wahrheit suchte. Ihr Vater hatte sie so erzogen. *Die Wahrheit tut oft weh, und vielleicht fürchten sich deswegen die meisten Menschen vor ihr. Lügen sind bequemer, aber wer die Wahrheit kennt, hat die Macht. Vergiss das nie, Christine.* Die Worte ihres Vaters hatten sich ihr ins Gedächtnis gebrannt. Er hatte sie zu dem gemacht, was sie heute war. Und Geld ließ sich mit ihren Storys auch noch verdienen. Kommissar Dom sollte sie ruhig idealisieren, das half ihr nur bei der Recherche.

Christine ging um die Lade herum und stellte sich ans Kopfende. Von hier aus hatte sie den besten Blick auf die Tote. Es ließen sich an Nanas Körper keine sichtbaren Prellungen oder Blutergüsse an Armen, Beinen oder Brustkorb ausmachen, die auf einen Kampf hindeuteten. »Könnten Sie sie kurz auf den Bauch drehen?«

»Natürlich. Aber Sie werden dort nichts finden, was uns entgangen ist.« Doms Stimme klang ein wenig beleidigt. Er fasste die Leiche mit einer Hand an der Hüfte, die andere schob er ihr unter den Hals. Dann drehte er den Körper behutsam um.

»Ist es so genehm?« Nun klang er wie ein blasierter Butler, der in einem herrschaftlichen Haus seinen Dienst leistet.
»Natürlich.« Es war, wie Christine vermutet hatte. »Am ganzen Körper keine Verteidigungswunden. Vielleicht kannte Nana den Mörder und hat ihm vertraut. Zumindest kam es zu keinem langen Kampf. Er muss sie schnell überwältigt haben. Ich würde darauf tippen.« Mit ihrem Finger strich Christine über Nanas Unterarm. Die rote Sieben mit dem grauen Rahmen oberhalb vom Handgelenk war nur eines von drei Tattoos, die matt auf ihrer Haut schimmerten – aber es war am deutlichsten sichtbar.
Sieben. In der Numerologie bedeutete die Ziffer Perfektion und Harmonie. In sieben Tagen wurde die Welt erschaffen, es gab sieben Weltwunder, und außerdem war die Sieben eine Primzahl, die nur durch eins und sich selbst teilbar war. Doch die Sieben an Nanas Unterarm barg ein anderes Geheimnis. Es standen sieben verlassene Tische in der Kellerwohnung. Sieben Hacker hatte Christine auf den Fotos an der Wand gezählt, sieben Menschen, die etwas verändern wollten. Sieben machten eine Gruppe. Nana hatte die Tätowierung mit dem Stolz der Anführerin getragen. Sichtbar für alle. Eine Fahne, die sie wie eine Jeanne d'Arc geschwenkt hatte, die felsenfest von ihrem Auftrag überzeugt war. Christine hatte keinen Zweifel daran. »Würden Sie die Tote bitte wieder umdrehen?«
Dom verdrehte die Augen. Er legte beide Hände auf die Hüften der Leiche und wendete sie mit einem Ruck um, diesmal mit weniger Vorsicht. Nanas linker Arm glitt von der Lade und hing unnatürlich starr in der Luft. Dom ergriff die Hand der Toten und legte sie auf die metallene Fläche. Ein knöchernes Knacken erklang, das in der Stille des Raumes laut widerhallte. »Bitte sehr.«
»Danke.« Die anderen beiden Tattoos lagen in verborgeneren

Regionen von Nanas Körper. An der Hüfte waren die schwarzen Striche eines Barcodes mit den dazugehörigen Ziffern eingestochen: 09101940. Nanas ironische Art, mit der Entmenschlichung der Welt umzugehen, zeigte sich in den dunklen Balken auf ihrer Haut. Rebellentum gegen Gleichmacherei und Konsum. In diesen Zahlen lag die geheimnisvolle Musik einer Widerspenstigen verborgen. Fast hätte Christine gelächelt.

Das dritte Tattoo war simpler. *LIVE AND DIE* war in kleinen Buchstaben rund um ihren Bauchnabel gestochen. Letzteres war nun tatsächlich eingetreten.

»Sehen Sie?«, sagte Dom und stieß die Luft aus, so dass sich sein Mundschutz für einen Moment aufblähte. »Wir können nur hoffen, dass uns die Obduktion ein paar Schritte weiterbringt. Unsere Forensiker haben an der Ohrmuschel, der Nase und an einigen anderen Stellen graue Flecken entdeckt.«

»Und das heißt?«

»Es könnte beschädigtes Gewebe sein, das extrem niedrigen Temperaturen ausgesetzt war.«

»Mitten im Hochsommer?« Christine glich die Theorie der Forensiker mit der Wirklichkeit ab. Nach zwei Sekunden gab sie auf. »Die Leiche wurde im lauwarmen Wasser gefunden. Die Spree ist doch durch die Sonne regelrecht aufgeheizt. Erklären Sie mir das.«

Dom zuckte mit den Schultern. »Wir können auch falsch liegen. Wasserleichen sind nun mal problematisch. Immer und für jeden. Aber das größte Rätsel in diesem Fall sind die fehlenden Lippen.«

Das war nun wirklich keine Neuigkeit, aber hinter Doms Aussage verbarg sich offensichtlich eine Anspielung. Mit ihrer behandschuhten Hand strich Christine über die klaffende Öffnung, die einmal Nanas Mund gewesen war. »Moment mal ...« Die Stellen fühlten sich glatt an, so akkurat und scharf abgeschnitten, als hätte man sie mit einer Maschine bearbeitet. Christine schloss die Augen und konzentrierte sich auf ihre Fingerspitzen. Kein Zweifel. »Die Verstümmelung in ihrem Gesicht wurde nicht mit einem Messer ausgeführt, wie es in den Zeitungen stand.«

Dom klatschte in die Hände, als würde er applaudieren. »Sehr gut.«

Angesichts der Toten vor ihnen erschien Doms aufgesetzter Enthusiasmus unangemessen, auch wenn er ihr recht gab. »Wenn die Lippen nicht mit einem Messer herausgeschnitten wurden, womit dann?«

Dom schwieg. Also war die Leiche der Mordkommission ein Rätsel, und es war Dom bisher nicht gelungen, sie mit den Mitteln der Forensik zum Sprechen zu bringen.

Er hob seine behandschuhte Hand an und streckte Christine Daumen, Zeige- und Mittelfinger entgegen. »Wir haben nur drei harte Fakten: Nana Reinhardt war in der Hacker-Szene aktiv. Sie wurde vor etwa vier Wochen ermordet. Und ihre Wohnung ist auf den Kopf gestellt worden. Was immer der Täter dort auch gesucht haben mag.«

»Haben Sie wenigstens ihr Handy gefunden?«

»Keine Spur.«

»So viele Ermittler und so wenig Ergebnisse?«

Dom stöhnte leise. »Spuren. Spuren. Spuren. Wir können in diesem Fall hundert Mal durch ein Mikroskop schauen und wissen doch nichts über das Motiv des Täters und seinen Modus operandi. Es macht mich verrückt, das können Sie mir glauben.«

Sie glaubte es sofort und ahnte, was Dom nun von ihr verlangen würde.

»Ich könnte Ihre Hilfe gebrauchen. Ihr Freund Albert weiß

vielleicht mehr über diesen Fall als wir alle zusammen. Könnten Sie sich vorstellen, mit mir …«

»Ich bin Journalistin«, unterbrach ihn Christine. »Ich arbeite allein oder mit meinem Partner. Das wissen Sie doch.«

Dom wandte sich von der Lade ab und zupfte an seinem Ohrläppchen. Dann trommelte er mit seinen Fingern auf dem Skorpion herum.

Für die Analyse seiner Körpersprache musste Christine keinen Verhaltensforscher mit zwanzig Semestern Studium konsultieren. Dom sendete deutliche Ablehnungssignale.

»Wollen Sie wieder Ihr Leben riskieren? Wie damals beim Fall Ikarus? Der Typ hätte Sie fast erledigt, Christine.«

»Ach, das kann mir auch passieren, wenn ich einfach nur unachtsam über die Straße gehe. So was ist in Berlin nicht unüblich.«

»Sie sind nicht unachtsam. Sie sehen alles. Ich weiß das.«

»Aber wofür brauche ich dann Sie an meiner Seite?«

»Versuchen Sie es doch mal.«

»Sie überschätzen meine Experimentierfreude.«

Dom stützte beide Hände auf die Lade und senkte den Kopf.

»Christine, Sie wissen, ich bin ein Pragmatiker, und das hier ist ein verdammt ungewöhnlicher Fall.« Er blickte ihr in die Augen. Fünf kleine Falten zogen sich über seine Stirn. »Ich brauche jemanden mit unkonventionellen Methoden an meiner Seite. Die da oben« – er zeigte mit dem ausgestreckten Arm zur Decke – »die würden den Fall am liebsten in den Archiven versenken, Zeit verstreichen lassen, bis die Presse ihn vergessen hat, und dann einen Stempel drauf und fertig. Dafür bin ich nicht Kommissar geworden.«

Er hätte Christine leidtun können. Einen Moment lang entdeckte sie in ihm einen Funken, der sie an ihren Vater erinnerte, damals, als sie noch ein Kind gewesen war.

Einmal war sie nachts in Cancale vom Bremsgeräusch eines Autos geweckt worden. Zu so später Stunde hatte es in ihrem Elternhaus in Frankreich nur selten Besuch gegeben. Durchs Fenster ihres Zimmers hatte Christine einen Mann in Uniform gesehen, der ihrem Vater einen Umschlag überreichte. Remy Lenève öffnete ihn und erstarrte. Ohne sich von dem Mann zu verabschieden, wandte ihr Vater sich ab, ging in den Garten und warf das Kuvert auf den schiefen Holztisch vor dem Gartenhäuschen. Dann drückte er einen Lichtschalter, und die alte Tischlampe aus Messing warf ihre Strahlen auf drei Farbfotos im DIN-A4-Format.

Auf Zehenspitzen schlich Christine in den Garten. Auf den Bildern lächelte sie ein Mann mit langen blonden Haaren an, der sie an einen Surfer erinnerte. Es hätten Porträtfotos sein können, die hübsch eingerahmt einen Platz an der Wand verdient hätten. Ihr Vater stützte beide Hände auf den Tisch und blickte in den Nachthimmel. »Zu spät. Zu spät.« Er sprach leise vor sich hin, wie gedankenverloren. Dann nahm er ein Foto in die Hand und strich mit den Fingern darüber. »Drei Kinder. Tot. Dieses Schwein. Und wir haben es gewusst.« Christine verstand. Es waren die Fotos eines Mörders. Ihr Vater legte das Bild ganz vorsichtig auf den Tisch. »Diese verdammten Bürokraten im Ministerium mit ihren Bedenken.« Er stieß ein wütendes *»Merde!«* aus. In diesem Moment war Christine auf einen Zweig getreten, und er hatte sie bemerkt. Sofort hatte er seine Arme nach ihr ausgestreckt und sie so fest an sich gedrückt, als sei er einer überirdischen Macht dankbar dafür, dass sein eigenes Kind noch am Leben war.

Christine hatte diesen Moment nie vergessen. In den folgenden Jahren lagen im Hause Lenève noch viele Mördergalerien auf dem zerfurchten Gartentisch ihres Vaters. Er erklärte ihr die Unterschiede in den tödlichen Triebwelten der Täter und warnte sie vor dem Bösen. Das war seine Art, sie zu beschützen. Und Christine lernte. Sie teilte ihre Welt mit analytischer Schärfe in gute und schlechte Menschen ein, in Schwarz und Weiß – auch wenn ihr bewusst war, dass ihr dabei ein paar Grautöne verlorengingen.

Ihr Vater und Tobias Dom: ein Inspektor der *Brigades de recherche et d'intervention* und ein Berliner Kriminalkommissar – zwischen ihnen lagen Universen, und doch glichen sich die Probleme beider Ermittler. Die Bürokratie war wie ein Schutzschirm, unter dem sich ein Täter verbergen konnte. Ein Mörder hielt sich nicht an fremde Regeln, die seinem Naturell widersprachen. Die Gesellschaft mit ihren Gesetzen gab ihm seine Stärke. Die Beamten spielten mit Handicap, und nun stand ein Mann vor Christine, der dieses Manko mit ihrer Hilfe ausgleichen wollte.

»Ich begreife nicht, wie ich ständig in diese Mordfälle hineingerate. Ich kapiere es nicht.« Christine meinte das ernst. Kurz sah sie das wütende Gesicht des Ikarus-Mörders vor sich aufblitzen und hörte seine Todesdrohung: *Du wirst fliegen. Ich töte dich.* Er hatte sich getäuscht. Sie war noch immer am Leben und in einen neuen Fall verwickelt.

Dom nickte. Er zog an den Gummibändern des Mundschutzes und schob ihn unter sein Kinn. Ein angedeutetes Lächeln lag auf seinen Lippen. Wahrscheinlich wollte er vertrauensvoll wirken und gleichzeitig seinem Wunsch nach Unterstützung Nachdruck verleihen. »Schicksal«, sagte er so leise, dass es Christine kaum verstehen konnte.

»Oh, bitte nicht. Schicksal ist das Opiat der Schwachen. Ich glaube nicht daran.« Sie sprach laut. Ihre Stimme wurde wie ein Echo von den Wänden zurückgeworfen. »Geben Sie mir Zeit. Ich rede mit Albert.« Auf weitere Diskussionen hatte Christine keine Lust. Die Kälte der Kammer kroch durch den

Stoff ihrer dünnen Bluse. Allmählich überkam sie eine Welle tiefer Müdigkeit, die ihr die Augenlider schwer machte. »Na, wenigstens haben wir es diesmal nicht mit einem Serienmörder zu tun. Ich könnte mit den ganzen Freaks, die mir schon begegnet sind, langsam einen Laden aufmachen.«
Dom ging mit vier Schritten um die herausgezogene Lade herum und stand nun direkt vor ihr. »Christine …«
Ihre Gesichter waren nur dreißig Zentimeter voneinander entfernt. Sie roch sein scharfes Rasierwasser mit Menthol und sah die feinen Furchen auf seinen Lippen. Über seiner Oberlippe befand sich ein kleines braunes Muttermal. Seine hellblauen Augen waren im Licht der Neonröhren ganz klar. Sie spürte seinen Atem an ihrer Stirn, auf ihren Lippen. Er beugte sich vor. Dann zog Dom mit einer Hand den Chromgriff neben Christines Hüfte hoch und öffnete die Klappe eines weiteren Containers. Die herausgezogene Lade knallte mit ihren Rollen in die Eisenschiene und rastete ein.
Eine nackte Frau. Rundes Gesicht. Breites Jochbein. Eine Asiatin. Keine Augenbrauen. Kahlrasiert. Wieder eine Wasserleiche. Wie automatisch blickte Christine auf den Mund der Toten. Ihre Lippen. Schmal. Asymmetrisch. Aber sie waren vorhanden. Erst als Christine die Augen suchte, bemerkte sie die schwarzen, leeren Höhlen im Gesicht der Frau.
Dom senkte den Kopf. »Ich muss Sie leider enttäuschen, Christine.«

7

Als Kind hatte Albert Puzzlespiele geliebt. Stundenlang konnte er die bunten Einzelteile zu komplexen Bildern zusammensetzen, ohne dass er dabei auch nur eine Sekunde Stumpfsinn oder Langeweile empfand. Es faszinierte ihn, wie all die kleinen Pappstücke auf dem filigranen Nussbaumtisch im Salon seiner Eltern lagen. Unsortiert und chaotisch. Und doch konnte er sich hunderprozentig sicher sein, dass sämtliche Faktoren, die für die Lösung des Problems benötigt wurden, sich vor ihm auf dem Tisch befanden. Er musste nur die richtige Anordnung finden. Stück für Stück entstanden vor seinen Augen Bilder: die ernste mittelalterliche Welt eines Ambrogio Lorenzetti mit seinen bedrückenden Altargemälden. Dalís Elefanten auf Stelzen, die wie wahnsinnige Traumgestalten unbeirrbar durch die Einöde stapften. Oder Gustave Courbets Badende, die ihm schon als Neunjährigen anrüchige Einblicke in die Frauenwelt gewährt hatten. Es war ein berechenbares Spiel mit unbeugbaren Regeln, das sein Vertrauen in sich und die ihn umgebende Welt geformt hatte. Viel war davon heute nicht mehr übrig.

Albert legte beide Arme auf das Geländer am Ufer der Spree. In der Dunkelheit war der Fluss nur noch eine schwarze Brühe. Die Sonne war längst untergegangen, ihre Hitze hatte sie hinterlassen. Der Wind trug laute Lacher von dem kleinen Café gegenüber zu ihm herüber. Durch die sperrige Holztür strömten grölende Touristen und das Partyvolk aus Berlin-Mitte. Der Geruch von gegrillten Würstchen zog über die Promenade. Jedoch kein Zeichen von *ihm*. Ungewöhnlich für einen starken Raucher, der nicht einmal eine halbe Stunde ohne Nikotin auskommen konnte. Albert hatte ihn nie ohne Zigaretten erlebt. Damals. Er beschloss, noch weitere zehn Minuten zu warten.

Die Lichterketten an der Reling eines Badeschiffs auf der anderen Seite der Spree warfen blaue und rote Punkte aufs Wasser. Die sanften Wellenbewegungen ließen sie verzerrt wie die verschwommenen Farben in den Gemälden wirken, die Albert als Kind so leidenschaftlich zusammengesetzt hatte.

Als er mit dem Hacken anfing, tauschte er die kleinen Puzzleteile gegen Zahlenkolonnen ein, die gleichmäßig auf seinem Monitor flimmerten. Zahlen waren verlässlich. Er konnte ihnen vertrauen. Sie waren alles, was ihm nach seinem Umzug nach Berlin geblieben war. Seine Mutter strafte ihn für seinen Verrat an der großartigen Apothekerhistorie der Familie Heidrich mit Verachtung. Ein gammliger Nerd, der sich in einem Kreuzberger Keller von Tütensuppen und abgestandener Zitronenbrause ernährte – das war zu viel für sie.

Albert stellte sich vor, wie sie mit ihren langen manikürten Fingernägeln seinen Namen mit Tipp-Ex aus ihrem Testament löschte. Fast hätte er laut gelacht.

Das Stahlgeländer, an dem er lehnte, drückte sich ihm in den Rücken. Die Streben waren eiskalt an seiner Wirbelsäule. Sie schmerzten, gaben ihm aber auch Halt. Noch fünf Minuten. Länger würde er nicht mehr auf *ihn* warten.

Vor ein paar Jahren war Christine in Alberts Leben getreten. Seitdem kam es ihm vor, als hätte er eine Dauerkarte für eine Achterbahnfahrt gewonnen, die niemals aufhörte. Looping folgte auf Looping. Er stand auf dem Kopf, und niemand konnte ihm sagen, wann die Fahrt zu Ende war. *Erwarte das Unerwartete. Öffne beide Arme und lass es geschehen. Ich bin bei dir.* Christine war eine Getriebene, und sie hatte ihn mit sich gerissen. Für einen Menschen wie ihn, der zur Sicherheit immer fünf Tuben Zahnpasta im Haus hatte und mindestens zehnmal kontrollierte, ob der Ofen wirklich aus war, bevor er die Wohnung verließ, kamen die Abenteuer mit Christine einer kleinen Revolution gleich.

Sie hatte ihn zu einem anderen Albert gemacht. Mut war erlernbar. Nur deswegen konnte er jetzt hier stehen und diesen Plan verfolgen, obwohl er spontane Aktionen noch immer verabscheute.

Die Tür des Cafés klappte auf. Licht fiel in die Dunkelheit. Ein um die eins neunzig großer Mann mit breiten Schultern trat in Jeans und Schürze nach draußen. Den Kopf hielt er gesenkt, seine Schultern wirkten eingefallen. So ging er auf das Ufer zu. An einem kleinen Holzsteg lag ein Ruderboot vertäut. Mit einem Schlüssel öffnete der Mann ein Tor im Geländer, schritt über den knarrenden Steg und streckte die Arme weit von sich, als würde er die Balance halten wollen. Er stieg in das Boot, das unter seinem Gewicht hin und her schaukelte. Mit einem Feuerzeug entzündete er nach und nach acht Teelichter, die er in Gläsern am Heck und Bug des Bootes gleichmäßig verteilte.

Die Szene erinnerte Albert an ein Totenschiff, das gleich über den Styx fahren würde. Noch einmal flackerte das Feuerzeug auf, doch diesmal steckte sich der Mann eine selbstgedrehte Zigarette an. Ein rot glühender Punkt tanzte am Ende seines Armes auf und ab. Schwaden von Marihuana hingen in der Luft.

Er war es. Kein Zweifel. Albert kletterte über das Geländer und sprang auf den Steg. Die Bretter bogen sich unter seinem Gewicht. Der graue Schatten im Boot fuhr hoch. »Hallo, Benno«, sagte Albert, bemüht, so selbstverständlich wie nur möglich zu klingen. Tat er aber nicht. Seine Stimme wirkte angespannt und gepresst – das hatte er schon als Kind in Stresssituationen nicht vermeiden können.

Benno richtete sich zu seiner vollen Größe auf. Breitbeinig stand er in dem schaukelnden Boot. »Albert?« Er machte einen Schritt nach vorne in Richtung Bug. »Mensch, Albert. Du bist es wirklich.« Er schüttelte den Kopf wie jemand, der einer optischen Täuschung erlegen war. Dann nahm er einen langen Zug an seinem Joint. »Schöne Scheiße, was?«

Albert zog an den Kordeln seines Kapuzenshirts, um das nervöse Zucken seiner Finger zu verbergen. »Ich habe nicht gewusst, dass Nana und du, dass ihr beide mal … also …«

Benno winkte ab. »Das fing vor zwei Jahren an. Und dann immer wieder mal. Die Nummer lief nicht wirklich gut zwischen uns. Die angehende Doktorin und der Koch. Klingt doch schon so richtig daneben.« Er wies auf die Sitzbank. Albert kletterte über den Rand des Bootes und setzte sich Benno gegenüber. Er musste die Beine anziehen, viel Platz blieb ihm nicht. Ein junger Michael Jackson starrte Albert mit ernster Miene von der Ufermauer aus an. Mit schwarzer und weißer Farbe hatte ein Graffiti-Künstler das Gesicht des damals Zehnjährigen auf das Gemäuer gesprüht. Michaels buschige Afro-Frisur und sein besticktes Hemd mit dem großen Siebziger-Jahre-Kragen, das Ruderboot und die Kerzen – Albert hatte das Gefühl, in einer anderen Zeit gelandet zu sein. Eine Cannabis-Wolke umnebelte ihn. Der Geruch von feuchtem Moos drang in seine Nase und machte ihn benommen.

»Ich und Julia, so 'ne studentische Aushilfskraft, wir beide haben Nana gefunden.« Benno zeigte mit dem Joint in der Hand auf eine Stelle im Wasser. »Da drüben. Sie hatte noch ihr grünes Kleid an.« Er drehte den Joint zwischen Zeige- und Mittelfinger hin und her. »Wenn ich könnte, würde ich das Schwein umlegen. Wer macht so was, Albert? Und warum?«

Albert wusste die Antwort weder auf das Wer noch auf das Warum, und wenn doch, dann hätten sich mit jeder Antwort ohnehin zehn neue Fragen aufgetan. Er stützte den Ellbogen auf dem Knie ab. Wie alt Benno auf einmal in dem schummrigen Licht der Kerzen wirkte. Sein blondes Haar war sauber nach hinten gekämmt, sein Gesicht war nahezu faltenfrei, aber dennoch ließen ihn die eingefallenen Schultern und der gesenkte Kopf wie ein gebrochener Titan wirken. Von seinem Humor, mit dem Benno ganze Tischrunden unterhalten konnte, war nichts mehr zu spüren. Er war ein anderer Mensch geworden. Kein besserer.

»War immer schön, damals mit euch.« Benno zog ein letztes Mal an dem Joint und schnippte den Rest ins Wasser, wo er zischend unterging. »Ich mochte dich und deine Gruppe, Albert. Ihr wart irgendwie anders. So …«

»Rebellisch und unbeugsam?«

»Linke Spinner wart ihr.« Er grinste so breit, dass Albert seine akkuraten Schneidezähne sehen konnte.

»Spricht da der gesetzestreue Bundeswehrsoldat?«

»Nee, da spricht Benno das Arbeiterkind, das in 'ner Hochhaussiedlung im Berliner Wedding aufgewachsen ist und sich sein Taschengeld erarbeiten musste.« Benno legte seine großen Hände ineinander. »Für Revolutionen bleibt da keine Zeit, wenn man den ganzen Tag ackern muss.«

Albert nahm eines der Gläser in die Hand, in dem ein Teelicht flackerte. Erst jetzt erkannte er, dass es ein Gewinde hatte und ein altes Senfglas war.

Benno war immer ein bodenständiger Typ gewesen. Wenn ihm etwas nicht passte, dann sagte er es auch. Vielleicht hatte Nana diesen Charakterzug an ihm ja gemocht. Oder es war sein muskulöser Körper gewesen. Intellektuell hatte ihr Benno sicher nicht viel bieten können, aber sie musste ein verstecktes Glühen in ihm entdeckt haben, das Albert verborgen blieb.

»Ich weiß, was du denkst, Albert.«

»Was? Also, wie … Was meinst du?«

»Na, du wunderst dich, wie das mit mir und Nana überhaupt passieren konnte, richtig?«

Michael Jackson blickte Albert so ernst an, dass er unmöglich lügen konnte. Benno hätte es bemerkt. Deshalb entschied er sich für eine ehrliche Antwort. »Na, so ein bisschen erstaunt es mich schon.« Die halbe Wahrheit reichte auch.

»Nana war einsam. Richtig allein war sie, als eure Gruppe auseinandergebrochen ist. Sie hatte nur noch den Rothaarigen, der ab und zu mal mitkam.«

»Guido.«

»Genau, der. Und sonst nix. Bis vor vielleicht sechs Wochen.«

Albert horchte auf.

»Da saß mal so ein Typ bei ihr am Tisch. So ein hübscher großer Kerl mit blondem Haar.«

Sicher hatte sich Benno den Mann eingeprägt, schließlich hätte er ja sein potenzieller Nachfolger werden können. In so einem Fall gucken Männer immer genauer hin. »Wie sah er aus? Kannst du dich an Details erinnern?«

»Weiß ich alles nicht mehr. Meinst du, ich wollte mich damit auch noch rumquälen? Ich hab den Kerl ignoriert.« Benno griff unter seine Sitzbank und zog aus einer durchsichtigen Plastiktüte einen weiteren Joint heraus. »Manchmal bringt Weggucken auch was. Wenigstens für den Moment.«

Die Antwort überraschte Albert. Er hätte sich den Typen ganz genau angeschaut, dessen Vorzüge und Nachteile mit seinen eigenen verglichen und ein Resümee gezogen. »War sie oft mit ihm hier?«

»Nur das eine Mal. Mir hat es auch gereicht.«

»Und danach?« Christine hätte in einer solchen Situation smartere Fragen gestellt und ihr Repertoire an journalistischen Verhörtechniken ausgespielt. Von der Blinzelfrequenz bis zur Tonlage und Reaktionszeit ihres Gegenübers hätte sie alles genauestens studiert. Aber er gab sein Bestes. Ohnehin fühlte er sich Benno so nah wie einem alten Bekannten. Da konnte man schon mal nachsichtiger sein.

»Vor vier Wochen war sie noch mal hier. Allein. Ganz kurz nur. Sie hat einen Cuba Libre getrunken und mir zum Abschied übers Kinn gestrichen. War 'n komischer Moment. Kannst du mir glauben.« Benno legte den Kopf in den Nacken. »Als ob sie auf Wiedersehen sagen wollte. Echt unheimlich. Das war das letzte Mal, dass ich sie gesehen habe.« Benno nahm ein Teelicht in die Hand und schlug mit der flachen Hand darauf. Die Flamme erlosch. »Lebendig, meine ich.« Erneut griff er unter die Sitzbank. »Die hat sie zuletzt bei mir gelassen. Ihre Jeansjacke. Ich sollte sie aufheben, weil ihr abends am Ufer immer so kalt war.« Er reichte Albert das Stoffbündel.

Es war eine dunkelblaue Levis-Jeansjacke. In der Brusttasche ertastete Albert einen eckigen Gegenstand. Sofort schob er den Messingbutton durch das Knopfloch und öffnete die Klappe. Es war ein silberfarbenes Feuerzeug. *DROP DEAD* stand auf der Vorderseite, und darunter war ein Erdball zu sehen. Eine Gravur, die Nana wohl selbst veranlasst hatte. Albert musste lächeln. Ihn durchschoss ein Gefühl der Vertrautheit, das er längst vergessen hatte.

»Sogar auf ihrem Feuerzeug hat sie ihre Leitmotive verewigt.« Er drehte das Zippo zwischen den Fingern. »Nach der Geburt ist …«

»… vor dem Tod«, vollendete Benno seinen Satz. »Sie hat es oft gesagt. Ich weiß.«

Albert klappte den Deckel des Feuerzeugs auf. Mit einem Klirren federte das Metall im Scharnier nach hinten. »Schon witzig. Sie hat wirklich geraucht wie ein Fabrikschornstein.« Er ratschte den Feuerstein, und eine Flamme schoss in die Höhe. »Eigentlich komisch, dass sie ihr Feuerzeug vergessen hat. Ich habe Nana nie ohne erlebt.«

»Behalt es.« Benno beugte sich mit dem Joint im Mund vor und entzündete ihn an der lodernden Flamme. »Es hätte ihr gefallen. Ganz sicher.«

»Echt?« Albert fühlte sich wie ein Dieb, der Benno um seine letzten Besitztümer brachte. Die Teelichter flackerten im Wind hin und her.

»Klar. Es ist deins.« Benno blies den Rauch in die Luft. Die grauen Schwaden schwebten aus seinem Mund, flogen über die Spree und verloren sich in der Dunkelheit. »Ist eine ganz klare Nacht heute. Irgendwie merkwürdig, dass unter so einem schönen Sternenhimmel auch schreckliche Dinge passieren können.«

Albert folgte Bennos Blick in den Nachthimmel. Als achtjähriges Kind hatte er oft versucht, die Sterne zu zählen. Einen nach dem anderen. Dann war die Sonne aufgegangen, und er war müde in die Kissen gefallen. Die Nacht hatte ihre Kerzen einfach ausgepustet, bevor Albert mit dem Zählen fertig gewesen war. Immer wieder hatte er sein Experiment wiederholt. Hunderte Male. Starrsinnig und hoffnungsfroh, eines Tages doch noch eine Antwort zu erhalten.

»Stell dir mal vor, Albert, vielleicht existieren einige der Sterne da oben schon gar nicht mehr. Die sind verloschen, und wir sehen Millionen Jahre später nur noch ihr Licht, das zur Erde reist.« Benno nahm einen tiefen Zug von seinem Joint. »Auf nichts ist Verlass. Auf absolut gar nichts. Das macht mir richtig Angst.«

»Ich verstehe, was du meinst.« Benno wollte sich Nanas Tod wohl begreifbar machen, ihm irgendeinen Sinn geben. Er scheiterte an dieser Aufgabe – wie Albert als Kind an den Sternen verzweifelt war. »Mal sehen, was ich noch rauskriege.«
Benno setzte sich aufrecht hin. »Du suchst den Mörder?« Er legte eine Hand auf Alberts Unterarm. »Du willst ihn finden, oder? Deswegen bist du hier.«
Sag ihm die Wahrheit. Michael Jacksons bohrender Blick auf der Mauer stellte eine klare Forderung an Albert.
»Ich weiß nicht. Ich will nur begreifen, was hier eigentlich passiert ist.«
Benno schüttelte den Kopf. »Du suchst ihn. Das spüre ich.«
»Vielleicht.« Das Wort beschrieb Alberts Engagement in dieser Angelegenheit am besten. Er brauchte mehr Zeit, um die richtigen Worte zu finden und sich seiner eigenen Rolle in diesem Fall bewusst zu werden. »Hat Nana jemals von mir gesprochen?«
»Nein.« Bennos Antwort kam prompt und war so eindeutig, dass sie Albert gleich doppelt hart traf.
Eine junge Frau mit dunklem Pagenkopf lief hinter dem Geländer der Uferabsperrung entlang. Ihr Gang war aufrecht, ihr Kopf hoch erhoben. Hastig drehte sie sich nach allen Seiten um.
»Christine!« Albert stand auf und winkte ihr zu. Sofort schaukelte das Boot unter ihm, und er musste sein Gewicht auf das linke Bein verlagern, damit er nicht ins Wasser fiel.
Christine deutete ein Kopfnicken an und lief zur Ufermauer.
»Ist das …?«, flüsterte Benno.
»Meine Freundin«, sagte Albert genauso leise, und dennoch konnte er den Stolz in seiner Stimme nicht verbergen.
»Die ist wirklich hübsch. Sieht aus wie diese französische Schauspielerin. Da gab es doch mal so einen Film, wo sie für

ihren Vater immer die Fotos von dem Gartenzwerg gemacht hat …«

»Um Gottes willen, sag ihr das bloß nicht. Sie reißt dir den Kopf ab, wenn sie das noch mal hört.«

Christine legte beide Arme auf das Geländer und nickte Albert und Benno zu. Ihre zusammengekniffenen Lippen entgingen Albert im Schein der flackernden Teelichter nicht. Er kannte diesen Zug in ihrem Gesicht, bevor sie etwas Schwerwiegendes in den Raum stellte.

»Diese Geschichte mit Nana«, sagte sie von oben. »Wir müssen jetzt schnell sein, Albert. Sehr, sehr schnell.«

8

Er hatte keine Eile, er war vollends entspannt. Mit einem Lappen fuhr er über die Felgen des blauen SUV, tränkte das Tuch immer wieder mit Spiritus und rieb so lange an dem Stahl herum, bis er sein Gesicht in der Reflexion der Oberfläche sehen konnte.

Sein markantes Kinn, die vollen Haare und seine kräftigen Wangenknochen wirkten in der Vormittagssonne so perfekt, als hätte man in der Antike den Goldenen Schnitt nur für sein Gesicht erfunden. Er strich eine Haarsträhne zurück und fuhr mit der Hand über seine Augenbrauen. Euklid hätte seine Freude an ihm gehabt. Da war er sich sicher.

Neben seinem Fuß lag ein vom Ast gefallener Apfel mit einer angeschlagenen Stelle. Er hob ihn auf. Die verletzte Seite sah matschig und eingesunken aus. Die Oxidation des Apfels würde nun noch schneller vorangehen, bis er nur noch ein zusammengefallenes Häufchen Fruchtfleisch war, völlig ungenießbar, so dass ihn niemand mehr berühren wollte. Er legte den Apfel wieder zurück ins Gras, mit der gesunden Seite nach oben, so dass sein Makel im Verborgenen lag.

Hässlichkeit konnte die menschliche Seele zerstören, wenn sich die Demütigungen über die Jahre zu einer untragbaren Last anhäuften.

Dabei war die Unterscheidung zwischen Vergangenheit, Gegenwart und Zukunft ohnehin nur eine Illusion, die sich hartnäckig hielt. Sein Vater hatte es ihm erklärt, als er nach der Schule wieder einmal von seinen Mitschülern zusammengeschlagen worden war. Seine Mutter hatte ihn getröstet. Mit einem nassen Lappen tupfte sie ihm das Blut von den Wunden an Lippe, Kinn und Wange und flüsterte beruhigende Worte, an die er sich heute nicht mehr zu erinnern vermochte. Aber sie klangen wie eine Melodie, milde wie eine kleine Nachtmusik in G-Moll.

Sein Vater stand im Türrahmen. Die feinen sichelförmigen Grübchen in seinen Mundwinkeln gaben seinem Gesicht einen freudigen Zug. Die Hände in den Taschen seiner braunen Bundfaltenhose vergraben, beobachtete er die Szene im Kinderzimmer voller Interesse – wie einen Unfall, den man nur aus einer gewissen Entfernung betrachtet und schnell wieder vergisst. »Vielleicht glaubst du ja, dass die Wunden heilen werden. Aber das tun sie nicht. Sie werden bleiben. Für immer.« Sein Vater sprach sehr leise, dafür aber umso deutlicher. Dann wandte er sich ab und ging davon. Keine Vergangenheit. Keine Gegenwart. Keine Zukunft. Der Schmerz machte keine zeitlichen Unterschiede, er war immer da, wie angeboren. Erst später wurde ihm klar, dass sein Vater Einstein zitiert hatte.

Mit aller Kraft knäulte er das Poliertuch zusammen, bis das Weiße an seinen Knöcheln sichtbar wurde. Der farblose Spiritus lief über seine Finger. Ein beißender Geruch drang ihm in die Nase. Sein zusammengepresster Mund, der zornige Zug um die Lippen spiegelten sich in den Felgen des Wagens. Sein Vater hatte sich geirrt. Auch wenn die Zeit nur eine Erfindung der Menschen war, so konnte ein verletzter Geist dennoch geheilt werden.

Die vielen Sekunden, Minuten und Stunden, die zu Jahren anschwollen – in seinen Händen waren sie ein Werkzeug gewesen, mit dem er sich perfektioniert und das Vergangene ausgelöscht hatte.

»Hallo? Hallo? Sind Sie da? Hallo?«

Die brüchige Stimme, die über den Zaun tönte, kam von seinem Nachbarn, Walter Rose, diesem greisen Narren. Der grauhaarige, gebückte Mann konnte sich kaum noch auf den Beinen halten. Seine mit Altersflecken übersäten Unterarme hingen schlaff zwischen den Zaunlatten herab. Die schwere schwarze Brille auf seiner Nase war ein sinnloses Instrument. Der grüne Star hatte sich längst durch seine Sehnerven gefressen. Sicher nahm Rose die Welt nur noch wie eine wabernde Nebelwand wahr, und dennoch schob er sich tagtäglich aus alter Gewohnheit das Brillengestell auf die Nasenwurzel.

Er stand auf. Das Poliertuch warf er neben den Vorderreifen des Wagens ins Gras. Wenn er jetzt nicht reagierte, würde Rose stundenlang dort am Zaun stehen und nach ihm rufen.

Der Schatten des Backsteinhauses fiel über den Rasen. Er genoss die Kühle, als er sich dem Alten am Zaun näherte. Die Grashalme unter seinen nackten Füßen empfand er wie kleine Nadeln – genau wie die Anwesenheit des Alten.

»Ach, guten Tag, Herr Rose. Na, wie geht es Ihnen heute?«

Die Frage entstammte seinem Standardrepertoire an unnützen Freundlichkeiten, hinter denen er seine wahren Gefühle verbarg. »Heiß heute, was?«

»Hör'n Sie auf.« Mit der Hand fuhr Rose durch die Luft, als ob er eine Fliege verscheuchen wollte. »Hör'n Sie bloß auf. Bei dieser Bullenhitze möchte man den ganzen Tag nur in 'ner Wanne mit Eiswürfeln liegen.« In der faltigen Haut des Alten lief der Schweiß wie Wasser in kleinen Strömen herab. Er beugte sich ein Stück über den Zaun. »Konnt kaum schlafen die letzte Nacht. War 'n ganz schöner Krach in Ihrem Haus.«

Rose war zwar fast blind, aber gute Ohren hatte er noch. Weißes Altershaar quoll aus der Ohrmuschel des Greises. Wenn ein Sinnesorgan ausfiel, prägte sich das andere besser aus. Er würde vorsichtiger sein müssen, wenn er sein Geheimnis wahren wollte.

»Ach, das tut mir aber leid. Ich habe gestern meine Küche aufgeräumt. Da müssen ein paar Töpfe mächtig gescheppert haben. Tut mir wirklich leid.« Nein, keine Töpfe. Das Metallgestänge im Innern des SUV hatte er verstärkt. Sein letztes Opfer war zu einer besonderen Belastungsprobe für den Wagen geworden.
»'ne Frau. Sie brauchen endlich mal 'ne Frau im Haus. Ein Mann sollte sich nicht mit Töpfen herumschlagen.« Roses heiseres Lachen ging in einen röchelnden Husten über.
»Ach was. Die hätte auch keine Lust auf die Arbeit in der Küche.« Er stellte sich die bleiche Nana Reinhardt mit einer Schürze am Herd vor und hätte fast laut aufgelacht. Eine Frau für die Küche wäre sie nun wirklich nicht gewesen. Sie hatte eine ganz andere Funktion in ihrem Leben erfüllt – und in ihrem Tod.
»Verstehe.« Rose beugte sich mit leiser Stimme wie ein Verschwörer über den Zaun. »War damals alles besser. Meine Grete hab ich noch im Krieg kennengelernt. War 'n prachtvolles Mädel. Na ja …«
Gleich würde Rose wieder sein Hemd hochziehen und ihm seine Verletzung aus dem Zweiten Weltkrieg zeigen, wie er es schon oft getan hatte. Die rote Narbe auf der Brust des alten Mannes zog sich wie mit einem Filzstift gemalt über die Haut. *Granatsplitter, war 'n Granatsplitter.* Dutzende Male hatte ihm Rose schon die Geschichte seiner Verletzung erzählt. Manchmal lenkte der Alte bewusst das Gespräch darauf, als sei die Verstümmelung seines Körpers eine besondere Auszeichnung.
»Wenn wenigstens noch Ihr Vater am Leben wär, was?« Zwischen Roses gelblich verfärbten Zähnen kamen die Worte wie giftige Pfeile heraus. Sie trafen ihn. Taten weh.
Rose nickte. »Ich mochte das, wenn Ihr Herr Vater hier im

Garten seine Arbeit gemacht hat. Da wurde es auch immer laut, aber wenn er dann so richtig mit seinem …«

Nicht sein Vater. Nicht jetzt. Er spürte das Rauschen seines Blutes, den schnellen Herzschlag, der ihn schwindelig machte.

»Ach, Gott. Mensch.« Rose deutete mit seiner altersfleckigen Hand auf sein Gesicht. »Ihre Nase blutet ja.«

Er wischte sich mit dem Handrücken über die Oberlippe. Rote Schlieren zeigten sich, die sich mit seinem Schweiß zu einem Gemisch der Körpersekrete verbunden hatten – als ob sein Innerstes mit Gewalt nach außen drängte. Wie er diesen Kontrollverlust verabscheute. »Ich muss mal weitermachen. Schönen Tag noch, Herr Rose.« Er wollte kein weiteres Wort mehr über seinen Vater aus dem Mund des Alten hören. Es würde den Mann nur lebendiger machen, als er es verdiente.

Rose hob seine zittrige Hand und winkte zum Abschied. Dann schlurfte er mit kurzen Schritten zu seinem Haus an der Ecke der schmalen Straße.

Nein, wir Menschen hatten nicht wirklich etwas auf der Welt verloren. Deswegen mussten wir am Ende verglühen. Darüber dachte er nach, als er Roses wackligen Gang verfolgte.

Ein Zug ratterte hinter dem Haus aus rotem Backstein entlang und wand sich wie ein Wurm durch die Kurven. Die Köpfe der Reisenden starrten aus den Fenstern. Zwei Meisen landeten auf einem Zweig des Apfelbaums und wippten darauf hin und her. Unter seinem Fuß knackte ein Ast.

Er ging durchs Gras zurück zu seinem Wagen. Vor dem Heck des SUV ging er in die Knie und rüttelte am Nummernschild. Fest. Gut. Für rund zweitausend Euro hatte ihm ein britischer Fälscher vor einem halben Jahr die Nummernschilder besorgt. Dazu noch einen deutschen Führerschein und einen Personalausweis. Er zog die kleinen Plastikkarten aus der Tasche seiner Jeans. ROBERT STAUBNER stand auf den Dokumenten. Der echte Staubner fuhr ahnungslos mit seinem SUV durch Münster. Wie er wohl reagieren würde, wenn sich die Polizei bei ihm meldete? Es war simpel, die Identität eines anderen Menschen anzunehmen.

Bisher war alles reibungslos gelaufen, aber er wollte kein Risiko eingehen. Die gefälschten Ausweise und die Nummernschilder waren der beste Schutz, falls er einmal bei einer Kontrolle von der Polizei angehalten wurde. Er steckte die Plastikkärtchen zurück in die Tasche und ertastete die Kanten noch einmal zur Sicherheit von außen durch den Stoff seiner Hose.

Mit einer raschen Bewegung zog er die Seitentür des SUV auf und kletterte in den Wagen. Die Hitze im Auto war unerträglich. Er legte eine Hand auf den schwarzen Sitzbezug – und zuckte zurück. Es war, als hätte er eine glühende Herdplatte berührt. Der August war der widerlichste von allen Monaten. Einfach ekelhaft. Ihm waren die kühlen Herbstmonate lieber, die fallenden Blätter, die leblos auf den Straßen lagen, die kahlen Bäume, deren Äste im Wind schaukelten. Im Herbst konnte er seine Gedanken besser kontrollieren. Greifbarer und klarer waren sie, und außerdem war sein Vater im Herbst verstorben. Er liebte diese Jahreszeit.

Die Hintersitze des SUV hatte er vor einem halben Jahr entfernt. Er brauchte den Platz. Auf dem Boden des Wagens waren zwei Schienen aus Eisen mit verzinkten Maschinenschrauben verankert. Darauf lag ein schwarzer Kontrabasskoffer aus Fieberglas, ein Meter achtzig lang. Am Oberbug war er künstlich mit Glasfasergewebe und Polyesterharz verbreitert. Am Kopfende war zudem eine Plexiglasscheibe eingesetzt, die sich mit einem Schiebemechanismus verschließen ließ. Auf diese Weise konnte er in das Innere des Koffers blicken, wann immer er wollte.

Am Unterbug waren zwei Rollen aus Messing eingelassen, die den Transport des Koffers samt seines Inhalts erleichterten. Mit dem Zeigefinger stieß er die Rollen an. Sie rotierten einwandfrei in ihrer Halterung. Gut. Er zog an einem der drei Haltegriffe und klappte den Kontrabasskoffer auf. Innen war das Gehäuse mit dunkelblauem Samt ausgeschlagen. In der Mitte des Koffers war der Stoff an einigen Stellen abgenutzt, der Samt zerkratzt. Als er genauer hinschaute, entdeckte er einen dreieckigen kleinen Gegenstand, der im Stoff steckte. Ein abgebrochener, grün lackierter Fingernagel.
Er schüttelte den Kopf. Es war doch nun wirklich nicht so schwer zu verstehen gewesen, dass es kein Entkommen aus diesem Gefängnis gab. Und selbst wenn es ihr gelungen wäre – für eine erfolgreiche Flucht hätte auch das nicht gereicht. Erstaunlich, dass selbst ein intelligenter Mensch wie Nana Reinhardt diese Realität nicht akzeptieren wollte. Zwei Wahrheiten konnten sich nun mal nicht widersprechen. Am Ende hatte sie es gelernt.
Einen Moment lang sah er sie vor sich. Ihr Lachen, die Art und Weise, wie sie ihr tiefschwarzes Haar nach hinten geworfen und seinen Worten gelauscht hatte, in einer Mischung aus charmanter Attitüde und intelligenter Überheblichkeit. Er hatte dieses emotional ansprechende Gemisch sorgfältig gebraut, wie eine Medizin genau abgestimmt auf diese schwer zu beeindruckende junge Frau. Einsamkeit, so hieß Nana Reinhardts Krankheit. Und er hatte ihr die Medizin in nur zwei Sitzungen verabreicht. Für sein nächstes Opfer würde eine Session reichen. Je sorgfältiger die Planung, desto weniger Zeit beanspruchte die Umsetzung.
Er prüfte die vielen kleinen, zwei Millimeter großen Löcher am Kopfende des Koffers. Mit einer Bohrmaschine hatte er die Öffnungen in perfekter Feinarbeit ins Gehäuse gebohrt.

Er pustete Luft durch die Löcher und hielt von der anderen Seite seine flache Hand gegen den Koffer. Er spürte seinen Atem auf der Haut. Der Sauerstoff im Innern würde ausreichen.
Er kletterte aus dem Wagen, zog sich sein durchgeschwitztes weißes Baumwollhemd mit den Fingerspitzen von der Haut und wedelte mit dem Stoff hin und her. Das klebrige Gefühl an Brust und Bauch ließ sich auch so nicht vertreiben. Verdammter August.
Am Himmel zog ein Flugzeug seine Bahnen. Die röhrenden Motoren waren selbst hier unten im Garten deutlich zu hören. Am Heck der Maschine hing ein Banner mit dem Konterfei einer lachenden Himbeere, die Werbung für einen Energydrink. Er fragte sich, welche Menschen sich aufgrund dieser dümmlichen Kampagne für das Getränk begeistern würden. Manipulation, trickreiches Blenden. Genau so funktionierte die Welt. Er hatte diese Technik schon als Kind durchschaut und setzte sie heute mit Erfolg ein.
Neben dem hinteren rechten Reifen des SUV lagen mehrere Aufkleber im Gras, wie sie oft am Heck von Berliner Autos zu sehen waren. Er nahm einen Packen in die Hand und glitt mit dem Daumen über die äußeren Kanten wie ein Poker-Profi, der vor dem entscheidenden Spiel seinen Satz Karten checkt. Dann zog er einzelne Aufkleber aus dem Stapel und hielt sie prüfend vor das Heck des SUV: ein schwarz-weißer Sticker mit den Umrissen Italiens, ein weiterer mit den Konturen Sylts und einer mit einem roten Herz und dem Aufdruck *I LOVE BERLIN*. Der Wagen sollte einen familienfreundlichen, sympathischen Touch bekommen. Dabei war es pure Selbstgefälligkeit, die simple Geister dazu veranlasste, ihre Leidenschaften und Ansichten für alle sichtbar auf ihr Auto zu pappen. Für ihn war es nur ein weiteres Instrument

der Täuschung. Ein Aufkleber verriet mehr über den Fahrer eines Wagens als das Auto selbst, was sich wunderbar für seinen Plan nutzen ließ.
Prüfend hielt er die Aufkleber hoch. Die Herzvariante erschien ihm doch etwas übertrieben, und Italien war ihm schon immer suspekt gewesen. Sylt. Ja, Sylt war gut. Geldadel, Meer und ein gewisser kultureller Hintergrund – harmloser konnte ein Autofahrer in Berlin nicht wirken. Er zog die Folie auf der Rückseite des Stickers ab und klebte ihn auf die linke Seite der Heckklappe.
Noch einmal griff er in den Packen, und diesmal entschied er sich für einen Klebebutton in Form eines Dreiecks. Einer dieser Baby-Sticker, mit denen junge Eltern ungefragt den Namen ihres Kindes in die Welt hinauströteten. *MARIE ON BOARD* stand darauf.
Perfekt. Er hatte keine Tochter, und er würde niemals eine haben. Keine Lisa-Sophie, keine Antonia und keine Marie. Er brauchte keine Kinder, um Spuren in der Welt zu hinterlassen. Sein Weg war ein anderer. Er befestigte den Button auf der rechten Seite der Heckklappe.
Im Schatten der nördlichen Hauswand stand eine offene Flasche Mineralwasser. Er ging hinüber und nahm einen tiefen Schluck. Mit dem Rücken lehnte er sich an die kalte Backsteinwand und ließ sich auf den Boden gleiten, wie er es oft als kleiner Junge gemacht hatte, wenn ihn seine Klassenkameraden wegen seines Aussehens verhöhnt hatten. Die scharfen Fugen an seinem Rücken fühlten sich vertraut an. In der Ferne tutete ein Zug.
Einmal, er war vielleicht elf Jahre alt gewesen, da hatte er im Vorbeigehen das Gespräch zweier Lehrerinnen belauscht, die sich abwandten, als er den langen Gang zur Schultoilette hinuntertrottete. »Das ist ein merkwürdiger Junge. Ich habe ihn

beobachtet. Manchmal freut er sich. Oft ist er wütend, dann weint er auch. Aber in seinen Augen zeigt sich keine Regung. Ist Ihnen das nicht auch aufgefallen? Sein Blick bleibt immer gleich. Seine Augen sind so … gefühlsleer.« Seine Augen sprachen nicht. Nie. Er schwieg mit ihnen. Er blickte nach draußen in die Welt, aber er ließ niemanden in sich hineinblicken. So schützte er sich vor den anderen und bewahrte seine Geheimnisse.

Er klopfte mit den Fingerspitzen gegen das Regenrohr, das senkrecht über die Hauswand verlief, und lauschte dem hohlen Klang. Seit Wochen war nicht ein Tropfen Regen vom Himmel gefallen. Die Erde lag trocken und rissig vor ihm.

Die kühle Brise eines vorbeifahrenden Zuges streifte sein Gesicht. Ein Apfel fiel von einem der oberen Zweige des Baumes mit einem dumpfen Poltern neben ihm ins Gras. Ein dunkelblauer Schmetterling mit weißen Flecken flatterte um eine Lavendelblüte herum, setzte sich und saugte den Nektar der Pflanze auf.

Blitzschnell packte er den Falter und ballte seine Finger zur Faust. Er spürte die schlagenden Flügel und die zarten Fühler an seiner Haut. Vielleicht war er wie der Schmetterling in seiner Hand. Einen Sommer würde er fliegen, bevor ihn die Hornissen mit ihren giftigen Stacheln töteten. Er drückte kräftiger zu. Die Flügel bewegten sich nicht mehr. Gefangen auf engstem Raum und keine Fluchtmöglichkeit. Seine Gegner würden ihn erbarmungslos jagen, jetzt, wo er mit seinen Taten aus dem Schatten getreten war. Doch er war ihnen viele Schritte voraus. Sie würden ihn nicht zu Fall bringen. Noch längst nicht.

Er öffnete die Hand, und der Schmetterling torkelte durch die Luft, fing sich und stieg auf in die Höhe, bis er zwischen den Zweigen der Bäume verschwunden war.

Die Sonne bewegte sich langsam in Richtung Süden. Fast zehn Uhr.
Er schloss die Augen. Nur noch neun Stunden, und die finale Phase seines Plans würde beginnen. Er konzentrierte sich auf das Rauschen des Blutes in seinen Ohren und atmete tief durch.

9

Christine hielt die Luft an. Die Klippe war so hoch, dass ein Mensch unweigerlich in die Tiefe stürzte, wenn er nur einen falschen Schritt machte. Sie blickte hinab. Das Meer schimmerte in smaragdfarbenen Tönen. Das Haus auf der Anhöhe erhob sich wie ein dunkler Zeigefinger in der sommerlichen Landschaft Cancales. Ein Mann im Cordsakko stand vor dem Haus und warf einen Stock. Ein Hund mit zottigem Fell jagte ihm hinterher.

Christine hörte das Kreischen der Möwen und die tosende Brandung des Meeres. Der Wind rüttelte an den Ästen des Olivenbaums, der im Schatten des Hauses hin und her schwankte. Sie war daheim. Dort, wo sie hingehörte. Cancale. Dann hupten zwei Autos. Die Tram ratterte über die Greifswalder Straße. Eine Katze fauchte. Müllmänner brüllten sich Kommandos über den Hinterhof zu, während sie die klappernden Tonnen leerten. Berlin. Die Geräusche von draußen zerrten sie aus ihrem angenehm dämmrigen Halbschlaf.

Sie blinzelte und richtete sich in ihrem Bett auf. Die Sonne blitzte durch den kleinen Schlitz zwischen den Samtvorhängen ihres Zimmers. Das Licht fiel auf das Foto an der Wand, ließ die Landschaft Cancales in ihren satten Sommerfarben erstrahlen.

Drei Kissen lagen übereinandergestapelt hinter ihr am Kopfende. Christine schlief grundsätzlich immer auf der rechten Seite des Bettes und hochliegend. Albert gab ihr meistens auch sein eigenes Kissen, selbstlos, wie er nun mal war. Und wenn nicht, dann griff es sich Christine einfach, während er schlief.

Noch immer nahm sie Schlaftabletten, zerkaute sie wie Bonbons und betäubte so die vielen Gedanken, die durch ihr Gehirn kreisten, bis nur noch Stille übrig blieb. Schon seit so vielen Jahren nahm sie diese Pillen. Irgendwann einmal wollte sie darauf verzichten. Aber nicht heute. Und auch nicht morgen. Sie würde wissen, wann der richtige Zeitpunkt gekommen war.
Christine legte eine Hand auf die linke Betthälfte. Sie war kalt. Albert musste bereits eine ganze Weile wach sein und in der Wohnung herumlaufen. Normalerweise hörte sie selbst im tiefsten Schlaf jeden fremden Schritt und jedes Knacken, eine antrainierte Eigenschaft, die Christine auch während ihres gefährlichen Auslandseinsatzes in Nigeria vor Übergriffen bewahrt hatte. Doch in der vergangenen Nacht hatte sie sich einfach nur ihrer Müdigkeit hingegeben.
Die Dielen knirschten, als sie ihre Füße auf den Holzboden setzte und zum Fenster wankte. Mit beiden Händen riss sie die Vorhänge auf. Ein praller Augusttag mit blauem Himmel zeigte sich hinter der Scheibe der großen Altbaufenster. Fast schon kitschig. Fehlten nur noch ein bunter Drachen und ein paar Luftballons am Himmel.
Sie ging durch ihr Schlafzimmer und strich über das gerahmte Foto an der Wand. Fast konnte sie die Konturen ihres Vaters ertasten. *Man darf nie vergessen, woher man kommt. Niemals, Christine. Es macht dich stark. Niemand kann dir diese Stärke nehmen.* Remy Lenèves Aufforderung klang so deutlich in ihren Ohren, als würde er direkt neben ihr stehen und sie gleich in den Arm nehmen. Wenn sie die Augen schloss, konnte sie seinen Sandelholzduft riechen und die feinen Rillen seines Cordsakkos auf ihrer Haut spüren.
Sie hatte das Foto drei Wochen vor seinem Tod in Frankreich aufgenommen. Ihr Vater war gerade von einem Einsatz in

Marseille zurückgekehrt. Ganz oben in seinem zerschlissenen Reisekoffer lagen ein dunkelblaues Kleid und zwei Alben der Beatles, die er Christine mitgebracht hatte. Noch am selben Tag zog sie das Kleid an und legte auf der Terrasse vor dem Haus die Platten auf. Niemals hätte ihr Vater CDs gekauft. Er blieb sich selbst treu. Der glänzende Le-Tallec-Plattenspieler drehte sich mühsam. Die Nadel kratzte stumpf über die schwarze Scheibe.

Let it be erschallte in einer merkwürdig verzerrten Fassung, aber Christine fand sie wunderschön. Ihr Vater hatte sie an beiden Armen gefasst und langsam um die eigene Achse gedreht. Zu diesem Song der Beatles konnte man nicht wirklich tanzen, doch Christine hatte das nicht gestört. Ihr Vater war bei ihr gewesen. Mehr hatte sie nicht gebraucht. Die Musik war auf dem Foto nicht zu hören, aber sie war da, in ihrem Kopf – *speaking words of wisdom.*

Es war ein herrlich warmer Tag im ausklingenden August gewesen. Als sie vor elf Jahren den Auslöser ihres Fotoapparates gedrückt hatte, ahnte sie nicht, dass sie ihren Vater bald nie mehr wiedersehen würde.

Mörder melden sich nicht an. Sie sind einfach da und tun, was ihrer kranken Logik entspricht. Ihre Gesichter verraten sie nicht. Nur ihre Handlungen. Der Mörder von Christines Vater hatte nur eine Tür in seinem Kopf geöffnet, und der sorgsam verborgene Psychopath war mit einem Lächeln herausspaziert. Nicht anders musste es in Nana Reinhardts Fall gewesen sein.

Ein Serienmörder, zwei Frauenleichen und ein bizarres Tötungsritual – Christine wollte die Story. Außerdem bewahrte sie Albert auf diese Weise vor gefährlichen Alleingängen. So sah eine Doppelsieg-Strategie aus.

Sie drückte die Messingklinke an der Schlafzimmertür nach

unten und ging über den Flur. Der Kokosläufer auf dem Boden kratzte unter ihren Fußsohlen, sie wurde sofort hellwach. Da hörte sie Stimmen aus der Küche.

»Vielleicht … war der Typ von ihrer Uni …«

Das war Alberts Stimme.

»Aber dann weißt du immer noch nicht, wo sie ihre Daten versteckt hat.«

Nun ertönte das dunkle Organ eines unbekannten Mannes. Ein Fremder war in ihrer Wohnung. Aus der Küche kam der süße, beerige Geruch von Holundertee. Christine zog ihr langes weißes T-Shirt über die Knie, bis es knirschte. Mit einem Blick in den alten Spiegel im Flur richtete sie sich einzelne Haarsträhnen, die nach zehn Stunden Schlaf wie kleine Antennen von ihrem Pagenkopf abstanden. Dann trat sie in die Küche.

Albert saß mit einem Energydrink in der Hand am Esstisch. Mit einem Messer stocherte er in einem krümeligen Brötchen herum und verteilte darauf Erdnussbutter. Ihm gegenüber hockte Benno der Koch und stützte die Ellbogen auf die Tischplatte.

»Aussichtslos«, sagte er, den Kopf nach unten gewandt. Die wuchernde Strahlenaralie auf dem Fensterbrett reichte mit ihrem grünen Blattwerk so weit in den Raum, dass sie Benno am Hals berührte.

Aber auch das erklärte seine Anwesenheit in Christines Wohnung nicht. Die antike Spüle, das Regal mit den bunten Teedosen, die Kerzenleuchter aus Messing und die gläserne Bodenvase mit der Sonnenblume vom Flughafen – alles war so wie immer, nur Benno störte das Bild.

Alberts Augenbrauen schossen in die Höhe, als er Christine im Türrahmen entdeckte. Er schnellte aus dem braunen Lederstuhl.

»Guten Morgen.« Er klang so übertrieben freundlich, als würde er eine Rolle in einer Vorabendserie spielen. Ein sehr verdächtiges Verhalten.

»Morgen!«, rief Benno so selbstverständlich, wie man es von einem jahrelangen Mitbewohner erwartet hätte. Hier stimmte definitiv etwas nicht. Und jedes weitere Wort, das von den beiden noch kam, würde Christine nur noch misstrauischer machen. Albert schien ihre Gedanken zu erahnen. Er wollte die Arme um sie legen, doch sie schob ihn zur Seite.

»Albert, was macht der Koch in *meiner* Küche?«

Benno blickte hinauf zur stuckverzierten Decke, als würde Christine über eine andere Person sprechen.

Sie hatte Benno gestern nur ein paar Minuten lang an der Spree gesehen und sich sehr schnell verabschiedet. Auf keinen Fall würde sie zulassen, dass ein Fremder sich an ihren Recherchen beteiligte. Ein Journalist musste seine Informationen sichern. Im kleinsten Kreis. Unter drei, wie es hieß. Nur Albert und sie. Deswegen war sie auch gegen Kommissar Doms Intervention gewesen. Dieser Benno hatte hier nun wirklich nichts verloren. Aber da saß er und schlürfte Holundertee aus ihrer Lieblingstasse mit dem Cancale-Aufdruck.

»Also, ich dachte, dass uns Benno vielleicht helfen könnte. Weißt du, er hat Nana ja vielleicht zuletzt gesehen … und wir müssen ihre Daten finden.« Albert setzte sich. Er zog an den Kordeln seines Kapuzenshirts und bemerkte wohl selbst, dass seine Argumente Pirouetten im luftleeren Raum drehten.

Christine ärgerte sich darüber, dass sie nur mit einem T-Shirt bekleidet vor den beiden stand. Ein würdevoller Auftritt war das hier nicht. »Er ist Koch. Wie soll er uns helfen?«

Benno zog die Stirn kraus. »Ich war Bundeswehrkoch.« Er setzte sich aufrecht hin, sein hellblaues Hemd spannte über der Brust. »Ich habe eine Ausbildung als Soldat und …«

»Klar, du weißt, wie man eine Gulaschkanone aufs Feld rollt, ohne dass der Feind durch die heranwehenden Gerüche alarmiert wird.« Christine schüttelte den Kopf. »Das wird uns sicher sehr hilfreich sein.«

»Ist die immer so?« Benno flüsterte die Frage, wobei er Albert einen Seitenblick zuwarf.

»Ja, durchaus.« Christine ging einen Schritt auf Benno zu, der selbst sitzend mit ihr noch auf Augenhöhe war. »Immer wenn *sie* das Gefühl hat, dass *sie* gerade über den Tisch gezogen werden soll, dann ist *sie* so. Benno, ich glaube, du solltest jetzt gehen.«

Albert strich sich die Brötchenkrümel von den Handflächen. »Aber Benno hat Nana in der Spree gefunden.«

»Was für ein seltsamer Zufall, nicht wahr?«

Aus dem Wasserkocher neben der Spüle stiegen Dämpfe auf. Im Treppenhaus waren die Schritte eines Nachbarn zu hören. Die Pflanze auf dem Fensterbrett raschelte, als Benno den Kopf hochriss.

»Aber …« Seine Augen wanderten schnell zwischen Christine und Albert hin und her, wie es bei Menschen der Fall war, die gerade etwas Ungeheuerliches gehört hatten, darin einen verborgenen Sinn suchten und ihn schließlich auch fanden. Er knallte die Teetasse auf den Tisch. »Was soll das denn heißen? Verdächtigst du mich etwa?«

Christine entschied sich für ein langes Schweigen, während sie Benno musterte. Seine verkrampfte Körperhaltung, seine hängenden Schultern, seine rot geäderten Augen und seine Empörung sprachen von echtem Leid. Vielleicht war sie ja zu weit gegangen, aber nur in einer emotional aufgewühlten Situation zeigten Menschen ihr wahres Gesicht. Benno wirkte gekränkt. Mit hastigen Bewegungen strich er über die Haare auf seinem linken Unterarm, als ob er sie glätten wollte.

»Ich stelle mir nur Fragen, die sich auch die Mordkommission stellt, Benno.«
»Und die Antworten?« Albert zog die Schultern hoch. Er wich Christines Blick aus.
»Der Mörder hat Nanas Leiche ungefähr zweihundert Meter von eurem alten Hackerkeller in der Spree versenkt. Die Strömung hat die Leiche zum Café *Spreezauber* herübergespült, wo Benno arbeitet. Das könnte zwei Gründe haben – und dabei lasse ich Benno als potenziellen Täter mal außer Acht.«
»Erstens?« Aus Bennos blondem Schopf hatte sich eine Strähne gelöst, die er mit einer raschen Bewegung zurückstrich. Noch immer klang er empört. Womöglich rechnete er mit einer erneuten Attacke Christines.
»Erstens: Der Mörder wollte vielleicht ein Zeichen setzen. Eine öffentliche Warnung an andere Personen – Hacker, die etwas über ihn in Erfahrung gebracht haben könnten. Womöglich haben deswegen Nanas Lippen gefehlt.« Christine tippte sich auf den Mund. »Mit den Lippen spricht man, wenn man sie noch hat.«
»Und zweitens?«, fragte Albert leise.
»Zweitens könnte sich der Täter einen Spaß daraus gemacht haben, die Leiche in der Nähe des Cafés zu plazieren, in dem Benno, ein Ex-Lover, arbeitet. Vielleicht wollte der Mörder ein falsches Verdachtsmoment inszenieren. Das würde heißen, dass Nana dem Täter intime Infos über ihr Leben anvertraut haben muss und sie ihren Mörder gekannt hat.« Christine wandte sich Benno zu. »Ich habe über diesen blonden Typen nachgedacht, mit dem Nana im Café bei dir war.« Sie streckte ihm zwei Finger entgegen. »Ein Mann taucht auf. Eine Frau verschwindet. Das riecht nach Koinzidenz.«
Benno legte den Kopf in den Nacken. »Wenn ich mich bloß besser an das Gesicht von dem Kerl erinnern könnte.«

»Aber auch dann wäre alles nur reine Spekulation.« Christine verschränkte die Arme vor der Brust.
Albert legte sein Messer auf den Teller. Das Porzellan klirrte. »Das klingt langsam kompliziert.«
»Ach, das ist noch gar nichts. Jetzt wird es erst richtig verzwickt.«
Benno und Albert blickten sich an. Die beiden waren komplexe kriminalistische Fallanalysen nicht gewohnt. Doch ohne die Interpretation und Rekonstruktion einer Tat ließ sich auch die Verdachtslage nicht eingrenzen.
»Wir haben eine zweite Tote.« Christine ließ die Worte einen Moment in der Luft hängen.
Sie hatte Albert gestern ausführlich von ihrem Besuch in der Leichenkammer berichtet. Sein Nicken hatte sie nach dieser Aussage erwartet, nicht aber Bennos Gelassenheit: kein Stirnrunzeln, kein überrascht geöffneter Mund, keine Nachfragen.
Sieh an. Sieh an. Albert hatte seinem alten Bekannten vertrauliche Informationen wie ein tratschsüchtiger Hausmeister weitergetragen. Sie hätte heute früher aufstehen sollen. Christine spürte, wie ihr das Blut in den Kopf stieg. »Ich will dieses Thema aber nicht weiter ausführen.« Sie schaute Albert in die Augen, und wie automatisch wich er ihrem Blick aus und fuhr sich mit beiden Händen über die Knie. *Ertappt!* »Benno, ich möchte mit Albert jetzt alleine sein. Das verstehst du doch, oder?«
Benno nickte nur und stand auf. Mit dem Kopf stieß er fast gegen die hölzerne Deckenleuchte. Er steckte beide Hände in die Hosentaschen seiner Jeans, was den Eindruck seiner hängenden Schultern verstärkte. Erstaunlich, wie ein so großer Mann so hilflos wirken konnte. Trotz ihres Ärgers tat Benno ihr leid.

»Christine, ich bin doch nicht blöd. Ich merke schon, dass du mich nicht dabeihaben willst.« Mit der Schuhspitze tippte Benno zweimal gegen ein Stuhlbein und starrte auf den Boden. »Du kannst das vielleicht nicht verstehen, aber Nana war wirklich was Besonderes für mich. In meiner Familie gab es kein Geld. Mein Vater war Maurer, meine Mutter Verkäuferin, und ich bin nur ein Koch. Mehr habe ich nicht erreicht, und ich habe weiß Gott was für einen Scheiß in meinem Leben gemacht.« Er wandte den Kopf zum Fenster und blickte konzentriert nach draußen. Dann nickte er, als wäre ihm ein alter Bekannter begegnet. »Aber Nana … Nana war das alles egal. Verstehst du? Sie hat mir das Gefühl gegeben, was Besonderes zu sein – obwohl sie jeden anderen Kerl haben konnte.« Er kniff die Lippen so fest zusammen, bis sie nicht mehr sichtbar waren. »Ich kann nicht damit leben, dass sie tot ist und ihr Mörder irgendwo frei rumläuft. Ich muss was tun. Mit euch zusammen. Oder allein.«

Christine verstand ihn viel zu gut. Doch der Wunsch nach Vergeltung war ein gefährlicher Antrieb. Sie musste sich entscheiden. Logik oder Emotion. Professionalität oder Menschlichkeit.

Eine Krähe flog an dem Küchenfenster vorbei und landete in der Dachrinne auf der anderen Seite des Hauses. Im Hof rief die siebenjährige Lena wieder mal nach ihrer Mutter. Dazu trötete ihre Fahrradhupe wie eine Luftschutzsirene.

Albert atmete schwer. Benno schien die Luft anzuhalten.

Christine schüttelte den Kopf. »Tut mir leid, Benno. Ich glaube, das ist keine gute Idee. Wirklich nicht.«

Er brachte nur ein angedeutetes Nicken zustande. »Macht's gut. Und danke, Albert … dafür, dass du es wenigstens versucht hast.« Er klopfte ihm mit der flachen Hand auf den Oberarm und ging zur Wohnungstür.

»Christine …« Albert flüsterte ihren Namen mit einem samtweichen Unterton, als könnte er sie so umstimmen.
Die Tür fiel ins Schloss. Die Stufen im Treppenhaus knarrten. Bennos Schritte wurden leiser, bis sie nicht mehr zu vernehmen waren.
Christine ergriff Alberts Hand. »Komm, wir gehen nach draußen. Ich muss mich bewegen. Ich brauche das jetzt. Und dir tut es auch gut.« Ganz fest drückte sie seine Hand. »Wir müssen reden.« *Speaking words of wisdom,* aber diesen Gedanken behielt Christine für sich.

10

Ein schwarzer Labrador schnappte ermattet im Schatten eines Restauranttisches nach Luft. Stühle klapperten vor den Cafés im Bötzowviertel. Unter den bunten Markisen der Läden suchten die Gäste Schutz vor der heißen Mittagssonne. Eine kleine Gruppe Prenzlauer-Berg-Mütter trank Kaffee aus braun-weißen Pappbechern. Ihre Luxuskinderwagen hatten sie wie Planwagen im Wilden Westen im Kreis aufgestellt. So ließ sich sicher der eine oder andere Angriff abwehren.

Albert nahm von alldem nur wenig wahr. Er konzentrierte sich auf Christine. Mit ihrer schwarzen Schlaghose, den schwarzen Pumps und ihrem schwarzen Hemd sah sie inmitten der sommerlich gekleideten Prenzlauer-Berg-Bewohner wie eine Freibeuterin aus, die stolz und aufrecht ihr Jagdrevier durchschritt.

Er konnte die Feinheiten ihrer Gesten sehen: den kleinen abgespreizten Finger, wenn sie auf einen aggressiven Radfahrer zeigte, der sie fast über den Haufen fuhr. Das kaum erkennbare Zucken ihrer Augenbrauen, wenn sie mit ihrem stinkfaulen Briefträger konfrontiert wurde. Der konzentrierte Blick auf ihre Schuhspitzen. Noch immer zählte sie ihre Schritte, wenn sie nach einem Gefühl von Sicherheit suchte und es in der Verlässlichkeit eines hundertfach gegangenen Weges und der damit verbundenen Schrittzahl fand.

Albert war Christine-Experte, und er wusste: Dieser Moment war kritisch für sie. Deswegen kannte er auch schon die Antwort auf seine Frage, bevor er sie überhaupt gestellt hatte. »Meinst du, ich weiß nicht, warum du gegen Benno bist?

Wetten, dass ich weiß, weshalb du ihn nicht dabeihaben willst?«

Vor einem Laden mit skandinavischer Kindermode blieb Christine stehen. »Wird mir der kleine Schlaumeier sein Geheimnis verraten, oder muss ich raten?«

»Erik Bergmann. Darum geht es doch wirklich, oder?«

Treffer. Das kurze Zucken ihrer Augenbrauen kam einem laut ausgerufenen *Ja, du hast recht!* gleich. Hektisch suchte Christine nach ihren Zigaretten.

»Du hast Angst, dass es Benno genauso ergehen könnte wie Bergmann, als wir damals mit ihm zusammen diesen Irren mit den Federn gejagt haben. Es geht um den Fall Ikarus. Richtig?«

Albert sah Bergmanns Gesicht noch vor sich, die grauen Haare des Mannes, seine Hosenträger und seine Makarow. Der alte Kommissar hatte seinen Intimfeind nach all den Jahren der Demütigung endlich stellen wollen, doch am Ende taugte er nur als weiteres Opfer des Serienmörders. Bergmann war tot. Für Christine war die Sache klar: Sie hatte die Verantwortung getragen und Bergmann die Folgen. Wenn sie könnte, würde Christine die Schuld für das gesamte Universum auf sich nehmen. Aber der Tod Bergmanns reichte erst mal aus. Sie wollte Benno nicht in Gefahr bringen, daran gab es für Albert keinen Zweifel.

Christine legte den Kopf in den Nacken und schloss die Augen, als ob sie angestrengt nachdächte.

Im Gemüseladen auf der anderen Seite der Straße wurde eine Lieferung überteuerter Biotomaten ausgeladen. Ein junger Mann mit Gipsverband schleppte sich zur orthopädischen Praxis gleich nebenan. Das ganze Viertel bewegte sich wie in Zeitlupe, eine Folge der 33 Grad Durchschnittstemperatur, die an diesem Mittag in Berlin gemessen wurde.

Christine steckte sich eine Gauloise zwischen die Lippen. »Hast du Feuer?«
Albert wühlte in seiner Tasche nach dem Zippo, das ihm Benno geschenkt hatte, und reichte es Christine. Sie betrachtete die *DROP DEAD*-Gravur mit dem stilisierten Erdball auf der Vorderseite und fuhr mit der Fingerspitze über die feinen Rillen. »Das habe ich doch schon mal gesehen.« Sie strich mit dem Daumen über das Zippo. »In eurem Kreuzberger Keller. Das Poster über Nanas Schreibtisch. *DROP DEAD,* das hat sie mit einem Edding unter die Weltkugel geschrieben.«
»Das Feuerzeug gehörte ihr. Hat mir Benno gestern als Andenken geschenkt.«
Christine klappte das Zippo auf, drehte das Zündrädchen und röstete mit der Flamme die Spitze ihrer Zigarette.
Wenn er jetzt nicht nachhakte, würde Christine ganz schnell das Thema wechseln. »Also, diese Sache mit Erik Bergmann …«
»Stimmt.«
»Stimmt?« Von allen möglichen Antworten hätte Albert diese am wenigsten erwartet.
»Ja, du hast recht.« Christine zuckte mit den Schultern.
»Aber … also … Echt jetzt?«
Sie nahm einen tiefen Zug und stieß den Rauch in die Luft. Nebenan im Café, vielleicht acht Meter entfernt, hörte Albert das gekünstelte Husten einer Mutter mit Kind. Die Frau fixierte Christine und schüttelte mit verkniffenen Mundwinkeln den Kopf. Christine setzte ein breites Lächeln auf, das mindestens ebenso manieriert wirkte, und zwinkerte der Frau zu – eine ihrer typischen missbilligenden Gesten. Dann formte sie mit ihren roten Lippen ein O und pustete den Rauch in kleinen Kringeln zum Tisch der Frau hinüber. Subtiler und kunstvoller ließ sich ein Mittelfinger wohl nicht ausstrecken. Christine schaute den schwebenden Rauchkreisen auf ihrer

Reise zu und belächelte die fliehende Mutter, die ihre Tochter mit sich zerrte, als würde sie vor einem Orkan flüchten.
Zwischen Christines geschwungenen Augenbrauen zeigte sich eine kleine Falte. »Ich denke oft an Erik Bergmann.« Sie klang ernst. »Es war mein Fehler, dass er gestorben ist. Ich hätte ihn niemals mitnehmen dürfen, damals …« Sie drehte die Zigarette zwischen Daumen und Zeigefinger und fixierte den glühenden Punkt am Ende. »Unsere Geschichten enden nun mal nicht immer gut.«
Ihm war, als würde ihn der Blick aus ihren großen dunklen Augen durchleuchten und sich tief in seinen Kopf bohren.
»Du weißt das besser als jeder andere, Albert.«
Natürlich wusste er das. Aber hier ging es um Benno. Er hatte ihn am Frühstückstisch erlebt. Seine Loyalität und Zuneigung für Nana reichten weit über ihren Tod hinaus. Benno würde den Täter auch alleine jagen, obwohl ihre Chancen zu dritt besser standen. Doch davon musste Christine erst noch überzeugt werden. Sanfte Worte und harte Argumente – nur das kam bei ihr an.
»Benno ist der Einzige, der diesen verdächtigen blonden Typen mit Nana im Café gesehen hat und ihn vielleicht identifizieren kann. Außerdem war Benno mal Soldat. Er weiß, was er will. Ich traue ihm einiges zu. Er hat eine Chance verdient.«
Albert fasste Christine an der Schulter. »Und du hast dir auch eine zweite Chance verdient. Diesmal wird es besser ausgehen, bestimmt.«
Ganze drei Sekunden verharrte Christine völlig reglos. Dann atmete sie hörbar aus und stellte sich auf die Zehenspitzen. Er spürte ihren Mund über seine Lippen gleiten, ihre Hände in seinem Haar, hörte ihre Stimme an seinem Ohr. »Also gut, Albert. Ich werde es mir überlegen. Außerdem hast du Benno ja ohnehin schon bestens informiert. Das erspart uns Zeit.«

Wie eine warme Welle schoss Albert das Blut in den Kopf. Leugnen wäre zwecklos gewesen. Er hatte Benno beim Frühstück von der zweiten Leiche erzählt. Es wäre unehrlich gewesen, diesen Fakt zu verschweigen. Natürlich hatte ihn Christine durchschaut. Wie immer.

Ihre Zigarette landete auf dem Kopfsteinpflaster. Mit dem Absatz ihres Pumps trat sie einmal auf die verglühenden Tabakreste. »Dom hat in der Leichenkammer ordentlich geplaudert. Lass uns mal sehen, was wir bisher haben.«

Sie packte Albert an der Hand und zog ihn neben sich her, vorbei an dem Häusermeer aus herrschaftlichen Altbauten, bis sie einen Spielplatz an der Ecke der Hufelandstraße erreichten.

Die Hitze hatte fast alle Kinder vertrieben. Zwischen pädagogisch wertvollen Holzwippen, Klettergerüsten und Rutschen stand eine kleine grüne Bank. An den meisten Stellen war die Farbe abgeblättert, und das witterungsbedingt dunkle Holz, das sich darunter zeigte, war alles andere als einladend. Albert suchte nach einer halbwegs sauberen Stelle und setzte sich. Christine ließ sich, ohne auf die Sitzfläche zu achten, neben ihm nieder.

»Also, wir haben zwei Leichen.« Christine riss eine frische Packung Gauloises auf und legte zwei Zigaretten waagerecht vor sich auf den Boden. »Nana.« Sie deutete auf die linke Zigarette. »Und eine weitere Tote.« Christine zeigte auf die rechte Zigarette. »Erwürgt und ebenfalls eine Wasserleiche.« Sie zog zehn weitere Stäbchen aus der blauen Schachtel und verteilte je fünf senkrecht unter den beiden Zigaretten, die bereits im Sand lagen. »Es gibt fünf Übereinstimmungen zwischen den beiden Opfern: Geschlecht, Rasur, Todesart, Fundort und« – sie tippte auf die untersten beiden Zigaretten – »an einigen Stellen ihres Körpers hat die zweite Frau vermutlich

Kälteverbrennungen erlitten. Eben die hat ein Forensiker auch an Nanas Körper gefunden.«
»Man kann sich mit Kälte verbrennen?«
»Natürlich. Die Haut ist dann geschädigt wie bei der Einwirkung von großer Hitze. Du kannst dir das als eine weißgraue Gewebeveränderung vorstellen.«
»Aber wie ist das möglich? Und warum?«
»Keine Ahnung. Zumindest noch nicht.«
Die Zigaretten lagen wie Ausrufezeichen vor Albert.
»Es geht noch weiter.« Christine tippte mit ihrer Schuhspitze auf den Boden. »Beide Frauen sind zwischen fünfundzwanzig und neunundzwanzig Jahre alt und liegen somit vom Alter her dicht beieinander. Beiden wurden Körperteile abgetrennt, wobei noch unklar ist, wie. Es waren keine Schnitte mit einer scharfen Klinge, eher mit etwas Maschinellem. Die Stellen sahen jedenfalls sehr glatt aus.« Sie verteilte vier weitere Zigaretten auf die beiden Opfer. »Also, Alter. Abgeschnittene Teile des Gesichts. Und dann noch das: Der Mörder hat die Frauen nicht vergewaltigt und ihnen nach der Tat wieder ihre Kleidung angezogen. Ungewöhnlich für einen Serienkiller.« Noch einmal legte Christine vier Zigaretten in den Sand. »Insgesamt also neun Übereinstimmungen zwischen den beiden Opfern. Aber wo sind die Unterschiede?«
Albert musste sich von den weißen Strichen auf dem Boden losreißen. »Na, der Mörder hat unterschiedliche Körperteile herausgeschnitten. Einmal die Augen, einmal die Lippen.«
»Ganz genau. Die Frau ohne Augen hieß Tamara Lee. Sie war, laut Dom, Sekretärin in einem Unternehmen für Rohstoffförderung. Zwischen ihr und Nana besteht keine erkennbare Verbindung. Gefunden wurde sie von Klärarbeitern in der unterirdischen Kanalisation in Zehlendorf, ganz nah bei ihrem Wohnort. Die Polizei hat sie erst jetzt identifiziert.

Zwischen den beiden Taten liegen wahrscheinlich nur wenige Tage. Tamara Lee war aber vermutlich die erste Tote. Und sie ist Asiatin. Erstaunlich eigentlich. Ein Serienmörder sucht sich in fast allen Fällen Opfer seiner eigenen Hautfarbe. Hier aber nicht.« Sie lehnte sich zurück und malte mit ihrer Schuhspitze kleine Wellen in den Sand. »Was sagt uns das alles?«
Albert zog einen Energydrink aus seiner Tasche und riss die Lasche auf. Das Zeug würde sein Hirn schon auf Touren bringen. Er nahm einen tiefen Schluck. Die Hitze hatte die Flüssigkeit in eine ungenießbare warme Brühe verwandelt. Die grinsende, tanzende Himbeere auf der Dose sah aus, als ob sie ihn auslachte. »Die Handschrift bei beiden Morden ist nahezu identisch, und der Täter hat in sehr kurzen Abständen zugeschlagen. Womöglich hat er schon sein nächstes Opfer im Visier.«
Christine nickte. »Richtig. Der kurze Abstand zwischen seinen Taten verrät uns, dass er eine extrem knappe Abkühlphase nach einem Mord hat und wahrscheinlich sehr schnell weitermacht.« Sie nahm Albert die Dose aus der Hand. »Und bei dieser ausgefeilten Technik würde ich vermuten, dass er ausgiebig geübt hat. Womöglich gibt es noch mehrere Tote, von denen wir nichts wissen. Er hat uns seine Handschrift gezeigt, aber noch können wir sie nicht lesen. *Noch* nicht.« Sie nahm einen tiefen Schluck und hustete. »Mein Gott, du wolltest doch schon seit Monaten keine Energydrinks mehr trinken. Und ausgerechnet lauwarme Himbeere.«
»Machst du doch auch. Von dir habe ich das Zeug doch.«
»Ja, aber ich versuche auch gar nicht erst, davon loszukommen. Völlig falscher Ehrgeiz.«
Albert nahm ihr die Dose aus der Hand und kippte die rote Flüssigkeit in den Sand. »Wenn ich will, komme ich auch ohne das süße Zeug aus.« Jetzt hatte er es Christine mal so

richtig gezeigt. Im selben Moment spürte er seine ausgetrockneten Schleimhäute im Mund besonders deutlich und ärgerte sich über sein pubertäres Verhalten.
Christine stand auf und ging um die Zigaretten herum. »Sehen wir es mal aus der Perspektive des Täters: Vielleicht hat er die Leichen ja ins Wasser geworfen, um das Todesdatum zu verschleiern und die Identifizierung hinauszuzögern. Wasserleichen sind für Pathologen und Forensiker eine echte Herausforderung. Oder es gibt einen rituellen Hintergrund, den wir nicht durchschauen. Vielleicht wollte er auch etwas verschleiern, das mit seiner Tötungsmethode zusammenhängt.«
Albert presste sich beide Handflächen gegen die Schläfen und massierte seine Stirn. »Und was hat er mit den fehlenden Körperteilen gemacht?« Einen Moment sah er Nanas volle Lippen vor sich, wie sie leise Worte formten und lächelten.
»Na, was wohl?« Christine machte mit der rechten Hand eine Schreibbewegung. »Die Erinnerung an seine Taten bringt er wie in einem persönlichen Tagebuch zu Papier – nur eben mit Körperteilen. Lippen und Augen. Sprechen und Sehen – zwei der fünf Sinne. Mit den Verstümmelungen raubt der Täter seinen Opfern einen Teil ihrer Wahrnehmung. Das könnte sein Motiv sein. Jedenfalls wette ich, dass er sich mit den herausgeschnittenen Körperteilen vor seiner nächsten Tat aufheizt.«
Albert war, als würde sein Magen auf Erbsengröße zusammenschrumpfen. Er betrachtete den himbeerroten Fleck im Sand, den Rest seines Energydrinks. Er war anders als Christine. Ihre analytische Schärfe glich einer Rasierklinge.
»Ich weiß. Die Wahrheit tut weh.« Christine legte ihre Hand auf seinen Hinterkopf und küsste ihn am Hals. »Lass es nicht zu nah an dich ran.«
»Versuch ich doch schon. Klappt aber nur mäßig.«

Mit den Fingern fuhr sie ihm durchs Haar. »Das ist keine Schwäche, Albert. Sogar eher das Gegenteil. Wunde Punkte machen uns menschlich. Vergiss das nie.«

Mehr als ein Nicken brachte er nicht zustande. »Mach weiter. Ich ertrag das schon.«

Christine schob die Zigaretten mit ihrem Schuh zu einem kleinen Häufchen zusammen. »Tatort ist nicht gleich Fundort. In beiden Fällen. Der Typ hat Nana und Tamara Lee nach dem Mord wieder angezogen und in der Nähe ihrer Wohnungen entsorgt. Fast so, als hätte er sie erst in sein Reich eingeladen – und danach wieder zu Hause abgesetzt. Ein echter Gentleman. Und wir haben keine Anzeichen einer Vergewaltigung. Ich würde ein Hassmotiv vermuten, vielleicht als Reaktion auf Ablehnung in der Kindheit oder Pubertät. Scheint mir naheliegend. Sein Modus operandi zeigt uns aber noch einen anderen, ganz entscheidenden Charakterzug.«

»Der Typ ist total krank.«

»Das ist offensichtlich.«

»Was noch?«

»Er wollte, dass die Leichen früher oder später gefunden werden. Dieser Mörder ist ein eitler Charakter, ein Narziss, der Bewunderung braucht. Sonst hätte er andere Orte für die Entsorgung der Toten gewählt.«

»Ist das gut oder schlecht?«

»Gut. So ein Typ macht Fehler.« Christine ging in die Hocke, als ob sie in dem Häufchen Zigaretten nach einer Antwort suchte. »Auch wenn ich bis jetzt keinen Ausrutscher sehe.«

Ein dicklicher Junge in einem verwaschenen Spider-Man-T-Shirt sprang von seiner Schaukel und näherte sich Christine. Er kaute so hartnäckig auf seinem Kaugummi herum, dass sein Unterkiefer wie ein eigenständiges Organ wirkte. Er zeigte auf die Zigaretten im Sand. »Willst du die alle rauchen?«

»Klar. Später. Eine nach der anderen.«
»Cool. Kann ich eine haben?«
Christine ließ den Deckel des Feuerzeugs wie eine Schere aufklappen. »Nein, kannst du nicht.« Das metallische Geräusch des Zippos klang wie das Stanzen in einer Fabrik. Der Junge zuckte zusammen. »Ab zu deiner Mutti. Gleich gibt es veganes Eis und ökologisch korrekte Waffeln mit ganz viel Biosahne drauf. Das ist eher was für dich.«
»Von Zigaretten kann man sterben«, rief der Junge im Fortgehen und reckte sein kleines Doppelkinn vor.
»Ja, auch davon.« Christine ließ zum Abschied noch einmal das Feuerzeug schnappen.
Albert musste sein Lachen unterdrücken. Er liebte Christines freche und respektlose Art, die auch vor Kindern nicht haltmachte. »Manchmal frage ich mich, wie du mit deinem eigenen Nachwuchs umgehen würdest.« Dieses Thema hatte er noch nie angesprochen. Und es war jetzt auch der falsche Zeitpunkt dafür, aber die Vorstellung von Christine als Mutter amüsierte ihn.
Sie betrachtete das Feuerzeug in ihrer Hand, drehte und wendete es zwischen den Fingern – und würdigte ihn keines Blickes.
»Nicht dass ich jetzt wirklich Kinder wollte, aber ich meine ja nur …«
Christine schien ihn nicht zu hören. Mit ausgestrecktem Arm hielt sie das Zippo gegen den Himmel und blinzelte in das knallharte Sonnenlicht, als wollte sie etwas entziffern.
»Christine?«
»52.54204724 und 13.40436391. Ich bin mir ganz sicher.« Sie hielt sich das Feuerzeug näher ans Gesicht. »Ja. Stimmt. Eindeutig.«
»Was meinst du?«

Sie hielt das Zippo schräg, so dass Albert sich die Kanten ansehen konnte. »Hier, guck selbst.«
Auf der Außenkante des Feuerzeugs sah er kleine Ziffern. »Ja und? Das wird eine Seriennummer sein.«
Christine hielt ihm das chromfarbene Teil unter die Nase. Mit einer routinierten Bewegung zog sie die Hülle ab, und der Benzintank wurde sichtbar. Darauf stand eine Nummer. »Ich habe selbst so eins. Siehst du? *Das* ist die Seriennummer.« Sie drehte die Hülle des Feuerzeugs zur Seite. »Und das hier ist definitiv keine Seriennummer. Nana hat das *DROP DEAD,* die Erdkugel und die Zahlen eingravieren lassen. Und, warte mal …« Sie schloss die Augen. »Ja, ich würde sagen … Zumindest die ersten Zahlen, an die ich mich erinnere, sind wahrscheinlich identisch.«
»Identisch womit?« Eigentlich war Albert derjenige, der sich mit Zahlen auskannte. Aber Christine hatte ihn wohl wieder mal abgehängt.
»Ich nehme an, dass das hier dieselben Zahlen sind, die Nana mit Edding auf das *DROP DEAD*-Plakat in eurem Keller gekritzelt hat.« Sie nickte. »Ich bin mir sehr sicher.«
»Sind das Telefonnummern?«
Christine schüttelte den Kopf und verdrehte die Augen, wie sie es immer tat, wenn sie mit einer ungeheuerlichen Dummheit konfrontiert war. »Albert, bitte …« Sie erinnerte ihn an seine Sportlehrerin, die ihn in seiner Jugend zu Höchstleistungen angestachelt und ihm die dunkelsten Stunden seiner Kindheit beschert hatte, so unsportlich, wie er damals gewesen war.
»Guck doch mal genau hin. Da sind zwei Punkte zwischen den Ziffern, Albert. Na?«
Sie hatte recht. Auf dem Chrom waren die Tüpfelchen kaum sichtbar, nur angedeutet, aber vorhanden waren sie.

Christine drehte das Feuerzeug um und zeigte auf die Vorderfront. »Zwei eingravierte Nummern auf der Seite und vorne der *DROP DEAD*-Schriftzug mit dem Erdball. Einmal ist so was Zufall, zweimal ist es eine Übereinstimmung. Und beim dritten Mal ist es ein Muster, das uns etwas sagen will.«
Sie schüttelte das Feuerzeug in der ausgestreckten Hand so heftig, dass ihr Pagenkopf durcheinandergeriet. »Fällt dir endlich was auf? Es ist ja nur ein Verdacht, aber wer so was eingravieren lässt, der macht das nicht ohne Grund.«
Albert zog sein Handy aus der Jeans und gab die Zahlenfolgen bei Google ein. Er bemühte sich dabei um ein möglichst schlaues Gesicht, obwohl er keine Ahnung hatte, zu welchen Schlüssen Christine gekommen war. Es ärgerte ihn, dass er die Ziffern nicht selbst entdeckt hatte. Aber Benno hatte ihm das Feuerzeug im Boot bei Dunkelheit gegeben. Keine Chance. Dann kam der erste Treffer auf seinem Handy. Und noch einer.
»Verdammt. Das sind Koordinaten. Längen- und Breitengrade. Damit kann man einen Ort bis auf den Zentimeter präzise bestimmen.« Er zog das Bild mit zwei Fingern auf dem Touchpad größer. »Und es ist mitten in Berlin.« Albert hielt das Handy weit von sich gestreckt, so dass Christine die Karte auf dem Display sehen konnte. »Was will uns Nana damit sagen?«
Christine tippte sich mit dem Zeigefinger gegen die Stirn. »Ich habe da einen Verdacht. Einen klitzekleinen Verdacht.«

11

Mist. Einfach nur Mist. Seit fast zwei Monaten stand sie neben sich, hörte nicht mehr zu, wenn ihre Kollegen Klatsch und Tratsch in allen Büros verbreiteten, und trank stattdessen ihren Kaffee in der kleinen Teeküche – allein. Die täglichen Mobbing-Spielchen nervten sie nur noch. Sie hielt sich abseits. Je weniger sie reden musste, desto besser. Unauffällig sein. Still leiden.

Claudia ist echt schlecht drauf. Ihr Typ hat sie sitzenlassen. Habt ihr's schon gehört? Worte können töten. Doch das Geflüster der spitzen Zungen zwischen den Bürotischen war ihr egal. Zumindest redete sie sich das ein, täglich und stündlich. Johannes hatte einen Schlussstrich unter ihre Beziehung gezogen. Nach anderthalb Jahren hatte er sie unangekündigt abserviert, und das ohne jeden Grund. Ein Riesenmist.

Claudia saß vor dem Eingang des Berufsgenossenschaftshauses am Ufer des Lietzensees. Von der obersten Stufe des Klinkerbaus konnte sie die Gartenanlage am besten überschauen – die grünen Bänke, den gepflegten kleinen Park mit der Steinskulptur, die einen Faun und einen Knaben mit einer Flöte darstellte, und die Platanen, die ihre Äste weit über die Wiese streckten. In der Luft hing der Geruch von frisch gemähtem Gras, den sie so sehr liebte, weil er sie an ihre Großeltern erinnerte. Der Park war selbst am Nachmittag noch gut besucht. Die Heimkehrenden genossen die letzten Stunden in der Sonne, die langsam in Richtung Westen wanderte. Viele kamen nach der Arbeit für ein paar ruhige Minuten hierher, genau wie sie. Auch wenn der Platz neben ihr nun leer blieb.

Zwei junge Frauen mit hennarotem Haar und knallbunten Kleidern legten ihre Fahrräder ins Gras und setzten sich ein paar Stufen weiter unten auf die Treppen des Klinkerbaus, direkt neben eine der vier Säulen. Sie unterhielten sich über ihr Germanistikstudium, über ätzende Kommilitonen und greise Dozenten. Die unbeschwerte Art der beiden erinnerte Claudia an ihre Zeit als BWL-Studentin, damals, als sie glaubte, jeden Schritt in ihrem Leben mit mathematischer Sicherheit planen zu können. Was für ein Selbstbetrug. Vor acht Wochen war das Gefühl der Unangreifbarkeit verschwunden. Vielleicht für immer.
Am anderen Ende ihrer Stufe saß ein Typ mit einem in Leder eingeschlagenen Zeichenblock. Er blickte auf den See und zog seinen Bleistift mit schnellen Bewegungen übers Papier. Wenigstens war er still.
Unten auf den Parkbänken hatten es sich ein paar Rentner gemütlich gemacht. Einer von ihnen kramte ein belegtes Brot aus einer durchsichtigen Plastikbox und kaute mit offenem Mund auf seiner Stulle herum. Wahrscheinlich fühlte er sich so allein wie sie und aß sein Abendbrot lieber in der Gesellschaft anderer. Jeden Abend trafen sich die alten Männer hier. Sie saßen ganz dicht zusammen, als würden sie sich aneinanderklammern, damit der Tod nicht einen von ihnen fortreißen konnte. Ein bisschen schämte sich Claudia für ihre Gedanken, die so gar nicht zu diesem sonnigen Spätnachmittag passten.
Ein Mann stellte sein Sportrad neben einem Mülleimer ab. Er nahm seinen Helm ab, schaute sich im Park um und lächelte Claudia zu. Dann legte er sich ins Gras. Sein Shirt war schweißdurchtränkt und so eng, dass sich sein Bauchansatz abzeichnete.
Im Schatten einer Platane hockten zwei Schwäne mit ihren

Jungen, als hätte sie ein ehrgeiziger Landschaftsarchitekt bestellt, um den Tag besonders stilvoll ausklingen zu lassen.
Claudia öffnete die Riemen ihrer roten Pumps. Den ganzen Tag war sie auf den acht Zentimeter hohen Absätzen in der Bank herumgestelzt, dazu kam noch ihr enger schwarzer Rock, der es ihr nun fast unmöglich machte, eine bequeme Position auf den harten Treppen einzunehmen. Sie legte die Schuhe auf die Stufen, presste die angewinkelten Knie aneinander und umklammerte sie mit den Armen. Schon als sechsjähriges Mädchen war das ihre liebste Körperhaltung gewesen, wenn sie mal wieder Ärger mit ihrer Mutter bekommen hatte. Damals hatte sich Claudia dann immer so klein wie möglich gemacht und sich vorgestellt, sie wäre unsichtbar und ihre Mutter würde weinend nach ihr suchen. Vergeblich, denn Claudia war längst fort und würde nicht zurückkommen. So, wie jetzt Johannes fort war. Er kehrte nicht mehr zurück.
Seine Klamotten hatte er nach und nach aus der gemeinsamen Vierzimmerwohnung geschafft, noch bevor er die Beziehung beendete. Nichts davon war ihr aufgefallen. Nicht einmal, als plötzlich seine Gitarre und seine Motorradhelme verschwanden, kam ihr das verdächtig vor. Sie war mit den Urlaubsplänen für Dezember beschäftigt, zwei Wochen Thailand in einem Luxushotel, dem reinsten Märchenpalast. Alles war vorbereitet. Währenddessen hatte Johannes direkt vor ihrer Nase die Tür zum Notausgang ihrer Beziehung geöffnet und war mit einem Winken verschwunden. So viel Naivität und Blindheit. Sie schüttelte den Kopf. Einfach nur blöd.
Zwei Mädchen mit hellblonden Zöpfen liefen barfuß an ihr vorbei. Sie warfen sich einen Tennisball zu und kreischten laut. Sie hatten die gleichen blauen Augen und Stupsnasen, anscheinend Geschwister. Eines der Kinder trug ein gelbes

Kleid, das andere einen grünen Hosenanzug, aus dessen Tasche eine Stoffente hing, die Claudia anlachte.
Eigene Kinder. Sie hatte mit Johannes Pläne gemacht. Und nun: nichts. Statt Liebe blieb nur noch Enttäuschung und Wut zurück – und der leere Platz neben ihr auf der Treppe. Womöglich war sie Johannes zu langweilig geworden. Vielleicht war es ein Abend zu viel gewesen, an dem sie wieder mal den Laptop mit seinem surrenden Lüfter auf den Knien hatte, um Aktienkurse zu studieren. Ein Abend zu viel – und ein Mann weniger. Johannes liebte das Neue, das Aufregende. Sicher hatte er das bereits erforschte Gebiet weit hinter sich gelassen und setzte seine Exkursionen jetzt anderswo fort.
Die beiden Mädchen standen bei einer Säule, blickten dem Mann mit dem Zeichenblock über die Schulter und kicherten. Erst jetzt sah Claudia seine Ledertasche, die er auf den Stufen abgestellt hatte. Sein weißes Hemd war bis über die Ellbogen hochgekrempelt, die zwei obersten Knöpfe hatte er geöffnet. Er zog einen Radiergummi aus seiner Hose und fuhr damit an den Rändern des Blocks entlang. Vielleicht war er auch gerade aus einem Büro gekommen. Er wirkte wie ein sensibler Feingeist, womöglich ein Architekt, der am Abend am See seine künstlerische Seite auslebte.
Der Mann schaute über die Schulter und lächelte den Kindern zu. Dann hielt er ihnen den Block hin. Die Mädchen betrachteten die Zeichnung, tippten mit den Fingern auf das Papier und warfen Claudia einen Blick zu. Und dann noch einmal: zuerst ein Blick auf die Zeichnung, dann zu Claudia hinüber. Und wieder zurück zur Zeichnung. Der Mann strich sich eine blonde Haarsträhne aus dem Gesicht und sprach leise zu den Kindern. Erneut warfen sie Claudia einen Blick zu. Das Mädchen im Hosenanzug tuschelte ihrer Schwester etwas ins Ohr, und wieder lächelte der Mann im weißen Hemd. Die beiden

Kinder liefen zum See hinunter und riefen: »Schöne Frau, schöne Frau.« Claudia hörte es ganz deutlich.
Der Mann legte den Block auf seine Knie. Vier lange Linien zog er über das Papier, oben, unten und an den Seiten, als würde er sein Bild einrahmen.
Er betrachtete Claudia zwei Sekunden lang, wandte sich wieder seiner Zeichnung zu und schraffierte mit seinem Bleistift eine große Fläche der Zeichnung.
Claudia stand auf. »Was machen Sie denn da?« Wenn sie schon das Gesprächsthema des Mannes und der beiden Mädchen gewesen war, dann wollte sie auch wissen, worum es ging. »Ich meine … darf ich mal sehen, was Sie da gezeichnet haben?«
Er presste den Block an seine Brust. »Aber es ist doch noch gar nicht fertig.« In seiner dunklen Stimme schwang freundliche Empörung mit.
»Darf ich es trotzdem sehen?« Claudia stand mit einem angewinkelten Bein und durchgedrücktem Kreuz direkt vor ihm – eine ihrer Lieblingsposen, wenn sie sich einem Unbekannten vorstellte.
»Sie sind aber wirklich neugierig.« Er klopfte mit der flachen Hand auf die Treppe neben sich, so sanft, als würde er sie streicheln. »Setzen Sie sich doch.« Er wedelte mit dem Block. »Aus Ihrer Perspektive wirkt es nicht.«
Das Gesicht des Mannes war fast faltenfrei. Sein geöffneter Mund ließ zwei perfekte Zahnreihen sehen. Claudia setzte sich neben ihn. Er drehte den Block so, dass sie die Zeichnung betrachten konnte.
Die vielen feinen dunkelgrauen Linien, die ineinander übergingen und auf der rauhen Struktur des Papiers Formen bildeten, zeigten ihr mehr viel mehr, als nur ein Abbild ihres Gesichts. Ihre geschwungenen Augenbrauen. Der schmollende Mund. Ihr Blick, der in die Ferne gerichtet war und verlo-

ren wirkte – er hatte ihre Stimmung perfekt getroffen. Ein Fremder, der ihr Innerstes erfasst hatte, als würde er sie seit vielen Jahren kennen.

»Gefällt es Ihnen?«

Sie meinte, einen Hauch von Sorge in seiner Frage zu spüren.

»Natürlich.« Das Blut schoss Claudia in den Kopf. »Es ist … sehr schön. Viel zu schön.«

»Ich habe Sie nur abgebildet. Die beiden Mädchen eben haben Sie sofort erkannt.«

Worte konnten heilen. Sie dachte an Johannes, wie sie ihn vor anderthalb Jahren bei einer Bootspartie auf dem Wannsee kennengelernt hatte – und vertrieb die Erinnerung schnell wieder aus ihrem Kopf. »Sind Sie Zeichner?« Ein wenig ärgerte sie sich über ihre wenig originelle Frage.

»Ich bin Fotograf. Ich bilde Menschen ab. Ganz so weit weg liegen Sie also nicht mit Ihrer Vermutung.« Er streckte seine rechte Hand aus. »Ich bin Mark.«

Sie ergriff seine Hand und prüfte die Finger fast automatisch auf einen Ehering, doch da war keiner – nicht einmal eine helle Stelle. »Claudia.«

Er hatte einen festen, aber nicht zu kräftigen Händedruck und blickte ihr in die Augen.

»Habe ich Sie hier schon mal gesehen?« Sie suchte in ihren Erinnerungen nach seinem Gesicht, das ihr irgendwie bekannt vorkam. Doch ihr fiel nicht ein, woher sie Mark kennen könnte.

»Kann sein. Ich bin ein paarmal nach einem Shooting hierhergekommen. Ich mag die Ruhe.« Er drehte den Kopf zum See und dann wieder zu ihr. »Und die Menschen.«

Claudia nickte. »Ich auch. Das hier ist ganz anders als der Stress in meinem Büro.« Sie zeigte auf die Rentner, die still aufs Wasser blickten. »Ist doch komisch. Immer hetzen wir durch den Tag, und wenn wir alt sind, dann wissen wir gar nicht, was wir mit der ganzen Zeit anfangen sollen.«

Mark nickte und zog an den Spitzen seines Kragens, bis er wieder in einer perfekt geraden Linie auflag. »Dann sollte man vielleicht erst gar nicht alt werden, oder?« Sein kurzes Lachen klang so überzeugend, als hielte er tatsächlich eine Lösung bereit.

Claudia lachte mit ihm. »Schöne Ideen haben Sie da.« Sie warf ihr Haar nach hinten. »Aber so einfach ist es dann doch nicht. Was fotografieren Sie denn?«

»Meist Frauen. Ich suche nach dem Ausdruck und der Bewegung, die tief im Innern eines Menschen liegen. Ich halte Frauen für facettenreicher als Männer. Warten Sie mal ...« Er zog sein Handy aus der Tasche und öffnete einen Foto-Ordner. »Hier. Das sind ein paar Bilder von meiner letzten Arbeit.« Er fuhr mit dem Daumen über das Display des Handys. Wie im Zeitraffer wechselten die Bilder. Eine anmutig wirkende Schulter, der helle Teint einer Frau im Halbprofil, langes schwarzes Haar, große Augen im Dämmerlicht, wundervoll geschwungene Lippen.

»Oh, das ist schön, sehr, sehr außergewöhnlich.«

Als wäre er beschämt, blickte Mark zu Boden. »Danke. Ich möchte mit jeder Arbeit besser werden. Ich bin schrecklich ehrgeizig.«

»Kenn ich. Ich arbeite ja nur mit langweiligen Aktiennotierungen und Nikkei-Kurven, aber ich möchte auch immer alles so gut wie möglich machen.«

»Ehrgeiz ist die Leidenschaft, die alle anderen Leidenschaften im Zaum hält.« Er schaute noch immer nicht von den Spitzen seiner Lederschuhe auf.

»Oh, ist das von Ihnen?«

»Nein, leider nicht. Meine Mutter hat das immer gesagt. Mein

Vater war besessen von seiner Arbeit.« Er stieß hörbar die Luft aus. »Die Ehe hat nicht besonders lange gehalten. Leider.«
Sie war überrascht über Marks Ehrlichkeit. Ihre eigenen Eltern hatten sich scheiden lassen, als sie zehn Jahre alt gewesen war. Ihr Vater hatte die gemeinsame Wohnung mit lautstarkem Gebrüll und zwei Reisekoffern aus Aluminium in den Händen verlassen. Diesen Anblick hatte sie nie vergessen. Auch nicht das laute Klappen der Wohnungstür, das dann folgte. Ihr Vater war nicht wiedergekommen – so, wie wahrscheinlich auch Johannes nicht zurückkehren würde. Sie tippte mit zwei Fingern auf Marks Handgelenk. »Ich kenne das, wenn Menschen einfach so verschwinden. Tut mir leid.«
Das Rentner-Trio stand wie auf ein geheimes Kommando hin von den Parkbänken auf. Altmodische Glencheck-Kappen wurden der Hitze zum Trotz aufgesetzt, Hosenträger in Form gebracht. Die Männer verabschiedeten sich voneinander, winkten sich im Gehen noch einmal zu und zerstreuten sich mit wackligen Schritten in unterschiedliche Richtungen. Ein schwules Pärchen mit raspelkurzen Frisuren und Jeansklamotten lief Arm in Arm über die Wiese und bestaunte die Schwäne im Gras. Aus einem gekippten Fenster des Klinkerbaus ertönte *Here comes my baby* von Cat Stevens.
»Walking with a love, with a love that's all so fine«, sang Claudia leise den Refrain mit. »Ist aus den Sechzigern. Meine Mutter liebt den Song.«
Mark tippte den Rhythmus mit der Schuhspitze mit. »Gefällt mir.« Er schaute konzentriert auf den See, als wollte er sich den Text einprägen. »Sehr gut sogar.«
»Ein bisschen kitschig, oder?«
»Ach, das passt doch zum Ende dieses Tages, oder?«
»Na, vielleicht ein bisschen.«

Mark stand von den Treppen auf und hielt ihr einen Arm hin. Einen Moment lang glaubte Claudia, er wollte sie zum Tanzen auffordern.
»Claudia, ich würde gerne … Also, wenn Sie Lust haben, dann …« Mark strich über die Knopfleiste seines Hemdes. »Claudia, ich würde Sie gerne fotografieren. Jetzt. Ich lade Sie in mein Atelier ein. Meine Assistentin ist sicher noch da. Es wäre mir eine Freude, und es würde den Tag für mich zu etwas ganz Besonderem machen.«
Die Worte taten Claudia gut. Mark bemühte sich um sie, auch wenn seine Schmeicheleien zu offensichtlich waren. Doch mitten in ihrem Trennungsschmerz wollte sie keine professionellen Fotos von sich, die diese schreckliche Phase ihres Lebens für immer festhalten würden. »Ich denke, heute bin ich viel zu müde dazu. Sie würden Ihr Talent nur an mir vergeuden.«
Mark ließ die Schultern hängen und steckte die Hände in die Hosentaschen. Mit der Schuhspitze stieß er gegen seinen Zeichenblock, der auf der Treppe lag. »Wie schade. Es hätte Ihnen bestimmt gefallen. Sie sind eine schöne Frau, und ich habe ein paar Ideen … ganz außergewöhnliche Ideen. Eigentlich eine gute Mischung.«
»Ein andermal gerne. Wirklich.«
Er senkte den Blick wie ein schüchterner Junge. Dann hob er die Ledermappe von den Stufen auf und riss das erste Blatt aus dem Zeichenblock. »Schade. Ich lasse Ihnen wenigstens meine Zeichnung da. Zur Erinnerung.«
Sie nahm das Blatt Papier. »Gerne. Danke, vielen Dank.«
»Na dann. Bis irgendwann mal.« Er drehte sich um und ging mit kurzen Schritten langsam die Stufen hinab.
Sie hatten die Telefonnummern nicht ausgetauscht. Mark hatte sie nicht nach ihrer gefragt. Vielleicht war sie ihm doch

nicht wichtig genug? Claudia strich über die rauhe Struktur des Papiers, von dem sie ihr Konterfei anschaute. Er hatte ihre Stimmung verstanden, er war einfühlsam. Doch nun sah sie seinen gut gebauten Körper, die breiten Schultern und langen Beine nur noch von hinten. Wieder einmal ging ein Mensch, der sich für sie interessiert hatte, einfach fort.
Zehn Meter hatte er schon auf dem staubigen Weg zurückgelegt. Gleich würde er ganz verschwinden. *Du bist langweilig. Du bist einfach viel zu unoriginell. Deine Farbe ist Grau.* Ihr war, als würde sie Johannes in ihrem Kopf hören. Ihr Puls ging schneller. Mark verließ ihr Blickfeld. Er bog hinter dem roten Klinkerbau ab.
»Mark?« Ihre eigene Stimme klang weit entfernt und fremd.
»Mark?«, rief sie noch einmal, diesmal lauter.
Nichts. Zu spät. Er war gegangen. Ihr hatte der Mut gefehlt. Wieder einmal.
Ein Schwan schlug mit den Flügeln. Der Radfahrer auf der Wiese erhob sich. Er blinzelte müde. Dann setzte er seinen Helm auf, stieg auf sein Fahrrad und fuhr davon. Die Sonne würde bald untergehen. Der Tag war fast vorüber. Da war ein Gefühl von Verlust in ihr, so stark, dass sie fast den Schlag ihres Herzens hören konnte.
Claudia rollte das Blatt zusammen und griff nach den Pumps auf den Stufen. Sie schlüpfte in die Schuhe und befestigte die Riemen über ihren Knöcheln. Es war noch nicht zu spät. Diesmal nicht.
Die beiden Studentinnen mit ihrem hennaroten Haarschopf blickten sie überrascht an, als sie drei Stufen auf einmal nehmend die Treppe hinunterrannte.
Claudia lief um das Gebäude herum. Keine Spur von Mark. Doch, dort, im Schatten der Bäume, gleich bei einem Gebäude auf der anderen Seite der Straße – er hielt einen Schlüssel in

der Hand und schlenderte offenbar zu seinem Wagen. Sie hätte in den Park zurückgehen, sich wieder auf die Stufen setzen und auf den See hinausblicken können. Aber dann hätte sie Johannes im Stillen recht gegeben. *Du bist so langweilig.* Nein, diesmal wollte sie sich selbst und Johannes das Gegenteil beweisen. Auch wenn er nie davon erfahren würde. In diesen Sekunden änderte sich ihr Leben. Das wusste sie.

»Mark.« Sie rief den Namen so laut, dass er zusammenzuckte. Schnell drehte er sich um, sah sie und blickte nach rechts und links, als würde er in der Umgebung nach jemandem Ausschau halten. Sie überquerte gleichmäßigen Schritts die Straße. Er hatte sie jetzt fest im Blick, folgte jeder ihrer Bewegungen und lächelte dabei, wie zuvor auf den Stufen.

»Habe ich etwas vergessen?«

Claudia schüttelte den Kopf. »Nein. Wissen Sie, Mark, ich habe es mir überlegt.« Sie klopfte mit den Fingerspitzen auf das zusammengerollte Blatt Papier in ihrer Hand. »Eigentlich habe ich doch Lust auf ein Shooting. Warum eigentlich nicht? Morgen bin ich schon wieder einen Tag älter. Heute ist genauso gut. Vielleicht sogar besser.«

Mark nickte. »Das freut mich. Wenn Sie nur wüssten, wie sehr mich das freut. Sie haben ja gar keine Vorstellung.«

Er zeigte auf einen SUV mit dunkel getönten Scheiben. »Wir brauchen nur fünfzehn Minuten. Mein Atelier ist in Charlottenburg, in einem Hinterhof. Der Flieder hinterm Haus blüht gerade noch mal. Das wird Ihnen gefallen.«

»Perfekt. Ich habe Flieder auf meinem Balkon. Ich liebe das helle Lila zu dieser Jahreszeit.«

»Geht mir genauso. Und eines können Sie mir glauben: Wenn sich jemand in seiner Umgebung wohl fühlt, dann spüre ich das auch bei meiner Arbeit mit der Kamera. Das ist immer so.«

»Na hoffentlich.« Claudia lachte.

Sie liefen auf das Heck des Wagens zu. Ein Sylt-Aufkleber pappte auf dem Lack. Claudia sah Mark an kilometerlangen Sandstränden und windigen Dünen entlangwandern. Die Bilder passten zu seinem einfühlsamen, nachdenklichen Wesen. Als sie hinter dem Heck zur Beifahrertür lief, fiel ihr ein weiterer Aufkleber auf. *MARIE ON BOARD*. Ein Kind. Er hatte eine Tochter. Womöglich lebte er in einer Partnerschaft.

»Mark, Sie haben ein Kind?« Ihre spontane Frage überraschte sie, auch der enttäuschte Unterton, der viel zu deutlich hörbar war und für den sie sich sofort schämte.

Er zuckte mit den Schultern. »Eine sechsjährige Tochter. Meine Freundin hat mich vor einem halben Jahr sitzenlassen. So was passiert. Aber ich komme gut damit zurecht.« In seinen Mundwinkeln deutete sich ein Lächeln an. »Mehr oder weniger.«

Claudia nickte nur. Sie wollte Mark nicht von ihrer gescheiterten Beziehung erzählen. Er war sicher ein verantwortungsvoller Vater, einer, auf den man sich als Kind verlassen konnte. Der Gedanke gefiel ihr.

Mark öffnete die Beifahrertür und deutete auf den Sitz. »Bitte sehr.«

Sie kletterte in den Wagen. Der Ledersitz drückte gegen ihren Rücken, presste den schweißnassen Stoff der Bluse auf ihre Haut. Die Beifahrertür fiel zu.

Mark ging um das Auto herum. Einen Moment betrachtete er sich im Fensterglas der Fahrertür. Es sah aus, als würde er zum ersten Mal sein Spiegelbild in einer Autoscheibe sehen. Claudia rückte unwillkürlich näher zur Beifahrertür. Doch dann öffnete Mark die Tür auf seiner Seite und nahm hinter dem Lenkrad Platz. Er legte ihr die Hand auf die Schulter, eine kaum spürbare Berührung. Drei sorgenvolle Falten zeigten sich auf seiner Stirn.

»Ihnen ist heiß«, sagte er. »Ich mache uns mal ein bisschen frische Luft.«
»Ja, das wär prima.«
Das Gebläse ratterte, die kühle Luft der Klimaanlage wehte Claudia ins Gesicht. Der Geruch von Zitronen hing im Auto. Er erinnerte sie an ihren Badreiniger zu Hause. Der Wagen war im Innern auffallend sauber – keine leeren Dosen, kein voller Aschenbecher, keine Details, die etwas über den Charakter des Fahrers verrieten. Mark war wohl ein sehr ordentlicher Mensch. Fast schon übertrieben.
»Das ist aber ein großes Auto.« Sie drehte sich um. »Aber man kann ja gar nicht nach hinten gucken.« Claudia klopfte mit der flachen Hand gegen die getönte Scheibe hinter ihr. »Ungewöhnlich.«
Mark gab Gas, drehte das Lenkrad nach links und fuhr aus der Parklücke. Er winkte ab. »Ich transportiere hinten manchmal Foto-Equipment. Ich befestige es nicht, das ist mir zu aufwendig. Und wenn dann doch mal ein Stativ beim Bremsen nach vorne schießt …« Er zuckte mit den Schultern. »So ist es sicherer.«
»Verstehe.«
Mark drückte auf einen kleinen Schalter an der Armatur, und aus den Lautsprechern erklang eine friedvolle Klaviersonate von Franz Schubert. Der Feierabendverkehr war schon vorüber, ganz Berlin saß an gedeckten Abendbrottischen. Mark konzentrierte sich auf die Straße. Vorsichtig und geschmeidig wechselte er die Gänge und bremste ebenso sanft. Von der Seite sah es aus, als hätte er die Augen zu Schlitzen geschlossen. Er wirkte angestrengt vom Verkehr. Vielleicht redete er auch deshalb nicht mehr viel. Claudia kannte dieses Verhalten von sich selbst, wenn sie durch Berlins Straßen fuhr und jede Sekunde mit einem Crash rechnete.

»Was für eine Idee haben Sie denn für die Aufnahmen?«
Im Schatten einer U-Bahn-Brücke neben einem kleinen Park verlangsamte Mark den Wagen. »Lassen Sie sich überraschen.«
»Mark ...« Claudia stutzte.
Über seiner Oberlippe hingen blutige Fäden, wie mit einem dünnen Stift über die Haut gezogen, dunkelroter Tinte nicht unähnlich.
»Ihre Nase blutet. Warten Sie ...« Claudia kramte in ihrer Tasche nach einem Tuch, fand aber keines. Sie riss das Handschuhfach auf. Die Klappe schlug gegen die Verkleidung, so heftig hatte sie daran gezerrt. Eine kleine Haushaltsrolle lag darin, zwei Schraubenzieher mit Holzgriff, ein Hammer, Gummihandschuhe und eine Klarsichthülle mit Fotos. Als sie die Rolle herauszog, fielen ihr die Fotos in den Schoß.
»Was? Mark ...«
Der Wagen rollte langsam aus. Schuberts Klaviersonate endete mit zwei Akkorden in E-Dur. Das Gebläse des SUV rauschte noch lauter. Mark rieb sich mit dem Handrücken über die Oberlippe und betrachtete die Schlieren an seiner Hand. Auf seinem Hemd waren drei kleine rote Punkte, Blutstropfen, angeordnet wie ein Dreieck.
Das Auto stand still. Wie in Zeitlupe glitten die Fotos durch Claudias Hände. Bilder von ihr: in einem dunkelblauen Kleid auf dem Weg zur Bank; bekleidet mit einer weißen Bluse und einer Jeans auf den Stufen am See, die Beine überkreuzt; auf ihrem Balkon, umgeben von ihrem hängenden Flieder – sie, immer wieder sie. Sonst niemand. Die Frau auf den Fotos hätte eine Fremde sein können. Claudias Hände zitterten, die Bilder entglitten ihr, berührten ihre nackte Haut an den Beinen, bevor sie mit einem Rascheln auf die schwarze Fußmatte fielen. Warum hatte Mark sie beobachtet? Er musste viele Tage in ihrer Nähe gewesen sein, ohne dass sie ihn bemerkt

hatte. Wer war er wirklich? Ein Stalker, der jetzt am Ziel war? Mit der rechten Hand ertastete Claudia die Beifahrertür, auf der Suche nach dem Türgriff. Sie musste Mark ablenken. Das war ihre einzige Chance.

»Was ... also ... wann ... Was soll das?« Ihre Stimme war kaum hörbar, ein leises Gestammel, in dem sich Atemlosigkeit breitmachte und die Angst vor dem, was auf sie zukommen könnte.

Mark lächelte nicht mehr. Sein Gesicht wirkte seltsam starr. Eingefroren. Erst jetzt fiel Claudia auf, dass seine Augen kein Eigenleben zu haben schienen. Nur durch die Mimik seines Gesichts, seiner Mundpartie und den Augenbrauen, hatte er ihnen Lebendigkeit eingehaucht. Er beobachtete sie und verriet mit keiner noch so kleinen Bewegung, was in seinem Kopf vorging und was er mit ihr vorhatte.

»Ich werde Sie töten, Claudia. Sie wurden auserwählt.« Er deutete ein Kopfschütteln an. »Es war vorbei, als Sie in den Wagen eingestiegen sind.«

»Nein.« Ihre Stimme überschlug sich. »Lass mich raus.« Claudia riss an dem Sicherheitsgurt, löste ihn und zerrte an dem chromfarbenen Hebel der Beifahrertür. Zentralverriegelt. Die Tür blieb zu. Natürlich. Wic dumm von ihr. Sie trommelte mit den Fäusten an die Scheibe und schrie. Kein Mensch war auf der Straße. Keine Autos fuhren vorbei. Die Sonne kam hinter der U-Bahn-Brücke hervor, warf ihre letzten Strahlen vor die Unterführung, so weit von Claudia entfernt wie ein langer Tunnel, an dessen Ende sie sich Rettung erhoffte. Abrupt drehte sie sich um, fuhr mit den Fingernägeln auf Marks Gesicht zu. Er ergriff ihre beiden Handgelenke mit einer blitzschnellen Reaktion. Genauso schnell schlug er seinen Kopf gegen ihre Stirn.

Claudias Hinterkopf prallte gegen das Seitenfenster. Grauer

Nebel stieg vor ihr auf, verzerrte Marks Gesicht zu einer wabernden Masse aus Haut und Haaren. Er packte ihren Hals mit einer Hand. Mit dem Daumen ertastete er eine Stelle an ihrer Halsschlagader und drückte zu. Immer stärker. Claudia spürte ein dumpfes Pochen. Er schnürte ihr die Luft ab. Sie riss den Mund auf. Atmen. Ein. Aus. Ihre Lungen warteten auf den Sauerstoff. *Lass mich atmen. Gib mir Luft.* Ein. Aus. Nichts.

Aus Marks Nase rann Blut, ein kleiner Fluss, der über seine Lippen lief und weiter über sein Kinn.

Claudia spürte die Leere in ihrem Körper, die Leichtigkeit, die ihre Gedanken ins Nichts katapultierte. *Du bist so dumm. So schrecklich dumm.* Sie sah Johannes, wie er sie auslachte und dabei den Kopf schüttelte. Er wurde eins mit Marks Gesicht, das keinerlei Gefühlsregung zeigte, während er ihren Hals zusammenpresste und das Blut aus seiner Nase rann. Vor Claudias Augen senkte sich ein roter Vorhang, der sie sanft umhüllte, bis nur noch Dunkelheit blieb.

12

Bald geht die Sonne unter. Im Dunkeln finden wir hier bestimmt nichts. Und ich weiß nicht mal, wonach wir eigentlich suchen.« Albert nippte an seinem Energydrink und wischte sich dabei mit der Hand den Schweiß von der Stirn. Auf seinem Rücken baumelte ein kleiner Rucksack, aus dem bei jedem Schritt ein metallisches Klappern ertönte – womöglich noch mehr Dosen, die er als Proviant mitgenommen hatte. Das Scheppern nervte Christine, und das Getümmel vor ihr auch.

Der Mauerpark war voll mit Menschen, die in der untergehenden Sonne grillten. Graue Schwaden stiegen in den Himmel, Kohlestücke lagen im Gras. Es roch nach Bratwurst und Senf.

»So eine könnte ich jetzt auch vertragen. Lecker.« Albert deutete auf einen Grill. »Ich habe richtig Hunger.«

Zwei Gitarrenspieler feuerten sich gegenseitig mit einem irren Stakkato an. Wer genau hinhörte, erkannte *Like a prayer* von Madonna in einer recht eigenwilligen Interpretation. Zwei Golden Retriever jagten mit einem Stofffetzen über die Wiese. Inmitten des Trubels drehte ein Flaschensammler mit grauen Haaren und ordentlich geflochtenem Zopf seinen Kopf hektisch nach rechts und links – die typische Spähhaltung eines Mannes, der im Großstadtdschungel um jeden Cent kämpfen muss.

Christine hatte ihre Umgebung fast komplett ausgeblendet und verfolgte die wechselnden Koordinaten in Google Maps auf ihrem Handy. 52.54165291 und 13.40362131. Wie einen

Geigerzähler hielt sie das Gerät vor sich ausgestreckt in den Händen. Mit jedem Schritt, den sie machte, und mit jeder Drehung ihres Körpers veränderten sich die Ziffern auf dem Display. »Es ist nicht mehr weit. Wir müssten fast da sein.«
Albert hatte eine tiefe, sichelförmige Furche auf seiner Stirn, die sich immer dann zeigte, wenn er von seiner Mutter sprach oder besonders angestrengt nachdachte. »Aber was ist *da?* Du glaubst doch wohl nicht, dass Nana hier irgendwas für uns vergraben hat? Das kann ich mir echt nicht vorstellen.«
Im Park gab es keinen Kiosk, keine Mülleimer, keine Toiletten. Als Versteck bot sich hier praktisch gar nichts an. Der Mauerpark war eine weite, ebene Fläche mit ein paar Bäumen und einem kleinen Hügel, auf dem die Reste der Berliner Mauer verliefen, die dem Park seinen Namen gegeben hatten. Dahinter lag ein Sportstadion. Christine wusste selbst nicht, wonach sie Ausschau halten sollte, doch ihre Intuition war die beste Landkarte. Nana hatte ein Rätsel hinterlassen, und Christine wollte es lösen. So einfach war das. »Wir bekommen die Antwort.« Sie klopfte Albert auf die Schulter. »Ganz sicher und vor allem gleich.« Auch wenn sie einer Toten dafür ihre Geheimnisse entreißen musste.
Er brachte nur ein müdes Nicken zustande. Albert glaubte nicht an ihre Theorie. Sie konnte es an seinem ausweichenden Blick sehen, an der Art, wie er mit der Hand durch sein Haar fuhr, als wäre er zu verlegen, um ihr gegenüber seine Zweifel in Worte zu fassen. Er wollte sie nicht verletzen.
Frauen können gerade mal zweiunddreißig Minuten ein Geheimnis für sich behalten – dann muss es raus. Ein paar britische Forscher hatten sich wohl gelangweilt, bevor sie auf diese umwerfende Studie gekommen waren. Christine hatte nicht den geringsten Zweifel: Nana hätte die Forschungsergebnisse der Wissenschaftler auf den Kopf gestellt mit ihrem

Schweigen und ihrer Geheimniskrämerei, die sie zu einer ganz eigenen Kunstform entwickelt hatte. Das machte den Fall nicht leichter, aber wenigstens aufregender.
Obwohl sie Nana nie persönlich kennengelernt hatte, konnte Christine aus Alberts und Guidos Erzählungen ihren fremden Charakter erahnen und zudem Ähnlichkeiten zu ihrem eigenen Wesen feststellen. Nanas zur Besessenheit ausufernder Gerechtigkeitssinn, ihre Sucht nach Wahrheit, ihre Skrupellosigkeit – alles Eigenschaften, die Christine aus eigener Erfahrung kannte. Doch da war noch mehr.
Alberts Beziehung zu Nana erschien Christine widersprüchlich. Er hatte Nana verehrt. Es musste einen Grund geben, warum aus der Freundschaft der beiden eine so tiefe Ablehnung entstanden war, wie Albert sie angedeutet hatte. Hier verbarg sich etwas Unausgesprochenes, das sich wie hinter einer Nebelwand versteckte und nur kurz aufblitzte, wenn der Wind für einen Moment die Schwaden vertrieb.
Albert ahnte sicher nichts von ihren Gedanken. Er scharrte mit den Füßen im Sand herum und fixierte die Würstchen auf dem Grill. Eine vielleicht fünfundzwanzig Jahre alte Frau mit wasserstoffblond gefärbtem Haar und einem pinkfarbenen Einhorn-Tattoo auf dem Oberarm reichte ihrer Tochter ein Würstchen. Daneben hockte ein hechelnder schwarzer Mops. Als sie Alberts hungrigen Blick bemerkte, griff die Frau mit einer rußgeschwärzten Grillzange nach einer weiteren Bratwurst, strich mit einem Löffelchen Senf drauf und hielt sie ihm hin.
»*Wow*. Danke. Echt …« Er langte zu und hielt die Wurst mit einem breiten Lächeln im Gesicht in die Höhe – wie ein Krieger, der triumphierend mit seinem Schwert auf dem Schlachtfeld steht.
Die Blonde zeigte mit der Grillzange zuerst auf Albert, dann

auf Christine. »Dein Freund ist mit seinem Bettelblick ja schlimmer als mein Hund.«

»Und vor allem schlechter erzogen.«

Die Frau lachte so laut, dass der Mops aufsprang und loskläffte. Albert schien es überhaupt nicht zu stören, dass über ihn geredet wurde, als sei er gar nicht da. Er versenkte seine Schneidezähne in dem Würstchen und rief: »*Boah,* heiß. Aber richtig gut!« Er hielt Christine die dampfende Wurst unter die Nase. »Willst du auch mal?«

Sie winkte ab. Den ganzen Tag über hatte sie nur sieben Zigaretten, einen Caffè Latte und ein vertrocknetes Käsecroissant zu sich genommen. Beim Anblick der fettigen Wurst wurde ihr beinahe übel, außerdem nervte sie jede weitere Verzögerung, da sie ihrem Ziel schon so nahe war.

Albert biss erneut in seine Wurst. Das Fett spritzte aus den Poren des Fleisches. In seinen Mundwinkeln zeichneten sich die Spuren vom Senf ab. »So was von lecker aber auch.«

Auf dem mit dichtem Gras bewachsenen Hügel ragten drei Meter hohe Laubbäume mit gräulich braunen Borken auf. Mit ihren Ästen wirkten sie wie erstarrte Parkwächter, die sich gleich mit ungelenken Schritten in Bewegung setzen würden, um lästige Eindringlinge zu vertreiben.

»Dort oben. Wir müssen da hoch. Die Stelle muss irgendwo an der Mauer sein, zwischen den Bäumen«, meinte Christine.

»An der Mauer? Im Ernst? Ich sehe da bloß hässliche Schmierereien, sonst nichts.«

Die Betonplatten waren komplett mit Farbe zugepinselt. Rot-grüne Karomuster, gelbe Schlangenlinien, verzerrte Comic-Gesichter. Die durchgeknallten Farbexperimente von Graffiti-Künstlern zogen sich über die gesamte Fläche der dreihundert Meter langen Mauer, ein wirres Farbspektakel wie ein psychedelischer Drogentraum. Touristen kamen hier-

her, um sich an der Mauer zu verewigen, auch wenn der nächste Pinsel bereits in Farbe getaucht war, um ihre für die Jahrzehnte gedachten Spuren wieder auszulöschen.
Christine kramte Nanas Feuerzeug aus der Hosentasche und strich mit dem Zeigefinger über die Ziffern am Rand. Vielleicht hatte Nana wie die Touristen an der Mauer auch nur einen besonderen Moment in ihrem Leben festhalten wollen, an einem Ort, mit dem sie eine außergewöhnliche Erinnerung verband. Christine ließ den Deckel des Feuerzeugs aufschnappen. Einen Moment für die Ewigkeit festhalten wollen, das machte für sie schon lange keinen Sinn mehr. Auch das Ewige bestand nur aus einer Ansammlung von Augenblicken. Sicher hätte es Nana ähnlich gesehen. Sie war Mathematikerin gewesen, rational. Nein, sie wollte mit den Koordinaten etwas Entscheidendes mitteilen. Wenn sich die Lösung im Park verbarg, dann würde Christine sie finden. Mit dem Daumen klappte sie das Zippo wieder zu.
In gebückter Haltung lief Christine den Hügel hinauf, das Handy fest in der Hand. Die Ziffern auf dem Display waren eindeutig. 52.54157461. Es dürften nur noch an die dreißig Meter bis zum Ziel sein. Albert folgte ihr und stieß leise Flüche aus, weil er fast in einen Hundehaufen getappt wäre.
»Sag mal, Albert …« Sie blieb stehen. »Wo hast du eigentlich deine Daten versteckt, als du noch aktiv warst?«
Er schluckte hastig den letzten Bissen seiner Wurst herunter. »Auf einem öffentlichen Rechner in der Staatsbibliothek.«
»Einfach so? In einem Ordner mit dem Namen *Alberts geheime Daten?*«
»Nein, natürlich nicht. Ich habe meine sensiblen Files hinter einer Bilddatei versteckt. Fotos beanspruchen viel Speicherplatz. Fällt gar nicht auf, wenn man da noch ein paar Gigabyte dazupackt. Das haben damals viele Hacker so gemacht.«

Er strich sich mit der flachen Hand über den Mund. »Die Files hätten sich nicht mit meiner Person in Verbindung bringen lassen, falls die Cops mich doch mal ins Visier genommen hätten. Und außerdem konnte in der Bibliothek jeder an meine Datensätze ran, dem ich den Ort und das Passwort verraten hätte.«
»Warum hättest du das tun sollen?«
»Verhandlungsmasse.« Albert stand neben ihr. Er keuchte schwer. Die Anstrengung des Aufstiegs konnte er nicht verbergen. »Die Daten wären meine Verhandlungsmasse gewesen, falls man mich geschnappt hätte.«
Das ergab Sinn. Die Welt der Hacker – das waren Freaks, die mit ihren Tastaturen ins Bett gingen, in undurchsichtigen Strukturen agierten und nach ihrem eigenen Codex lebten, der für Christine nicht durchschaubar war. Gut nur, dass sie Albert an ihrer Seite hatte. Das erklärte, weshalb Kommissar Dom so scharf auf ihre Mithilfe gewesen war. Albert und sie waren ein handliches Team, mit dem er diesen Fall eher lösen konnte als mit seinen Kollegen, die mit der Kaffeetasse in der Hand auf den Feierabend warteten.
Noch fünfzehn Meter. Christine checkte ihr Handy. Es musste eine Stelle sein, die dort drüben lag, verborgen hinter einem gelben Ginsterstrauch. Mit kurzen, schnellen Schritten lief sie über die dunkle Erde, sprang über einen schlafenden Mann mit Bierflasche und erreichte den Punkt, den ihr Handy mit zwei kurzen Pieptönen anzeigte. Sie drückte die Sträucher zur Seite. Da, an der Mauer, auf Kniehöhe – eine gesprayte Sonne mit dem Schriftzug DIE WELT BRENNT. Daneben ein grünes, windschiefes Haus, auf dem MADE IN BERLIN stand. Und eine Sieben. Eine knallrote Sieben.
Christine ging in die Hocke und strich über den Beton, ertastete die Unebenheiten und die brüchigen Stellen, die unter

ihren Fingern bröckelten. Aus dieser Perspektive fielen ihr die einen Zentimeter großen, rechteckigen Metallstücke auf, die wie Schlitze an mehreren Stellen aus der Mauer ragten. Natürlich. Das war es. Wie eine heiße Welle schoss die Erkenntnis durch ihren Körper.

Eine aufgescheuchte Taube flog durch die raschelnden Sträucher. Eine Feder fiel Christine vor die Schuhe. Von unten drang das Lachen zweier Kinder an ihre Ohren. Aber ihr Herzschlag war viel lauter als jedes Geräusch in der Umgebung. So simpel. »*Génial.* Einfach nur genial«, flüsterte sie.

»Was denn? Was siehst du da?«

Sie drehte sich zu Albert um und nickte ihm zu. »Ich glaube, ich habe Nanas Versteck gefunden. Auf so was wärst du bestimmt nicht gekommen.« Sie richtete sich auf und trat einen Schritt zurück, so dass Albert freie Sicht auf die Mauer bekam. Seine Augen wanderten über die Malereien, sprangen von Wort zu Wort.

»Mann … das sind stumme Briefkästen.« Er fiel vor der Mauer neben Christine auf die Knie. »Das sind *dead drops.* Eingemauerte USB-Sticks. Auf denen sind …«

»Dead drops?« Christine hätte fast laut gelacht. »Und nicht *drop dead?«* Nana hatte ihnen die Lösung des Rätsels so offenkundig unter die Nase gehalten wie einen rotierenden Lichtkegel in der Nacht, in dessen Schein sie die ganze Zeit gestanden hatten.

Albert strich mit den Fingerspitzen über die Kanten der USB-Sticks, die aus der Mauer ragten. »Das fing vor ein paar Jahren an. Da hatte so ein amerikanischer Künstler die Idee, mit Hilfe von eingemauerten USB-Sticks Nachrichten zu hinterlassen. Die Leute laden da Grußbotschaften hoch, Fotos, Videos und anderes Zeugs. Manchmal sogar irgendwelche Spiele. Eine Art digitaler Briefkasten.«

»Ja, schön. Und was soll das?« Wieder so ein unsinniger Auswuchs einer technokratisierten Welt, auf die Christine keine Lust hatte.
»Na, weil doch heute im Netz praktisch alles überwacht wird, wollte der Künstler zeigen, wie man Daten ohne Kontrolle übermitteln kann. Das ist so ein Freiheitsdings. Die eingemauerten Sticks gibt es überall auf der Welt. Ich frage mich nur, ob das alles Datenträger von Nana sind und was da drauf ist.« Er öffnete seinen Rucksack und wühlte in den scheppernden Dosen herum. Mit einem überlegenen Lächeln zog er ein kleines graues Netbook hervor. »Aber das kriege ich raus. Geh mal zur Seite, Christine, und lass den Meister ran.« Er schien seine technische Überlegenheit zu genießen. Aber Christine wusste es besser. Albert war es peinlich, dass er an ihrer Theorie gezweifelt hatte. Er war ein lausiger Schauspieler.
Sie strich über sein Haar, drehte ihren Zeigefinger in seine Locken ein und flüsterte ihm ins Ohr: »Leg los, Meisterchen. Beeil dich. Schnell.«
Albert verband das Netbook über ein USB-Kabel mit dem Stick, der aus der kleinen Sonne ragte. Seine Finger tanzten über die Tastatur. Er brauchte nur fünfzehn Sekunden für sein Urteil. »Nein, das hier sind nur Fotos von irgendwelchen Stränden. Urlaubsfotos, mehr nicht.« Er stöpselte die Verbindung in den nächsten Schlitz und drückte die Return-Taste. Auf seiner Stirn zog sich eine Falte entlang. »Gedichte. *Die Liebe ist ein wogend Flammenmeer*. Irgendwelche Verse. Klingt wie von einem Schlagersänger. Furchtbar.« Er presste die F3-Taste auf seinem Rechner zweimal. »Und dann haben wir hier noch ein Musikstück drauf.«
Christine hörte die Akkorde eines wirr behämmerten Klaviers. »Das ist alles?«

Albert nickte, riss das Kabel aus der Mauer heraus und stöpselte es in die rote Sieben.

Christine hatte ihre Hoffnungen ohnehin auf diesen einen Stick gesetzt. »Und? Na sag schon. Was siehst du?« Sie legte einen Arm auf seine Schulter. Über das Display flimmerten Fotos vom Mauerpark im Winter. In der abendlichen Hitze hatten die Bilder etwas Unwirkliches. Mehr aber nicht. »Jetzt sag bloß nicht, dass das alles ist.«

Albert klickte sich durch fünf Fotos, die allesamt den Mauerpark im Schnee mit blattlosen Bäumen, Menschen mit Wollmützen und dicken Jacken zeigten. »Sieht aber so aus.«

»Merde.« Christine sprang auf. »Das kann nicht sein. Das glaube ich nicht. Bist du sicher?«

Schweißperlen liefen Albert von der Stirn in die Augenbrauen. »Nein, bin ich nicht. Da ist noch was!«

Auf dem Display klappte ein graues Sichtfenster mit einem weißen Balken auf. »Verflixt, das ist ein Eingabefenster, Christine.«

»Was soll das heißen?«

Er strich sich übers Kinn. »Ein Code. Die Dateien dahinter sind gesichert.«

»Kannst du ihn knacken?«

Albert seufzte so tief wie ein Hundertjähriger, der in einer stillen Sekunde auf sein Leben zurückblickt. »Vielleicht, aber nicht hier und nicht mit dem Netbook. Wenn ich jetzt daran rumspiele und einen Fehler mache, riskieren wir, dass ich die Datei zerstöre.«

Christine lehnte sich mit dem Rücken an die Mauer. Die scharfen Kanten und Unebenheiten im Beton drückten gegen ihre Schulterblätter. Die Hinweise auf Nanas Koordinaten waren sichtbar gewesen. Der Code für die Datei war es womöglich auch. »Wie viele Stellen hat der Code?«

Albert tippte mit dem Zeigefinger die weißen Kästchen auf dem Display ab. »… sechs … sieben … acht. Acht Stellen. Das können Buchstaben und numerische Folgen sein, vielleicht auch Sonderzeichen. Das packen wir nicht einfach so. Und nun?« Er tippte gegen ihren Schuh, als sei er nur ein weiteres Kästchen.

Sie antwortete nicht.

Am Himmel zogen Wolken entlang, flauschig und grau. Ein Drache mit zwei Köpfen. Eine ausgestreckte Hand. Eine Drei.

»Christine …?«

Sie schloss die Augen. In einiger Entfernung hörte sie die Stimme des Flaschensammlers, der den schlafenden Parkbesucher geweckt hatte und ihn um seine leere Bierpulle bat. Ein Fußball wurde getreten. Das Leder prallte mit einem dumpfen Geräusch aufs Gras. Die quietschenden Räder eines Kinderwagens waren aus nächster Nähe zu hören.

Und Bilder, so viele Bilder in ihrem Kopf. Gestern im Keller der Hacker. Die Plakate. Zahlenfolgen an der Wand. Nana, tot, in der Leichenkammer. Ohne Lippen. Zahlen. Überall Zahlen. Ihre Haut. Tattoos. Sieben. Schwarze Ziffern. Ihr Bauchnabel. Die schwarzen Rundungen der Buchstaben. Ihre Hüfte. Musik.

Zahlen. Zahlen. Zahlen.

»09101940.«

»Was?« Albert riss den Kopf hoch.

»Gib die Zahlen ein.«

»Soll das jetzt ein Witz sein?«

»Nein. 09101940.«

»Wieso? Und warum nicht 10204582? Klingt doch auch gut. Oder wir versuchen was ganz Verrücktes und probieren die 75197246 aus. Was soll das?«

»Es ist das Geburtsdatum von John Lennon.«

»Ach so. Natürlich. Dann ist ja alles klar.« Albert schlug sich mit der flachen Hand gegen die Stirn. »Logisch.«

»Ich erkläre es dir.« Christine bemühte sich um einen wohlwollenden Klang in ihrer Stimme, ganz langsam und sanft sprach sie jedes einzelne Wort aus. Doch am liebsten hätte sie Albert das Netbook aus den Händen gerissen und die Zahlen selbst eingegeben. »Auf Nanas Hüfte war ein Barcode eintätowiert.«

Albert zuckte nur mit den Schultern. »Ja. Weiß ich. Und?«

Er wusste, was auf ihrer nackten Hüfte eintätowiert war. Christine speicherte diese Information in einem Teil ihres Gehirns, in dem sich Ungeklärtes und Misstrauen begegneten. Später, sie würde Alberts Anmerkung später analysieren. »Der Barcode hat acht Stellen. Nana war eine echte Rebellin, und ihr König war John Lennon. Sie hat sogar T-Shirts mit seinem Aufdruck getragen. Der neunte Oktober 1940 ist sein Geburtsdatum. Passt.« Sie strich über Alberts Nacken. »Mit den Beatles kenne ich mich aus. Das weißt du doch.« Sie nickte ihm zu. »Ich bin mir sicher. Na los, mach schon. Probier den Code aus.«

Mit zwei Fingern tippte Albert die Ziffern in das Netbook, so vorsichtig, als wären die Tasten heiß wie eine glühende Herdplatte. Der Balken auf dem Display füllte sich mit dunklen Zeichen. Er drückte die Return-Taste.

Die untergehende Sonne tauchte das Display des Geräts in ein warmes Licht, bis es nur noch eine reflektierende Fläche war. Christine kniff die Augen zusammen. Erkennen konnte sie nichts. »Und?«

Albert beugte den Kopf so weit vor, dass seine Nase fast das Display berührte. Mit den Fingerspitzen kratzte er über seinen Dreitagebart. »Nichts. Die Zahlen stehen da ganz unbeteiligt rum.« Wenn er enttäuscht war, dann ließ er es sich nicht

anmerken. Computer waren seine ureigenste Materie, und dass Christine Nanas Passwort einfach so hätte erraten können, wollte er sowieso nicht glauben. So gut kannte sie ihn.
»Noch eine Idee?« Er hielt ihr das Netbook hin.
»Verdammt. Das kann nicht sein.« Ihr musste etwas entgangen sein, ein verborgenes Zeichen oder eine offensichtliche Anspielung. Oder Nana hatte den Zugangscode nur in ihrer Erinnerung abgespeichert. Christine kickte eine leere Wodkaflasche den Hügel hinunter. »Mist. Und ich war mir absolut sicher.«
Eine Mutter schleppte ihre Einkäufe in zwei Aldi-Tüten über den Rasen und schrie ihren beiden Kindern Kommandos zu. Am Fuß des Hügels nahm der Flaschensammler eine leere Bierpulle entgegen. Der Mann, den er geweckt hatte, griff in seine Hosentasche und zog einen Fünf-Euro-Schein heraus. Der Flaschensammler griff nach dem Geld und verbeugte sich. Die beiden lachten.
Ein fremdartiges Brummen aus Alberts Computer durchschnitt die Geräuschkulisse. Ein dünner Piepton setzte ein und verstummte genauso schnell wieder. Der Monitor wurde weiß. Ein Ordner am oberen Bildrand klappte auf. Alberts Mund stand halb offen. »Wir sind drin.« Er drehte das Netbook wie einen Kompass hin und her und suchte die beste Position, damit er alles klar erkennen konnte. Dann drückte er die F6-Taste.
»Siehst du?« Christine verlieh ihrer Stimme einen selbstsicheren Tonfall. Dabei war sie vor ein paar Sekunden noch bereit gewesen, den Keller der Hacker auf der Suche nach dem richtigen Passwort Stück für Stück auseinanderzunehmen. Aber das musste Albert ja nicht wissen. Sie hockte sich neben ihm auf die Knie. »War doch gar nicht so schwer.« Sie hielt den Atem an. Der Ordner öffnete sich. Drei Dateien waren sichtbar.

»Volltreffer«, flüsterte Albert. »Hier sind ein paar alte Files zum Fall Pietro Schreber, dem Baumogul. Die sind achtzehn Monate alt.« Er drückte die Leertaste. »Und hier haben wir Dateien, die vor zwanzig Tagen hochgeladen wurden.« Noch einmal fuhr sein Zeigefinger über die Return-Taste. »Sieht aus wie ein Artikel aus einem Wirtschaftsjournal. Über so einen Pharmatypen. Egbert Landkamp. Kenne ich nicht, den Kerl. Und dann ...«, er drückte noch einmal die F6-Taste, und ein Rauschen erklang, »ist hier noch eine Videodatei.« Albert klickte sie an und vergrößerte das Bild.

Christine veränderte ihre Position ein wenig. Ein Video. Aufgenommen mit einer verwackelten Kamera. Ein Raum mit zerschlagenen Kacheln. Eine Liege in aufrechter Stellung. Darauf eine nackte Frau. Horizontale Störstreifen flimmerten über das Bild. Ein Mann näherte sich der Frau. Schritt für Schritt. Langsam. Er streckte die Hände von sich und ...

Albert stutzte. »Christine ...« Seine Stimme brach ab.

Er sprang mit dem Netbook in den Händen auf und starrte auf das Display.

Aus diesem Winkel konnte Christine wenig erkennen. Die Bilder verschwammen zu einer nebligen Brühe. »Was? Was ist?« Sie erhob sich. »Nun sag schon!«

Albert hielt den Computer weit von sich gestreckt, als wollte er den Körperkontakt mit dem Gerät um jeden Preis vermeiden. Aus dem Lautsprecher drang der langgezogene Schrei einer Frau. Hoch und durchdringend, elektrisch verzerrt, als würde das Geheul von einer Maschine ausgestoßen. Dann erstarb es.

Albert's Hände zitterten. Das Netbook entglitt ihm und fiel in den Sand. Aus dem Lautsprecher ertönte ein schepperndes Geräusch, als würde die Kamera, die die Szene aufgenommen hatte, zerschellen. Das Bild auf dem Display brach zusammen. Schwärze.

Albert schloss die Augen und legte den Kopf in den Nacken. Christine ergriff seine rechte Hand. Ganz fest grub sie ihre Finger in seine Haut und strich mit der anderen Hand über sein stoppeliges Kinn.

»Was ist los? Sprich mit mir.«

»Wie eine Hinrichtung …« Nur drei Worte. »Die Frau auf der Liege …« Albert stieß mit der Schuhspitze gegen das Netbook. »Er hat sie einfach … erwürgt.«

13

Nicht tot. Lebendig. Eingesperrt. Claudia spürte die Kanten ihres Gefängnisses an den Schultern, an Beinen und Armen, am Kopf. Wenn sich ihr Brustkorb hob und senkte, empfand sie einen Widerstand, der wie ein anderer Körper schwer und unbeweglich auf ihr lag. Als Kind war sie oft nach einem Alptraum in der Nacht mit dem Gefühl aufgewacht, dass sich ein fremdes Wesen fest an sie klammerte und auf ihre Brust drückte, ihr die Luft zum Atmen nahm. Wenn sie dann nach ihrer Mutter gerufen hatte, war sie gekommen, und alles war vergessen.

Doch das hier war kein Traum, und ihre Mutter würde nicht kommen, um sie zu retten.

Claudia war in einer Kiste eingesperrt, lebendig begraben, so fühlte es sich an. Sie wusste nicht, wie lange sie das Bewusstsein verloren hatte. Ihr eigener Atem war das einzige Geräusch, das an ihre Ohren drang, stoßweise, als wäre ein Lautsprecher an ihren rasenden Puls angeschlossen.

Die Hitze war unerträglich, sicher mehr als 35 Grad, wenn nicht vierzig. Ihr lief der Schweiß über den Hals und weiter über die Brust, wo die Flüssigkeit von ihrer Bluse aufgesogen wurde. Ganz automatisch wollte sie die rechte Hand anheben und sich die Feuchtigkeit von der Haut wischen. Die Kiste ließ es nicht zu. Die Luft so warm und abgestanden, als würde schales Wasser in ihre Lunge laufen. Und da war noch etwas, ein Geruch, der sich süßlich und fast unbemerkt in ihre Nase geschlichen hatte. Ein Parfüm. Schon einmal war ihr dieser Duft an einer Kollegin aufgefallen. Dior. Vanillig und blumig.

Zu schwer für einen Mann. Gott, ich bin nicht die Erste, die er sich geholt hat. Nicht die Erste, dröhnte es ihr durch den Kopf.

Claudia öffnete die Augen, obwohl ihr fast der Mut dazu fehlte. Vollkommene Schwärze umgab sie. Nein, nicht vollkommen. Kleine, vielleicht einen halben Zentimeter große Lichtpunkte fielen in die Kiste. Luftlöcher. Sie verrenkte den Hals und versuchte, etwas durch die Öffnungen zu erkennen. Künstliches Licht, direkt über ihr. War sie in einem Zimmer? Ein Knarzen erklang. Das Geräusch kam von außen. Ein Ruck ging durch die Kiste, ein Schub, der ihren Körper nach hinten trieb. Mit dem Kopf stieß Claudia gegen die Wand. Von weit her ertönte das Quietschen von Bremsen. Sie befand sich also noch immer in Marks Auto.

Ein besonders phantasievoller Mensch war Claudia nie gewesen. Und doch wusste sie, was als Nächstes passieren würde: ihr Tod. Er hatte ihn ihr angekündigt, mit einer Nebensächlichkeit in der Stimme, die ihr Ende zu einer ganz natürlichen Angelegenheit machte.

Claudias Lippen zitterten. Tränen füllten ihre Augen. Sie wollte sich aufbäumen, schob ihren Oberkörper hin und her, doch die Kiste war wie ein straffes Korsett, das ihr seine Form aufzwang und keinen Ausbruch duldete. Sie stieß einen Schrei aus, brachte aber nicht mehr als ein Schluchzen zustande, das die Kiste verschluckte.

Ein entferntes Brummen drang heran. Der Motor des Wagens lief noch. Wohin auch immer Mark sie entführen wollte, das Ziel war noch nicht erreicht. Solange sie fuhren, bestand noch eine Chance zu fliehen. Sie durfte nur nicht in Panik verfallen – flach atmen und die Gedanken sortieren, Stück für Stück die Angst kontrollieren. Sie war ein rational denkender Mensch, der tägliche Umgang mit Zahlen hatte sie dazu gemacht. Ihre Situation musste sie wie die Aktienkurven analysieren, wie die schwarzen eckigen Balken, die täglich vor ihr auf dem Schreibtisch lagen. Nur so konnte sie die richtigen Resultate finden für eine Lage, in die sie sich selbst durch eine dumme Entscheidung gebracht hatte. Das war der einzige Ausweg.

Ihre Arme lagen nahezu unbeweglich an ihren Körper gepresst. Unter ihren Fingerspitzen spürte sie etwas Stoffartiges, weich wie Samt. Sie strich darüber, immer wieder, weil es ihr half, sich zu konzentrieren. Ihren Kopf konnte sie nur sieben oder acht Zentimeter nach rechts und links bewegen. Sie war barfuß. Wenn sie die Zehen ausstreckte, stieß sie an das Ende des Kastens. Nein, kein Kasten, wohl eher ein Sarg. Er hatte sie in eine Totenkiste gesperrt. Aber jede Kiste ließ sich öffnen, irgendwie. *Denk nach!*

Sie könnte die Beine anziehen, die Knie direkt unter den Deckel bringen, der über ihr lag, und so Druck ausüben.

Einen Versuch war es wert. Zentimeter um Zentimeter schob sie ihre Fußballen nach hinten. Schweiß lief ihr in die Augen, bis ihre Netzhäute brannten. Noch ein Stück. Weiter. Immer noch zu wenig. Ihre Waden verkrampften sich. Nur noch ein kleines Stück. *Bitte.* Vergeblich. Niemals würde sie ihre Knie in eine aufrechte Position bringen können, um den Deckel aufzuhebeln. Viel zu nah lag er über ihr. *So dumm, einfach nur dumm.*

Ein Knarzen setzte ein, als würden zwei Zahnräder durchdrehen. Darauf folgte ein metallisches Knirschen. Sie hielt die Luft an. Das Geräusch ängstigte sie mehr als die Enge des Kastens. Die Handbremse. Er hatte die Handbremse angezogen. Sie waren am Ziel. Die leichten Vibrationen der Kiste, die durch den laufenden Motor ausgelöst wurden, ebbten ab.

Claudia schmeckte salzigen Schweiß auf ihren Lippen. Sie sah

Marks Hände an ihrem Hals, wie er sie bis zur Bewusstlosigkeit gedrosselt hatte, und dann sein lächelndes Gesicht am See, seine verständnisvolle Miene. Hinter seiner Maske verbarg er ein verschlagenes Monster, und sie war ihm in die Falle gegangen.

Eine Tür klappte auf. Mit einem Ruck wurde die Kiste, in der sie lag, senkrecht aufgerichtet. Ihre zittrigen Beine hätten Claudia einknicken lassen, doch das enge Gehäuse gestattete das nicht. Einen Moment war es still. Dann ertönte ein schabendes Geräusch, das einem Schraubverschluss ähnelte, der aufgedreht wurde. Eine viereckige Scheibe, die im Kasten eingelassen war, wurde durch einen Schieber freigelegt. Licht fiel Claudia ins Gesicht. Sie blinzelte.

Marks Nase und sein rechtes Auge waren der Öffnung ganz nah. Er blickte wie durch einen Guckkasten auf sie. Als Kind hatte Claudia so ein altmodisches Spielzeug besessen und Stunden damit verbracht, Schlösser und Landschaften in der dreidimensionalen Illusion des Gerätes zu betrachten. Nun war sie auf der anderen Seite des Guckkastens angekommen, selbst nur noch ein Spielzeug, mit dem er machen konnte, was er wollte. Wie absurd.

Claudias Atem hinterließ gehauchte Spuren auf dem Glas. Mit ihren Fingern strich sie immer wieder über den Samt unter ihrer Hand. Sie musste Mark in ein Gespräch verwickeln und Zeit schinden, bis ihr eine bessere Idee kam. »Warum lassen Sie mich nicht raus?« Sie sprach laut, nicht aus Wut, sondern weil sie gehört werden wollte. »Ich bin verabredet. Wenn ich nicht komme, wird meine Freundin mich suchen und die Polizei anrufen. Irgendjemand hat Ihren Wagen sicher gesehen.«

Keine Bewegung seiner Augenbrauen, kein Zucken der Mundwinkel. Seine Miene blieb reglos. Sie suchte in seinen

Augen nach Spuren von Mitleid. Aber da war nichts. Nur ein klinischer, konzentrierter Blick, wie sie ihn von Managern kannte, die Aktiendiagramme analysierten und sich Kurvenverläufe einprägten.

»Lass mich raus.« Diesmal flüsterte sie die Worte nur.

»Alles zu seiner Zeit, und der Moment ist noch nicht gekommen.« Er bewegte die Lippen kaum. »Das Leben ist nur eine vorübergehende Erscheinung. Genießen Sie die kostbaren Augenblicke, die Ihnen noch bleiben, Claudia.« Seine Stimme klang so gedämpft, als käme sie aus einem weit entfernten Zimmer. Mit einem Ruck zog er die Klappe über ihrem Gesicht wieder zu. Dunkelheit.

Claudia musste lachen, es platzte aus ihr heraus. Das alles konnte unmöglich wirklich passieren. Eben noch hatte sie am See in der Sonne gesessen, und nun war sie die Gefangene eines Wahnsinnigen. Hätte ihr jemand am Morgen diese Geschichte erzählt, Claudia hätte sie als irre Phantasie eines Psychopathen abgetan. Immer lauter lachte sie, bis sie das Geräusch einer klappenden Autotür hörte. Sie hielt die Luft an und presste die Handflächen in den Samt.

Nichts mehr zu hören. Claudia atmete aus.

Sie hatte einen Fehler gemacht. Einen einzigen albernen Fehler mit fatalen Folgen. Nur in einem hatte sie sich nicht geirrt: Als sie Mark gefolgt war, hatte sie tatsächlich an einem Scheideweg gestanden. Ein kleiner Pfad nur, den sie gewählt hatte und der sie nun vermutlich in ihren Tod führte.

14

Drei Glühbirnen hingen von der Decke und warfen ihr flimmerndes, gelbliches Licht in die Weite des Raumes. Grüne Kacheln mit Glasurrissen bedeckten die hohen stuckverzierten Wände. Auf dem Boden lagen zersplitterte Fensterrahmen mit gesprungenen Buntglasscheiben. An der Wand lehnte ein Spiegel, durch dessen Oberfläche sich die Risse wie Spinnennetze zogen. Daneben, auf der rechten Seite, befand sich eine freistehende Badewanne aus Gusseisen. Sie stand nur noch auf drei Beinen und sah aus, als würde sie gleich zusammenbrechen. Ein verrosteter grüner Verbandskasten mit rotem Kreuz lag neben der Wanne auf dem Boden. Dahinter hingen Vorhänge, die wohl eine Fensterfront verdeckten.

Eine antikweiße Fixierliege mit schweren Ledergurten, wie sie in Krankenhäusern zu Beginn des vergangenen Jahrhunderts üblich war, stand in der Mitte des Zimmers. Die Liege war mit einem Hydrauliksystem in eine fast aufrechte Position gebracht worden, ein Eisengestänge mit Stahlfedern auf der Rückseite und ein Hebel waren sichtbar. Auf ihr lag eine junge nackte Frau mit dunkelbraunen Haaren. Sie war fixiert worden. Die Lederriemen schnitten in ihr Fleisch, in ihre Hände, ihre Hüften und ihre Unterschenkel und pressten sie auf die Matratze. Mund und Augen waren geschlossen. Ein horizontaler Störstreifen flimmerte über das Bild und verzerrte das Gesicht der Frau.

»Ich habe keinen Zweifel.« Christine lief mit nackten Füßen über die Dielen. Mit einer Hand hielt sie ihren Laptop so nahe an ihr Gesicht, dass sie das blaue Licht fast blendete. Sie lehnte sich an ein Bücherregal, das mit einem Knirschen auf ihr Gewicht reagierte. Auf dem Holztisch stand ihre Tasse Kusmi-Tee. Heiße Dämpfe stiegen in kleinen Schwaden auf. Es roch nach Jasmin, Ingwer und Pandan.

»Das ist die Frau, die mir Dom in der Leichenkammer gezeigt hat. Das erste Opfer, Tamara Lee.« Christine deutete auf das Standbild ihres Computers. »Hundertprozentig. Ich erkenne ihre Gesichtszüge wieder. Sie ist die tote Asiatin.«

Albert saß auf dem kleinen schwarzen Hocker vor Christines Klavier. Seit einer halben Stunde war er in Schweigen verfallen. Er tippte auf eine der elfenbeinfarbenen Tasten. Ein dunkler Ton erklang. Albert starrte die Taste an, als könnte er durch das Klavier hindurchschauen und das kleine Hämmerchen sehen, das im Innern des Instruments gegen die Metallsaite schlug. Noch einmal drückte er die Taste, dann stand er auf. »Wie oft willst du dir das verdammte Video eigentlich noch ansehen?« Die Dielen knarrten unter seinem Gewicht. In einem schweren Armsessel waren Dutzende Bücher wie zu einem Turm aufgestapelt, der nun hin und her schwankte.

»Bis ich verstanden habe, was ich hier eigentlich sehe.«

Albert nickte nur und öffnete die Balkontür. »Sag mir, wenn du fertig bist.« Er trat hinaus und beugte sich über die Brüstung, als wollte er die Normalität auf der Straße unten aufsaugen. Die brennenden Kerzen auf dem Klavier neben Christine flackerten im Luftzug, der durch das halbdunkle Zimmer ging. Das Brummen der Autos war von der Greifswalder Straße zu hören. Ihre Scheinwerfer spiegelten sich im Glas der Fensterscheiben. In den Nachbarwohnungen auf der anderen Seite waren die Lichter an. Ein Mann im Unterhemd stemmte vor einem Spiegel Hanteln. Im Zimmer nebenan lag eine junge Frau mit blondem Pferdeschwanz auf ihrem Bett und blätterte in einem Katalog. Im Stockwerk darüber hockte eine getigerte Katze hinter dem Fenster und blickte in den Nachthimmel. Der Prenzlauer Berg wollte an diesem Abend einfach nicht schlafen gehen, obwohl es bald Mitternacht war. Albert stützte die Ellbogen auf die Balustrade des Balkons und legte den Kopf in die Handflächen. Er konnte die Bilder auf dem Laptop nicht ertragen. Ihm war klar, dass all das, was er auf dem Rechner gesehen hatte, wahrscheinlich auch Nana widerfahren war.

Doch auf Alberts Gefühle konnte Christine keine Rücksicht nehmen. Auf Berlins Straßen lief ein Irrer herum, und ihre Instinkte sagten ihr, dass dieser Mann noch längst nicht fertig war. Dafür erschien seine Methodik viel zu ausgefeilt. Wer so mordete, war gierig nach der Macht über andere Menschen. Größenwahn war die entscheidende Triebkraft im Leben eines Psychopathen. So entstanden oft die grausamsten Jäger. Gut. Sie würde den Jäger jagen. Er hatte eindeutige Spuren hinterlassen, die Christine nur deuten musste.

Die Videosequenz dauerte genau eine Minute und vierundzwanzig Sekunden. Sie war verwackelt und unscharf, wahrscheinlich hatte Nana sie mit ihrem Handy aufgezeichnet. Während der Aufnahmen musste sie sich in einer erhöhten Position befunden haben. Zu Beginn der Sequenz tauchte ein Dachbalken im Bild auf, nicht weit von ihr entfernt. Nur so ließ sich die Perspektive von oben auf die Szene erklären.

Christine setzte sich mit überkreuzten Beinen auf den Boden. Sie steckte sich eine Gauloise an, nahm einen tiefen Zug und ließ den Rauch in ihrem Mund kreisen, spürte, wie er durch ihre Lunge schwebte, und atmete ihn dann in kleinen Kringeln wieder aus. Hinter dem rot glühenden Punkt des Tabaks sah sie Alberts gebeugte Silhouette auf dem Balkon. Einen Augenblick bedauerte sie ihn. Er litt schnell und anhaltend.

Christine selbst gönnte sich derart melancholische Momente nur in einem überschaubaren Rahmen. Schlich sich ein solches Gefühl von hinten an sie heran, gab sie ihm genau einhundertzwanzig Sekunden. Und genauso schnell verabschiedete sie es wieder. Sie war viel zu energisch und fokussiert, um sich in eine Depression fallen zu lassen, obwohl es genügend Gründe gegeben hätte. Für einen Moment sah sie ihren Vater vor dem Haus in Cancale stehen, wie er ihr zuwinkte. Sofort vertrieb sie das Bild aus ihrem Kopf.

Christine drückte die Return-Taste. Ein kahlköpfiger Mann in einem engen dunkelblauen Hemd und blauer Hose kam von rechts ins Bild und bewegte sich auf Tamara Lee zu. Ganz entspannt streckte er die Arme aus, als ob er einen lang erwarteten Gast nach Jahren der Abwesenheit begrüßen wollte. Christine hatte die Tote in der Kühlkammer auf etwa eins sechzig geschätzt. Der Mann, der sich ihr nun näherte, mochte dreißig Zentimeter größer sein, schlanke Statur, muskulöser Oberkörper. Er legte eine Hand auf das Metallgestell der Liege und beugte seinen Kopf vor, wie es jemand tat, der einem anderen Menschen etwas Vertrauliches mitteilen möchte. Doch dann wandte er sich ab und ging mit schnellen Schritten aus dem Bild.

Tamara Lee richtete ihren Kopf auf. Ihre Lippen bewegten sich. »Pracht … Gassen …« Ihre dünnen Worte arteten zu einem Gestammel aus. Ihre Augen waren zur Decke gerichtet, die Hände unter den Gurten zu Fäusten geballt. »Nacht … Reichtum …« Obwohl die volle Lautstärke des Computers aktiviert war, nahm Christine nur Sprachfetzen wahr. »Kronen …« Das Gestammel ergab keinen Sinn.

Tamara Lee senkte den Kopf. Sie wirkte so ermattet, als wäre nicht nur ihr Körper, sondern auch ihr Geist gebrochen. Wieder betrat der Kahlköpfige das Bild. Sein Gang hatte etwas

Raubtierhaftes. Er blickte im Gehen über die Schulter. Dann stellte er sich breitbeinig vor die Liege. Mit einer Hand hob er das Kinn seines Opfers an, zog es zu sich. In seinem Gesicht zeichneten sich keine Falten ab, da war kein Ausdruck in seiner Mimik. Die Haut auf seinen Wangen wirkte hart, als wäre sie aus Stein. Er flüsterte Tamara Lee etwas ins rechte Ohr und legte ihr dabei beide Hände um den Hals. Seine Finger tanzten über ihre Haut, als würde er die richtige Stelle suchen. Und dann fand er sie. Drückte zu. Tamara Lees Körper bäumte sich so weit auf, wie es die Ledergurte zuließen. Sie röchelte, rang um Atem. Riss ihre Augen auf. Warf ihren Körper hin und her. Der Kahlköpfige schien den Griff zu lockern. Seine Ellbogen sackten nach unten. Er bewegte seine Finger, immer schneller, strich über Tamara Lees Hals, klopfte ihn ab. Prüfte ihn. Immer und immer wieder. Er warf einen Blick über die Schulter. Schon wieder, nur einen Moment. Dann spannten sich seine Arme, und er drückte zu. Kraftvoller als zuvor. Beide Hände presste er auf die Halsschlagader, sperrte die Luftzufuhr. Tamara Lee zappelte hin und her. Ihre Schultern hoben und senkten sich. Ein hoher Ton kam aus ihrer Kehle, der anschwoll, die Luft zum Vibrieren brachte und dann erstarb. Ihre Augen starrten nach oben, weiteten sich, und für einen Moment blickte sie direkt in die Handykamera – als habe sie die heimliche Beobachterin bemerkt. Der Mann reckte seinen Kopf weiter vor, er schien jedes Detail der Sterbeszene in sich aufzusaugen. Er kam ihr noch näher, war ganz nah über Tamara Lees Gesicht.

Die Kamera wackelte, schwenkte über die abgeblätterte Mauer links neben der Metallliege und fuhr über einen zerrissenen Zettel, der dort an der Wand hing.

Die Bilder überschlugen sich. Das Handy fiel auf eine bröcklige Steintreppe. »Verdammte Scheiße.« Nanas Stimme.

»Scheiße. Scheiße.« Ihr Unterarm fuhr durchs Bild, Nanas Tattoo blitzte rot auf. Das Handy wurde aufgehoben und fiel erneut zu Boden. Das Bild brach in sich zusammen. Vorbei. Schwärze.

Was immer danach geschehen war, das Video verriet es nicht. Christine nahm einen Schluck von ihrem Tee. Die blumigen Aromen entfalteten ihren weichen Geschmack und beruhigten sie. Die Bilder waren zweiundzwanzig Minuten nach ihrer Aufzeichnung auf den USB-Stick im Park überspielt worden. Die Metadaten der Files waren nach Alberts Analyse eindeutig.

Nana war in großer Eile gewesen. Der kahlköpfige Killer musste sie entdeckt haben. Das Poltern des fallenden Handys hatte ihre Position verraten. Womöglich war das Gerät beim Sturz beschädigt worden. Das könnte erklären, weshalb Nana keine Hilfe gerufen hatte. Die Flucht aus dem Abrisshaus gelang ihr, und sie schaffte es sogar noch, das Video und den Screenshot eines Artikels auf den Stick in der Mauer zu übertragen. Beide Files entstammten ihrem internen Telefonspeicher, eine Netzverbindung hatte sie dafür nicht gebraucht. Die Daten wären eine Art Lebensversicherung gewesen. Doch dann war sie ihrem Mörder in die Hände gefallen. Ihr Überlebensplan ging aus unbekannten Gründen nicht auf. Nanas Tod war untrennbar mit diesem Video verbunden. Und natürlich fehlte von ihrem Handy bis heute jede Spur.

Christine stellte die Teetasse auf den Tisch. Sie folgte mit der Fingerspitze den kreuzförmigen Intarsien in der Holzoberfläche. Der Bericht über Egbert Landkamp – Nana hatte den Wirtschaftsartikel über den Pharmaboss direkt ans Video angehängt. Ein Grund war nicht erkennbar. Und erschwerend kam hinzu, dass Landkamp vor einer Woche verstorben war. Christine hatte das Netz durchforstet und Nachrufe in diver-

sen Handelsblättern entdeckt. Darin wurde Landkamp als feinsinniger Manager gefeiert, der regelmäßig auf seine Millionenboni verzichtet hatte. Ein Mann mit europaweiter Reputation und gewaltigem sozialen Engagement. *Er wurde nach langer Krankheit zu früh aus dem Leben gerissen,* hieß es in einem Artikel. Nein, eine logische Verbindung zwischen Landkamp und dem Video ließ sich nicht herstellen. Noch nicht. Eine Unstimmigkeit. Nicht die einzige.
Sie zog das Display ihres Laptops heran. In Nanas Video gab es eine Anomalität – einen offensichtlichen atmosphärischen Bruch, der Christine nicht entgangen war. Der Mörder wirkte an einigen Stellen unaufmerksam. Die Blicke, die er über seine Schulter warf. In diesen Momenten konzentrierte er sich nicht auf die gefesselte Tamara Lee. Das war ungewöhnlich. In der Regel sind die letzten Sekunden im Leben eines Opfers für einen Serienmörder ein Hochgenuss. Der glorreiche Moment, dem er entgegengefiebert hatte, die orgiastische Vollendung seiner akribischen Planung. Es waren die Sekunden, von denen er später zehren würde.
Aber der Mann im Video wirkte ruhelos, hektisch. Christine drückte den Rewind-Button und hielt die Aufnahme an. Der Kahlköpfige blickte mit geschlossenem Mund über die Schulter. *Wo schaust du hin? Was siehst du da hinter dir?* Doch das Bild verriet es nicht. Hier kam sie nicht weiter. *Cul-de-sac.*
Christine drückte die Forward-Taste. Weiter. Noch ein Stückchen. Stopp. Der Moment, kurz bevor das Handy zum ersten Mal auf den Boden fiel. Da, der Zettel an der Wand. Er war zerrissen und gelblich, als würde er dort schon viele Jahre kleben, vergessen und fast verrottet. Christine machte eine Standbildaufnahme und vergrößerte sie mit ihrem Foto-Programm. Geschwungene Buchstaben wurden sichtbar. Entziffern ließ sich die grobpixelige Schrift nicht. *Merde*. Wenigs-

tens stimmte ihr Verdacht. Es musste ein altes Haus sein, in dem Tamara Lee getötet worden war. Ein verfallenes Gebäude mit medizinischem Gerät aus einer anderen Zeit. Christine konnte das Formaldehyd schon fast riechen.

Wieder schaltete sie auf den Mann in Dunkelblau um. Während des Würgens war sein Körper gespannt wie eine Stahlfeder. In seinem Gesicht zeigte sich jedoch keinerlei Anstrengung – als würde der Kopf nicht zu seinem Körper gehören. Womöglich eine jahrelang antrainierte Selbstkontrolle. Oder der Ausdruck eines psychisch gestörten Menschen, der zu keiner Gefühlsregung fähig war.

»Ich habe nachgedacht.« Albert trat aus der Dunkelheit der Nacht ins Zimmer. »Wir lassen die Nummer. Wir geben Dom die Files, und das war es dann.« Er ging vor Christine in die Hocke und strich ihr übers Kinn. »Ich habe aus dem Fall Ikarus gelernt. Ich zieh dich nicht in …«

»… diese Geschichte rein?«

»Genau, weil ich mir nämlich …«

»… Sorgen mache? Um mich?«

»Äh. Richtig.«

Fast hätte Christine über Alberts verdutztes Gesicht lachen müssen. »Aber ich bin schon mittendrin, Albert. Jetzt ist es zu spät. Du kennst mich doch.«

Er nickte, fuhr mit dem Finger über den Rand von Christines Teetasse. Dabei schaute er zu Boden, wich ihrem Blick aus wie ein verlegener kleiner Junge. Wie viel Unschuld noch immer in seinen Gesten steckte. »Ich habe wirklich Angst. Ich weiß, wie du dann bist mit diesen Geschichten.«

»Wie denn?«

»Das weißt du doch selbst am besten.«

»Vielleicht. Aber wenn du es mir nicht sagst, bleibt es nur ein Verdacht.«

»Na, du kannst nicht loslassen. Du kennst deine Grenzen nicht mehr. Das macht mir Angst.«
Christine nahm seine Hand. Natürlich hatte Albert recht. Sie würde nicht aufgeben, bis dieser Fall abgeschlossen war. »Mir machen Mörder Angst. Aber je mehr ich über diese Geschichte weiß, desto weniger lässt sie mich ruhen.« Sie strich über Alberts Haar. »Wir müssen rauskriegen, wo dieses alte Haus ist. Und was dieser tote Pharmaboss, dieser Egbert Landkamp, mit dem Fall zu tun hat. Spuren haben wir genug.«
Albert seufzte. Und gleich noch einmal. Eine typische Reaktion aus seinem eingeübten Repertoire, mit der er seine Missbilligung auf möglichst nebensächliche Weise kundtat. »Na gut. Ich nehme den Film morgen früh mal zum Sender mit. Vielleicht holt unser Grafiker noch was aus den Bildern raus. Der bläst die uns auf. Da könnte noch was drin sein, das wir nicht gesehen haben.«
»Gut. Schön. Aber ich bezweifle, dass der etwas findet, was mir entgangen sein könnte.« Christine hob den Laptop an und hielt ihn Albert hin.
Im hellen Licht des Displays musste er blinzeln. Er kniff die Augen zusammen und stutzte. »Warte mal kurz.« Er ließ sich mit dem Gerät auf das Ledersofa sacken. Die Dielen ächzten. Der Stapel Bücher auf dem Sessel fiel in sich zusammen. Albert blinzelte noch einmal und starrte auf das Standbild des Displays. Er neigte sich so nah heran, dass er den Bildschirm fast mit der Nase berührte. »Nein. Tatsächlich. Guck dir das mal an, Christine. Siehst du diese Reflexion im Spiegel auf dem Boden?«
Sie ging um das Sofa herum und schaute Albert über die Schulter. Der Bildschirm. Die Metallliege. Der Mörder. Die Fenster und der Spiegel auf dem Boden. Der Spiegel. Einen Moment glaubte Christine an eine Sinnestäuschung ihrer übermüdeten

Augen. »Das ist das Gesicht des Mörders in dem Spiegel. Aber …« Sie beugte sich weiter vor. »Moment mal.«
Sie spürte Alberts Bartstoppeln an ihrer Wange. »Das ist nicht möglich. Der Typ steht seitlich neben dem Spiegel. Der Winkel passt doch gar nicht zur Reflexion.«
Albert atmete schwer. »Ganz genau. Und das ist noch nicht alles. Der Mörder trägt ein Hemd mit Kent-Kragen.« Er tippte auf das Display. »Aber im Spiegel sehen wir einen Mann mit Schlips.«
»Das ist nicht der Mörder. Das ist ein anderer Mann.« Ihre Stimme klang rauh und trocken.
Albert nickte. »Ganz genau. Es sind zwei Typen. Und vielleicht sogar noch mehr. Aber warum sind dann ihre Gesichter identisch?«
»Silikonmasken. Lebensechte Masken.«
»Mein Gott. Könnte stimmen.«
Christine trat ans Fenster. Draußen in der Nacht blinkten die Lichter des Fernsehturms hoch über dem Alexanderplatz. Ein betrunkener Mann lief brüllend über den Mittelstreifen der Straße. Irgendwo fiel eine Haustür krachend ins Schloss.
Auf einmal machte alles Sinn. Die seltsame Starre, die ihr im Gesicht des Kahlköpfigen aufgefallen war. Sein Blick über die Schulter. Die fehlende Ruhe während eines so intimen Moments des Tötens. Eine Asiatin und eine hellhäutige Frau. Die Widersprüche in der Auswahl der Opfer. »Die sind organisiert. Das verraten die Masken.« Sie wandte sich vom Fenster ab. »Aber wir wissen nicht, wie viele Männer es sind.«
Albert starrte noch immer auf den Monitor »Ja, aber was soll das alles?«
Christine klappte den Laptop zu. »Ganz einfach, Albert. Wir haben es hier mit einem Club der Mörder zu tun.«

Zweiter Teil

EISIGES HERZ

15

Die Erde roch gallig, ein wenig nach vermodertem Holz. Wurzelstränge ragten zwischen vertrockneten Erdklumpen hervor. Wenn Claudia an den sehnigen Strippen zog, sie um ihren Finger schlang und mit einem Ruck abriss, fiel krümelige, kühle Erde auf ihren Unterarm.
Die Grube wies die Form eines Rechtecks auf. Fünf Meter lang und zwei Meter breit. An einigen Stellen waren Holzpfähle in den Boden eingelassen. Über ihr, in drei Meter Höhe, lag eine Eisenplatte. Von unten war sie mit leeren Eierkartons beklebt, wohl um die Schreie gefangener Frauen ungehört im Erdreich verklingen zu lassen.
Claudia hockte mit dem Rücken an die Wand gelehnt. Neben ihr lagen ihre Schuhe. Mit den Zehenspitzen schabte sie über die schwarze Erde, schob kleine Häufchen zusammen, trat sie platt und begann wieder von vorn. Mehr als zwölf Stunden war sie schon hier unten.
In einer Ecke stand eine kleine Bank aus Aluminium. Darauf befanden sich eine eiserne Schüssel mit Wasser und eine blaue Öllampe. Das flackernde Licht erleuchtete das ausgehobene Erdloch. Claudia hatte Angst, dass die Flamme in der stickigen Grube einfach verlöschte.
Noch immer hielt sie den Atem an, wenn das Licht kleiner zu werden drohte. Ohne ausreichenden Sauerstoff kam die Finsternis. Davor fürchtete sie sich am meisten.
Sie kannte sich. Im Dunkeln würde jeder ihrer Gedanken an Schwere gewinnen und sie in die Tiefe zerren. Ohne Licht würde sie an ihren Grübeleien zerbrechen. So war sie schon

als Kind gewesen, wenn am nächsten Tag eine Klassenarbeit auf sie gewartet hatte, vor der sie sich fürchtete. Die Lampe auf ihrer Kommode brannte dann die ganze Nacht durch. »Im Licht werden alle Sorgen kleiner«, hatte ihre Mutter einmal gesagt, und Claudia glaubte noch heute daran. Die Flamme neben ihr war Hoffnung. Wenn sie erlosch, bedeutete das ihr Ende.

Zwischen ihren Fingerspitzen zerrieb Claudia einen hellen Wurzelstrang. Wie merkwürdig. Da hielt sie ein Stück Leben in den Händen, das mit dem Stamm und den Ästen eines Baumes an der Oberfläche verbunden war. Dort oben schien die Sonne. Menschen waren jetzt auf dem Weg zur Arbeit, verabschiedeten sich von ihren Familien, lasen Zeitung und tranken Kaffee. So hätte sie jetzt den Tag auch begonnen. Doch sie saß in diesem Erdloch.

Was würden die Kollegen in der Bank sagen, wenn ihr Schreibtisch einfach leer blieb? *Das passt ja gar nicht zu Claudia. Aber seitdem sie Single ist, hat sie sich ja total verändert. Die hing wohl zu sehr an ihrem Typen.* Claudia lächelte. Jedes einzelne Wort aus dem Mund ihrer zischelnden Kollegen konnte sie erahnen. Doch die Wahrheit hätte alle verstummen lassen.

An ihrem Rücken spürte sie leichte Vibrationen. Sie kamen immer wieder im Abstand von zehn oder fünfzehn Minuten, schwollen an und ebbten langsam wieder ab. Claudia hatte die Zeitspannen auf ihrer Uhr kontrolliert. Einmal war ihr, als hätte sie während der Vibration in weiter Ferne ein Tuten gehört. Züge. Sie musste in der Nähe von Gleisen sein. Wo Schienen waren, gab es auch Menschen, gab es Hilfe, Rettung. Der Gedanke beruhigte sie wie ein warmes Gefühl, das durch ihren Magen zog und dort für einen Moment verharrte, als würde eine Hand auf ihrem Bauch liegen. Johannes' Hand? Vielleicht.

Unter ihren Fingernägeln klebte schwarze Erde. Sie drehte und wendete ihre Hand im Schein der Öllampe. Zwei Nägel waren abgebrochen. Die restlichen waren nur noch verdrecktes, totes Horn, an dem die Überbleibsel braunen Nagellacks hafteten. Sie dachte an Filiz, die junge Türkin in ihrem Nagelstudio. Wochenlang hatte Claudia in Berlin nach der perfekten Maniküre gesucht. Sie war sehr anspruchsvoll, wenn es um ihren Körper ging. Filiz sagte immer: »An den Fingernägeln erkennt man, wie gut es einer Frau geht.« Die Wahrheiten der kleinen Türkin waren wohl niemals so treffend gewesen wie jetzt.
Viele Stunden hatte Claudia im Nagelstudio bei Filiz verbracht. Wie lächerlich ihr das eigene Verhalten auf einmal vorkam. Verschenkte Zeit. So viele verschwendete Tage. Hier unten, in der Grube, galt eine andere Währung. Jede Minute, die sie lebte, war ein unermesslicher Reichtum. Doch viel würde ihr davon nicht mehr bleiben. Mark hatte es ihr versprochen. Mark.
Sicher hatte er schon andere Frauen hier gefangen gehalten, zwei, vielleicht auch drei. Jedenfalls war bisher keiner die Flucht gelungen. Sonst hätte er dieses Versteck wohl aufgegeben. In einer Ecke hatte Claudia eine silberne Kette mit einem herzförmigen Anhänger gefunden. Sie spielte mit dem Kettchen herum, ertastete die Rundungen des kleinen Herzens und stellte sich dabei die fremde, gefangene Frau vor: ihre in Panik aufgerissenen Augen. Ihre Schreie. Die Wutattacken. Die geballten Fäuste, die auf die Erdwände einschlugen, als ließe sich so eine Öffnung in das Gefängnis reißen. So hatte Claudia sich in den ersten Minuten in der Grube selbst verhalten. Vermutlich reagierten die meisten Opfer ähnlich. Doch auch diese Erkenntnis spendete ihr keinen Trost. Sie kratzte mit der Spitze des Anhängers die schwarze Erde unter

ihren Fingernägeln heraus und schnippte sie in die Dunkelheit.
Viel schlimmer als die Stille der Grube war Marks Auftreten. Sie konnte seinen Charakter nicht ergründen. Er war so übertrieben höflich, als wäre er der Absolvent eines katholischen Knabeninternats. »Ich möchte Ihnen nicht weh tun, Claudia. Entspannen Sie sich. Lassen Sie sich fallen – nicht verkrampfen. Es ist besser so.« Doch dann hatte er den geöffneten Kasten so selbstverständlich über der Grube ausgekippt, als wäre sie nur ein Stück Fleisch, das in einer Fabrik auf seine Verarbeitung wartete.
Sie stellte sich Mark vor, wie er schwitzend und mit starrem Blick das Loch ausgehoben hatte. Wie ein Besessener schwingt er die Schaufel, reißt die Erde unter sich auf, in die er die Frauen wie einen Samen pflanzt und auf die Ernte wartet. Seine Belohnung war ihr Tod. Er hatte es klar gesagt. Er würde sein Versprechen halten. Da war sie sich sicher.
Doch noch war sie am Leben. Noch konnte sie eine Lösung finden. Sie musste nur ruhig bleiben und ihre Situation als mathematisches Problem begreifen – so, wie sie tagtäglich Dax und Nikkei analysierte und die Entwicklungen in Europa, Asien und Südamerika vorausahnte. Ohne Wut und Angst. Emotionen lenkten nur ab.
Sie konnte ihren Herzschlag hören, der immer langsamer wurde. Es roch nach Moos und Erde. *Füge die Fakten zusammen. Erinnere dich an die Sekunden, bevor er dich in dieses Erdloch gekippt hat:* die Rückseite eines großen Hauses mit roten Backsteinen. Zwei Stockwerke hoch. Rechts neben ihr eine halb geöffnete Garage aus dunkelgrauem Holz. Daneben zwei Apfelbäume, hohe Ranunkelsträucher und Lavendelheiden, die ihr die Sicht auf das dahinterliegende Areal nahmen. Dort vermutete Claudia die Schienenstränge, auf denen die

Züge fuhren. Vor dem Eingangsbereich des Backsteinhauses verlief wahrscheinlich eine Straße. Doch das war reine Spekulation. Mark hatte die Grube mit Sicherheit in einem verborgenen Bereich des Gartens angelegt. Die Eisenplatte über dem Erdloch war in Metallverankerungen eingelassen. Mit der Kraft seiner Arme hatte er die Platte so weit bewegt, bis sie mit einem mechanischen Klacken über Claudias Kopf eingerastet war. Unmöglich, sie von hier unten zu öffnen.
Dennoch musste ihr Gefängnis eine Schwachstelle haben, irgendetwas, das ihr bisher entgangen war. *Denk nach. Streng dich an.* Die Flamme der Öllampe neben ihr flackerte. Hin und her. Immer wieder. Die Flamme zuckte, als würde sie für sich alleine tanzen. Ein Luftzug. Irgendwo musste es eine Öffnung geben, durch die der Sauerstoff drang.
Mit zitternden Handflächen tastete Claudia das Erdreich ab, strich über die klumpigen Aushöhlungen und die kleinen Wurzeln an der Wand. Nichts. Sie nahm die Öllampe und schob den Bügelverschluss nach oben. An dem verzinnten Stahlblech entdeckte sie zwei kleine Klammern, die sie nach unten bog. Das Glas ließ sich nun aus der Fassung nehmen. Der Docht mit der Flamme lag frei über dem Brenneinsatz. Claudia erhöhte die Ölzufuhr und sah zu, wie das Feuer Zentimeter um Zentimeter wuchs, je weiter sie den Hahn am Aufsatz drehte. Perfekt. Die Hitze schlug gegen ihre Stirn. Sie hielt das Feuer weit von sich. Langsam und ganz vorsichtig drehte sie sich um die eigene Achse. Wenn jetzt bloß nicht das Licht erlosch. Sie spürte ihr Herz bis im Hals pochen. Die Flamme brannte ruhig und gleichmäßig. Hier waren keine Luftströme. Sie streckte den Arm mit der Lampe nach allen Seiten aus. Unten. Rechts. Links. Nichts. Weiter nach oben. Die Flamme zitterte ein wenig, kaum spürbar. Höher. Ihre Spitze leckte durch die Luft. Gut. Je mehr das Feuer flackerte

und sich unter dem Luftzug verbog, desto näher kam es der Sauerstoffzufuhr. Irgendetwas musste hier sein. Noch höher. Claudia reckte beide Arme hoch. Ihre Bluse spannte unter den Achseln. Schweiß perlte von ihrer Stirn. Da oben. Einen halben Meter unter der Decke. Sie stellte die Öllampe auf dem Boden ab. Claudia zerrte die Bank aus Aluminium über die Erde und brachte sie in Position. Dann zog sie ihre Riemenschuhe an. Jetzt zählte jeder Zentimeter. Mit der Lampe in der Hand erklomm sie die Bank. Claudia lehnte sich gegen die erdige Wand und streckte den rechten Arm aus, mit dem sie leuchtete. Die Luft kam von hier oben. Sie ertastete die Rundung eines hellgrauen Rohrs, das aus der Wand ragte. Die Verbindung zur Welt über ihr.

Einen Moment lang überlegte sie, laut zu schreien. Vielleicht waren Menschen in der Nähe der Stelle, wo das Rohr endete. Dann verwarf sie den Gedanken. Im schlimmsten Fall würde Mark sie hören. So war nichts zu gewinnen.

Wenn die da oben doch nur auf die Grube aufmerksam würden. Claudia musste sich bemerkbar machen – so hatte sie eine Chance zur Flucht. Nur wie?

Ein Rohr. Feuer und Wasser. Eine Schüssel aus Eisen. »Ja, das müsste funktionieren«, flüsterte sie. Ihre entschlossenen Worte machten ihr Mut. Sie stieg von der Bank. Mit einem Ruck riss Claudia einen Fetzen Stoff aus dem Ärmel ihrer Baumwollbluse und rollte ihn zu einem handtellergroßen Bündel zusammen. Sie tauchte den Stoff in die Eisenschale mit Wasser. Im Licht der Öllampe konnte sie erkennen, dass der Fetzen sich vollgesogen hatte. Er lag triefend in ihrer Hand. Sie klemmte den nassen Stoff unter den Bund ihres Rocks. Den Rest des Wassers kippte sie aus und kletterte mit der Schale in der einen und der Öllampe in der anderen Hand wieder auf die Bank. Sie schlug mit dem Gefäß gegen die

Decke. Die Kanten der Schale berührten die Spitzen der Eierkartons, schabten über die Pappe. Ein paar Zentimeter fehlten. Sie stellte sich auf die Zehenspitzen. Die Riemchen der Schuhe schnitten in ihre Haut. Ganz fest hielt sie die Schale in der Hand. Noch einmal. Mit mehr Kraft schlug sie gegen die Decke. »Komm schon, komm.« Diesmal entstanden dumpfe Geräusche, die Claudia an das Pochen an einer Holztür erinnerten. Immer wieder schlug sie mit der Schale zu. »Komm, bitte, bitte … bitte, Gott.« Endlich lösten sich zwei Kartons von der Decke und hingen zur Hälfte herab.

Claudia stellte die Schale auf der Bank ab. Sie griff nach oben, fetzte die Pappe herunter und presste sie mit einer Hand an ihr Herz. »Hab dich. Jetzt wird alles gut.«

Es war riskant. Sie könnte hier unten ersticken. Aber das wäre ein Tod, den sie selbst herbeigeführt hatte. Kein Mensch konnte das Sterben lernen, das machte es so beängstigend. Aber sie hatte wenigstens wieder die Kontrolle über ihr Leben.

Sie zerriss die Kartons in kleine Fetzen, legte sie in mehreren Schichten übereinander. Vor ein paar Wochen hatte ihr Großvater im Garten seinen Geburtstag gefeiert. Er benutzte immer Eierkartons beim Grillen, weil er damit die Kohle besonders gleichmäßig erhitzen konnte. Die Schicht aus zerrissener Pappe war einer seiner Geheimtipps. Er hätte sicher einen besseren Fluchtplan entwickelt als sie. Aber es musste auch so gehen. Wenn nicht, würde sie nie wieder mit ihm Geburtstag feiern.

Claudia holte tief Luft. Sie hielt den Docht der Öllampe an die Pappe. Flammen züngelten über den Karton. Sie fraßen sich rot glühend durch die braunen Lagen des Papiers und zerstörten die becherförmigen Vertiefungen. Schwarzer Qualm breitete sich aus und brannte ihr in den Augen. Der

Geruch erinnerte sie an kompostiertes Holz. Die Hitze versengte fast die Haut ihrer Hand. Sie streckte sich weit nach oben und schob die brennende Pappe ganz vorsichtig ins Rohr. Die Schale stand noch immer neben ihr auf der Bank. Claudia bückte sich und hob sie auf. Dann stülpte sie die Eisenschale über den Ausgang des Rohrs, presste die Kanten mit aller Kraft in die Wand aus Erde und versiegelte so die Feuerquelle. Dennoch zogen feine Rauchschwaden an den Rändern hervor. Sie drückte die Schale noch fester gegen das Rohr. Die Erde war zu hart, noch immer drang Rauch unter dem Schalenrand heraus. Nichts zu machen. Sie zerrte den nassen Stofffetzen aus dem Bund ihres Rocks und presste ihn sich auf Mund und Nase.

Das musste reichen.

Kein Mensch heizte im Hochsommer. Auch Laub wurde im August noch nicht verbrannt. Irgendwer musste die Rauchschwaden über dem Grundstück doch bemerken. Nur ein Mensch, ein einziger neugieriger Mensch, der sich die richtigen Fragen stellte und handelte – das war alles, was sie sich erhoffte.

»Bitte, Gott, hilf mir. Nur noch dieses eine Mal. Bitte.«

Vibrationen setzten ein. Von weither ertönte ein langgezogenes Tuten. Ein Rauschen war zu hören. Der Signalton wurde leiser, das leichte Beben im Erdloch ebbte ab. In der Stille der Grube hörte Claudia nur noch ihr eigenes Atmen, das inmitten des Rauches immer schwerer wurde.

16

Mann, was ist das denn für eine verdammte Scheißnummer?« Peter biss von seiner Brezel ab und klopfte sich die Salzkrümel von seiner XXXL-Jeans. Er drückte zwei Tasten auf seinem Keyboard und stellte die Bilder auf dem riesigen Monitor scharf. Die gefesselte Tamara Lee mit ihren eingefallenen Wangen blickte ihn auf dem Display an. Peter warf einen forschenden Blick über seine Schulter. »Wo bist du denn da wieder reingeschlittert, Albert?« Er nahm einen langen Schluck von seinem Orangensaft und schob sich dabei den Tetrapak fast in den Rachen. Es sah aus, als wollte er gleich mit den Zähnen die Pappe zerbeißen. »Ist mir eigentlich zu früh für so harte Nummern. Verdirbt einem ja glatt den Appetit.« Wie Peter seinen massigen Körper auf dem Drehstuhl balancierte, mit den Füßen wippte und abwechselnd von einer Butterbrezel und einem Käsecroissant abbiss, erinnerte er an einen ausgehungerten Bären. So schaute der beste Grafiker des Fernsehsenders aus. Wenn jemand aus Nanas Handyvideo etwas herausholen konnte, dann der gewaltige Mann vor Albert.

Die Computerlüftung rauschte. Die Bäckertüte, in die Peter immer wieder hineingriff, raschelte. Sie waren allein in Raum 8.132. Um die Frühschicht prügelte sich keiner im Sender. Peter war die Ausnahme. Er liebte die Ruhe der Morgenstunden, in die Albert nun so frech eingedrungen war. Kauend betrachtete Peter das eingefrorene Grauen auf dem Display und schüttelte den Kopf. Mehr nicht. Der Appetit war ihm wohl noch nicht vergangen.

An den Wänden hingen Screenshots von aktuellen Unwettergrafiken, von Politikern in dunkelblauen Anzügen und von rot markierten Grenzverläufen im Nahen Osten. In einem Bücherregal aus Metall, das bis unter die Decke reichte, lagen übereinandergestapelt Bildbände über Pop Art, Mode und Architektur. *The Art of Being Crazy* konnte Albert auf einem Buchrücken lesen. Passend dazu stand neben einem weißen Ledersofa in der hinteren Ecke des Raumes eine lebensgroße John-Wayne-Figur mit gezücktem Revolver. Jemand hatte ihr ein T-Shirt übergestülpt, auf dem in blutroten Buchstaben der Schriftzug DON'T MESS WITH TEXAS zu lesen war. Offenbar waren infantile Neigungen in kreativen Köpfen so stark ausgeprägt, dass sie gewaltsam in die Welt hinausdrängten.
»Kannst du die Aufnahmen vergrößern? Ich brauche sie so scharf wie möglich. Und schnell. Vor allem schnell.«
Mit dem Handrücken wischte sich Peter ein paar Krümel aus den Mundwinkeln. »Da geht was, klar. Muss ich von der Maschine durchrechnen lassen. Dauert 'ne halbe Stunde, grob geschätzt. Wonach suchst du denn?«
Albert zerrte an den Kordeln seines Kapuzenshirts. »Ich muss wissen, was das für ein Haus ist. Irgendwelche Anhaltspunkte, die mir den Ort verraten. Details, die so zu unscharf sind.«
»Das Video ist echt?«
»Na, was glaubst du denn?«
»Kranke Scheiße.« Mit Schwung brachte Peter den Drehstuhl direkt vor Albert in Position. »Jedenfalls ist die Bude im Osten. Das kann ich dir jetzt schon sagen.«
»Wieso das denn? Wie kommst du darauf?« Peter hatte das Video nur einmal gesehen. Eigentlich unwahrscheinlich, dass seinem und Christines analytischem Blick ein wichtiges Detail entgangen sein könnte. »Na los, sag schon.«

»Da liegt ein grüner Verbandskasten mit rotem Kreuz auf dem Boden. So sahen die Dinger bei uns im Osten aus.«
»Wirklich?« Na gut. Das war schon mal ein kleiner Hinweis. »Ich brauche es aber präziser.«
»Kein Problem. Ich blas dir das Video in voller Schärfe auf. Krieg ich hin.«
»Gut. Ich schau mal kurz in die Redaktion rüber. Bis gleich.«
Albert wollte gerade losgehen, da spürte er Peters Hand an seinem Ellbogen.
»Und noch was.«
»Ja?«
»Bring mir mal 'ne Schokolade mit, wenn du am Süßwarenautomaten vorbeikommst.«

Sieben Redakteure zählte Albert im Großraumbüro, als er die Fernsehredaktion betrat. Vierzehn Augen starrten ihn kurz an, und genauso schnell wandten sich die Köpfe wieder den flimmernden Monitoren zu. Niemand sprach ein Wort. Durch den Raum hallte nur die aufgeregte Stimme eines CNN-Reporters, der von den Flachbildschirmen an den Wänden über einen bevorstehenden Börsencrash im europäischen Großraum philosophierte und dabei anklagend auf eine italienische Fahne zeigte.
Der lange Konferenztisch in der Mitte des Büros war leer, eine glatt polierte graue Fläche. Ungewöhnlich. Sonst standen dort immer angeschlagene Tassen mit braunen Schlieren und roten Lippenstiftresten an den Rändern, die vor allem die Redakteurinnen nach den Sitzungen einfach stehen ließen. Wozu gab es schließlich Putzfrauen? Doch heute sahen sogar die Papierkörbe geleert und frisch gereinigt aus. Hier stimmte etwas nicht. Albert konnte die dicke Luft im Büro fast greifen.
»Was machst du denn hier? Ich denke, du hast Urlaub diese

Woche«, flüsterte Carla und verfolgte dabei den neuesten Stand der Truppenbewegungen in Syrien auf ihrem Monitor. Sie trug eine weiße Bluse, dazu hohe Pumps und sah aus, als würde sie zu einer Hochzeit der Royals gehen. Normalerweise mutete Carla ihrer Haut selbst im Hochsommer nur grobe Strickpullis aus ökologisch und ethisch korrekten Anbaugebieten zu. Und jetzt das.

Weiter hinten saß Hartmut. Er trug passend zu seiner Haarfarbe einen neuen steingrauen Anzug. Die Hose war ihm viel zu kurz und baumelte mindestens zehn Zentimeter über seinen Fußknöcheln. Dennoch war das Outfit erstaunlich für einen Mann, der normalerweise nicht über Breitcord als höchstes modisches Statement hinauskam. Albert meinte sogar, Gel in Hartmuts Haar zu erkennen.

Drei Meter daneben thronte Jochen vor seiner mit Fußballwimpeln zugepflasterten Wand. Er gehörte zu den Typen, die nie Urlaub machten, weil der Chef dann vielleicht feststellte, dass sein fehlender Mitarbeiter keine Lücke hinterließ. Von seinen üblichen verfilzten Sneakern keine Spur. Er hatte sie durch glänzende schwarze Lackschuhe ersetzt, wohl Überbleibsel von seiner Konfirmation. Anders war diese geschmacklose Ungeheuerlichkeit nicht zu erklären.

»Was ist denn los, Carla? Hier stimmt doch was nicht«, raunte Albert ihr zu.

»Die Unternehmensberatung ist im Haus. Die wollen alle Abteilungen verkleinern.« Carlas Lippen bewegten sich nicht. Sie glich einer starren Puppe mit eingebautem Sprachmotor. »Kündigungen, kapiert?«

Das war eindeutig, nun ergab alles einen Sinn: Das Äußere aufpolieren, arbeitsam am Rechner kleben und bloß nicht auffallen. Albert kratzte mit den Fingern über seinen Dreitagebart und zog die Ärmel seines ausgewaschenen Kapuzenshirts

herunter. Mist, wieder mal war er unvorbereitet in eine schwierige Situation geraten.
Erst jetzt bemerkte er seinen Chefredakteur im Glaskasten am Ende des Raumes. Ralf Breinert lief aufgeregt vor seinem wuchtigen Schreibtisch aus Teakholz herum, warf die Arme in die Luft und gestikulierte so aufgeregt, als wollte er einen Schwarm Hornissen vertreiben. Gleich hinter der Glasscheibe stand ein Mann, der in die Redaktion blickte. Er war großgewachsen und hatte kurzes dunkles Haar, an den Seiten ausrasiert. Auf seinem hageren Gesicht lag der Ausdruck herrschaftlicher Arroganz. Seine stockgerade Haltung hingegen erinnerte an die Attitüde eines Soldaten. Vielleicht war auch beides zutreffend. Albert konnte sich nicht entscheiden. Der schmale Körper des Mannes steckte in einem taubenblauen Anzug. Sein Blick blieb einen Moment an Alberts Kapuzenshirt hängen. Ein Lächeln lag auf seinen Lippen, wie man aus der Ferne einem Menschen ein Signal des Wiedererkennens sendet. Albert fröstelte. Das Gesicht hinter der Scheibe hatte er schon einmal gesehen.
Die kindische Melodie *Horch was kommt von draußen rein* erklang auf einem Handy. Die Klimaanlage röhrte. Die Trockenheit in Alberts Mund fühlte sich auf seiner Zunge an wie Löschpapier. »Dreck, das ist der Typ vom Flughafen. Schöner Mist.«
»Welcher Typ?« Carla drehte ihren wuscheligen Lockenkopf zu ihm um. Hinter ihr summte ein Laserdrucker und warf Papier aus. »Was meinst du?«
Sie vermutete wohl eine neue Information, die sich auf dem Markt der Gerüchte gewinnbringend verwerten ließ. Albert ignorierte die Frage.
Jetzt starrte auch noch Breinert durch die Glasscheibe und blinzelte in die Redaktion. Er hatte seinen Vollbart zu einem

akkuraten Schnauzer gestutzt, der ihm den Charme eines bulgarischen Stehgeigers verlieh.

Nur drei Tage war Albert fort gewesen, doch die Redaktion hatte sich vollkommen verändert. Seine Kollegen glichen einer galoppierenden Gnuherde, die vor einem Löwen flieht – nur dass es sich hier nicht um ein Raubtier, sondern um einen Mann im taubenblauen Anzug handelte.

Der Typ wandte sich Breinert zu und flüsterte etwas. Dabei ließ er Albert nicht aus den Augen.

Mein Gott, er hat mich erkannt. Ganz automatisch verkrampfte er sich.

Ralf Breinert musterte Albert. Mit dem Zeigefinger stocherte er in der Luft herum, als wollte er imaginäre Löcher in das Glas vor ihm stoßen. Er wandte sich von der Scheibe ab und griff sich eine Zeitung. Mit der flachen Hand schlug er auf die Türklinke. Die Glastür flog auf, und Breinert raste auf seinen kurzen Beinen durch die Redaktion. Bei jedem Schritt knarzten seine Schuhe, was in der Stille des Großraumes wie ein menschliches Ächzen klang. Als er an Alberts Tisch vorbeirauschte, raunte er ihm zu: »Der Balkon. In fünf Minuten.« Selbst von hinten waren die Schwitzflecken unter seinen Achseln tellergroß.

Nun schlenderte auch noch der Mann in Taubenblau durch die Redaktion. Aufrecht und stolz, als würde er durch einen Zoo mit exotischen Tieren wandern, nahm er mit jedem kurz Blickkontakt auf. »Schönen Tag noch«, sagte er mit dünner Stimme und deutete ein Kopfnicken in Alberts Richtung an. Gemächlich verschwand er in den Weiten des Flurs.

»Du kennst den?« Da lag glatte Empörung in Carlas Stimme. Albert zuckte nur mit den Schultern. Ein Ja als Antwort wäre unzutreffend gewesen. Ein Nein hätte die Wahrheit aber auch nur gestreift. Und darum entschied er sich für ein Schweigen.

Für die redaktionelle Gerüchteküche wäre das als Zutat schon ausreichend. So oder so.

Die Sonne schob sich langsam über den Rand des braunen Backsteingebäudes und vertrieb die Schatten auf der Straße. Menschen parkten mühsam ihre großen Autos in viel zu engen Parklücken ein. Angestellte hasteten zur Arbeit. Knallbunte Sonnenschirme mit Werbeaufdrucken wurden vor den Restaurants aufgespannt. Kellner mit blitzweißen Schürzen liefen wie betriebsame Ameisen hin und her. In Berlin begann der Tag, und alle machten mit.

Albert stand neben Breinert auf dem kleinen Jugendstilbalkon an der Westseite des Sendergebäudes. Fast konnte er den Oberarm seines Chefs mit der Schulter berühren. Hier oben kam er sich immer wie in einem viel zu kleinen Käfig vor, der eine Flucht unmöglich machte. Wahrscheinlich hatte Breinert diesen Ort genau deshalb gewählt. Hier ließ sich ein Mitarbeiter wunderbar in die Zange nehmen.

Die morgendliche Hitze hatte auf Breinerts Stirn einen glänzenden Film hinterlassen. Er zog ein braunes Lederetui aus seiner Hosentasche, zerrte eine Zigarre hervor und biss ihr mit den Zähnen den Kopf ab. Tabakkrümel klebten an seiner Unterlippe. »Herr Heidrich, das könnte eng werden.«

Albert legte die Hände auf die eiserne Brüstung. »Was ist denn los?«

»Schlechte Quoten, alles zu teuer und vor allem zu viele Leute. Die Luft brennt.« Breinert entzündete seine Zigarre und paffte den Rauch über den Balkon. »Wir brauchen mal wieder eine starke Exklusivgeschichte. Was richtig Außergewöhnliches. Etwas, das uns nach vorne bringt.« In seiner typischen Lauerhaltung wippte er in den Knien auf und ab. »Sie verstehen, was ich meine?«

Nein, Albert verstand gar nichts. »Die Eurokrise ist doch stark genug, oder was meinen Sie?«
Breinert lachte scheppernd und heiser, als würde in seiner Lunge der Teer der Jahrzehnte hochgespült. »Ich rede von etwas, das nur wir haben. Schicksale. Etwas mit exklusivem Insiderwissen.« Er beugte sich so weit vor, dass Albert von dem aufsteigenden Zigarrenrauch umnebelt wurde – eine Mischung aus Gras, Leder und Erde, die seine Augen fast zum Tränen brachte.
»Eine Story, bei der nur wir ganz vorne sind, klar?«
Albert suchte nach einem verborgenen Sinn in Breinerts Worten und fand ihn nicht. Er hatte noch eine gute Geschichte über den anstehenden Wirtschaftsgipfel in Helsinki in der Hinterhand, aber die würde seinem Chef wohl auch nicht genügen.
Breinert krempelte die Hemdsärmel über die Ellbogen, strich über seinen Schnauzer und brachte den Schlips exakt über der Knopfleiste seines Karohemds in Position. Es waren seine typischen Dreipunkt-Gesten, auf die in der Regel ein Dolchstoß erfolgte. Albert hatte es oft genug erlebt.
»*Das hier* ist doch eine tolle Geschichte, oder etwa nicht?« Breinert hielt Albert eine Tageszeitung unter die Nase. KEINE SPUR – WER IST DER SCHLITZER? Die Lettern auf dem billigen Papier nahmen das ganze obere Drittel der Titelseite ein. »Nein? Nicht toll genug?« In Breinerts Stimme schwang ein unschuldiger Unterton mit.
Drei Schwarzweißfotos, grobkörnig und dunkel, waren in der Mitte des Artikels plaziert. Tamara Lee. Nana. Der Eingang zum Keller der Hacker.
Ein Fenster des Büros gegenüber wurde mit einem Klappern zugezogen. Das Lachen zweier Männer erklang von der Straße. In Alberts Händen raschelte das zerknitterte Zeitungspapier.

Tamara Lee lächelte ihn von dem Blatt an. Mit ihrer fragilen Brille und dem dunkelblauen Blazer sah sie aus, als wäre sie auf dem Weg zu einem Meeting in ihrem Rohölkonzern. Daneben war Nana in einem roten T-Shirt abgebildet. In ihrem rechten Mundwinkel deutete sich ein Lächeln an. Es waren Gesichter voller Leben, bevor es durch die Hände eines Mörders ausgelöscht worden war. Albert strich mit dem Zeigefinger über Nanas Foto. Die Sonne blendete ihn. Er lehnte sich an das Geländer des Jugendstilbalkons und atmete tief durch. Er musste sich von ihrem Bild losreißen.
Das dritte Foto war vor dem Kreuzberger Keller aufgenommen worden. Darauf war ein mürrisch dreinblickender Kommissar Dom abgebildet. Neben Dom stand Christine, und zwei Schritte dahinter sah Albert sein eigenes Gesicht. Breinert hatte einen roten Kringel um seinen Kopf gemalt, ein Kreis wie die Markierung im Zielfernrohr eines Scharfschützen. Albert fiel der Fotograf in Kreuzberg ein, der harmlos wie ein Tourist vor dem Keller der Hacker herumgelaufen war. *Verdammt. Dreck.*
»Das ist die Geschichte, die ich auf meinem Fernsehschirm flimmern sehen will. Und zwar so schnell wie möglich.«
Mit einem knöchernen Knacken drückte Breinert den Rücken durch. »Ich kenne Ihre Hacker-Vergangenheit, und Ihre Verbindung zu Nana Reinhardt erahne ich. Sie wissen über diesen Fall wahrscheinlich mehr als jeder andere. Und Sie wollen doch sicher Ihren Arbeitgeber an Ihren Erkenntnissen teilhaben lassen, oder?« Sein Schnauzer vibrierte.
Eine Schweißperle lief an Alberts Hals herab. »Aber … ich bin doch eigentlich im Urlaub.« Das musste erst einmal als Ausrede reichen, bis er eine bessere fand.
»Ein Journalist ist nie im Urlaub.« Breinert kniff die Augen zusammen. »Ein Journalist ist Journalist – und zwar immer.

So wie ein Arzt im Urlaub auch nicht einfach zuguckt, wenn ein Mensch vor ihm stirbt. Geben Sie mir recht?«

Die Unternehmensberatung war im Haus. Im taubenblauen Anzug.

Albert sah sich in einem langen Gang im Berliner Jobcenter stehen. Türen knallten. Bärtige, ungewaschene Männer starrten auf trübgelbe Wände und warteten seit Stunden darauf, dass ihr Name aufgerufen wurde. Und er war einer von ihnen. *Jetzt bloß keinen Fehler machen.* »Ja, natürlich gebe ich Ihnen recht. Selbstverständlich.«

»Na bitte, geht doch.« Breinert legte seine Zigarre auf die Brüstung und strich über die Rundung des gusseisernen Geländers. »Verstehen Sie mich nicht falsch: Ich habe großen Respekt vor Ihnen und Christine Lenève. Wenn Sie beide damals nicht beim Fall Ikarus unsere Sarah aus den Händen dieses Irren befreit hätten ... das Ende mag ich mir nicht mal vorstellen.« Er verzog den Mund, und sein Schnauzer hob sich ein wenig. »Aber das ist ja schon ein Weilchen her, und Loyalität ist nun mal Loyalität – und die verlange ich jetzt von Ihnen. Sofort und bedingungslos. Klar?«

Christine hatte Albert schon immer vor Breinert gewarnt. »Kleinwüchsiger Westentaschendiktator« – diese Formulierung benutzte sie, wenn sie von Breinert sprach. Manchmal beließ sie es auch bei »bärtiger Giftzwerg«, aber nur, wenn sie gute Laune hatte.

»Ich muss zuerst mit Christine sprechen, und dann ...«

Breinert schüttelte den Kopf. Er nahm die Zigarre von der Brüstung und zog an ihr. »Müssen Sie nicht, Herr Heidrich. Wenn mich der letzte Blick in Ihre Personalakte nicht täuscht, dann arbeiten Sie immer noch für mich. Ihr Name steht auf meiner Payroll und nicht auf der von Frau Lenève.« Er klopfte Albert auf die Schulter. »Überlegen Sie es sich ruhig, bis Ihr

Urlaub vorbei ist. Die paar Tage warte ich noch ab.« Er stieß eine dunkle Wolke Rauch aus und brummte: »Ich bin ja kein Unmensch.« Breinert schnippte die glühende Zigarre über den Balkon. »Ach, und noch was.« Mit einer tiefen Furche auf der Stirn fixierte er Albert. »Kennen Sie diesen Typen, der vorhin neben mir stand? Diesen Aasgeier im Anzug? Der Kerl ist Unternehmensberater. Der will mir die Redaktion zerpflücken.«

»Nein, den kenne ich nicht.« Die Antwort glitt Albert wie von selbst über die Lippen.

»Der Kerl hat vorhin nach Ihrem Namen gefragt.« Mit einem forschenden Blick wollte Breinert Alberts Worte augenscheinlich auf ihren Wahrheitsgehalt überprüfen. »Irgendwie komisch.« Er lächelte. »Jetzt könnten Sie einen guten Kumpel gebrauchen. Einen väterlichen Freund, der seine schützende Hand über Sie hält.« Noch einmal klopfte er Albert auf die Schulter. »Sie verstehen mich schon. Sind ja ein kluger Bursche.« Damit entschwand er vom Balkon. Seine knarrenden Schritte wurden leiser, bis Albert sie nicht mehr vernahm.

Er stützte sich auf die Brüstung des Balkons. Unfassbar. Breinert erpresste ihn. Entweder die Fakten zum Fall auf den Tisch oder tschüss. Christine hatte recht: Breinert war eine miese Ratte.

Die Uhr des gotischen Kirchturms am Ende der Straße schlug zweimal mit hohem Ton. Acht Uhr dreißig. Albert verließ den Balkon, lief durch die langen Gänge des Senders und hielt am Süßwarenautomaten. Die Schokolade war alle. Er warf eine Euromünze in den Schlitz und zog eine feurige Salami im Teigmantel. Besser als gar nichts.

Als er das Grafikbüro betrat, klopfte sich Peter zweimal auf den Bauch. Auf seinen Oberschenkeln lag ein aufgeschlage-

ner Wälzer über Schriftarten. »Hab was, Albert. Hab was, auch wenn ich mir noch nicht so recht im Klaren darüber bin, was eigentlich. Guck mal.«
Auf dem Display des Monitors stand bildfüllend das Gesicht des mörderischen Kahlkopfes, allerdings um das Zehnfache vergrößert und gestochen scharf. Peter tippte auf die Augen des Mannes. »Dein Verdacht war richtig. Ist 'ne Maske. Das siehst du hier an den Augenhöhlen. Die Lider sind viel heller als die Haut im Gesicht.«
Genau wie Christine vermutet hatte. »Was noch?«
»Na, ich hab mir mal den Zettel an der Mauer angeguckt.« Peter drückte auf eine blaue Taste oberhalb des Keyboards. Das Stück Papier stand nun riesengroß auf dem Monitor. Risse zogen sich durch die schwarzen Buchstaben, die aussahen, als würden sie gleich in sich zusammenfallen.
»Ich hab das mal auf 'ne ordentliche Schärfe durchgerendert und die ganzen Störfelder beseitigt.« Wieder drückte Peter die blaue Taste. Das Bild auf dem Monitor war mit einem Mal so scharf, als hätte sich Albert eine Brille aufgesetzt.
»Siehst du? Ist jetzt alles lesbar, theoretisch, meine ich. Ich kann nur nichts damit anfangen. Ist irgendwie 'ne alte deutsche Schrift.« Peter zuckte so heftig mit den Schultern, dass der Bürostuhl unter ihm knarrte. »In meinem Buch über Schrift-Styles ist die nicht drin.«
»Rattengift. Das ist eine Rattengiftwarnung.« Albert hatte keinen Zweifel. Die Buchstaben auf dem Monitor erinnerten ihn an seine Kindheit, als er in der Apotheke seiner Eltern die leeren braunen Glasflaschen mit den verschnörkelten Beschriftungen ausgespült hatte.
Peter nahm Albert die Salami aus der Hand, riss das Papier auf und biss zweimal in die Wurst. »Nervennahrung. Die brauch ich jetzt.« Er zerknüllte das leere Papier zu einer Ku-

gel und warf sie mit der jahrelangen Routine eines Fast-Food-Junkies in den drei Meter entfernten Plastikmülleimer. »Wieso kannst du das überhaupt lesen? Für mich sind das nur irgendwelche komischen Kringel.«

»Ich komme aus einer Apothekerfamilie. Meine Oma hat die braunen Etiketten auf den Glasflaschen immer in dieser Schrift ausgezeichnet – das ist Sütterlin.« Albert beugte sich näher zum Monitor. »Die Schrift wurde sogar bis in die siebziger Jahre an deutschen Schulen gelehrt. Ich meine, an westdeutschen Schulen.«

Peter grunzte. »Ja, schon klar.«

»Und dieser Zettel da, den hat ein Schädlingsbekämpfer ausgestellt – am fünften November 1948. Im Magistrat von Groß-Berlin. Aber wo ist das verdammte Gebäude?«

Die schwungvolle Unterschrift eines Frank Bernmeister stand mit bläulicher Tinte neben einem schwarzen Kasten. Im Rahmen zeigten sich mehrere feine Linien mit Großbuchstaben: AUFGANG VIER, PISTORIUSSTRASSE 151, KÖDER AUSGELEGT. Mehr brauchte Albert nicht. »Das muss es sein.« Er gab die Adresse in sein Handy ein. Zweimal verfehlte er die Buchstaben auf dem Display und musste neu ansetzen. Der Bildschirm flimmerte weiß, dann bauten sich die Suchergebnisse auf.

Peter beugte sich weit vor. Das Untergestell seines Stuhls knarrte wie eine alte Treppe. »Na, sag schon. Was siehst du?«

Auf dem Gang vor der Grafikabteilung öffnete sich eine Fahrstuhltür. Zwei Frauen lachten laut. Eine Welle schweren Parfüms, das ein wenig nach Puder roch, drang in den Raum. Die Stimmen im Gang wurden leiser.

Albert kaute auf den Kordeln seines Kapuzenshirts herum. »Hier ist ein sieben Jahre alter Artikel über ein verlassenes Hospital.« Das Display seines Handys flimmerte in grauen

Farben, die sich in eckige Konturen verwandelten. Ein Foto baute sich auf – ein dunkelgraues zweistöckiges Haus mit eingeschlagenen Scheiben, die zwischen den Zweigen einer alten Linde zu erkennen waren.

Albert scrollte den Artikel herunter und las die Zeilen quer. Es ging um einen vergessenen Bau aus dem Jahre 1916, fast eine Ruine. »Das ist ein verfallenes Hospital, und es steht in Lichtenberg. Das Ding ist mitten in der Stadt.« Das Handy wog schwer in seiner Hand. »Ich fass es nicht.«

Peter massierte seine Oberschenkel durch den Stoff seiner Hose. »Na bitte, jetzt hast du doch alles, was du wolltest, Albert.«

Alles? Er hatte alles – bis auf die Tatsache, dass ihm sein Gefühl von Sicherheit verlorengegangen war. Breinert drohte mit Kündigung, wenn Albert ihm keine Informationen zum Fall zuspielte. Und das vor dem Hintergrund von Nanas Ermordung. Maskierte Männer brachten Frauen in einem verlassenen Hospital um, und Christine wollte sie fassen. Es gab kein Zurück mehr. Sie hatte sich längst in den Fall verbissen – wie ein Jäger, der der Spur eines angeschossenen Rehs im Schnee folgt. Niemand konnte Christine jetzt noch stoppen. Und er schon gar nicht.

Die heimliche Schönheit der Unwissenheit bestand für Albert immer in der Hoffnung, dass ja womöglich alles, vor dem er sich fürchtete, am Ende gar nicht so schlimm werden würde. Von dieser Illusion verabschiedete er sich nun. »Ja, jetzt habe ich alles. Alles, was ich wollte.«

17

Ist das alles?« Der breitschultrige Mann mit der Latzhose wuchtete einen Ledersessel auf die Ladefläche des Transporters. Er stöhnte so laut, als würde er eine Hantel mit schweren Gewichten stemmen.

»Nee, wir brauchen bestimmt noch drei Fuhren bei dem Haufen Zeug, das die kleine Rotzgöre hier gehortet hat.« Sein Kollege war deutlich kleiner und älter. Mit seinem Klemmbrett in der Hand und der fragilen silbernen Brille auf der Nase wirkte er wie das Gehirn der Umzugstruppe, die nun durch das weiße Flügeltor des Anwesens kam und ging.

Christine lehnte an ihrem Citroën DS und krempelte die Ärmel ihrer Bluse bis über die Ellbogen. Einen solchen Aufruhr vor dem Haus des toten Egbert Landkamp hatte sie als Letztes erwartet. So sah ein Haushalt in Auflösung aus. Nach ihren Recherchen lebte Landkamps Lebensgefährtin noch immer hier, zumindest bis jetzt. Die Initialen E. L. glänzten auf einer Messingplatte an der Steinmauer. Es war das richtige Haus. Kein Zweifel.

Die Wahrheit steckte immer im Detail, und deswegen speicherte Christine jede Einzelheit in ihrer Umgebung ab. Mindestens zweitausend Gigabyte konnte das menschliche Gehirn nach der vorsichtigen Schätzung eines Wissenschaftlers aufnehmen. Christines menschliche Festplatte brummte unter der Last ihrer Eindrücke. Aber jedes Detail war nun mal Teil eines Ganzen. Und ein Geheimnis ließ sich oft nur in kleinen Schritten lüften.

Die schmiedeeisernen Verzierungen und Kugellinien über

den doppelt geschwungenen Rundbögen des Eingangstores wirkten romantisch bis kitschig. Ein künstlich angelegter Wasserfall stürzte in den Garten. Das Wasser rauschte zwischen granitfarbenen Steinen durch das abschüssige Grundstück. Eine marmorne Treppe folgte seinem schlängelnden Lauf. Auf den Stufen standen Tontöpfe mit wuchernden Spindelsträuchern. Hier hatte sich jemand die Natur untertan gemacht.
Das Haus im Hintergrund ähnelte einer Raumstation. Der Kubus aus Glas und Beton mit seinen Sonnenblenden aus Stahl schmiegte sich in die artifizielle Landschaft. Die Architektur war minimalistisch, luftig und schwebend und erinnerte an Bauten aus den sechziger Jahren. Es hätte Christine nicht verwundert, wenn durch eine der gläsernen Türen John F. Kennedy herausgetreten wäre und ihr zugewinkt hätte.
»Wo finde ich die Bewohnerin der Villa?« Sie stellte sich dem Mann mit dem Klemmbrett in den Weg.
Er blinzelte sie an. »Sie meinen die Ex-Bewohnerin.« Der Mann tippte mit einem Finger auf das Saphirglas seiner Armbanduhr. »Das wird Frau Pritz in genau neun Stunden sein. Dann sind wir hier nämlich fertig.« Auf seiner unrasierten Wange zeigten sich zwei Grübchen, die Christine als Indikatoren verborgenen Spotts identifizierte.
»Und wo ist Frau Pritz jetzt?«
Der Mann klemmte eine Hand hinter den Träger seiner Latzhose und drückte die Brust raus. »Na dort, wo sie schon den ganzen Vormittag ist – auf dem Tennisplatz. Wo soll sie sonst sein?« Er gab sich keine Mühe, die Abneigung gegen diese Frau zu verbergen, die immerhin seine Kundin war. Mit einem Kopfschütteln wandte er sich von Christine ab. »Seit dreißig Jahren mache ich jetzt schon Umzüge. Aber so eine Terrorzicke ist mir noch nie untergekommen.« Er flüsterte wie jemand, der durch seinen leisen Tonfall umso eindringli-

cher wirken will. Dann verschwand er hinter seinem Transporter.
Reizend. Komplizierte Menschen waren Christine in ihrem Alltag als Journalistin schon mehr als genug begegnet. Frau Pritz würde sich sicher nahtlos in ihre Sammlung schwieriger Charaktere einfügen. Aber auch mit ihr würde Christine fertig werden. Da war sie sich sicher.
Unter ihren Pumps knirschte der Kies, als sie durch das Tor zur Villa schritt. Links von ihr deckten zwei Männer einen Swimmingpool mit einer blauen Plane ab. Sie knieten im Gras und zerrten an einem widerspenstigen Gestänge. »Mist. Scheiße.« Eine Brise trug die Flüche der beiden zu Christine herüber. Auch hier sah alles nach Aufbruch aus. Die Szenerie erinnerte sie an Guido, den Hacker, wie er sich mit seinen gepackten Pappkisten aus seinem alten Revier verabschiedet hatte. Veränderung überall.
Christine ging die Stufen neben dem künstlichen Wasserfall hinauf und spürte die Zweige der Spindelsträucher an ihrer Schlaghose. Die Statue einer ernst dreinschauenden Frau mit langem Haar kam ins Blickfeld. Je weiter Christine den flachen Hang hinaufstieg, desto mehr konnte sie von der Steinskulptur erkennen. Die Frau blickte in den Himmel. Mit ihren weit von sich gestreckten Armen wirkte sie, als ob sie auf einem unsichtbaren Seil balancierte. Schweiß schien von ihrem athletischen Körper zu tropfen, doch natürlich waren es nur ein paar Spritzer Wasser, das in einem Rinnsal über ihre Brust lief.
In fünf Meter Entfernung, verborgen unter dem Blattwerk einer Buche und umgeben von Rosensträuchern, hockte eine Frau in grüner Latzhose. Ihre Gartenschere klappte auf. Mit einem glatten Schnitt knipste sie den Zweig eines Strauches ab. Sie blickte über ihre Schulter und nickte Christine zu.

Ohne eine Erwiderung abzuwarten, fuhr sie mit ihrer Arbeit fort. Das rhythmische Klappern der Schere durchschnitt die Luft.

Erst jetzt bemerkte Christine den Mann, der hinter dem Sockel der Statue kniete und einen Pinsel in ein Holzgefäß tauchte. Er richtete sich in seiner verbeulten Jeans auf. Eine klebrige Paste tropfte von der Spitze seines Pinsels. Er fuhr mit den Borsten über die Knie der Statue, sie hinterließen einen glänzenden Film auf dem Stein. Die gleichmäßigen Bewegungen seiner Hand hatten etwas Beruhigendes inmitten des Trubels auf dem Anwesen. Er schob seine Baseballkappe höher, als er Christine auf der Treppe erblickte.

»Verzeihung«, sagte sie. »Ich suche Frau Pritz. Sie soll auf dem Tennisplatz sein, aber wo ist der?«

Der Mann hob den Pinsel und deutete hinter sich. Zwischen den ausufernden Ästen zweier Weiden schimmerte weit entfernt das rote Tenniskleid einer Frau, die einen Schläger schwang. »Frau Pritz lässt sich nur ungern stören.« Er lächelte. »Nur zur Warnung. Ich habe Sie hier noch nie gesehen und dachte mir …«

»Alles klar. Ich hab's verstanden. Sie sind nicht der Erste, der mir einen Ratschlag mit auf den Weg gibt. Frau Pritz scheint recht angespannt zu sein.«

Wieder tauchte der Mann seinen Pinsel in das Gefäß und strich die farblose Paste über die Füße der Steinstatue. »Na ja, wenn man weggeht, weil man dazu gezwungen wird … Das würde mir auch nicht gefallen.« Er fuhr mit den Borsten in die Zwischenräume der Zehen. »Da wird man schon mal sauer.« Der Mann blickte der Statue ins Gesicht. »Frauen sind besonders aggressiv, wenn sie ihr Nest verlieren. Ich kann Frau Pritz gut verstehen.«

Die Frau in der Latzhose hatte wohl jedes Wort mitgehört

und stieß geräuschvoll den Atem aus. Eine Geste, die Christine zweifelsfrei als Zeichen der Empörung wertete. Beliebt schien die Hausherrin nun wirklich nicht zu sein.
»Warum muss sie denn gehen? Ich dachte, Frau Pritz war die Lebensgefährtin von Herrn Landkamp.«
»Ganz genau. Sie *war* die Lebensgefährtin.«
»Oh. Schulden? Streitereien? Kein Testament?«
Der Mann stupste den Holzstil des Pinsels zweimal gegen seine Stirn. »Sie haben aber viele Fragen. Die sollten Sie besser an Melanie Pritz richten.«
Im Schatten der Schirmmütze zeigten sich neben seinen Augen feine Lachfältchen. »Wenn Sie mutig sind.«
»Bin ich. Ich werde Frau Pritz persönlich fragen. Ist kein Problem für mich. Danke trotzdem.«
Der Mann nickte und führte seinen Pinsel mit sanften Bewegungen über die Unterschenkel der Steinskulptur. Die Gärtnerin drückte ihre Heckenschere zu, ein Zweig knackte. Die beiden wirkten, als ob sie fernab der Menschheit in ihrer eigenen Welt lebten, einer Monotonie der Einsamkeit, in der sie sich von der Aufbruchsstimmung um sie herum nicht beeindrucken ließen. Irgendwie sympathisch.
In einer geraden Linie lief Christine über die Wiese in Richtung Tennisplatz. Der Boden roch nach Holz und frisch gemähtem Rasen. Die Löwenzahnblüten erinnerten sie an kleine Sonnen. Sie passierte zwei buntblättrige Buchen, deren weit aufgefächerte Äste dunkle Schatten auf den Rasen warfen. In der Hitze des Vormittags genoss Christine die kleine Abkühlung. Verborgen zwischen den Buchen entdeckte sie eine weitere Skulptur: Ein athletischer Mann mit weitem Schritt und ausgestrecktem Arm zeigte auf die Sportanlage, als sei er nur dafür aus dem grauen Naturstein geschlagen worden. Christine folgte seinem Fingerzeig.

Ein monotones *Plop-Plop* hallte durch die Luft. Das dumpfe Geräusch von Gummi auf Sand wurde immer lauter, je näher sie dem Platz kam. Ein Mann in einem engen weißen T-Shirt schlug einen Tennisball übers Netz. Seine Bewegungen waren geschmeidig und ließen keine Anzeichen von Anstrengung erkennen. Die Frau auf der linken Seite des Courts schlug den Ball unter lautem Aufstöhnen zurück. Der Träger ihres roten Kleides verrutschte. Der Tennisball schoss ins Netz und kullerte über die Sandfläche. Die zierliche blonde Frau warf ihren Schläger auf den Boden und zog den Träger ihres Kleides hastig wieder in Position. Ihr Zopf schwang im Nacken hin und her, so heftig schüttelte sie den Kopf. »Unfair. Total unfair.«

Das Netz auf dem Feld zitterte. Die Äste der Buchen wogten in einer leichten Brise. Das also war Melanie Pritz.

Die beiden Arbeiter am Swimmingpool schauten zum Tennis-Court herüber, steckten die Köpfe zusammen und tuschelten. Hämische Kommentare konnten das Selbstwertgefühl durchaus steigern. Christine gönnte es den beiden.

»Ich habe dir doch schon hundert Mal gesagt, du sollst das lassen mit diesen hohen Bällen.«

Melanie Pritz' Spielpartner zuckte nur mit den Schultern. Widerworte gab er keine. Den Blickkontakt mied er. Die devote Körpersprache des Mannes deutete auf ein lohnabhängiges Verhältnis hin. Das alltägliche Schicksal eines privaten Tennistrainers.

»Solche Bälle kann doch keiner kriegen. Du mit deinen miesen Tricks.« Eine Windböe trieb den roten Sand des Courts über das Feld.

»Ich habe Ihnen den Ball ganz sanft übers Netz gehebelt. Ganz sanft.« Der Mann nickte dabei wie ein um Herzensfrieden bemühter Buddhist.

Eine Meise landete auf dem Ast der Buche neben Christine und zwitscherte. Der Tennistrainer atmete laut durch.
Melanie Pritz lachte kurz auf. »Ganz sanft. So sanft.«
Der Trainer starrte nur in den roten Sand, was auf einen langjährigen Umgang mit Melanie Pritz schließen ließ.
»Wir machen jetzt Schluss. Mir reicht es. War ja ohnehin das letzte Mal. Und selbst wenn ich es mir noch leisten könnte, dich würde ich sowieso entlassen.« Sie wandte sich ab und streifte im Gehen einen schwarzen Gummi aus dem Haar. Ihre lange blonde Mähne fiel in Wellen auf ihre Schultern. Sie war jung – viel jünger, als Christine vermutet hatte. Die dreißig hatte Melanie Pritz bestimmt noch nicht erreicht. Ihre dünn gezupften Augenbrauen verliehen ihrem Gesicht einen Touch der zwanziger Jahre. Selbst beim Sport trug sie einen tiefroten Lippenstift. Sie mochte eine hübsche Frau sein, wenn sie sich entspannte.
Melanie Pritz verlangsamte ihre Schritte, als sie Christine am Rande des Spielfelds entdeckte. »Ach, wen haben wir denn da? Lassen Sie mich mal raten …« Sie legte einen Finger auf ihre Unterlippe. »Sie kommen vom Immobilienmakler. Von diesem glatzköpfigen Idioten, richtig?« Sie ging einen Schritt auf Christine zu und kniff die Augen zusammen. Ihre schwarzen, mit Mascara verklebten Wimpern wirkten wie ein Strichcode über ihren Pupillen. »Oder kommen Sie von Franz Beckmann? Ganz ohne Zweifel der geldgeilste Notar, den ich kenne. Würde passen, oder?«
Die direkte Konfrontation mit einem emotional aufgewühlten Menschen verlangte nach feinfühligen Händen. Doch mit devotem Verhalten war hier nichts zu gewinnen. »Sie liegen leider komplett falsch. Wollen Sie noch mal raten?«
Melanie Pritz stemmte beide Fäuste in die Hüften. Bedrohlich wirkte sie dennoch nicht. Ihr kurzes rotes Tenniskleid-

chen ließ sie wie eine pubertierende Cheerleaderin aussehen. »Nein. Ich will nicht raten. Sie interessieren mich nicht. Verschwinden Sie von hier. Und glauben Sie mir, noch habe *ich* hier das Sagen.« In einer Wolke aus Schweiß und süßlichem Parfüm stolzierte sie an Christine vorbei.

Zehn Sekunden, vielleicht auch fünfzehn – mehr Zeit blieb Christine nicht, bevor Melanie Pritz aus ihrer Hörweite entschwand. Die gewonnenen Eindrücke ließen vier Rückschlüsse zu. Fakt eins: ein toter Lebensgefährte. Fakt zwei: Eine Frau muss nach dem Tod ihres Partners ihr Heim verlassen. Fakt drei: offenkundige Geldsorgen der Frau. Fakt vier: keine Hinweise auf eine Insolvenz oder finanzielle Probleme Egbert Landkamps. Aus diesem Konzentrat ließ sich eine wunderbare Frage kochen. »Warum haben Sie sich mit Egbert Landkamp vor seinem Tod zerstritten?« Ein riskantes Manöver, aber einen Versuch war es wert.

Melanie Pritz ging weiter. Meter um Meter. Am Swimmingpool klapperten die Gartenstühle. Der Mann bei den Statuen schraubte einen Deckel auf sein Gefäß. Arbeiter in Latzhosen wuchteten Umzugskartons auf ihre Schultern.

»Was ist schiefgelaufen zwischen Ihnen?«, rief Christine, um einen neutralen Klang ihrer Stimme bemüht. »Sind Sie sicher, dass Sie alles über Egbert Landkamp wissen? Wirklich alles?«

Keine Reaktion. Melanie Pritz passierte die Steinstatuen. Gleich war das Spiel vorbei.

Aufgesammelte Tennisbälle verschwanden in einer Plastikröhre. Der Trainer verließ mit quietschenden Gummisohlen den Court.

Melanie Pritz hielt an. Drei Sekunden verharrte sie reglos. Dann drehte sie sich so schnell um, als würde sie noch immer auf dem Tennisplatz stehen, um einen Ball zu schlagen. »Wer sind Sie?«, rief sie über die Wiese.

»Interessiert es Sie auf einmal doch?«, entgegnete Christine.
»Wer ... sind ... Sie?« Die Pausen zwischen ihren Worten waren dramaturgische Meisterstücke. Die S-Laute betonte sie mit einem langen Zischen, was ihrer Frage eine besondere Schärfe verlieh. »Sind Sie eine von seinen Schlampen?«
Volltreffer. »Ich bin Christine Lenève.«
»Das beantwortet meine Frage nicht.«
»Ich bin keine seiner Schlampen. Ich bin Journalistin.«
Zweimal schüttelte Melanie Pritz den Kopf. Sie näherte sich in kleinen Schritten. Schweiß glänzte auf ihrer Stirn. Ihre runden goldenen Ohrringe schaukelten hin und her wie kleine Glocken. »Was wollen Sie hier?«, flüsterte sie.
»Geheimnisse. Ich möchte mit Ihnen über Egbert Landkamps Geheimnisse reden.« Das kam einer ehrlichen Antwort am nächsten, obwohl Christine noch immer keine harten Fakten über Landkamps Verwicklung in den Fall vorweisen konnte. Nur der Artikel in Nanas verborgenen Dateien hatte sie hergeführt.
Melanie Pritz' Lider flatterten. Mit einem Blick tastete sie Christines Körper ab, sie ließ ihn über ihre Schlaghose, die weiße Bluse, ihr Gesicht und ihren Pagenkopf gleiten, als könnte sie so ablesen, welche Art Mensch da vor ihr stand. Sie biss sich auf die Unterlippe. Ihre Anspannung konnte sie nicht verbergen. Sie legte eine Hand an ihr Kinn, wie es ein Mensch tat, der vor einem Rätsel stand, das er trotz aller Anstrengung nicht ergründen konnte.
Melanie Pritz nickte. »Kommen Sie mit. Rausschmeißen kann ich Sie ja immer noch.«

Die hölzernen Rotorblätter des Deckenventilators durchschnitten die Luft. Weiße Vorhänge flatterten im Wind vor den großen Fenstern im Erdgeschoss. Das alte Parkett mit seinem Fischgrätmuster knackte unter Melanie Pritz' Schritten wie ein brennender Zweig. Sie lief kreuz und quer durch die Bibliothek mit den hohen, meisterlich gearbeiteten Regalen aus Mahagoni, die sich bis unter die sieben Meter hohe Decke des Hauses zogen. Auf der umlaufenden Empore standen weitere Regale mit schweren Bänden. Die vergilbten Buchrücken mit der abgeblätterten Goldfarbe waren selbst aus dieser Entfernung einer längst vergangenen Zeit zuzuordnen.

Melanie Pritz blieb vor einem riesigen Standglobus aus Mahagoni stehen und schob eine Messingklammer am Rand der Weltkugel zur Seite. Sie klappte den hölzernen Erdball auf. Rum-, Whiskey- und Ginflaschen wurden sichtbar.

Es war, als sei Christine einer Zeitmaschine entstiegen.

Der stilistische Widerspruch zwischen der modernen Architektur des Hauses und der Einrichtung im Kolonialstil hätte größer nicht sein können. »Interessant. Außen futuristisch. Innen 18. Jahrhundert.«

Melanie Pritz winkte ab. »Das zeigt doch nur Egberts Unentschlossenheit. Er wusste nie, wo er wirklich hingehörte. Nicht eine Sekunde lang.« Sie breitete die Arme aus, als würde sie den Raum einer Besuchergruppe präsentieren. »Das sieht man hier doch ganz deutlich, oder?« Sie griff in den geöffneten Globus. Mit einer silbernen Besteckzange nahm sie drei Eiswürfel aus einem Behälter und ließ sie in ein Glas fallen. Sie goss Gin darauf, und die Eiswürfel knisterten, als ob sie am Auseinanderbrechen wären. Dann hielt sie Christine das Glas hin. »Kann ja nicht schaden, oder? Nehmen Sie.«

Christine folgte der Aufforderung. Eigentlich trank sie nur Rotwein aus Bordeaux und niemals zu dieser frühen Stunde. Doch der Gin war sozialer Schmierstoff, um das Gespräch am Laufen zu halten. Sie würde kleine Schlucke nehmen, ihren Widerwillen konnte sie so verbergen.

Melanie Pritz füllte ihr eigenes Glas bis zum Rand, prostete Christine zu und nahm einen großen Schluck. »Das macht den Abschied nicht weniger schmerzvoll, aber wenigstens genussvoller.« Sie starrte in das Glas. »Egbert und sein Clan haben mich ganz sauber entsorgt. Das ist eine Lektion fürs Leben, die ich hier bekommen habe. Und das nach allem, was ich für ihn getan habe.« Sie ging zum Ende des Raumes und ließ sich in einen dunkelbraunen Clubsessel sinken. Die Beine schwang sie über die lederne Armlehne. »Bitte, nehmen Sie Platz.« Melanie Pritz zeigte auf den Sessel neben sich.

Mit dem Ginglas in der Hand schlenderte Christine über das Parkett aus dunkler Eiche. Sie begutachtete eine Steinbüste, die auf einem schweren Schreibtisch stand. Die Büste zeigte das grobe Gesicht eines älteren Mannes, samt Mittelscheitel und langen Koteletten. In sein Kinn war ein Grübchen eingemeißelt. Das Bildnis erinnerte Christine an den Wirtschaftsartikel, den Nana auf ihrem Stick im Park gespeichert hatte. »Ist das …?«

»Ja, das ist Egbert. Der ganze Garten ist voll von diesen furchtbaren Steinmonstrositäten, die alle Familienmitglieder darstellen. Egbert und seine Eltern waren so sehr von sich überzeugt, dass sie sich wie Helden in der Antike verewigen ließen. Der nackte Größenwahn.« Sie nahm einen tiefen Schluck. »Lächerlich.«

Christine nippte an ihrem Gin. Der Wacholdergeschmack brannte in ihrer Kehle. »Woran ist Ihr Freund gestorben? In den Nachrufen stand nichts darüber.«

»Leukämie. Eigentlich.«

»Nur eigentlich?«

»Er hat sich das Leben genommen. Schlaftabletten. Die Schübe wurden immer heftiger. Seine Blässe, das ständige Fieber, man konnte richtig zusehen, wie er an Gewicht verlor. Egbert war am Ende. Fertig. All seine Medikamente konnten ihm nicht helfen. Der übermächtige Boss eines riesigen Pharmakonzerns hatte einfach nicht die richtigen Tabletten. Ist das nicht eine herrliche Ironie?« Sie schwenkte das Ginglas. Die Eiswürfel klirrten. »Ich habe ihn da drüben gefunden. Genau dort saß er.« Sie deutete auf einen Stuhl aus dunkel gebeizter Eiche, der vor dem Schreibtisch stand. »Eingesunken und friedlich saß er da. Und mir hat er die Hölle hinterlassen. Ich muss jetzt das Haus räumen. Sein Sohn wirft mich raus. Der liebe Mark hat nie akzeptiert, dass sein Vater mit einer Frau zusammenlebt, die jünger ist als er selbst.«

»Kein Testament?«

Melanie Pritz' Lachen war laut und abgehackt. »Doch. Aber mein Name taucht in diesem verdammten Papier nicht mal auf.« Sie nahm einen weiteren langen Schluck Gin. »Das Haus wird bald verkauft. Die decken da draußen den Swimmingpool ab und machen die Statuen winterfest. Und das war es dann auch für mich. Gott, wenn Sie wüssten, wie ich Egbert und seine Familie hasse.« Sie schob ihr Bein von der Armlehne des Sessels und setzte sich aufrecht hin. Dabei beugte sie ihren sehnigen Oberkörper langsam nach vorn – wie einen Pfeil, der auf den Abschuss wartet. »Wie ich sie alle hasse. Sie haben keine Ahnung.«

Christine nahm gegenüber von Melanie Pritz Platz. Das Leder des Sessels knirschte. Sie sackte in dem weichen Polster wie in einem Haufen Watte ein. Wunderbar. Mit Melanie Pritz' Wut ließ es sich hervorragend arbeiten. Sie musste der Frau nur das Gefühl geben, einer Gleichgesinnten gegenüberzusitzen. »Aber waren Sie nicht eine ganze Weile mit Landkamp zusammen? Das war doch sicher nicht leicht, oder?«

»Ich habe Biochemie studiert. Egbert habe ich als Praktikantin in seinem Unternehmen kennengelernt. Ich war vierundzwanzig und er achtundfünfzig.« Sie senkte den Kopf. »Alle haben mich gewarnt. Sie sehen ja, wohin es mich geführt hat. Ich bin jetzt so was wie eine Verstoßene.« Ihre rechte Hand zitterte. Sie stand auf und ging zu den flatternden Vorhängen. Ihre Tennisschuhe quietschten bei jedem Schritt. Sie blickte nach draußen in die Landschaft wie eine Reisende, die sich zum letzten Mal den Ort einprägen möchte, an dem sie glücklich war. Die Äste der Buchen raschelten im Wind. Ein Rasenmäher ratterte. »Aber jetzt sind *Sie* dran. Was will eine Journalistin von mir?«

Christine stellte das Glas auf dem Beistelltischchen ab. »Sagt Ihnen der Name Nana Reinhardt etwas?«

»Nein.« Melanie Pritz musste nicht einmal überlegen. »Sie verraten mir jetzt sicher, dass Egbert eine Affäre mit ihr hatte, ja? Nana Reinhardt ...« Aus ihrem Mund klang der Name wie eine unterschwellige Drohung. Sie drehte sich wieder zu Christine um. Mit ihren vor der Brust verschränkten Armen wirkte sie starr wie eine Schaufensterpuppe. In ihrem Gesicht gab es keine Anzeichen von Wut oder Fassungslosigkeit. Keine zusammengepressten Lippen. Keine Zornesfalten auf der Stirn. Da war nur eine Leere, als sei Melanie Pritz all ihrer Mimik beraubt worden. »Habe ich recht? Er hat mich mit ihr betrogen, stimmt's?«

»Nun ... Wie kommen Sie darauf?« Christine hätte ihr sagen können, dass sie Fakten suchte über eine mögliche Verwicklung Egbert Landkamps in eine Mordserie. Deswegen war sie hier. Aber mit ihrer Frage ließen sich mehr Informationen sammeln. Perfekt.

»Weil Egbert andere Frauen hatte. Ich weiß es.« Sie verschränkte die Hände ineinander und knetete ihre Finger. ›Die Freiheit des Denkens hat nur einen Wert, wenn sie zur Freiheit des Handelns führt.‹ Gott, wie oft er das in den letzten

Monaten gesagt hat. Und dann ist er zu seinen Huren gegangen. Er hatte ja nichts mehr zu verlieren.« Sie stand auf. Fuß um Fuß setzte sie auf dem Parkett auf, sie folgte einer Linie im Fischgrätmuster und stolperte dabei fast. Sicher war es nicht das erste Glas Gin, das Melanie Pritz heute zu sich genommen hatte. »Irgendwelche Nutten, das war sein intellektuelles Verständnis von Freiheit.«
»Wie können Sie da so sicher sein?«
Mit zwei Fingern strich Melanie Pritz die Falten ihres Kleides glatt, immer wieder, auf und ab. Die Rotoren des Deckenventilators summten. Von draußen drangen die Kommandos der Umzugstruppe in die Bibliothek.
Melanie Pritz schaute zur verzierten Decke hinauf, und während Christine ihrem Blick zu den sternförmigen Intarsien folgte, knallte das leere Ginglas auf den Boden und zerbarst. Christine zuckte zusammen.
Splitter spritzten über das Parkett. Ein Eiswürfel landete vor ihrer Schuhspitze. Melanie Pritz verlor die Kontrolle.
»Wie ich da sicher sein kann? Wollen Sie das wissen? Soll ich es Ihnen wirklich verraten?«, fauchte sie. »Weil Egbert ein zweites Handy hatte, das er vor mir versteckte. Weil er Gespräche führte, die ich nicht hören sollte. Und weil er … weil er …« Sie ballte die Hände zu Fäusten und starrte wieder zur Decke. »Warten Sie!« Sie lief hinüber zu dem wuchtigen Schreibtisch und ging davor in die Hocke. Ihre Haare tanzten im Windhauch des Ventilators. Mit beiden Händen fuhr sie über die filigranen Profilleisten der Tischkante und presste die Daumen gegen eine kleine Erhebung. Eine schmale Schublade unter der Schreibtischplatte sprang auf. Melanie Pritz riss ein Buch aus der Lade und warf es auf den Boden. Der braune, in Leder gebundene Wälzer polterte übers Parkett. Papier raschelte. Staub wurde aufgewirbelt, den die Sonnenstrahlen

hinter den flatternden Vorhängen für einen kurzen Moment zum Glitzern brachten.

Sie zog einen grauen Pappordner aus der Schublade und schwenkte ihn durch die Luft. »Das hier ist die hässliche Wahrheit. Egberts Kontoauszüge. Er hat sie versteckt. Schauen Sie sich die Barabhebungen an.« Sie klappte den Hefter auf und tippte mit der Fingerspitze auf eine Seite. »Im Mai hat es angefangen. Dreißigtausend Euro hat er am Schalter abgehoben. Dieselbe Summe im Juni, und dann noch einmal im Juli, kurz bevor er sich das Leben genommen hat. Und wofür? Warum macht das ein Mann, der sonst alles mit seiner Kreditkarte bezahlt hat?«

Der Hefter glitt zu Boden, und sie hockte wie ein kleines Kind da, umklammerte ihre Knie und verbarg ihren Kopf im Schoß. »Wie kann ich da nicht sicher sein? Er hat sich eine oder gleich mehrere Schlampen gehalten und ihnen das Geld in den Rachen geworfen. Und das sind nur Kontoauszüge aus diesem Jahr. Wer weiß, wie lange das schon so ging.« Sie blickte zum Fenster. Ihre Augenlider zuckten, ihr Mund verkrampfte sich zu einem schmalen Strich. Tränen liefen ihr übers Gesicht. »Wir waren fast fünf Jahre zusammen, und dabei war ich bloß ein beschissenes Spielzeug für ihn.« Ihre Worte erstickten in einem Schluchzen. Sie stieß den Pappordner mit dem Fuß fort.

Christine zog sich an den Armlehnen aus der Tiefe ihres Sessels. Sie hatte genug von dem melodramatischen Eifersuchtsspektakel, das sich vor ihr abspielte. *Misstrauen ist das Alpha und das Omega der Wahrheit.* Das war eines der Lieblingszitate ihres Vaters gewesen, das er gerne nach langen und erfolgreichen Verhören am Ende eines Tages von sich gab. Schon längst hatte Christine Melanie Pritz' viel zu schnelle Atemfrequenz gecheckt, ihre hohe Tonlage und ihre hektische Fingeraktivität analysiert. Über neunzig Prozent aller versteckten Informationen wurden nicht über Worte übertragen. Der Körper sprach. Melanie Pritz spielte nicht. Sie war echt.

Christine stand auf und reichte ihr eine Hand, um ihr aufzuhelfen. Melanie Pritz fuhr sich übers Gesicht und zog sich langsam hoch. Sie war so leicht wie ein Kind. Über ihre Wangen lief Mascara wie ein rabenschwarzer Fluss.

»Ich habe eine Frage, Frau Lenève. Sind Sie verheiratet?«

Verheiratet? Christine konzentrierte sich wieder auf die Frau vor ihr und nicht auf das zerstörte Make-up. Sie schüttelte den Kopf. »Ich habe einen Freund.«

»Sind Sie sicher, dass er Ihnen die Wahrheit sagt? Immer?«

»Er würde mir alles sagen. Immer.« Eigentlich bevorzugte Christine langsame Antworten auf schnelle Fragen. Aber niemals würde sie in ihrem Gehirn ein Bild von Albert als Lügner zulassen. Ausgeschlossen. Es passte nicht zu seinem Charakter.

»Sind Sie sicher? Ganz sicher?«

»Ja.«

Melanie Pritz ging mit wackligen Knien zu der großen Glastür hinter dem Schreibtisch. »Sehen Sie? Deswegen tut es immer so weh. Weil wir es glauben wollen. Wir können nicht anders.« Sie drehte sich zu Christine um. In ihren Mundwinkeln zeichnete sich ein dünnes Lächeln ab. »Ich mag Sie. Sie sind irgendwie anders als die Frauen, mit denen ich sonst zu tun habe. Wahrscheinlich denken Sie nur an Ihre Story. Ich nehme es Ihnen nicht übel. Aber ich möchte nichts mehr sagen. Meine Geschichte ist zu Ende.« Sie zog einen Hebel am Rahmen der Glastür nach unten und drückte sie auf. »Ich muss noch ein paar Sachen packen. Den Weg hinaus finden Sie dann allein.« Sie ging durch die Tür ins Freie und ver-

schwand, bis ihr rotes Kleid nur noch ein kleiner Punkt zwischen den Bäumen war.
Christine nahm den grauen Pappordner vom Boden und setzte sich auf den Ledersessel am Schreibtisch. Sie schaute Egbert Landkamp direkt in die Augen. Seine Büste aus sandfarbenem Naturstein wirkte, als sei sie aus der Schreibtischplatte emporgewachsen. Landkamps buschige Brauen und sein Mund mit den Grübchen im Mundwinkel gaben ihm etwas Offenes und Vertrauenswürdiges. Christine musste sich vom Anblick des Mannes losreißen.
Sie blätterte den Hefter durch. Blaue Kontoauszüge, sauber sortiert. Es waren nicht mehr als dreißig Seiten. Zwischen Abbuchungen von Autowerkstätten, Restaurants und Bekleidungsgeschäften tauchten die Minusposten über dreißigtausend Euro wie Fremdkörper auf. Als würden die Transaktionen einem geheimnisvollen Ritual folgen, waren die Beträge immer am dritten eines Monats abgehoben worden. Egbert Landkamp hatte die Auszüge in einem Geheimfach versteckt. Vielleicht wollte er nur die Ausgaben für seine Liebesabenteuer vor Melanie Pritz verbergen. Durch seine Krebserkrankung fehlte ihm sicher die Kraft, auch noch die Eifersuchtsattacken seiner Freundin zu ertragen. Irgendwie verständlich und dennoch zu wenig für einen recherchetechnischen Erfolg. Viel zu wenig.
Christine lehnte sich in den Ledersessel zurück und beobachtete die drehenden Rotorblätter des Deckenventilators. Der Geruch von Gin hing in der Luft. Meterweit waren die Scherben des Glases über das alte Parkett verteilt. Neben dem Schreibtisch lag das aufgeschlagene Buch, das Melanie Pritz aus der Schublade gerissen hatte. Der Wind des Ventilators spielte mit den Blättern, ließ sie aufflattern, schlug die Seiten um.

Sie hob den in Leder gebundenen alten Wälzer auf. Ein antiquarisches Stück mit dem goldfarbenen Aufdruck RILKE WERKE BAND III. Christine blätterte in den vergilbten Seiten.
Ihre Mutter hatte Rainer Maria Rilke geliebt. Seltsam, dass Egbert Landkamp das Buch zusammen mit seinen Kontoauszügen in dem Geheimfach verborgen hatte. Rilke war nun wirklich nicht für sein subversives Gedankengut berühmt. Schließlich war sie hier in einer Bibliothek mit Tausenden anderen Büchern in den Regalen.
Christine strich über das Papier. Am unteren Rand einer Seite entdeckte sie eine umgeknickte Ecke. Ein Eselsohr. Sie schlug die Buchseite auf. Mit Bleistift war die Passage eines Gedichtes unterstrichen: *Wozu hab ich am Tage alle Pracht gesammelt in den Gärten und den Gassen, kann ich dir zeigen nicht in meiner Nacht, wie mich der neue Reichtum größer macht und wie mir alle Kronen passen?*
Ein Liebesgedicht. Mehr nicht. Sie legte das Buch auf die Schreibplatte. Christine ließ die Finger über die Risse und Astlöcher im Holz des Tisches gleiten. Sie drückte auf die Schubladenknäufe aus Elfenbein. Nein, keine weiteren Geheimfächer. Je offensichtlicher ein Versteck erschien, desto naheliegender war es. Schon Nanas verborgener USB-Stick in der Mauer hätte auffälliger nicht sein können. Doch der Tisch aus altem Sheeshamholz hatte Christine alle seine Geheimnisse verraten.
Sie stützte die Ellbogen auf der Schreibtischplatte auf. Der steinerne Egbert Landkamp blickte sie voller Güte an. Der Deckenventilator rauschte. Die Rotoren drehten sich unbeirrbar um die eigene Achse. Eine leichte Brise blähte die Vorhänge in die Bibliothek. Das Sonnenlicht fiel warm und hell auf Christines Gesicht. Da war eine Stille in ihr, so luftleer wie

ein Vakuum – doch entgegen aller physikalischen Gesetze erklang in ihr ein Geräusch. Leise erst, dann lauter. In ihren Schläfen hämmerte das Blut.
Das Handyvideo. Vor sich sah sie Tamara Lee. Die Ledergurte auf ihrem nackten Körper. Ihre eingefallenen Wangen und ihr gesenkter Blick. Ihre zitternden Lippen.
Mein Gott … natürlich. Tamara Lees kaum hörbares Gestammel. *Pracht. Nacht. Gassen.* Ein Gedicht.
Womöglich war sie gezwungen worden, vor den maskierten Männern die Rilke-Verse zu rezitieren. Und danach hatten ihre Entführer sie erwürgt.
Mit der flachen Hand strich Christine um das kalte, steinerne Kinn Egbert Landkamps. *Die Freiheit des Denkens hat nur einen Wert, wenn sie zur Freiheit des Handelns führt.* Wie passend.
Christine beugte sich über den Schreibtisch, fast berührte sie mit ihrem Gesicht den kalten Stein der Büste. »Also gut, Egbert«, flüsterte sie, »du hast die Schlacht eröffnet. Beim nächsten Zug bin ich dran.«

18

Rauchschwaden stiegen in die Höhe. Sie befleckten den strahlend blauen Mittagshimmel – wie eine blütenweiße Tischdecke, auf die Aschereste gefallen waren. Der Wind trieb die Schwaden an diesem heißen Sommertag von Norden nach Westen, trug sie über Bäume und Dächer, riss sie auseinander und löste sie auf.

Schon auf der Stadtautobahn fielen ihm die grauen Schwaden auf. Sicher war es wieder Rose, dieser halbblinde Narr von einem Nachbarn, der jeden abgefallenen Ast und jedes Blättchen in seinem Garten sofort verbrennen musste. Egal zu welcher Jahreszeit. Rose mochte die Anzeichen des Verfalls in seiner Umgebung nicht. Er löschte sie aus, als könnte er so die Zeit einfrieren und sein eigenes Leben verlängern. Pathetischer Unsinn.

Das Lenkrad lag ruhig in seiner Hand. Er schlug es nach rechts ein und verließ die Autobahn. Der Wagen polterte über die Schlaglöcher im rauhen Kopfsteinpflaster. Seine Schuhspitze lag nur noch leicht auf dem Gaspedal. Die Tachonadel sackte nach unten. Gleich war er zu Hause.

Die kleine Siedlung bestand aus nur vier Gebäuden, drei davon waren lieblos zusammengehämmerte Einfamilienhäuser. Für mehr Infrastruktur hatte es in dieser Ecke vor den Toren Berlins nicht gereicht. Wer hier lebte, existierte ohnehin nur noch in der Erinnerung anderer Menschen und musste niemandem mehr etwas beweisen. Zwei der Häuser standen seit fast zehn Jahren zum Verkauf. Die Dächer waren eingefallen. Das Mauerwerk wies tiefe, breite Risse auf, durch die er oft ins Innere der fremden Zimmer geblickt hatte. Nur Rose und er waren in dieser Einöde zurückgeblieben. Der Mann mit seinem Sauberkeitswahn im Garten war nervend, aber keine Gefahr. Perfekt für seine Arbeit.

Er hielt vor dem Haus aus rotem Backstein, in dem er mit seinen Eltern aufgewachsen war. Es lag direkt neben den vibrierenden Gleisen, über die jeden Tag so viele Leben an ihm vorbeibefördert wurden. Doch irgendetwas war heute anders. Die Haustür war verschlossen, die Fenster verdunkelt. Gut. Und doch konnte er eine Unstimmigkeit spüren.

Zwischen den zwei Apfelbäumen in seinem Garten sah er kurz einen Kopf aufblitzen. Hinter dem Haus stiegen die Rauchschwaden auf, die er schon während der Fahrt bemerkt hatte. Hinter *seinem* Haus. Rauch. Rose stolperte in kleinen, ungelenken Schritten über den Rasen und blickte sich überall um. Der Qualm musste ihn alarmiert haben. Er legte den Kopf in den Nacken wie ein schnuppernder Hund, der einem Geruch folgt. Die Schwaden kamen aus dem hinteren Bereich des Gartens. Aus der Grube. Die Gefangene.

Er legte beide Hände auf die Hupenknöpfe im Lenkrad und drückte mit aller Kraft. Einmal. Noch einmal. Die Membran der Zweiklang-Hupe spuckte einen ohrenbetäubenden Lärm aus. Mindestens einhundertdreißig Dezibel. Rose musste es hören. Doch der drehte nur den Kopf nach rechts und ging weiter. *Dreh dich um. Na los!* Mit beiden Fäusten schlug er auf die Hupe. Immer wieder. Endlich verharrte Rose in der Bewegung – wie ein Spielzeugroboter, dem die Batterien ausgingen. Na also.

Gang einlegen. Handbremse ziehen. Aussteigen. Sich lässig geben.

»Herr Rose, was machen Sie denn da?« Die Aufregung in seiner Stimme schluckte er hinunter. Wenn der Alte zu viel mitgekriegt hatte, dann würde er ihn töten müssen. Das war keine Frage des Wollens, sondern der Notwendigkeit.

Roses Augen hinter seiner wuchtigen Brille weiteten sich. »Ach, da sind Sie ja.« Mit hölzern wirkenden Bewegungen lief er auf das Gartentor zu. »Hab' Rauch gerochen. Dachte schon, bei Ihnen brennt es. Ich habe geklingelt wie ein Wahnsinniger. Um Himmels willen, dacht ich, der ist nicht da, und es brennt. Dem fackelt das Haus ab, dacht ich.«

»Ach was, keine Sorge.« Er klopfte Rose auf die Schulter. »Das ist bloß mein Anti-Ameisen-Mittel. Ich habe meine Garage mal so richtig ausgeräuchert.« Gab es eine Regung in Roses Gesicht? Ein Zeichen von Zweifel oder Misstrauen? War da etwas? Rose hing an seinen Lippen, so wie immer.

Der Alte schob seine Brille hinauf. Einen Bügel hatte er mit Tesafilm repariert. Mit dem Finger strich er über die geflickte Bruchstelle. »Sind aber auch ekelhafte Krabbelviecher. Ich mag die auch nicht. Wenn ich Feuer mache, würde ich aber nicht wegfahren. Das ist ganz schön gefährlich.« Roses Augen wirkten wie riesige Murmeln hinter dem Brillenglas. »Ich könnte so ein Ameisenzeugs auch gut gebrauchen. Kann ich es mal sehen?«

An dem mit grauen Bartstoppeln übersäten Hals des Alten trat deutlich eine dicke Ader hervor, durch die das Blut pulsierte. Eine Hand würde reichen, ein kraftvoller Druck mit gespannten Fingern, um Roses Leben zu beenden.

»Na klar. Später. Jetzt dürfen wir aber nicht in die Garage rein.« Er lachte, und es klang fröhlich, überdreht und doch mit einem besorgten Unterton. »Da ist hochkonzentriertes Permethrin drin. Kommt aus China. Wenn Sie das einatmen, haut es Sie um.« Er klatschte in die Hände. »So!«

»Ach ja, die Chinesen.« Rose nickte. »Immer gleich die volle Ladung, was?« Er winkte ab und ging durch das Tor auf den

Gehweg. »Ich mach mir jetzt mein zweites Frühstück. Wollen Sie auch?«
»Ich habe gerade gegessen. Aber danke. Vielen Dank.«
Rose knurrte etwas Unverständliches und wackelte auf seinen schief gelaufenen Absätzen auf das Haus am Ende der Straße zu. Zurück in die Einsamkeit seines kleinen Baus. Dorthin, wo er hingehörte.
Das war knapp gewesen. Viel zu knapp für einen Menschen, der an die absolute Perfektion jeden Handelns glaubte. *Du bist nicht gut genug. Du warst es noch nie.* Die Stimme in seinem Kopf verhöhnte ihn, sang die Wörter wie ein Kinderlied und machte ihn klein. Er konnte fast seinen Vater hinter sich spüren. »Doch. Und ich werde es dir beweisen.«
Er wischte den Schweiß von der Oberlippe und biss die Zähne zusammen. Die Rauchschwaden stiegen noch immer in den Himmel. Das Gras raschelte unter seinen Lederschuhen, als er durch den Garten lief. Ein Apfel lag in seinem Weg. Er kickte ihn fort. Dumpf polterte die rote Frucht gegen die Borke des Baums, von dem sie gefallen war. Hinter dem Haus dampfte es aus dem Rohr im Erdreich. Sein Opfer war widerstandsfähiger, als er angenommen hatte.
Er ging zur Garage und öffnete die zweiflügelige Tür.
Eine alte Decke oder ein Tuch wäre gut. Er kramte zwischen rostigen Werkzeugen, alten Farbtöpfen, Scharriereisen und Drahtstiften herum. Da fiel ihm ein zerschlissener grauer Lappen in die Hände. Er rollte ihn zu einer Kugel zusammen und entfaltete ihn wieder. Sehr gut. In siebzehn Meter Entfernung dampfte das Rohr neben der Garage und spie die Hoffnung seiner Gefangenen in die Luft. Lachhaft. Die Frau unter der Erde hatte keine Chance. Er hatte ihr den Tod versprochen. Glaubte sie ihm etwa nicht? Auf Zweifel folgt Erkenntnis, sie würde es endlich begreifen müssen.

Er ging zurück zur Grube, kniete nieder und presste den Lappen in die Öffnung des verzinkten Rohrs. »Du musst lernen, mir zu vertrauen«, flüsterte er. »Du wirst sterben. Versprochen ist versprochen.«

Die Rauchschwaden am Himmel lösten sich langsam auf. Aus der Grube drang ein leises Geräusch: Sie hustete. Er legte eine Hand auf das Rohr, vielleicht konnte er in den feinen Vibrationen das Atmen seiner Gefangenen spüren. Jetzt drang das Kohlenmonoxid in ihre Lungen, machte sie schläfrig. Doch nicht zu viel. Er durfte ihren Körper nicht beschädigen. Sein Publikum würde es bemerken. Nur noch ein paar Minuten. Nicht mehr. Nur noch ein bisschen.

Als er keine Geräusche mehr vernahm, zog er den Riegel an der Eisenplatte nach oben und schob die Abdeckung über der Grube einen Spaltbreit zur Seite. Das Metall knirschte in der Schiene. Die Sonne fiel in das schwarzbraune Erdreich.

Da lag sie. Zusammengekrümmt wie ein kleines Kind, das sich in den Mutterleib zurückwünscht. Aus rot geäderten Augen und mit zitternden Lippen blickte sie zu ihm empor.

»Sie sollten sich nicht verausgaben. Das bringt doch nichts.« Er legte einen enttäuschten Klang in seine Stimme. »Und wir haben heute doch noch so viel vor.«

19

Der Wind fuhr durch Georg Merzigers gelichtetes Haupthaar. Sein Gesicht spiegelte sich im Fenster des Steuerhauses und zeigte ihm die kahlen Stellen auf seinem Kopf. Er zupfte an einer Haarsträhne, legte sie über seine Geheimratsecke und strich sie gerade. Ein paar Sekunden später ließ eine Brise sein Haar tanzen, als wollte sie ihn verhöhnen. Die kahle Haut war nicht zu verbergen, egal, wie viel Mühe er sich auch gab. Die unerfreuliche Wahrheit war sichtbar für jeden. Mit beiden Händen umklammerte er die Reling. Die Motoryacht schaukelte im Wasser. Auf dem rot-weißen Rettungsring neben der Tür zum Steuerhaus stand der Name *Achilles* aufgedruckt. Der Schiffsboden aus Mahagoni wippte im Takt der Wellen mit. Boote mit grünen, blauen und weißen Segeln umkreisten die Yacht wie Stechmücken. Der Große Wannsee war mitten in der Woche so bevölkert, als müsste in Berlin niemand mehr arbeiten gehen.

Es war kein guter Tag. Da war ein Druck auf Georgs Brust, ein beengendes Gefühl, das von seinem ganzen Körper Besitz ergriffen hatte und ihn schon seit dem frühen Morgen begleitete. Die beiden Männer, die sich seine Freunde nannten, räkelten sich in fünf Meter Abstand vor ihm auf dem Boot. Seine gedrückte Stimmung konnte er vor ihnen nicht verbergen.

»Ach, der Georg grübelt wieder. Freust du dich denn gar nicht auf heute Nacht? Was ist los?« Philipp Röber lag mit übereinandergeschlagenen Beinen und weißen Ledermokassins auf dem scharf geschnittenen Bug. In seiner sommerlichen Kleidung erinnerte er an einen schlanken, feingliedrigen Chefarzt, der sich einen Moment Ruhe vor der nächsten Operation gönnt. Nur das Glas mit dem braunen Whiskey in seiner Hand widersprach diesem Eindruck. »Sorgenfalten hat unser Georg, wie eine französische Bulldogge. Das gefällt mir gar nicht.«

Neben ihm ließ Hans Kuhnen seine Beine über den Rand der Yacht baumeln. Den Oberkörper presste er gegen die Reling, wo sich sein gewaltiger Bauch zwischen die Streben des Geländers quetschte. Mühsam blickte er über die Schulter in Richtung Steuerhaus, wo Georg stand.

»Stimmt.« Hans wandte sich wieder dem glitzernden Wasser zu, nahm einen Schluck Whiskey, der neben ihm auf dem Boden stand, und stieß einen Seufzer aus. »Herrlich hier.«

Georg suchte nach einer passenden Antwort, etwas Heiteres vielleicht, das den hochsommerlichen Gefühlen auf dem See entsprach. Doch in seinem Kopf war nur ein Vakuum, das er nicht mit Worten zu füllen vermochte. Philipp schien es zu bemerken mit seinem kalten Blick. Georg änderte seine Strategie. Er angelte nun nach Worten, die ehrlich genug waren und dennoch als verbale Nebelwand taugten, hinter der er seine Angst verbergen konnte. »Ach, ich weiß nicht. Seitdem Egbert tot ist …«

Am Himmel zog eine Möwe mit sanften Flügelschlägen entlang. »Es ist irgendwie nicht mehr das Gleiche. Verstehst du?«

Philipp nickte. »Da hast du recht. Aber gerade weil Egbert tot ist, müssen wir ihn doch ehren. Es ist das letzte Mal, heute Nacht. Dann ist es doch sowieso vorbei.«

»Genau«, murmelte Hans. »Ich werde das richtig vermissen.« Mit beiden Händen strich er über seinen Bauch. »Hoffentlich bekommen wir heute eine Brünette. Egbert hatte sich das doch so gewünscht.« Er lachte heiser. »Diese kleinen Aufführungen waren das Geilste, was ich bisher erlebt habe.« Er legte den Kopf in den Nacken, wo sich nun fleischige Falten formten. »Neben der Geburt meiner Kinder.« Wieder lachte er auf.

»Also Georg, was ist wirklich los? Nun sag schon.« Philipp ließ nicht locker. Er richtete sich auf und streckte den Kopf so weit vor, als hielte er eine Angelrute übers Wasser, um einen besonders fetten Fisch zu fangen.

Am liebsten hätte ihn Georg bei den Schultern gepackt und geschrien: Ich habe Angst. Angst. Um mich und um meine Familie, wenn das schiefgeht. Verstehst du das denn nicht? Es ist zu riskant. Doch Georg schwieg. Den sorgenvollen Zug in seinem Gesicht, die zusammengekniffenen Lippen und die tiefen Falten auf seiner Stirn konnte er nicht verbergen, das wusste er selbst. Das reflektierende Glas des Steuerhauses führte ihm sein erbärmliches Schauspieltalent wie ein ratternder Filmprojektor vor.

»Also, jetzt mal im Ernst. Bei den anderen drei Veranstaltungen hast du doch auch nicht so ein Theater gemacht. Freu dich doch auf die kleine Aufführung heute Nacht. Genieß sie doch einfach. Du kommst doch nicht extra aus Kassel hierher, nur um dir Sorgen zu machen.« Hans wirkte direkt empört. Er klopfte mit Nachdruck auf seine prallen Oberschenkel.

»Nein, das ist es nicht. Oder?« Philipp stand auf und ging mit geräuschlosen Schritten auf Georg zu. Er legte ihm beide Hände auf die Schultern. »Du bist hier unter Freunden. Die besten Freunde, die du je finden kannst. Wenn dich etwas belastet, dann raus mit der Sprache. Wir helfen dir. Alle für einen.« Philipp lächelte.

Die blumige Note seines Eau de Toilette kitzelte Georg in der Nase. Er spürte die langen Finger auf seiner Schulter durch den Stoff seines Poloshirts.

Ein Dampfer tutete. Ausflügler winkten von dem Boot. Es war ein prachtvoller Tag.

»Wir wären fast aufgeflogen. Diese Nana Reinhardt, die ist heute auf der Titelseite von zig Zeitungen. Wenn der Eismann sie nicht geschnappt hätte, dann säßen wir vielleicht jetzt schon im Knast. Diese Sache kann uns alle zerstören. Unsere Familien …« Jetzt war es raus. Er hatte es gesagt.

»No risk, no fun«, tönte es von Hans, als wäre er stolz auf seine stereotypen Phrasen. »Rock 'n' Roll, Georg. Nur weil man über fünfzig ist, muss man sich nicht auch so verhalten.« Er lachte sein sandiges Lachen.

Philipp streckte den Arm aus und fuchtelte mit der flachen Hand, als wollte er Hans jedes weitere Wort verbieten. »Nein, so einfach ist es nicht. Wenn sich einer von uns Sorgen macht, dann müssen wir ihm helfen. Das ist doch selbstverständlich.« In Philipps Worten schwangen Sanftmut und Verständnis mit.

Wie Georg dieses mitleidsvolle Getue verabscheute. Als ob er ein verwahrlostes Kleinkind in den Straßen Mexikos wäre, das ohne fremde Hilfe sterben würde. Ihm war elend. Sein Mund fühlte sich pelzig an. Kein Speichel. Keine Worte. Der Stress ließ seine Zunge am Gaumen kleben.

»Also, Georg, jetzt sehen wir die Angelegenheit doch mal ganz sachlich. Es ist nichts passiert. Rein gar nichts. Egbert hat dem Eismann vertraut. Und wenn der Typ für Egbert gut genug war, dann sollte das für uns auch ausreichen. Mindestens. Das siehst du doch auch so, oder nicht?« Philipp wischte sich eine graue Haarsträhne aus dem Gesicht, die ihm der Wind vor die Augen getrieben hatte.

Georg war ein Mann der Fakten. Unbekannte Variablen in einem Gleichungssystem konnte er nicht ertragen. Sie machten ihm Angst. »Wir wissen doch bis heute nicht, wie diese

Frau das Hospital überhaupt gefunden hat. Sie hat einen Mord beobachtet, und was, wenn sie doch irgendjemandem davon erzählt hat? Wie könnt ihr euch da so sicher fühlen?«
»Was soll schon passieren?« Hans hievte sich mit beiden Händen an der Reling hoch. Ein Motorboot fuhr dicht an der Yacht vorbei, und eine kräftige Welle schlug gegen den Rumpf der *Achilles*. Die überraschende Seitwärtsbewegung des Bootes ließ ihn einknicken. Hans rappelte sich mit einem Fluch wieder auf. Die Sonne hatte knallrote Flecken auf seinen Knien hinterlassen. »Jetzt mal im Ernst. Wir waren maskiert. Und der Eismann hat die kleine Schlampe sofort verfolgt. Er hat ihr Handy gecheckt. Das war im Eimer. Keine Anrufe drauf, keine abgesandten Mails. Nichts. Du hast doch noch in der Nacht dieselbe SMS vom Eismann bekommen wie wir. Diese kleine, dämliche Hure.« Hans schlug mit den Handflächen auf die Reling. »*Bamm*. Kopflos war die. In Panik. Weiber sind so. Verstehst du?« Mit wippenden Ellbogen ahmte er ein Flügelschlagen nach. »Wie die Hühner sind die.« Er vertrieb ein paar Fliegen, die um seinen Kopf herumtanzten, und ging zum Steuerhaus.
Philipp nickte. »Hans hat recht. Wenn irgendwo etwas durchgesickert wäre, dann hätte die Polizei das Hospital doch schon längst auseinandergenommen. Aber da ist nichts passiert. Die wissen absolut nichts. Klingt doch alles logisch. Da gibt es nichts einzuwenden, richtig?«
Georg hasste diese rhetorische Frage, die nur eine Antwort zuließ. Er brauchte nur zu nicken, und dann wäre das Gespräch beendet. Georg musste seine Bedenken nur für sich behalten, den Freunden den Einsichtigen vorspielen – und alles wäre gut. Doch der Skeptiker in ihm ließ das nicht zu. »Keiner von uns kennt die wahre Identität dieses Eismanns. Was ist, wenn der Kerl weiß, wer wir sind? Was, wenn er uns

erpresst, jetzt, wo Egbert tot ist. Was machen wir dann? Der Eismann kann uns alle zerstören.« Georgs rechtes Bein schmerzte. Die alte Verletzung machte sich immer dann bemerkbar, wenn er sich verspannte oder aufgeregt war. Er verlagerte sein Gewicht auf sein gesundes Bein und ging auf Philipp zu – so nah, dass er dessen Atem spüren konnte. »Niemand von uns hat doch geahnt, dass dieser Irre die Frauen auch noch zerschnippelt und sie öffentlich entsorgt. Das war doch nicht vorgesehen. Das war nicht abgemacht.« Er schüttelte den Kopf. »Wir haben das nicht abgesprochen.«

Philipp trat einen Schritt zurück und lehnte sich an die Reling. »Es kann uns doch egal sein, was der Eismann mit den Frauen macht, nachdem er sie erwürgt hat. Je weniger wir über ihn wissen, desto besser. Und noch was ...« Er nickte in die Runde. »Wir drei, wir gucken ja nur zu. Wir machen nicht mehr. Nur zugucken. Wir sind keine Mörder.« Sein lautes Lachen übertönte das Rauschen der Wellen.

»Aber Philipp, wir zahlen dem Eismann doch Geld dafür. Das tun wir doch. Wir bezahlen ihn fürs Zugucken.« Georg sprach zu schnell und verschluckte einzelne Buchstaben.

»Kann man doch so nicht sehen. Schau mal, der Eismann würde sich die Frauen trotzdem holen. Dem geht es doch um das Rumgeschnippel danach.« Hans leckte über seine Unterlippe. »Kapierst du?«

»Nein. Das verstehe ich nicht. Wie meinst du das?«

Hans warf Philipp einen genervten Blick zu. »Mann, das ist, als ob du ins Kino gehst. Ob du zahlst oder nicht, der Film läuft sowieso. Mit dir im Publikum oder ohne dich.« Er schob sein Polohemd hoch und wischte sich den Schweiß vom Bauch. »Wenn wir nicht zugucken, würde der Typ die Frauen trotzdem killen. Der macht auch ohne uns weiter. Jede Wette.«

»Wo Hans recht hat, hat er recht.« Philipp wandte sich ab, als sei das Gespräch für ihn beendet. Er ging zum Heck der Yacht. Eine Flagge mit schwarz-rot-goldenen Streifen zappelte im Wind. Auf einem Tisch waren Whiskey-, Gin- und Rumflaschen aufgebaut. Daneben stand ein silberner Kübel mit Eiswürfeln und ineinandergestapelten Cocktailgläsern, die in der Sonne funkelten. Philipp füllte sein Glas mit braunem Whiskey auf und schüttelte den Kopf. »Du bist einfach ein Grübler, Georg. So warst du schon an der Uni in Chicago. Hast dich kein bisschen verändert. Und damals haben wir dir bei dieser kleinen Sache ja auch geholfen. Du weißt schon, was ich meine«, rief er in Richtung Steuerhaus. Sein Blick wanderte nach oben. Dünne, faserige Wolken, die an Federn erinnerten, zogen am Himmel entlang. »Ich weiß, das ist lange her. Und nun tust du das hier eben mal für uns. Wir machen das zusammen. Wir sind Freunde. Das ist alles, was zählt.«

»Genau«, blökte Hans. Auch er schlug den Weg zum Heck ein, zu Philipp und dem Alkohol. Seine nackten Fußsohlen hinterließen feuchte Abdrücke auf dem Holz. »Komm schon, Georg, ich mache dir jetzt einen schönen Drink. Der vertreibt dir die grauen Gedanken.« Er hielt eine Rumflasche mit dem Logo eines philippinischen Freiheitskämpfers hoch. »Was willst du trinken?«

»Einen Hemingway Sour«, antwortete Georg automatisch.

»Klar, Superwahl. Du suchst dir einen Drink aus, der nach einem Kerl benannt ist, der sich mit seinem Gewehr die Schädeldecke weggepustet hat. Ist das 'n Omen? Mann, Mann.« Hans lachte dumpf und polternd. Philipp stimmte mit ein.

Georg spürte eine Hitzewelle in sich aufsteigen. Diese Narren. Sie sahen keine Gefahr, keine Bedrohung. Ihre Selbstsicherheit war genauso gefährlich wie der unberechenbare Eismann. Nun gut, dann musste er diese Geschichte eben auf seine Weise beenden. »Ich geh mal kurz unter Deck. Ich muss auf die Toilette.«

Als er die Stufen zur Achterkajüte hinunterstieg, hörte er Hans flüstern: »Unser Kleiner macht sich noch ein.« Es folgte ein unterdrücktes Lachen der beiden.

Die Holztreppe knirschte unter Georgs Gewicht. Er hielt sich an einem Messinghandlauf fest, der in das Mahagoni der Verkleidung eingearbeitet war. Jeder Schritt schmerzte. Noch immer. Nach all den Jahren.

Er war fünfzehn gewesen, als ihn der Rappe abgeworfen hatte. Das Pferd war sein bester Freund gewesen. Aber an einem klirrend kalten Tag im Winter hatte ihn das Tier verraten. Sein Maul, das die warme Luft ausstieß, und die schwarzen Augen mit den Eiskristallen an den Wimpern sagten ihm: Du hättest mir nicht vertrauen sollen. Und das Pferd hatte recht.

Sein Bein war vierfach gebrochen, das Schlüsselbein verrenkt und die Halswirbelsäule verschoben gewesen. Unerträgliche Schmerzen folgten und die wichtigste Lektion in seinem Leben, an die er sich bis heute hielt: Vertrauen basiert auf Naivität. Misstrauen ist ein Zeichen von Stärke.

Verlässliche Feinde machten Georg weniger Angst als vertraute Menschen, die sich direkt vor seiner Nase befanden und alles über ihn wussten. Egbert hatte seine Freunde verraten. Georg konnte es sich nicht anders erklären. Niemand hatte von Egberts Krebserkrankung gewusst. »Ist nur ein Bauchspeicheldrüsenproblem«, hatte er immer gesagt, wenn er auf seinen Gewichtsverlust angesprochen wurde. Er hatte sich umgebracht, und mit seinem Selbstmord stahl er sich einfach aus dem Leben davon und ließ seine Freunde mit dem Eismann zurück. Tabletten schlucken und tschüss, als würde er einfach nur einen Raum verlassen und die Tür hinter sich zuziehen. *Die Freiheit des Denkens hat nur einen Wert, wenn sie zur Freiheit des Handelns führt.* Egberts Worte klangen wie Hohn in Georgs Ohren. Die Philosophiererei eines Todgeweihten, der ohnehin nichts mehr zu verlieren hatte. Aber *er* war noch am Leben, mit seiner Familie, seinem Haus und seinem Bauunternehmen. Georg wollte nicht auffliegen.

Die Mittagssonne fiel durch das Skylight in die Salonkoje und ließ das Meisterwerk dänischer Schiffsbaukunst unwirklich erstrahlen. Die weiße Decke mit ihren Balken aus Mahagoni, die Pantry mit dem elektrischen Kochfeld und die wuchtigen dunkelbraunen Lederpolster aus Shell Cordovan pendelten im leichten Wellengang hin und her.

Auf einem Sideboard stand ein Bilderrahmen. Das Foto zeigte einen lachenden Philipp, der seine dürre und sehr blonde Ehefrau im Arm hielt. Wie in einer Zahnpasta-Reklame ließen sie ihre strahlenden Gebisse sehen. Er hasste Philipps selbstgefällige Art und sein pfauenhaftes Getue.

»Ihr scheiß *beautiful people*«, murmelte Georg und stieß das Bild um. Er ließ sich ins weiche Polster fallen. Dort lag seine Reisetasche. Er zog den Reißverschluss des Seitenfachs auf und zerrte ein hautfarbenes Stück Gummi hervor. Seine Maske. Er steckte Zeige- und Mittelfinger durch die Augenschlitze und hielt sich das Stück Silikon vors Gesicht. »Nur noch heute Nacht, dann ist Schluss mit dem Theater. Dann bin ich dich los.«

Ein Griff in die Ledertasche. Georg atmete beruhigt auf. Die Griffschalen aus Nussbaum lagen ergonomisch in seiner Hand. Die Fingerrillen schmiegten sich an die Haut seiner geballten Faust. Ein Druck auf den Sicherungshebel. Das Magazin fiel aus dem Griff. Georg überprüfte das Patronenlager. Acht Kugeln lagen in seiner Hand. Viel mehr, als er benötigte. Aber sicher war sicher.

Er lehnte sich zurück. Das Polster drückte sanft gegen seine Schulterblätter. Am Morgen hatte er die Pistole aus seinem Bankschließfach in Berlin geholt. Das war gerade mal sieben Stunden her. Er war sich nicht im Klaren gewesen, was er mit der Waffe beabsichtigte. Das beruhigende Gefühl hatte ihm gutgetan. Doch ein paar Minuten mit Philipp und Hans, und die empfundene Sicherheit löste sich in nichts auf. Die Angst war zurückgekehrt. Stärker als in den vergangenen Wochen.
Georg strich über das Silikon der Maske. Wie echt sich das Plastik anfühlte, wie richtige Haut. Die Bilder des maskierten Eismanns blitzten vor ihm auf. Der gewaltige Kontrabasskoffer aus schwarzem Leder, der in einer Ecke des Hospitals gestanden hatte. Der brummende Generator. Die gefesselten Frauen. Das Würgeritual. Die leblosen Augen der Asiatin, die an die Decke starrten. Er konnte die außergewöhnliche Schönheit der Tötungen selbst hier noch spüren. Dreimal hatte er zugeschaut, wie der Eismann das Leben aus den Frauen gequetscht hatte. Die Gefühle waren unbeschreiblich gewesen. Besser als jede Jagd auf Rotwild, an der er in den Tiefen des Tannheimer Tals teilgenommen hatte. Viel besser.
Nun blieb nur noch eine Frau übrig. Georg beobachtete sich selbst, wie er zwischen Lust und Angst hin- und herschwankte. *Wir werden die absolute Freiheit empfinden. Vier Frauen. Jeder von uns wird ein Patron des Todes sein. Wir werden etwas erleben, das noch nie jemand erlebt hat. Wir vier.* Georg sah Egbert in seinem dunkelgrauen Anzug, wie er im Kerzenschein in der Bibliothek seines Anwesens stand und die rechte Hand erhob. Es war das Auftreten eines Mannes gewesen, der der Welt eine Revolution ankündigte. Den Umsturz aller gedanklichen Beschränkungen. Das Ende von Moral und Ethik, von jeder gesellschaftlichen Konvention.
Aber stilvoll sollte die Umwälzung schon vor sich gehen.

Egbert liebte Rilke. Und was wäre eine Hinrichtung ohne den Hauch von Kultur? Eine Barbarei. *Wir machen die dem Tod innewohnende Poesie greifbar.* Er hatte sein Versprechen gehalten. Rilkes Verse, von zitternden Lippen vorgetragen, waren der ritualisierte Auftakt einer jeden tödlichen Aufführung.

Georg zerknüllte die Maske in seiner Hand und warf sie auf den Boden. Er hätte an diesem Tag nur nein sagen müssen. Vier kleine Buchstaben, in der Männerrunde resolut vorgetragen, dann würde er jetzt nicht auf diesem schaukelnden Boot sitzen und sich vor Angst fast in die Hosen machen. Aber er hatte geschwiegen. Weil er den Kitzel gespürt hatte, dieses Gefühl, als sein Herz einen Schlag aussetzte.

Und auch, weil ihm Egbert mit seinem milliardenschweren Unternehmen Bauaufträge verschafft hatte. Bei Philipp und Hans sah es nicht anders aus. Der mächtige Pharmaboss hatte sie alle von sich abhängig gemacht. Ihre Jahrzehnte währende Freundschaft war längst zur Sklaverei verkommen. Doch die beiden auf dem Deck über ihm wollten es nicht wahrhaben. Ihr Narzissmus und ihre Selbstgefälligkeit hatten sie blind gemacht, während er die Katastrophe direkt auf sich zurollen sah.

Georg umklammerte den Griff seiner Waffe und strich über den kühlen Lauf. Solange der Eismann am Leben war, würde er keine Ruhe finden. Jederzeit konnte der Unbekannte auf der Schwelle seines Hauses auftauchen und ihn erpressen.

Einmal nur, es musste in der ersten Nacht in dem verfallenen Hospital gewesen sein, da hatte Georg den Maskierten vor einem Kühlschrank knien sehen. Er hantierte an einem Eisfach herum. Georg konnte keine Verbindung zwischen dem Kühlschrank und der getöteten Frau auf der Arztliege erkennen. Als hätte der Maskierte seine Gedanken erahnt, drehte er sich zu ihm um. In seiner Hand hielt er einen Eiswürfel. Er ließ ihn auf den Boden fallen und zertrat ihn mit dem Absatz. Das Geräusch erinnerte an einen brechenden Knochen. Schweigend blickte er Georg an.

Er hatte darum gekämpft, dem Blick des Unbekannten standzuhalten. So lange, bis er die fremden Augen nicht mehr ertragen konnte und sich abwenden musste. Nie hatte Georg eine subtilere Drohung erlebt. Als er Hans und Philipp davon erzählte, hatten sie nur gelacht. Doch der maskierte Mörder war in dieser Nacht von ihnen getauft worden. *Eismann.*

»Georg, dein Drink ist fertig. Wo bleibst du denn?«, tönte Hans' Stimme vom Deck. »Schaffst du es nicht mehr nach oben?«

»Schon unterwegs.« Er strich mit dem Zeigefinger über den Abzug der Waffe. *Die Freiheit des Denkens hat nur einen Wert, wenn sie zur Freiheit des Handelns führt.*

»Da hast du einmal recht gehabt, Egbert.« Das Magazin schnappte mit einem metallischen Klicken im Griff der Pistole ein. Heute Nacht würde er die unbekannten Variablen in seinem Gleichungssystem lösen.

20

Stell dir mal vor, jeder Mensch auf der Welt würde sein Todesdatum kennen – was würde dann passieren?« Die Frage passte so gar nicht zu dem strahlenden Sommertag mit seinem azurblauen Himmel, der über Christine schwebte. Egal. Rücksicht war nur ein überflüssiger Luxus, den sie sich und Albert jetzt nicht gönnte.
Sie schob die Ärmel ihres Joggingshirts weiter hinauf und erhöhte ihr Lauftempo. Die Gummisohlen ihrer Sportschuhe klatschten auf den Asphalt. Sie konzentrierte sich auf ihr Atmen, das vom Gleichtakt ihrer Schritte übertönt wurde. Albert folgte ihr auf seinem quietschenden Rad. Die ledrigen Blätter der Eichen im Volkspark Friedrichshain raschelten, als ein Windstoß durch die knorrigen Äste fuhr. Skateboarder rollten über den Asphalt an Christine vorbei. Eine Mutter kreuzte ihren Weg. Sie trug ein schreiendes Baby auf dem Arm, das grobkörnigen Brei über seinen Latz spuckte. Christine prägte sich jedes Detail ein.
Sie achtete mit chirurgischer Präzision auf all die Kleinigkeiten in ihrer Welt, weil sich das Leben nur so in seiner Gesamtheit erfassen ließ.
»Na, ich glaube, jeder Mensch, der sein Todesdatum kennt, würde seine Zeit so sinnvoll wie möglich verbringen.« Natürlich. Die nüchterne Kurzanalyse eines introvertierten Mathematikers. Albert trat in die Pedale seines alten Klapprades und biss in sein Nutella-Brötchen, das er zwischen Lenkrad und Finger geklemmt hatte. »Alles wäre planbarer. Warum sollte jemand zum Beispiel noch studieren, wenn er in einem

Jahr tot wäre? Das macht dann doch gar keinen Sinn mehr. Die Menschen würden mehr in sich gehen und den Wert ihres Lebens schätzen. Jede Sekunde wäre kostbar.«

»Klingt mir zu optimistisch.« Wie immer machte Alberts Glaube an das Gute ihn blind für die vielschichtigen Facetten des Bösen.

»Wieso? Was denkst du denn?«

»Gegenfrage: Wie erklärst du dir den todkranken Egbert Landkamp und seine Verwicklung in die Morde? Er ist die perfekte Antithese zu deiner Theorie.«

Alberts Klapprad war mindestens dreißig Jahre alt. Die rostigen Speichen hatten längst ihre Form verloren und hingen zerknickt in den Felgen. Mit jeder Umdrehung der Pedale quietschten die Radlager so laut, dass Christine sich am liebsten die Ohren zugehalten hätte. Doch Albert störte der Krach offenbar nicht. Ganz aufrecht saß er auf seinem Rad. Er schüttelte den Kopf. »Landkamp kann ich nicht erklären.«

»Ich schon.«

»Ach so?« Er biss in sein Brötchen.

Sechs Stunden lang hatte Christine nach Unstimmigkeiten in Egbert Landkamps Biographie gesucht: Indikatoren, die Anhaltspunkte für seine Verwicklung in die Mordfälle Nana Reinhardt und Tamara Lee verraten könnten. Es gab keine.

Landkamps Leben war nach gesellschaftlichen Maßstäben vorbildlich gewesen: Studium in Chicago, Vorstandsvorsitzender eines milliardenschweren Pharmakonzerns, Unterstützung humanitärer Einrichtungen in Angola und Syrien, Gründung einer Stiftung für sozial benachteiligte Kinder in Duisburg. Ein Vorzeigemensch ersten Ranges. Ein gesellschaftlicher Strahlemann, an dessen Seite Politiker jeder Couleur fröhlich in die Kameras der Medienmeuten winkten. Landkamp stand über allen und war unantastbar gewesen.

Niemand hätte je vermutet, dass er etwas mit einer Mordserie zu tun haben könnte. Aber jede Allmachtsphantasie benötigte einen Auslöser, damit sie in die Tat umgesetzt wird. Egbert Landkamp hatte seinen Kippschalter gefunden und umgelegt. Christine war sich sicher. »Landkamp bekam eine Todesprognose – Krebs. Mehr hat es nicht gebraucht, und er hat getan, was er schon immer tun wollte. Der Mann hat seinen Trieb das ganze Leben lang unterdrückt. Erst als er nichts mehr zu verlieren hatte, erfüllte er sich seine geheimste Phantasie. Das Beste kommt eben immer erst zum Schluss.«

»Das ist abartig.«

»Einzigartig abartig. Stimmt.« Christine neigte ihren Oberkörper vor und stemmte sich gegen die Steigung der Anhöhe. »Ich behaupte: Egbert Landkamp mit seiner scheinbar einnehmenden und charmanten Art fehlte jede wirkliche Empathie für seine Mitmenschen. In seinem Leben zählte nur er. Landkamp fühlte sich allmächtig.«

»Wie kannst du dir da so sicher sein?« Albert atmete schwer. Das Quietschen der Radlager tönte in immer längeren Intervallen. Sein blaues T-Shirt bekam dunkle Trübungen vom Schweiß.

»Ich habe dir doch von Landkamps Steinbüste auf seinem Schreibtisch erzählt.«

»Ja, und?«

»Stell dir mal vor, wie sich Landkamp jeden Abend in seinem Stuhl zurückgelehnt und in sein eigenes Gesicht aus Stein geblickt hat. Wirkt das auf dich normal?«

Albert schüttelte den Kopf. »Ist schon merkwürdig.«

»Ganz genau. Egomanie, Narzissmus oder Größenwahn – ich vermute eine Persönlichkeitsstörung. Wir dürfen uns nicht von dem Bild täuschen lassen, das Landkamp von sich selbst in der Öffentlichkeit geschaffen hat. Glaub mir, er war

so ein Typ, der lächelte, während sich sein Gehirn im Raubtiermodus befand.«
»Ein echt hartes Urteil.«
»Ja? Sieh dir doch Melanie Pritz an. Jahrelang hat Landkamp mit ihr zusammengelebt. Sie hielt zu ihm, als er am Krebs erkrankt war. Dann nimmt er sich ohne Kommentar das Leben und lässt sie damit finanziell im Regen stehen. Keine Erwähnung im Testament, kein Abschiedsbrief. Nichts. Menschliche Beziehungen waren für ihn bedeutungslos.«
Albert legte den Kopf in den Nacken. »Meine Mutter hat mich auch aus dem Testament gestrichen.«
»Das ist doch nicht vergleichbar. Sicher wird deine Mutter keine Frauen entführen und sie vor ihrem Tod Gedichte zur Erheiterung ihrer Zuschauer aufsagen lassen. Du vergleichst dich mit Melanie Pritz, aber eigentlich sollst du dich in Landkamp hineinversetzen. Darum geht es hier doch.«
Albert trat mit aller Kraft in die Pedale. Sein Kopf war für Christine gläsern. Es war der Gedanke an seine Mutter, der ihn so in Wut versetzte.
»Und wer erbt bei Landkamp nun?«, fragte er.
»Er hat einen Sohn aus seiner ersten geschiedenen Ehe. Aber du begreifst, was ich dir sagen will?«
»Ja.« Die Antwort wurde fast von seinem schweren Atmen verschluckt. »Müssen wir den ganzen Bunkerberg hoch?«
»Selbstverständlich. Das baut Muskeln auf. Außerdem kann ich beim Laufen am besten nachdenken. Komm schnell, Albert.« Christine erhöhte ihre Geschwindigkeit. Ein großgewachsener Jogger mit struppigem Kinnbart und sehnigen Oberarmen lief an ihr vorbei und zwinkerte ihr über die Schulter zu.
Albert blickte dem Mann nach. »So ein Arsch. Der denkt wohl, der Park ist eine Partnerbörse für Muskel-Prolls.«

Christine mochte diese Momente, in denen Albert seine Rationalität verlor und in Rage geriet. Seine Eifersucht war in ihrer zehnmonatigen Beziehung der rote Pfeffer, den sie keinesfalls mit einem Glas Wasser löschen wollte. Darum schwieg sie – und lächelte.

Nach zwölf Minuten waren sie auf der Anhöhe des Bunkerbergs angekommen. Eine steinerne Brüstung umgab das zwanzig Meter breite und lange Areal. Sie waren allein. Nur ein Eichhörnchen hetzte mit zitterndem Schwanz an ihnen vorbei. Von hier oben glichen die Bäume und der Park den Miniaturen einer Modelleisenbahn. Der große Bär aus Holz, der unten auf dem Rasen am Kinderspielplatz stand, war nur noch ein brauner Punkt auf grünem Grund.

Christine streckte sich. »Das war richtig gut.«

Albert stieg von seinem Rad und lehnte es an die Brüstung. Die Reste seines verklebten Brötchens legte er auf den Gepäckträger. »Ich habe nachgedacht«, sagte er keuchend. »Meinst du, Landkamp hat Nana und diese Tamara Lee selbst umgebracht? Ich meine, eigenhändig?«

Christine musste nicht einen Moment überlegen. »Nein. Ich gehe davon aus, dass Landkamp nicht der Mörder war. Der ist eher ein Typ, der bei einer solchen Inszenierung zuschaut. So als ob er in die Oper geht – natürlich nur auf den besten Plätzen. Und noch was: Gott lässt morden, er legt niemals selbst Hand an. Bestimmt hat sich Landkamp mit so einem Selbstbild als kleine Gottheit sehr wohl gefühlt.« Sie streckte die Arme aus und klimperte mit ihren Fingern auf den Tasten eines imaginären Klaviers herum. »Mord als kulturelle Veranstaltung. Das ist die Musik, die sich Landkamp bei seinem letzten Tanz gewünscht hat. Und wer würde einem wie ihm schon so einen Wunsch verwehren?«

Albert zog sich das durchgeschwitzte T-Shirt von der Haut am Bauch. »Wer war es dann? Wer ist der Mörder? Oder sind es sogar *die* Mörder?«
Christine nahm eine Wasserflasche vom verrosteten Gepäckträger seines Fahrrads und kippte sich die Flüssigkeit über Hals und Handgelenke. »Die Wasserleichen haben es Doms Forensikern nicht leichtgemacht, das hat er mir gegenüber nur ungern zugegeben. Aber wir wissen, dass der Mörder Handschuhe getragen hat. Da waren Unregelmäßigkeiten an einer Naht, die identische Spuren am Hals von Nana und Tamara Lee hinterlassen haben. Also: zwei Opfer, ein Mörder.«
Der kleine Teich am Fuße des Bunkerbergs warf die Strahlen der Sonne in alle Richtungen zurück. Kinder bespritzten sich mit Wasserpistolen. Christine reichte Albert die Flasche.
»Der Täter muss das Erdrosseln perfekt beherrschen, wie ein erlerntes Handwerk. Der Tod der Frauen wurde kunstvoll hinausgezögert. Denk an das Video, Albert. So ein Tötungsritual musst du erst mal erlernen, und es kostet Kraft. Ein kranker Mann wie Landkamp kommt dafür nicht in Frage.«
Er nickte, einmal, zweimal, wie er es gewöhnlich tat, wenn er einen komplexen Denkprozess abgeschlossen hatte. »Verstehe. Aber warum haben die Männer ihr Gesicht hinter Masken verborgen? Das Opfer wurde doch sowieso umgebracht. Die Typen hätten nicht identifiziert werden können. Das kapier ich nicht.« Er nahm einen Schluck Wasser. »Echt nicht.«
Ein Club der Mörder. Alle gesichtslos. Die Lösung war vielleicht ganz simpel. »Tamara Lee wurde in einem verfallenen Hospital getötet. Das ist ein öffentlicher Ort. Unmaskiert wären die Männer ein noch höheres Risiko eingegangen. Vielleicht haben sie auch voreinander ihre Identität geschützt. Wir wissen ja nicht einmal, wie viele Typen es wirklich sind. Ab hier ist alles pure Spekulation.«

Alberts Kiefer lagen hart aufeinander. »Und vielleicht gibt es sogar noch mehr Opfer, von denen wir keine Ahnung haben.«

»Klingt nicht unwahrscheinlich.«

»Was ist mit Landkamps auffälligen Barabhebungen?«

»Wenn ein Zusammenhang mit den Morden besteht, sehe ich ihn nicht. Noch nicht.«

»Und die herausgeschnittenen Körperteile?«

»Trophäen. Für wen auch immer.«

»Mein Gott, das ist alles so schrecklich genau durchdacht und organisiert.« Albert drehte die Flasche um und ließ die letzten paar Tropfen Wasser im Sand versickern. »Wo lernen sich solche Menschen kennen? Im Internet?«

»Der mächtige Pharmaboss und der unbekannte Killer aus dem World Wide Web? Das glaube ich nicht. Viel zu modern für einen Menschen wie Landkamp.« Seine Bibliothek mit den dunklen Kolonialmöbeln aus einer anderen Zeit und sein abgegriffenes Rilke-Buch mit Ledereinband sprachen für eine nostalgische Ader. »Männerbünde und geheime Treffen bei Whiskey und Zigarren – das passt eher zu Landkamp.«

»Dann würde ich vermuten, dass der Mörder auch aus seinem Umfeld kommt.«

»Vielleicht. Aber auch das ist pure Spekulation.« Sie drehte sich um und stützte sich auf die steinerne Brüstung. Das Mauerwerk aus dunkelgrauem Naturstein lag kühl unter ihren Händen. »Wir haben es hier mit einem höchst effektiven Modus operandi zu tun. Eine aufwendige und perfekte Planung. Nur Nana war der unbekannte Faktor, der unseren Mörder-Club für einen Moment ins Trudeln gebracht hat. Und mit uns rechnet auch niemand. Das ist ein strategischer Vorteil. Tatort ist nicht gleich Fundort der Leiche. Aber wir kennen nun beide Orte. Und wir werden uns als Nächstes das

verlassene Hospital vornehmen.« Sie wandte sich wieder Albert zu. »Noch heute Abend.«
Er schob einen grauen Stein vor seinem Schuh hin und her. »Wollen wir den Fall nicht lieber Kommissar Dom übergeben? Wir haben doch jetzt genug herausbekommen.« Es lag ein Flehen in seiner Stimme, das Christine nicht entging.
Sie machte einen Schritt vorwärts. Der Sand unter ihren Schuhen wirbelte auf. »Nein. Wollen wir nicht. Noch nicht. Ich möchte erst dieses Hospital sehen. Danach entscheiden wir, wie es weitergeht.«
Sie waren zu weit gekommen, um den Fall jetzt einfach Dom und seinen Beamten in ihren verstaubten Amtsstuben im Landeskriminalamt zu übergeben. Christines Jagdinstinkt ließ das nicht zu. Sie wollte Antworten. Ihre eigenen. Am besten sofort.
Albert blickte an Christine vorbei ins dichte Blattwerk der Bäume, als hoffte er auf Beistand von den Sommerlinden. »Aber wir wissen doch gar nicht, was da auf uns zukommt. Mit wie vielen Männern haben wir es hier überhaupt zu tun? Mit einem, mit zehn? Die Maskierten könnten das Hospital beobachten. Vielleicht sind sie sogar bewaffnet. Die Typen waren extrem gut organisiert. Wir hätten keine Chance.«
Treffende Argumente. Alberts Widerstand ließ sich wohl nur mit einem Zugeständnis überwinden. Mit innerem Zähneknirschen sondierte Christine ihre Möglichkeiten. Vor sich sah sie Benno, wie er gestern noch in ihrer Küche gesessen hatte. Sein durchtrainierter Körper und seine Entschlossenheit wären im Falle einer physischen Auseinandersetzung ein strategischer Pluspunkt. »Also gut. Ruf Benno an. Du wolltest ihn doch sowieso dabeihaben, oder? Dann sind wir zu dritt.«
Eine Krähe kreiste über dem Bunkerberg und stieß ein heise-

res Krächzen aus. Ein Sonnenstrahl durchbohrte das Laub der Bäume und vertrieb die Schatten auf der Anhöhe.
Albert nickte. Er griff Christines Hand, zog sie zu sich und schloss die Augen. Seine Wimpern glänzten feucht in der Hitze des Sommertages. »Ich hatte gehofft, dass mit Landkamps Tod auch Nanas Mörder tot ist. Das fühlte sich irgendwie gut an.« Sein Atem strich über ihre Haut. »Klingt schrecklich, ich weiß. Aber kannst du mich verstehen?«
Natürlich konnte sie das. Mit dem Tod von Nanas Mörder wäre das Gleichgewicht in der Welt wiederhergestellt gewesen. Die Rache erstickt den Schmerz. Doch das war eine Illusion. Christine hatte dem Mörder ihres Vaters in die Augen geschaut. Das wirkliche Böse ließ sich nicht ausknipsen, weder durch Gefängnisgitter noch durch den Tod.
Sie strich über Alberts stoppeliges Kinn und zog seinen Kopf zu sich. Sie küsste ihn auf den Mund, spürte seine trockenen Lippen auf den ihren und seinen warmen Atem an ihrem Hals.
Er öffnete langsam die Augen. »Wofür war das?«
»Das war für mich.« Sie küsste ihn noch einmal, fuhr durch sein lockiges braunes Haar und fieberte der Berührung seiner Zungenspitze entgegen. Christine presste sich an ihn. Seine Zunge glitt über ihre Lippen, drang in ihren Mund ein. Albert atmete schwer. Sie umfasste seine Hüfte und flüsterte: »Und das war für dich.«
Seine Lider flatterten kurz. Er lächelte. »Du hast eine ganz rote Nasenspitze von der Sonne. Niedlich. Wie bei einem kleinen Kind.«
Sie rieb sich rasch die Nase. »Schlimm?«
»Warte mal.« Albert ging zu seinem Fahrrad. Er tupfte einen Finger in sein angebissenes Nutella-Brötchen und tippte ihn dann kurz auf Christines Nase. »So ein Haselnussaufstrich

hat einen Lichtschutzfaktor von genau Neunkommasieben. Das reicht bis nach Hause.« Albert feierte sich gerne für sein absurdes Fachwissen. »Sehr gut«, sagte er mit einem letzten prüfenden Blick.

»Und ich laufe jetzt mit diesem braunen Zeugs auf der Nase durch mein Viertel? Damit versaue ich mir die Chancen bei jedem muskulösen Jogger, der mir hier entgegenkommt. Ausnahmslos.«

»Sieht so aus.« Albert nahm sein Fahrrad und schwang sich auf den zerschlissenen Ledersattel. »Passt mir ausgesprochen gut.«

Sie stützte die Arme auf den Fahrradlenker und beugte sich weit vor. »Und jetzt, wo du mich ganz für dich alleine hast, was hast du da vor?«

Er legte einen Finger auf seine Lippen. »Ich denke, ich mache jetzt einfach das, was wir beide wollen.«

Die schweren Samtvorhänge im Schlafzimmer sperrten das nachmittägliche Sonnenlicht aus. Christine lag mit geschlossenen Augen und einem angewinkelten Bein nackt und atemlos auf ihrem Bett. Die weißen Laken waren feucht vom Schweiß. »Das war *très magnifique,* Albert. Ganz wunderbar«, flüsterte sie.

Albert strich über ihre Brustwarzen, über die Narben an ihrem Bauch und ihrer Hüfte, über deren Herkunft Christine trotz hartnäckiger Nachfragen nichts verriet. Er ließ seinen Finger in der Einkerbung an ihrer Hüfte auf und ab gleiten und versuchte, sie zu begreifen. Seit zehn Monaten tat er nichts anderes. Ihr zierlicher Körper, ihre großen dunklen Augen und der schwarze Pagenkopf ließen sie wie ein zerbrechliches Wesen aus einer anderen Zeit wirken, das sich im Jetzt verlaufen hat. Und doch traf das Gegenteil auf Christine zu. Sie war eine Stange Dynamit, die an beiden Seiten brannte – ausgestattet mit einem klinisch-analytischen Verstand, der sie zu einer gefährlichen Frau machte. Manchmal erahnte Albert, wie sehr sie die Tochter ihres Vaters sein musste.

Er biss ganz zart in ihre linke Brustwarze. Der salzige Film auf ihrer Haut setzte sich in seinen Lippen fest, an seiner Zunge. Ihr langgezogenes Stöhnen war einem schnurrenden Benzinmotor nicht unähnlich. Er erhöhte den Druck und spürte ihre Fingernägel an seinem Hals. Dann küsste er ihre Stirn und streichelte ihre Wange.

Albert erhob sich aus dem Bett. Er öffnete den Vorhang einen kleinen Spalt. Die Nachmittagssonne fiel auf Christines weiße Haut. Sie wandte sich mit einem Murren ab und rollte sich zusammen.

Ihre Eigenarten versetzten ihn immer wieder in Staunen. Und je mehr er über sie in Erfahrung brachte, desto mehr überraschte sie ihn auch.

Christine setzte sich niemals in ihre Badewanne, weil sie das an gelenkkranke Omas erinnerte; sie bevorzugte den hämmernden Strahl des Duschkopfs. Niemals hatte sie als Mädchen Pferdebildchen gesammelt oder pinkfarbene Kleidungsstücke besessen. Erst neulich hatte sie ihn darum gebeten, ihr die Haare zu schneiden, weil sie auf die banalen Gespräche mit ihrem Friseur keine Lust hatte.

Albert wünschte sich etwas von Christines skurrilen Eigenheiten, von ihrer Entschlossenheit und vor allem von ihrem Mut. Vielleicht hätte er ihr dann auch von der drohenden Kündigung bei seinem Sender berichtet. Über ihm schwebte ein Ultimatum. Entweder er gab Breinert Informationen über Nanas Tod, oder er verlor seinen Job. Alles, was er sich jahrelang erarbeitet hatte, war in Gefahr. Die Würde behalten oder sich der Macht seines Chefredakteurs beugen – er wartete auf die Stunde, in der er mutig genug für eine Entscheidung war. Nicht diese Stunde und auch nicht die nächste. Irgendeine. Später.

Und vielleicht würde er Christine dann auch von Nana und dem schmerzlichen Geheimnis erzählen, das er mit ihr geteilt hatte. Sie waren zwei Menschen gewesen, die sich einen Schritt zu nahe gekommen waren. Mit allen Folgen. So aber schwieg er und fühlte sich dabei wie ein Feigling.

Im Hof hockte die siebenjährige Lena und malte mit roter und weißer Kreide einen Weihnachtsmann auf den Asphalt. Familienväter kehrten von der Arbeit heim. In den Küchen klapperten die Töpfe. Albert war, als würde vor dem großen weißen Holzfenster des Schlafzimmers das echte Leben vorüberziehen, während er mit Christine einen Mörder jagte.

Das hier waren wundersame Tage. Und sie hatten erst begonnen.

21

Mir ist, als ob ich alles Licht verlöre. Ich breite … beide Arme aus, und keiner sagt mir … sagt mir … wo ich hingehöre.«

Claudias Stimme klang wie aus weiter Ferne. Gedämpft, zitternd und rauh, als würde sie einer anderen Frau gehören. Sie senkte den Kopf. Die Lehne des Holzstuhls presste sich ihr in den Rücken. »*Wozu hab ich am Tage … alle … Pracht gesammelt …*« Ein Tränenfilm bildete sich über ihren Pupillen. »Ich kann mir den Text nicht merken. Ich versuche es ja, aber …« Sie nahm das Blatt Papier mit den gedruckten Versen und zerknüllte es. Die kleine Kugel lag vor ihr auf dem Tisch.

Mark schlug mit der flachen Hand auf den Küchentisch. »Das ist nicht gut genug, Claudia.« Er krempelte die Ärmel seines Hemdes bis über die Ellbogen und stützte beide Hände auf die Tischplatte. Blaue Adern schimmerten durch die Haut seiner Unterarme, wie sie für durchtrainierte Männer üblich waren. »Mussten Sie denn als Kind nie ein Gedicht aufsagen? Haben Sie das nie gelernt?«

Die Nachmittagssonne brach durch das staubige Glas der Fenster vor und hinter ihr. Im weißen, glatten Diamantlack der offenen Küche spiegelte sich das Licht.

Die Strahlen brannten Claudia in den Augen. Schweiß lief über ihren Nacken und sickerte in den Stoff ihrer Bluse. Ihre Riemchenschuhe lagen auf dem Parkettboden. Zwischen ihren nackten Zehen klebte die schwarze Erde aus der Grube. Ein paar Krümel waren neben den Tischbeinen verstreut. Es roch nach Zitrone, der gleiche Geruch, den sie schon in Marks

Auto wahrgenommen hatte. Alles um sie herum strahlte eine klinische Sauberkeit aus. Nur die unverputzte Backsteinwand links von ihr nahm dem Raum etwas von seinem kalten, perfekten Charakter. Sie hätte in der Küche bei einem guten Freund sitzen und mit einem Glas Wein in der Hand über ihre kaputte Beziehung mit Johannes lachen können. Vergangene Momente wiederbeleben, Vertrauen aufbauen, über geheime Hoffnungen und Wünsche reden und sich Mut machen – doch ihr gegenüber stand nur Mark, ihr Mörder.

»Es ist ein Liebesgedicht. Spüren Sie die Schwingungen. Konzentrieren Sie sich darauf.« Mit der Hand ahmte Mark in der Luft eine Wellenbewegung nach. »Wie an einem warmen Tag am Strand. Die Wellen kommen, nähern sich dem Ufer und klingen langsam aus.« Er legte eine Hand an sein Ohr. »Konzentrieren Sie sich auf das Rauschen. Hören Sie es?« Er nickte ihr zu. Zwei tiefe Grübchen zeigten sich an seinen Mundwinkeln. »Das müssen Ihre Eltern Ihnen doch beigebracht haben, oder?«

Wie unwirklich all das war. Sie müsste nur nicken, und Mark wäre zufrieden. Nur ein Kopfnicken. Doch nein. Niemals. Dieses freundliche Lächeln in seinem Gesicht musste verschwinden. Diese wohlerzogene Maske, auf die sie hereingefallen war. Claudia sprang auf. Der Stuhl polterte auf den Holzboden. Mit beiden Händen umklammerte sie die Tischkanten.

Die feinen Härchen auf Marks Unterarm vibrierten. Seine Unterlippe zitterte.

Sie holte tief Luft. »Wage es nicht, meine Eltern zu erwähnen, du krankes Hirn.« Geflüsterte Worte, die sie mit der ihr verbliebenen Bedrohlichkeit füllte. »Was haben deine Eltern denn dir beigebracht?«, zischte sie. Fünfzig Zentimeter trennten sie von Mark. Er roch nach Zitrone wie der Rest der Kü-

che. »Was hast du von deinem Vater gelernt? Den Spaß am Foltern? Das Morden? Und deine Mutter hat danebengestanden und applaudiert? Ja? So war es doch, oder? Eine kranke, kaputte Familie.«
Mark öffnete den Mund zu einem schmalen, geraden Spalt. Blut floss aus seiner Nase. Das dunkle Rinnsal lief auf seine Oberlippe und tropfte in kleinen Punkten auf den Tisch. Er betrachtete die roten Flecken auf der Tischplatte. Nur sein Körper schien anwesend zu sein, während sein Geist ein Eigenleben fernab seines Besitzers führte. Er strich über den Tisch. Die roten Punkte verwandelten sich in eine verschmierte Linie. Mark senkte den Kopf und wandte sich ab.
Sie hatte etwas in ihm ausgelöst. Da war Schmerz. Da war eine Schwäche, die sie ausnutzen musste.
Sie sondierte die Küche. In den vergangenen zwei Stunden hatte sie das schon Hunderte Male getan. Der Raum wirkte antiseptisch und unpersönlich. Unvorstellbar, dass hier jemals ein Gericht gekocht worden war. Es gab keinen Messerblock. Keine Küchenutensilien, die sie als Waffe verwenden könnte. Die Tür war von innen abgesperrt, der Schlüssel steckte in Marks Hosentasche. Als er sie aus der Grube gezogen und durch die Garage ins Haus getragen hatte, war sie für eine Attacke viel zu schwach gewesen. Inzwischen bekam sie wieder Luft, die Schwindelgefühle und das Augenflimmern hatten nachgelassen. Sie könnte sich wehren, aber körperlich war sie Mark nicht gewachsen. Ein direkter Angriff würde nichts bewirken. *Du musst ihn anders überwältigen. Irgendwie.*
Die Küche befand sich im Erdgeschoss. Draußen streckte ein Apfelbaum seine Äste aus. Seine Blätter schimmerten tiefgrün durch die Fenster. Dichtes Moos überwucherte den Stamm an einigen Stellen. Draußen. So nah.
Mark stand abgewandt da, den Kopf in den Nacken gelegt.

Auf diese Weise wollte er wohl sein Nasenbluten stoppen. Sie drehte sich um. *Jetzt kein Geräusch.* Claudia beugte sich hinab und packte die beiden vorderen Stuhlbeine. Kein Kratzen, kein Schaben. Sie riss den Holzstuhl mit aller Kraft vom Boden hoch und stemmte ihn über ihre Schultern. Claudia hielt die Luft an und lief auf eines der Fenster zu. Sie holte aus. Die Rückenlehne des Stuhls schlug gegen die Scheibe, ein dumpfes Poltern ertönte, die Stuhlbeine vibrierten in ihren Händen. Der Stuhl entglitt ihr und fiel zu Boden.

Ein Bein war aus der Verankerung der Sitzfläche gerissen.

Die Scheibe hatte nicht einmal einen Kratzer. Wahrscheinlich Panzerglas. Natürlich. Mark war auf alles vorbereitet. Claudias Knie zitterten. Sie sackte vor dem Fenster zusammen. Das kühle Parkett an ihrer Wange. »Ich will nicht sterben, nicht so«, flüsterte sie. »Nicht so.« Ihre Stimme wurde von ihrem Schluchzen verschluckt.

»Das sind faserverstärkte Kunststofffenster. Die sind gedämmt. Draußen hört man kaum ein Geräusch. Ich meine ja nur.« Marks Stimme hatte wieder den freundlichen und verbindlichen Ton, mit dem er sie am See eingewickelt hatte.

Claudias linkes Ohr lag auf dem Parkett. Das Holz übertrug Marks Schritte als Vibrationen, ein feines Zittern, das an ihre Hörmuschel drang. Seine schwarzen Lederschuhe knirschten. Er stand direkt vor ihr und ließ sich an der Wand nieder.

»Nur für den Fall, dass Sie geglaubt haben, dass irgendwer Sie da draußen hört … das ist unwahrscheinlich.« Er hatte sein Nasenbluten gestoppt, doch über seiner Oberlippe war eine dunkle Trübung geblieben. »Mein Vater hat den Lärm der Eisenbahn gehasst. Das Rattern auf den Schienen hat ihn vom Arbeiten abgelenkt. Manchmal hat er sogar Steine auf die vorbeifahrenden Züge geworfen.« Mark zog die Beine an und presste sie gegen die Brust. »Mein Vater war ein sehr zorniger

und ungerechter Mann. Für Nichtigkeiten hat er mich meist tagelang in mein Zimmer eingesperrt. Das war seine Art der Bestrafung.« Marks Nasenflügel vibrierten, als er ausatmete. »Als ob man damit einen Menschen ändern könnte.«
Claudia richtete sich auf. Sicher wollte Mark sie in die Irre führen, ihr Vertrauen gewinnen, um sie besser steuern zu können. Er war raffiniert. Sie suchte in seinem Gesicht nach Spuren von Arglist – ein gekünsteltes Lächeln oder ein übertrieben naiver Blick. Doch da war nichts.
»Ich hätte Sie nicht so anfahren dürfen, nur weil Sie ein Gedicht nicht richtig aufgesagt haben. Das war nicht angemessen. Es tut mir leid. Das bin nicht ich. Da spricht jemand anders aus mir, den ich verabscheue.« Die letzten Worte verschluckte Mark fast. »Bitte, glauben Sie mir.« Er legte die Arme auf die Knie und rieb seine Finger gegeneinander – wie ein Kartenspieler, der Lockerungsübungen macht, bevor er ein Deck Karten austeilt.
Er spielte ihr eine seiner vielen Rollen vor. Vor ihren Augen erschuf Mark ein neues Bild von sich selbst. Seine verkrampfte Körperhaltung, sein gesenkter Kopf – das alles waren Indikatoren für einen Feingeist, der sich im emotionalen Aufruhr befand. Aber nein. Er wollte sie in Sicherheit wiegen. Ein schlechter Schauspieler war er jedenfalls nicht.
Claudia hockte sich vor ihm auf die Knie. »Wenn du so nicht sein willst, wer bist du dann, Mark? Ich verstehe das alles nicht.« Sie ließ keine Nervosität in ihrer Stimme zu, obwohl ihr Puls raste.
»Wer kann von sich schon sagen, wer er wirklich ist? Und was würde das ändern?« Er streckte die Beine aus. Mit seiner Schuhspitze berührte er Claudia am Knie.
Eine Wolke zog auf und verschleierte die Sonne. Licht und Schatten trafen sich in der Küche. Mark erhob sich. Er drehte

Claudia den Rücken zu und blickte aus dem Fenster, als wollte er ihre Anwesenheit ausblenden. Er summte ein Lied. *Here comes my baby*. Claudia erkannte die Melodie sofort. Mark wippte in den Knien. Seine Ledersohlen knirschten auf dem Parkett.

»Kennen Sie William Turner? Den Maler?«

Bevor sie über den heimlichen Sinn der Frage nachdenken konnte, flimmerten graue Wolken und Landschaften mit Flüssen und Bergen vor ihrem geistigen Auge. »Ja, ich glaube schon. Ich habe mal in der Schule einen Bildband gesehen.«

Er lächelte. »Als Kind habe ich mich immer gefragt, warum Wolken nicht vom Himmel fallen. Ein dummer Gedanke, natürlich.« Er formte mit beiden Handflächen runde Formen, als würde er die Luft streicheln. »Und dann habe ich ein paar Bilder von Turner gesehen: Wolken im strahlenden Tageslicht, bei Gewitter und beim Sonnenuntergang – kraftvolle Pinselschwünge von so perfekter Schönheit, dass ich beim Betrachten in Tränen ausgebrochen bin.« Mark rollte die Ärmel seines Hemdes nach unten, erst den einen, dann den anderen. »Ich habe meinen Vater gefragt, wie die Natur eine derartige Schönheit hervorbringen konnte. Doch er hat mich nur ausgelacht.« Mark griff in seine Hosentaschen und holte etwas hervor. Claudia rutschte vorsichtig ein Stück nach rechts. Silberne Manschettenknöpfe lagen in seiner Hand. Er hielt sie sich vor die Augen. Sein Gesicht spiegelte sich im Metall. »Mein Vater hat gesagt: ›Im Auge des Künstlers ist alles schön. Die Natur aber schafft solche Monstrositäten wie dich. Aber tröste dich. Ein Mensch wie du macht in all seiner Hässlichkeit das Schöne nur noch strahlender. Du bist ein wichtiger Teil des Gesamtbildes.‹ Dann hat er gelacht.« Marks Muskeln verspannten sich. »Dieses leise Lachen …« Er steckte die Manschettenknöpfe durch die Schlitze der Hemdsärmel. »Da hatte ich meinen Platz in der Welt verstanden und meine Aufgabe auch.« Mark strich über den linken Manschettenknopf. »Ich bewahre die Schönheit. Für immer. Ich male meine eigenen Bilder.«

Die Wolke am Himmel zog weiter. Die Strahlen der Sonne vertrieben die Schatten in der Küche. Alles war hell erleuchtet. Die Haut hinter Marks Ohren wies Spuren einer Rötung auf. Das Bindegewebe wirkte dort unregelmäßig. Claudia erkannte dunkle Linien, die sich wie verblasste Operationsnarben abzeichneten.

Weit entfernt erklang gedämpft ein hohes Tuten. Schranken bimmelten. Draußen ratterte ein Zug über die Schienen. Das Gemäuer des Backsteinhauses erbebte.

»Warum lässt du mich nicht einfach gehen? Das Leben ist doch schöner als der Tod. Ich begreife dich nicht.«

Mark schüttelte den Kopf. »Sie haben nicht zugehört.« Er zeigte auf die vorbeifahrende Bahn, die kurz zwischen den Bäumen im Garten aufblitzte. »Ich bin wie der Zug da draußen. Ich kann nur geradeaus fahren. Für mich gibt es keine Abzweigung mehr. Und Sie haben meinen Weg gekreuzt.«

Claudia brauchte zwei Sekunden, um die fatale Konsequenz in seinen Worten zu erkennen. Sie richtete ihren Oberkörper auf. »Und nun kann ich auch nur noch geradeaus fahren? Bis die Fahrt endet? Mit meinem Tod?« Claudia klang heiser und erschöpft. »Das ist alles, was du willst?«

Er deutete ein Nicken nur an, doch es war deutlich genug. Mark legte eine Hand auf die Fensterscheibe und trommelte mit den Fingern gegen das Glas.

Aus. Vorbei. Claudias Leben hatte nur noch den Wert einer Aktie, die sich im freien Fall befand.

»Sie werden erwartet, heute Nacht. Sie sind Teil meines Lebens und seiner Erfüllung. Ich brauche Sie. Sie vollenden

mich.« Er legte beide Hände auf das Fensterbrett und stützte seinen Oberkörper darauf ab. Mit dem Kopf folgte er dem dahinfahrenden Zug. »Heute Nacht ist es vollendet.«
Claudias innerer Autopilot übernahm die Kontrolle. Sie beobachtete sich selbst dabei, wie sie sich aufrichtete und nach dem zersplitterten Stuhlbein griff. Sie fixierte Marks Hinterkopf, spürte das Holz schwer wie eine Axt in ihrer Hand. Sie atmete tief ein und holte aus. Ihre Bluse knirschte unter den Achseln. Claudia legte all ihre Kraft in diesen Schlag. Nur ein Versuch.
Da trafen sich ihr und Marks Blick in der spiegelnden Fensterscheibe. Sein Gesicht zeigte keine Anzeichen von Aufregung oder Schrecken, da war nur eine maskenhafte Starre.
Wie in Zeitlupe drehte er sich zu ihr um. Er fing ihren Arm mit dem Stuhlbein ab. Seine Finger legten sich um ihre Handwurzel und drückten zu, so fest, als wollte er ihr den Knochen brechen. Die Adern auf seinem Unterarm traten hervor. Mit der anderen Hand packte er Claudia an der Schulter und zog sie zu sich. Zentimeter um Zentimeter, wie eine Puppe. Ein Spielzeug in den Händen eines Fremden, mehr war sie nicht. Noch näher. Fast berührten sich ihre Gesichter. In den Falten seiner Oberlippe klebten dunkle Krümel, die Spuren getrockneten Blutes. Er spitzte die Lippen und summte die Melodie von *Here comes my baby*. Dabei inspizierte er ihr Gesicht, ihre Augen, ihren Mund, strich über ihr langes braunes Haar und ihre Nase.
»Ich würde sagen, der Kern Ihres Wesens drückt sich in Ihrer Nase aus.« Der Druck seiner Hand auf ihrer Schulter verschwand. Sie spürte seinen Zeigefinger auf ihrem Nasenflügel. Er fuhr über ihre Haut, so zärtlich und so bedrohlich.
»Ihre Nase ist geradlinig mit einer leicht nach oben zeigenden Spitze. Meiner Meinung nach sind das Zeichen von Beson-

nenheit und Ehrgeiz – wunderschön. Mit einem deutlich ausgeprägten Hang zum Widerstand.« Er umklammerte ihr Handgelenk so stark, dass Claudia das Stuhlbein loslassen musste. Das Holz fiel mit einem Poltern zu Boden. Er kickte es mit seinem Fuß fort.

»Aber auch Rebellen müssen irgendwann einsehen, dass sich nicht alle Fesseln zerreißen lassen. Am Ende bändigt auch sie das Gesetz des Stärkeren.«

Er presste sie gegen die Wand, ließ sie dann mit einer kaum wahrnehmbaren, schnellen Bewegung los. Ihre Schultern fielen nach unten, ihre Hand fühlte sich taub an. Die Kälte der Wand drang durch den Stoff ihrer Bluse. Mit dem Rücken am Mauerwerk ließ sie sich auf den Boden hinuntersacken. Verloren. Erledigt. Aus.

»Warum quälen Sie sich so? Wozu der ganze Schmerz? Es ist doch sinnlos. Die Zeit nimmt früher oder später ohnehin alles. In diesem Leben bleiben Ihnen noch zehn Stunden. Genießen Sie sie.«

Mark ging zur Küchenzeile. Er öffnete einen der weißen Hängeschränke. »Ich mache Ihnen jetzt erst mal etwas zu essen. Sie müssen heute Nacht in bester Verfassung sein.« Als hätte er in seinem Innersten einen Kippschalter umgelegt, klang er mit einem Mal wieder verbindlich und besorgt.

Claudia kauerte an der Wand. Sie musste fliehen. Fort von hier. Die Tür. Die Fenster. Mark. Doch in ihrem Kopf war nur eine Leere, die das Denken unmöglich machte. Sie war so müde.

Mark nahm aus dem Hochschrank zwei Scheiben Toast. Aus dem Kühlschrank holte er Quark, eine Gurke, Schnittlauch und ein weißes Käsedreieck. »Das ist eine Spezialität. Ein süß-salziger Vollkorntoast und ein Edelpilzkäse aus der Auvergne, den ich extra für Sie ausgewählt habe. In Kombination mit dem Quark entfaltet er sein volles Aroma. Ein echter Geheimtipp.« Er hielt die viereckige Chromschale mit dem Quark in die Höhe. »Natürlich ist das nur die Halbfettstufe.« Er ließ seine weißen Zähne sehen. »Sie achten ja auf so was.« Als ob das jetzt noch wichtig wäre. Und wie genau er sie studiert hatte. Womöglich war er ihr sogar beim Einkaufen gefolgt. Mark schloss jeden Zufall aus. Er hatte ihre Tötung wie ein Regisseur vorbereitet, der für sein Publikum die perfekte Inszenierung plante.

Er legte die Zutaten auf den Arbeitsblock aus Granit, der in die Wand am Ende der Küchenzeile eingelassen war. Mit einem Plastikmesser schnitt er die Gurke in hauchfeine Scheiben und zerteilte den Schnittlauch. Die Toastscheiben bestrich er mit Quark und neigte dabei den Kopf zur Seite. »Niemals zu viel Quark nehmen. Das Brot atmet dann nämlich nicht mehr.« Er belegte die Toastscheiben und schnitt die Kanten millimetergenau ab. »Ich mag keine Ränder am Brot. Die habe ich schon als Kind gehasst.« Er legte den Toast auf einen Pappteller. »Normalerweise würde ich Ihnen dazu jetzt einen 2011-er Château La Mission Haut-Brion anbieten. Aber so wenige Stunden vor Ihrem Auftritt, da sollten wir kein Risiko eingehen.« Aus dem Hochschrank nahm er noch einen Pappbecher, den er mit sprudelndem Mineralwasser füllte.

Nein, kein Risiko. Plastikmesser, Pappbecher und Pappteller. Keine scharfen Gegenstände. Keine Waffen. Mark achtete auf jedes Detail.

Er stellte Toast und Wasser auf den Küchentisch, rückte ihr den Stuhl zurecht und bedeutete ihr, sich zu setzen – wie ein Kellner im weißen Hemd, der einem französischen Gourmet-Tempel entsprungen war.

Claudia rappelte sich auf. Die Sonne brannte durch das Fenster und blendete sie. Die Küche erstrahlte. Nur auf dem Parkett neben ihr zeichnete sich der Schatten eines Baumes ab wie ein dunkler Fleck.

Eine Schwarzdrossel pickte mit ihrem Schnabel in einem Apfel herum, der vor dem Fenster im Gras lag. Ein Ast reckte sich über den Rasen des Grundstücks und winkte Claudia im Wind zu. Jedes Detail nahm sie wie eine Kostbarkeit wahr.

Vor ein paar Monaten war sie mit Johannes zusammen gewesen, sie hatte Zukunftspläne geschmiedet und geglaubt, im Leben angekommen zu sein. Nun war das Ende nah. Der Mann im weißen Hemd, der am Kopfende des Küchentischs stand, würde sein Versprechen einlösen. Wer war dieser Mark wirklich? Hatte er jemals mit anderen Kindern gespielt? Hatte er an Weihnachten schon einmal unter einer geschmückten Tanne gesessen und mit einem Lachen im Gesicht ein Geschenk ausgepackt? War er jemals verliebt gewesen? Sie konnte sich sein Leben nicht vorstellen. Er war einfach nur da, ohne fassbare Vergangenheit. Doch es spielte keine Rolle mehr. Er würde ihr die Zukunft nehmen. So einfach war das.

Sie spürte das kühle Parkett unter ihren Füßen, als sie durch die Küche ging und sich auf den Stuhl setzte. Die Toasts lagen auf dem Teller vor ihr. Im Pappbecher stiegen kleine Bläschen Kohlensäure auf und verpufften, als hätte es sie nie gegeben.

»Mark, heute Nacht … Wird es weh tun?« Ihre Stimme war fest, ohne Zittern und Flehen.

Das Leder von Marks Schuhen knirschte. Sie spürte seine Hand auf ihrer Schulter. Er atmete aus. »Kein Schmerz. Ich werde mir Mühe geben. Sie müssen mir vertrauen. Je besser Sie sind, desto besser bin ich. Das verspreche ich Ihnen.«

Claudia nahm die zerknüllte Papierkugel vom Tisch, entfaltete sie und strich das Blatt glatt. Sie schloss die Augen. Dunkelheit. Da waren das Rauschen des Meeres und eine Welle, die direkt auf sie zukam und langsam auslief. Wasserspritzer berührten ihre nackten Zehen. Der Wind blies ihr ins Gesicht und zerrte an ihren Haaren. Sie öffnete die Augen. *»Wozu hab ich am Tage alle Pracht gesammelt in den Gärten und den Gassen, kann ich dir zeigen nicht in meiner Nacht, wie mich der neue Reichtum größer macht.«*

Mark strich über ihre Stirn. Er drehte ihr Kinn zu sich. In seinen blauen Augen lag das Meer, ganz still und weit.

Er nickte. »Sehr gut, Claudia. Sehr gut.«

22

Die Hochhäuser im Märkischen Viertel erhoben sich vor dem Blau des Himmels wie schmutzige Zeigefinger aus Beton. An einigen Balkonen hingen vertrocknete Geranien herab. In einem Hauseingang neben einem Discounter prangte ein mit schwarzer Farbe gesprühter, abgeblätterter Schriftzug der Killer-Boys. Es roch nach Müll. Im Block lebten Arbeiter, Einwanderer, Studenten – und Benno. Er war hier aufgewachsen, für ihn gab es keinen Grund, die taubengraue Siedlung seiner Kindheit zu verlassen. Berlin war teuer – und ein Koch musste sich in der Hauptstadt irgendwie durchschlagen. Er beklagte sich nicht. Zwischen Mädchen mit Billigparfüms, Ghetto-Großmäulern und Rentnern in kaputt gelebten Klamotten hatte er sich arrangiert. Er kannte jede Ecke seines Viertels, jeden Menschen. An keinem anderen Ort der Welt würde er sich so lebendig fühlen wie hier.

Der kleine Zeiger seiner Uhr näherte sich der Sieben. Nur noch ein paar Minuten. Benno holte tief Luft und lockerte das Lederarmband an seinem verschwitzten Handgelenk. Er klopfte auf das Glas, als ob er die silbernen Zeiger zu einem schnelleren Lauf anspornen könnte.

Zwei Kinder spielten in einem von Zigarettenkippen verschmutzten Sandkasten mit ihren Puppen. Die Abendsonne tauchte die Szene in ein weiches, orangefarbenes Licht. »Hallo, Benno«, rief eines der beiden Mädchen und schwenkte ihre kahle Puppe, die sie an einem Bein festhielt.

»Hey, Sandra.« Er winkte ihr zu. »Warum hat die denn keine Haare mehr?«

»Habe ich abrasiert.« Sandra strich der Puppe über den Kopf. »Ist doch viel zu heiß im Sommer, Benno!« Mit ernsthafter Empörung hielt sie ihm das glatzköpfige Plastikpüppchen hin. Fast hätte er laut gelacht, doch vor Sandras kindlicher Logik empfand er gewaltigen Respekt.

»Benno!« Die helle Stimme hinter ihm tönte mit dem langgezogenen O am Ende wie ein Echo. Sie gehörte einer jungen Frau. Er drehte sich um.

Plastiktüten raschelten, Einkaufswagen schepperten vor dem Discounter. Aus dem Sandkasten erklang das Lachen der Mädchen.

Julia. Seine Kollegin. Hier. Direkt vor seinem Haus. Sie trug ein blaues, kurzärmeliges Kleid. Ihre geliebten Sneakers hatte sie gegen hochhackige beige Sandaletten eingetauscht. Ihr Haar war hochgesteckt, nur eine dünne blonde Strähne hing ihr in die Stirn.

»Wow, du siehst ja echt Hammer aus!« Eine Sekunde später schämte er sich für seinen Ausruf. »Ich meine …«

Julia legte den Kopf in den Nacken. Ihr Lachen passte perfekt zu diesem Sommertag, so warm und herzlich klang es. Sie strich sich die Haarsträhne aus dem Gesicht. »Danke für das Kompliment.« Sie zeigte auf eine Ledermappe unter ihrem Arm. »Ich komme gerade aus der Uni. Ich schreibe eine Arbeit über den Gehalt von AChE-positiven Nerven in Katzenhoden.«

»Noch nie gehört. Aber ich kann dir zeigen, wie man geschmorte Hoden mit Bratensaft zubereitet. Schmecken nussig.«

»Bah.« Julia verzog das Gesicht.

»Sag mal, was machst du hier? Das ist doch kein Zufall.«

Sie presste die Lippen zu einem schmalen roten Strich zusammen. Diesen sorgenvollen Zug an ihr kannte er, wenn mal wieder ein Gast abgehauen war, ohne zu bezahlen. In einem solchen Fall musste der Kellner die Zeche von seinem Gehalt selbst begleichen. Er hatte es oft genug mitbekommen.

»Benno, ich habe mir Sorgen um dich gemacht. Du hast gestern und heute den Dienst im *Spreezauber* geschwänzt.«

»Ich habe mich krank gemeldet.« Nanas Mörder ließ sich nicht zwischen Kochtöpfen und Herdplatten fassen. Benno brauchte Zeit, wenn er eine Spur finden wollte.

Julia nahm seine Hand. »Aber du stehst doch hier gesund vor mir.« Mit ihren schmalen Fingern erhöhte Julia den Druck, als ließe sich so eine ehrliche Antwort aus ihm herauspressen. »Ich wollte nur nach dir schauen. Ist alles in Ordnung?«

Ich ertrage Nanas Tod nicht. Ich kann nicht mit der Vorstellung leben, dass ihr Mörder irgendwo da draußen herumläuft, während mein Leben ganz normal weitergeht. Benno hätte ihr die Worte zuflüstern können, doch stattdessen löste er seine Finger aus Julias Griff. Er steckte beide Hände in die Taschen seiner Jeans und ballte sie zu Fäusten.

Ein Mann trug in einer Einkaufstüte klappernde Pfandflaschen in den Supermarkt. Eine Frau goss die Blumen auf ihrem Balkon, und ein paar Tropfen Wasser fielen neben Benno auf den Asphalt, wo sie kreisrunde Flecken bildeten.

Julia musterte ihn aus wachen blauen Augen. Sie stand höchstens fünfzehn Zentimeter von ihm entfernt. Eine dünne Schicht Make-up lag auf ihren Wangen. Sie roch nach Pfirsich und Sommer. In ihren Augen bildete sich ein Tränenfilm. »Ich kann nicht mehr schlafen«, flüsterte sie. »Ich sehe immer Nanas Leiche im Wasser.«

Jetzt war es raus. Julia hatte sich vor einer Weile mit Nana im Café angefreundet. Bis in die Nacht saßen die beiden oft zusammen und plauderten, wenn alle anderen Gäste schon fort waren. Manchmal hatte sich Benno dazugesetzt und mit den

beiden auf die Spree und die vorbeifahrenden Boote geblickt. Es kam ihm vor, als seien seitdem Jahre vergangen.
»Dir lässt das alles doch auch keine Ruhe. Ich weiß, dass es so ist. Ich spür das, Benno.«
Ein Kind quengelte am Arm seiner Mutter nach einem Eis. Ein angebundener Schäferhund streckte sich vor dem Supermarkt. Benno betrachtete seine Schuhspitzen, wie er es immer tat, wenn er um eine Antwort rang.
Als hätte Julia sein Schweigen als stille Zustimmung begriffen, fuhr sie mit zitternden Lippen fort: »Jede Nacht habe ich Nanas aufgedunsene Haut und den herausgeschnittenen Mund vor Augen. Sie geht mir nicht mehr aus dem Kopf.« Julia vergrub ihr Gesicht an seiner Brust. Sie legte ihm beide Arme um den Rücken. Ihre Stirn berührte sein Kinn. Benno suchte nach tröstenden Worten – und fand keine.
»Wann hört das denn auf? Wann?«
Er strich ihr übers Haar. »Wer immer das war, ich kriege das Schwein. Das verspreche ich dir. Ich kann erst wieder schlafen, wenn der Kerl geschnappt ist. Nicht vorher. Das wird auch dir helfen, glaub mir.«
»Das ist viel zu gefährlich. Du hast mir mal erzählt, warum du aus der Bundeswehr geflogen bist, damals. Ich habe das nicht vergessen. Du hast deinen Feldwebel …«
»Zusammengeschlagen, richtig. Und ich würde es immer wieder tun.« Die Bilder von der zerrissenen grauen Uniform seines Vorgesetzten blitzten in Bennos Kopf auf. Monatelang hatte der Mann einen schwulen Gefreiten während des Grundwehrdienstes gedemütigt – in seinen Spind uriniert, ihm seine Kampfstiefel während einer Übung in den Rücken getreten. Der Junge war daran fast zerbrochen und am Ende in einem Krankenhaus gelandet. Alle in der Kaserne kannten die Wahrheit. Alle schwiegen. Auch Benno. Aber als der Feldwebel

sich auch noch in der Kantine mit seiner Tat brüstete, schlug Benno zu. Mehrmals. Buttermöhrchen, Kalbsschnitzel und Kartoffelkroketten flogen durch den Speisesaal, während Benno das Lächeln aus dem Gesicht seines Vorgesetzten prügelte.
Zwei Wochen später wurde Benno unehrenhaft entlassen. Die Demütigung bedeutete ihm nichts. Der Rausschmiss war der wirkliche Orden für herausragende Leistungen gewesen, den er sich nach seiner Zeit bei der Bundeswehr an die Brust geheftet hatte. »Es wird sich richten, Julia.« Und er wollte das Werkzeug sein. Aber diese Wahrheit behielt er für sich.
Die alte Anna humpelte auf zwei Krücken aus dem Discounter. Ihr zerfurchtes Gesicht hellte sich auf, als sie Benno sah. »Mensch, Junge, dich hab ich ja ewig nicht gesehen.« Eine Wolke Kölnisch Wasser umgab sie, wie die meisten Frauen über siebzig, die hier lebten. Mit eingeknickten Knien beugte sie sich zu Benno. »Du, hast du mal ’n Eurochen für mich?«
Benno löste sich aus Julias Umarmung. Er kramte ein Zwei-Euro-Stück aus seiner Hosentasche und reichte es Anna.
»Bist ’n guter Junge. Wie dein Vater. Ich hol mir mal noch ’n kleines Stützbierchen für den Abend.« Mit einer schwungvollen Seitwärtsbewegung ihrer Krücken schleppte sich Anna zurück in den Supermarkt.
Julia blickte ihr nach. »Ein guter Junge bist du. Der beste sogar. Das würde ich sofort unterschreiben.« Sie wischte sich die Tränen fort. Mit der Schuhspitze schob sie eine Kippe über das Kopfsteinpflaster. »Bitte versprich mir, dass du keinen Unsinn machst.«
Bevor sich Benno eine Antwort zurechtlegen konnte, die Julia beruhigte, schob sich der schwarze Wagen in sein Blickfeld. Wie ein Raumschiff aus einer anderen Zeit tauchte der Citroën DS zwischen den Hochhäusern auf und schlängelte

sich zwischen den grauen Bauten entlang. Der Wagen stoppte. Die Fahrertür klappte auf. Ein schwarzer Pagenkopf wurde sichtbar. Eine Frau in dunkler Kleidung stieg aus und legte einen Ellbogen aufs Autodach. Christine. Sie nickte Benno zu. Mehr nicht.

»Endlich.« Er erwiderte das Kopfnicken.

»Wer ist das?«, fragte Julia.

»Christine Lenève. Eine Journalistin.«

»Was hast du vor, Benno?« Julia strich über seinen Oberarm.

»Ich sorge dafür, dass wir beide wieder schlafen können.« Er streichelte ihre Hand und lief hinüber zum Auto. Die Türen fielen zu. Der Motor des Citroën brummte wie eine Raubkatze auf der Jagd.

Julia stand mit eingefallenen Schultern vor dem Supermarkt. Wie klein sie inmitten der Menschen wirkte. Sie umklammerte mit beiden Händen ihre Ledermappe, als hielte sie eine schwere Steinplatte in den Händen, die sie zu Boden zog. Benno lehnte sich in den Ledersitz zurück. *Wir werden wieder schlafen. Versprochen.* Er betrachtete den Himmel und das satte Orange der Abendsonne, in das sich blutrote Schlieren mischten.

23

Kein Vogel zwitscherte. Der Lärm der Straße wurde von den Linden verschluckt, die das einstmals herrschaftliche Anwesen wie einen Park umgaben. Drei Meter hohe Gaslaternen standen wie stumme Beobachter zwischen den Bäumen. Stille lag über dem grauen Haus mit den zwei spitz zulaufenden Türmen. Eingeschlagene Fenster, bröckelnde Gurtgesimse. Umgeben von einer zwei Meter fünfzig hohen Mauer, auf der dreifacher Stacheldraht mit Widerhaken und rasiermesserscharfen Klingen aufgezogen war, glich der Bau einer uneinnehmbaren Festung.

Christine lief mit großen Schritten an der rissigen Steinmauer entlang und strich über die Feld- und Backsteine. Jahrzehntealter Grünspan breitete sich pelzig unter ihren Fingerspitzen aus. Zweige knisterten unter ihren Boots.

Hinter ihr tönten die Schritte von Albert und Benno. Die Sonne stand tief über dem Horizont. Gelbe, rote und violette Farbtöne tauchten das Gebäude aus der Kaiserzeit in weiches Licht. Vielleicht noch zwanzig Minuten, dann würden Jupiter und Venus als flimmernde Lichtpunkte am Himmel sichtbar werden, bevor endgültig die Nacht anbrach.

Sie hatten nicht mehr viel Zeit. Christine beschleunigte ihren Gang. Vor einem mindestens hundert Jahre alten, gusseisernen Tor blieb sie stehen. Über dem Eingang hingen schiefe, verrostete Großbuchstaben: HOSPITAL STEIN. Hinter dem Tor erstreckte sich ein verwahrloster Garten mit Wildsträuchern und ausgewucherten Hecken. Ein wackliges Baugerüst und ein Betonmischer standen neben einer Mauer. Ein Parkweg führte auf den Eingang zu. Christine ging in die Knie und tastete mit dem Finger das Schloss ab. »Sieh einer an. Ein modernes Einsteckschloss mit Mehrfachverriegelung.« Sie rüttelte an dem Eisengitter. »Und dann wurde hier auch noch ein Panzerriegel eingezogen. Da wollte aber jemand auf Nummer sicher gehen.«

»Über die Mauer kommen wir auch nicht. Keine Chance.« Albert klopfte gegen den Stein. »Das Anwesen gehört dem Land Berlin. Vandalierende Teenies haben hier nachts Party gemacht. Die hat man mit Schloss und Riegel ausgesperrt. War wohl zu gefährlich, wenn die besoffen durch die Ruine gewandert sind.«

Benno lehnte sich an die Mauer. »Und jetzt hängen die Gören wieder in den Shoppingmalls ab. Toll.« Er schüttelte den Kopf. »Der Kasten hier ist einfach nur gruselig. Und rein kommen wir auch nicht. Was nun?«

»Na, gar nichts. Wir hauen wieder ab. Das bringt doch nichts.« Albert nickte Benno zu. »Oder?«

Natürlich. Christine durchschaute Alberts Strategie sofort. Einfach Kommissar Dom anrufen und abwarten, was seine Beamten ermitteln würden. Das könnte Albert so passen, sich einfach auf höhere Gewalt zu berufen. Mut steht am Anfang jeden Handelns. Er würde es lernen müssen. Gerade wollte sie eine pädagogische Maßnahme einleiten, als wie aus weiter Ferne ein Knacken an ihre Ohren drang. »*Pst!*« Christine hob die Hand. »Hört ihr das auch?« Noch einmal nahm sie das Knacken wahr. Und ein weiteres Mal. Diesmal kam ein Rascheln dazu, wie es nur entstand, wenn sich jemand langsam und mit großer Vorsicht über dichtes Buschwerk und Unterholz tastete.

Albert und Benno blickten sich an.

»Was denn?«, flüsterte Albert. »Ich höre nichts.«

Benno zuckte nur mit den Schultern.
»Ruhe.« Christine stellte den Fuß auf einen zerstörten Betonsockel neben dem Tor und schloss die Augen. Die Geräusche kamen definitiv nicht aus dem Innern des Anwesens.
Das Geraschel erklang in unregelmäßigen Abständen, mal intensiver, mal kaum vernehmbar. Eine Anomalie in der Stille der Abenddämmerung.
»Jetzt höre ich es auch.« Benno schaute sich um.
»Ist vielleicht ein Vogel.«
»Ein mindestens siebzig Kilo schwerer Vogel?« Christine hätte Albert am liebsten gegen die Stirn getippt. »Das ist ein Mensch. Und das Geräusch kommt von dahinten.«
Zwischen Bäumen und Gestrüpp verborgen stand etwas abseits der Mauer ein kleines Pförtnerhäuschen. Mit seinen schiefen Wänden und dem halb abgetragenen Dach wirkte es genauso verwahrlost wie der Rest des Anwesens. Ein gebeugter Mann schlich dort durchs Gebüsch. Unter dem Arm trug er einen zusammengerollten Schlafsack. Er passte perfekt ins Bild der heruntergekommenen Umgebung. Der Mann wandte ihnen den Rücken zu. Offenbar hatte er noch nicht bemerkt, dass er beobachtet wurde.
»Der Typ ist unser Experte. Einen besseren finden wir nicht.« Christine schob Benno und Albert zur Seite und setzte zu einem Spurt an. Geradewegs lief sie auf den Mann zu. Alarmiert von den lauten Schritten warf er einen Blick über seine Schulter und erstarrte. Der Schlafsack fiel auf raschelnde Zweige. Gehetzt schaute er nach rechts und links. Christine konnte seine Fluchtgedanken spüren. Wie ein scheues Tier, das ohne jede Chance war, wich er zwei Schritte zurück, die Arme in Abwehr von sich gestreckt.
»Ich habe nichts getan. Wirklich nicht.« Er leckte sich über die Lippen. »Echt nicht. Ich wollte auch gerade gehen.«

Die flehentliche Stimme des Mannes gab Christine einen Stich. Sie wollte ihm keine Angst machen. Das blaue Hemd des Alten hatte dunkle Flecken. Tiefe Falten zogen sich über sein Gesicht. Die Haut des Mannes wirkte ledrig und war von der Sonne gerötet. Er senkte den Kopf und fuhr sich hektisch über seinen Vollbart.

»Ich bin Christine.« Sie hielt ihm ihre Hand hin.

Der Mann hob die buschigen Augenbrauen. Fünf Sekunden lang starrte er auf die Hand. Dann berührte er sie und drückte ganz sanft zu. »Ich bin Harald.« Er lächelte das Lächeln eines Mannes von der Straße, der den Erhalt seiner zweiunddreißig Zähne längst als überambitioniertes Ziel aufgegeben hatte.

»Harald, ich brauche Ihre Hilfe.«

»Kannst ruhig du zu mir sagen.«

Christine nickte. »Kannst du mir helfen?«

Er kratzte sich an der Stirn. Dabei prüfte er Christine von oben bis unten mit verstohlenen Blicken. »Ist es was Kriminelles? Das wär nicht gut, weil ich …«

»Nein. Ich habe bloß ein paar Fragen.« Das Pförtnerhäuschen mit seinem ramponierten Dach konnte Harald unmöglich Schutz bieten, und doch schien er sich hier aufzuhalten. Das musste einen Grund haben. »Schläfst du hier?«

Harald schüttelte den Kopf und steckte die Hände in seine ausgebeulte, abgetragene Anzughose. »Eigentlich nicht. Ich schlafe dadrinnen, im alten Hospital.«

Sehr gut. Das hatte sie vermutet. »Aber heute nicht?«

Er wandte den Kopf dem Krankenhaus zu und drehte ihn sofort wieder weg. »Dadrinnen brummt heute wieder der Generator. Und wenn der Generator brummt, dann kommen die Männer.« Er beugte sich vor und flüsterte: »Und wenn die Männer kommen, dann haue ich ab.«

»Die Männer?«
Er nickte. »Die glatzköpfigen Männer.«
Nirgends raschelten Zweige, in den Büschen war kein Vogelzwitschern zu vernehmen. Stille. Christines Herz raste. »Sind die Männer schon da?«
Harald schüttelte den Kopf. »Die Männer kommen, wenn es Nacht ist. Aber einer ist immer schon vorher da und macht den Generator an. Dann verschwindet er wieder.«
»Wie viele sind es?«
Er legte den Kopf in den Nacken. »Zwei … drei … Ich glaube, beim ersten Mal waren es fünf.«
Es waren also wirklich mehr als zwei Männer. Und heute Nacht trafen sie sich, hier im alten Hospital. »Die Männer waren öfter hier?«
Harald strich über seinen grauen Vollbart. »Dreimal habe ich sie gesehen. Sie sind durch das Tor da gekommen. Die haben einen Schlüssel.«
Dreimal, ein drittes Opfer? Es war nur ein Verdacht, doch für Christine erhob er Anspruch auf Wahrheit. Die Antworten lagen nur ein paar Meter entfernt hinter dem Eingang des Hospitals. Das Tor war unüberwindbar, und doch hatte Harald einen Weg ins Gebäude gefunden. »Wie bist du denn da reingekommen? Doch sicher nicht über die Mauer, oder?«
Harald schüttelte den Kopf. »Wenn ich es dir erzähle, darfst du es aber nicht weitersagen. Versprichst du's mir?« Er pulte an seinen Fingernägeln herum und blickte zu Boden. »Sonst kommen nur noch mehr Leute hierher, und ich weiß nicht mehr, wo ich bleiben soll.«
»Ich verspreche es dir. Und noch mehr als das.«
»Was denn noch?«
»Ich werde dafür sorgen, dass die Männer nie mehr wiederkommen.«

Er knetete seine Hände und rieb die rissigen Fingerkuppen aneinander. »Das wäre schön. Die machen mir Angst.« Einen Moment lang betrachtete er Christine aus seinen braunen Augen. »Na gut«, sagte er leise wie zu sich selbst. Er ging in die Knie und zog aus seinem zusammengerollten Schlafsack einen Metallstab mit einer hakenförmigen Krümmung am Ende heraus. Der Griff war mit Stoff umwickelt. »Bisschen groß für einen Hausschlüssel, aber den macht wenigstens keiner nach.« Er ging zum Pförtnerhaus und gab ihr ein Zeichen, ihm zu folgen.

Christine setzte sich langsam in Bewegung. Sie wollte Harald nicht verunsichern. Als Albert und Benno ihr folgen wollten, hob sie eine Hand und schüttelte den Kopf. Harald war schon mehrmals über seinen Schatten gesprungen, und die beiden würden ihn nur unnötig verängstigen.

Das Pförtnerhaus war höchstens zwanzig Quadratmeter groß. Alle Fenster waren zugemauert. CAN'T FIX THE PAST stand mit schwarzer Farbe auf einer Wand. Eine Eisentür hing schief in den Angeln. Harald stemmte sich gegen ihre Außenkante, bis sie im rostroten Scharnier ins Lot rutschte. Mit einem metallischen Knarren zog er sie auf und verschwand in dem Häuschen. Christine folgte ihm.

Die untergehende Sonne warf ihr weiches Licht durch das ramponierte Dach. Der Boden war vollständig von Sand und Erde bedeckt. Verkohlte Holzscheite, ein alter Grill und zerstörte Bierflaschen erinnerten an die Reste einer Party. Eine an den Rändern abgebrannte Tageszeitung war um einen angekokelten Ast gewickelt.

Unter einem zugemauerten Fenster hakte Harald den Eisenstab in den Boden ein, lehnte sich mit seinem ganzen Körpergewicht zurück und zog mit leisem Stöhnen an der Stange. Eine Luke ragte aus dem Boden. Dumpf fiel sie in den Sand.

Staub wurde aufgewirbelt. Kleine Partikel stiegen auf und kitzelten Christine in der Nase. Der Luke entströmte ein Geruch von Moder, altem Öl und abgestandener Luft.

»Das ist er. Der Gang führt direkt in den unterirdischen Bunker vom Hospital. Den Schutzraum haben die im Zweiten Weltkrieg gebaut. Für die Patienten.« Harald zeigte mit ausgestrecktem Finger nach oben in den Himmel. »Die hatten Angst, dass das Haus bei einem Bombenangriff über ihnen zusammenbricht. Deswegen gibt es den Fluchtweg hier.«

Christine trat an die eins fünfzig breite Luke. Streben aus Eisen, verankert im Mauerwerk, führten hinab in die Tiefe.

Harald beugte sich über die Öffnung im Boden. »Der Gang da unten ist achtzig Meter lang. Du musst sehr, sehr vorsichtig sein. Ich hau jetzt auch lieber ab.«

»Keine Sorge.« Christine zog eine Stablampe aus ihrer Hosentasche und drückte den Kippschalter. Der Strahl fraß sich durch die Schwärze. Rostige Streben saßen schief im Mauerwerk. Rissige Betonwände mit Spinnennetzen blitzten im Licht auf. Am Boden lag ein Sandsack, der wohl einen Sturz abfedern sollte. »Ich bin vorsichtig. Und die Männer kommen heute zum letzten Mal. Da kannst du sicher sein, Harald. Sie werden nicht mehr zurückkehren, nie wieder.«

Ratten huschten durch den zwei Meter breiten unterirdischen Gang. Ihre roten Augen blitzten im Schein der Lampe kurz auf. Genauso schnell waren sie wieder verschwunden. Zerschlissene Autoreifen, leere Benzinkanister und zerfetzte Seile lagen auf dem Betonboden. Spuren von Ruß zogen sich über die Wände. Eine Plakette an der Wand ließ einen Pfeil sehen, der in beide Richtungen zeigte. 40 METER stand unter dem Symbol in schwarzer Frakturschrift.

Die Hälfte der Strecke hatten Christine, Albert und Benno

geschafft. Weiter. Schneller. Christine wollte keine Zeit verschwenden. Die Nacht war fast da, und mit ihr kamen die Männer. Sie stieß mit der Schuhspitze eine leere Konservendose an, die mit einem Scheppern durch den Gang rollte. Das Geräusch wurde von den Wänden wie ein diffuser Schall reflektiert. *»Merde.«*

Albert und Benno schwiegen. Vor allem Albert war in eine merkwürdige Stille verfallen, seit sie durch die Luke gestiegen waren. Wie in einer inneren Starre war er Christine gefolgt. Sicher legte er sich gerade Dutzende Argumente zurecht, die den Sinn dieses Unterfangens hinterfragten.

Benno hingegen wirkte entschlossen. Immer wieder überholte er Christine im Gang. Er wollte Nanas Mörder stellen, unbedingt, und er ahnte offenbar, wie nah er seinem Ziel gekommen war. Gut, dass er dabei war. Christine beschloss dennoch, ihre beiden Partner nicht aus den Augen zu lassen.

Sie stiegen über alte Kupferkabel, die quer über dem Boden lagen. In gebückter Haltung mussten sie unter einem Stahlträger durchkriechen, der von der Decke hing. Eine vergilbte weiße Tür mit zersplittertem Holz lehnte an einer Wand. Christine konnte das Wort RÖNTGEN entziffern. Bilder einer anderen Zeit wurden in ihr lebendig: Krieg. Patienten, die sich durch die Gänge schleppten. Ärzte, die ihnen unter dem Getöse einschlagender Bomben den Weg wiesen. Vibrierende Wände, laute Rufe, Schmerzschreie … Vor über siebzig Jahren war dieser Gang die letzte Hoffnung der Menschen im Hospital gewesen. Heute war der Tunnel unter der Erde nur noch eine Schwachstelle im perfiden System einer Mörderbande. Der Gang machte einen scharfen Knick nach links, das Ende war erreicht. Im harten Licht der LED-Lampe zeigte sich eine Eisentür mit einem Hebel und dem Schriftzug GASSCHLEUSE.

Benno schob sich an Christine vorbei, nickte ihr zu und drückte den Riegel nach unten. Hinter der Eisentür befand sich eine weitere Tür, die er ohne Probleme aufstieß. Über rostige Metallsprossen erreichten sie eine Luke. Benno streckte einen Arm aus und stemmte die Bodenluke im Strahl von Christines Lampe auf. Sprosse für Sprosse zog er sich mit einer Hand empor und verschwand im schwachen Licht des darüberliegenden Raumes. Christine folgte ihm. Oben angekommen, reichte sie dem hinter ihr kletternden Albert die Hand, doch er ignorierte ihre Hilfe und stieg alleine aus der Öffnung im Boden.

Versiffte Matratzen, ein zerschlagenes Handwaschbecken, auseinandergefallene Bettgestelle und eine Personenwaage aus weißem Gusseisen waren im roten Licht der untergehenden Sonne zu sehen.

»So. Schön. Wo sind wir hier jetzt eigentlich?« Albert klopfte den Staub von seiner Jeans.

»In einem Patientenraum im Erdgeschoss.«

»Was ist der Plan?« Benno lehnte sich gegen eine rissige Wand. Er ließ Christine nicht aus den Augen.

»Wir müssen den Raum finden, in dem die Frauen ermordet wurden. Das ist unser erstes Ziel.«

»Schwierig.« Albert schüttelte den Kopf. »Wo fangen wir an?«

»Nein, nicht schwierig. Das ist leicht.«

Albert stützte sich mit einer Hand auf das Emaillebecken und blickte aus dem Fenster. Zu viele unkalkulierbare Risiken.

Er war kein Spieler, er verabscheute das Ungewisse, so gut kannte ihn Christine. »Erinnere dich, Albert. Auf Nanas Handyvideo haben wir Dachbalken gesehen. Also muss sich der Raum im obersten Stockwerk des Hospitals befinden.«

»Logisch.« Benno nickte.

»Und was machen wir, wenn die Maskierten eintreffen?« Albert streckte Christine die offenen Handflächen hin.
Sie griff nach seinen Händen. »Dann wirst du uns warnen. Einer von uns muss hierbleiben und das Tor bewachen. Ich gehe mit Benno nach oben. Du hältst uns den Rücken frei. Bei Gefahr verschwindest du in den Gang.« Und außerdem war Albert so in Sicherheit, falls es zu einer Auseinandersetzung kommen sollte.
»Bist du verrückt geworden? Ich lasse dich nicht allein losziehen. Auf gar keinen Fall.« Er packte Christine am Arm. »Nein. Niemals. Hörst du?« Zersplittertes Glas knirschte unter seinen Füßen. Sein Atem ging schwer und unregelmäßig.
Christine löste sich aus seinem Griff und trat an eines der beiden Fenster. Sie legte die Hände auf das bröcklige Mauerwerk. Die Abendluft drang würzig und erdig durch die zerstörten Scheiben. »Wir brauchen dich hier. Das ist die beste Position, um das Tor unbemerkt zu beobachten. Es ist perfekt. Wenn die Maskierten kommen, schickst du uns eine Nachricht aufs Handy.«
Albert trat mit dem Fuß gegen ein Bettgestell. Der Metallrahmen krachte gegen die Mauer, Mörtel rieselte auf den Boden. »Das ist Wahnsinn! Warum rufen wir jetzt nicht Kommissar Dom an? Wir haben doch seine Nummer.«
»Weil er unter Zeitdruck mit seinem Ermittlerteam so viel Staub aufwirbeln würde, dass er die Maskierten vertreiben könnte.« Christine drehte sich auf dem Absatz um. »Du rufst Dom an, sobald die Männer im Haus sind. Dann haben wir sie. Wir müssen sie bei der Tat schnappen. Ich gebe dir das Zeichen.«
Albert riss an den Kordeln seines Kapuzenshirts und drehte sie um seine Finger. »Warum kann Benno nicht hier warten? Warum nicht er?«

Benno trat neben Christine ans Fenster und baute sich zu seiner vollen Größe auf. »Weil ich eine Kampfausbildung bei der Bundeswehr absolviert habe.« Er zog einen Stab aus seinem hinteren Hosenbund. »Und weil ich nicht unbewaffnet zu einer Keilerei gekommen bin.« Mit einer schnellen Bewegung ließ er seinen Teleskopschlagstock ausfahren. Die drei Glieder aus Gummi rasteten mit einem stumpfen Ton ein.
»Mein Gott. Und das soll mich beruhigen?« Albert ließ seinen Blick zwischen Christine und Benno hin und her wandern, als wären sie Fremde, denen er zum ersten Mal begegnete. »Christine, wenn das hier vorbei ist, müssen wir reden.«
Sie ging zu ihm und legte beide Arme um seine Schultern. Albert umfasste sie und drückte sie so fest an sich, als wollte er sie nie wieder loslassen. Mit der Stirn berührte Christine sein Kinn. »Wir schaffen das. Ich verspreche es dir.«
»Warum? Warum musst du immer alles selbst machen? Warum kannst du nie aufhören?« Er sprach mit leiser Stimme. »Sag es mir, Christine.«
»Weil wir die Männer stoppen müssen. Egal wie.«
»Aber du hast doch gesehen, wozu diese Typen fähig sind. Ich will dich nicht verlieren.«
»Das wirst du auch nicht.« Sie brachte nicht mehr als ein Flüstern zustande. Christine löste sich aus Alberts Umarmung und wandte sich ab. Der Knoten in ihrem Hals nahm ihr fast die Luft zum Atmen. Sie gab Benno ein Zeichen und verließ den Raum, ohne sich umzudrehen.

24

Verfaulte Dachsparren, verfallene Erkervorbauten in Naturstein, zersplitterte Fliesen an den Wänden – das Hospital hatte seinen letzten Atemzug vor langer Zeit getan. Christine und Benno passierten eine Müllverbrennungsanlage im Seitentrakt und liefen durch einen Apothekenraum mit riesigen Glasschränken, deren zersplitterte Scheiben im Strahl der Lampe aufblitzten. In den Gängen roch es nach Rauch und Moder.

Sie durchquerten einen leeren Speisesaal, gingen durch eine Säulenhalle mit Dreiecksgiebeln und entdeckten eine geschwungene Freitreppe, über die sie in den zweiten Stock des Hospitals gelangten. Ein langer Gang ohne Fenster erstreckte sich vor ihnen. Der Dachstuhl über ihren Köpfen war an vielen Stellen abgetragen. Zersplitterte Ziegel lagen am Boden. Die Sonne war untergegangen. Die Farbe der Nacht senkte sich über das Hospital.

Christine dimmte ihre Lampe und schwenkte den Strahl durch die Finsternis vor ihr. Ein verrostetes, altmodisches Dreirad tauchte in dem schwachen Lichtkegel auf. Ein aufgeplatzter Lederball lag auf dem Boden. Sie waren auf der Kinderstation.

Zwölf Räume zählte Christine, auf jeder Seite des Ganges sechs. Nur ein Zimmer hatte eine intakte und geschlossene Tür. »Das könnte es sein.« Sie tippte Benno auf die Schulter und zeigte auf das Zimmer auf der linken Seite.

Er nickte. »Ist mir auch aufgefallen.«

Sie tasteten sich über knirschendes Glas auf dem verstaubten

Parkett. Je näher sie dem Raum kamen, desto deutlicher vernahm Christine ein elektrisches Brummen. »Der Generator. Er ist aktiviert. Harald hatte recht. Aber wofür brauchen die den?«

Vor der geschlossenen Tür blieben sie stehen. Das Brummen war zu einem flirrenden Basston angeschwollen, der sich auf die Wände übertrug. Die Türklinke aus Messing lag kalt in Christines Hand, als sie sie nach unten drückte. »Abgeschlossen. War ja klar.« Sie rüttelte an der Klinke. »Ein Stahlschloss. Da geht nichts.«

Benno drückte mit den flachen Händen gegen die Tür und stemmte sich mit der Schulter dagegen. »Die ist von innen verstärkt. Sehr seltsam.«

Christine ließ den Strahl ihrer Lampe über die Tür gleiten. »Durchaus plausibel. Hier soll niemand rein. Wir sind richtig, keine Frage.«

Ohne Gewalt ließ sich nichts ausrichten. Doch wenn die Tür aufgebrochen war, wussten die Maskierten, dass sich unangemeldeter Besuch im Hospital befand. »Der Raum nebenan, lass uns den mal anschauen.« Christine sprang über ein paar zerbröckelte Mauersteine und betrat das Zimmer rechts daneben.

Die Aura völliger Zerstörung lag über dem gesamten Raum. Elektrische Leitungen waren auf dem Mauerwerk verlegt, doch sie erweckten nicht den Anschein, als würde noch ein Funken Strom durch sie fließen. Glasurklinker zeigten sich unter Wänden, von denen der Putz bröckelte. Zersplitterte Reagenzgläser waren überall auf dem Eichenparkett verstreut. Hinter einem großen Fenster ohne Scheiben klaffte die Dunkelheit. Draußen an der Hauswand hingen zwei Fensterläden aus Eisenblech schief im Scharnier. Die angrenzende Wand zu dem verschlossenen Zimmer wies Löcher auf und war zum Teil mit Holzlatten vernagelt.

Christine ließ ihre Hände über die Bretter gleiten. »Die Spalten zwischen den Latten sind mindestens vier Zentimeter breit. Das reicht.« Sie schob das Kopfende ihres Strahlers durch den Zwischenraum und leuchtete ins Zimmer hinüber. Der Strahl ihrer Lampe glitt über eine Metallliege. Das Gestell stand in aufrechter Position in der Mitte des Raumes. Davor befanden sich vier leere Holzstühle mit Armlehnen, wie geschaffen für ein medizinisches Auditorium. Der Raum war ungefähr sechzig Quadratmeter groß. Im Gemäuer neben Christine knackte etwas. Eine Glasröhre zerbarst unter ihrem Schuh.

»Das ist es. Wir sind hier richtig.« Sie ließ den Strahl kreisen. Schwarze Vorhänge flatterten vor den Fenstern. Eine gusseiserne Badewanne auf drei Beinen stand davor. Überall zogen sich alte Holzregale schief an den Wänden entlang. Vielleicht war das Zimmer in längst vergangenen Tagen als Lagerraum genutzt worden. Christine schwenkte ihre Lampe so weit nach oben, wie es die Latten zuließen. Da war eine brüchige Treppe mit fehlenden Stufen. Sie führte hinauf zu einer Empore, die teilweise eingestürzt war. »Von dort oben muss Nana das Handyvideo aufgenommen haben.«

Benno blickte über Christines Schulter. »Jetzt müssen wir nur noch auf die Herren warten, die da gleich Platz nehmen werden. Und dann haben wir sie.«

Die leisen Vibrationen in Christines hinterer Hosentasche ließen sie zusammenzucken. Sie zog ihr Handy hervor. Eine Nachricht von Albert: *Mann mit Rollkoffer kommt durch Tor,* stand auf dem Display. Christine griff nach Bennos Arm. »Wir müssen nicht warten. Der Erste ist schon unterwegs.«

Weit unter ihnen im Gebäude setzte ein elektrisches Surren ein. Ein Knirschen und Quietschen erfüllte das Hospital.

»Das kommt von links.« Christine schwenkte ihre Lampe

durch den benachbarten Raum, sie ließ das Licht über Stühle und Wände wandern. In einer Ecke neben dem Eingang flackerte eine rote Lampe. Daneben befand sich eine rostige Schiebetür. »Ein Fahrstuhl. Der Typ kommt mit dem Lift zu uns hoch.«

»Jetzt wissen wir wenigstens, wofür der Generator gut ist.«

Christine machte zwei Schritte nach hinten. Mit der Längsseite ihres Schuhs schob sie Glassplitter und Schutt vor den vernagelten Brettern zur Seite. Die Männer durften ihren Beobachtungsposten auf keinen Fall entdecken. »Schnell, Benno, hilf mir. Wir dürfen hier keine Geräusche machen, sonst fliegen wir auf.«

Das Knirschen im Fahrstuhlschacht wurde lauter. Der Aufzug rumpelte, Seile ächzten.

Benno nahm ein rissiges Brett, das an der Wand lehnte, und zog es in einer ausfächernden Bewegung wie einen Besen über den Boden. Ein Haufen Trümmer blieb zurück.

Aus dem Zimmer nebenan ertönte ein mechanisches Rucken, dann das Klickgeräusch des Einrastens einer Fahrstuhlkabine. Christine leuchtete wieder in den Raum. Das rote Licht neben dem Lift blinkte nicht mehr. Sie knipste ihre Lampe aus und schob Benno aus dem unmittelbaren Bereich der Bretter. »Geh in den toten Winkel. Stell dich nicht direkt vor die Holzlatten.«

Wie Christine, so trat auch Benno zwei Schritte beiseite. Sie nickten sich zu und spähten durch die Schlitze in den Brettern. Die Fahrstuhltür öffnete sich, und eine Gittertür wurde zur Seite geschoben. Im fahlen Licht der Fahrstuhlbeleuchtung trat ein kahlköpfiger Mann in schwarzem Hemd, schwarzer Hose und mit Handschuhen ins Zimmer. In den Armen balancierte er einen dunklen, glänzenden Schrankkoffer über die Schwelle des Lifts. Christine erkannte die artifizielle Maske aus Nanas Handyvideo sofort wieder. Ein starres Gesicht, so glatt, als sei alles Lebendige aus diesem Antlitz entflohen.

Der Maskierte drückte einen Schalter an der Wand. Drei Glühbirnen, die an schwarzen Kabeln von der Decke hingen, tauchten das Zimmer in ein weiches gelbliches Licht. Er blickte zur Decke hinauf und verharrte. Dabei atmete er tief ein und legte den Kopf in den Nacken. Er streichelte den aufrecht stehenden Koffer, liebkoste ihn wie den Körper einer Geliebten. Erst im Licht der Lampen erkannte Christine ihren Irrtum. Nein, das war kein Schrankkoffer. Ein Kontrabasskoffer stand vor dem Maskierten. Er neigte den Kopf vor und raunte dem geschwungenen Gehäuse unverständliche, sanfte Worte zu.

Seine zärtlichen Berührungen, seine gefühlvolle Sprache – das nächste Opfer des Mannes war in diesem Koffer gefangen. Kein Zweifel. Christine sog scharf die Luft ein, was Benno nicht entging. Er blickte sie kurz an, deutete ein Nicken an und wandte sich wieder dem Geschehen im Nachbarraum zu. Offensichtlich hatte er dieselbe Schlussfolgerung gezogen.

Der Maskierte griff in beide Hosentaschen. Eine Sekunde später lag ein Schlüsselbund in seiner Hand, in der anderen hielt er eine Taschenlampe. Geräuschlos und fast schlendernd ging er auf die Tür zu.

Verdammt. Christine erkannte die Gefahr sofort. Der Mann wollte hinaus in den Gang, wahrscheinlich, um einen prüfenden Blick in die umliegenden Räume zu werfen. Durch die Schlitze zwischen den Brettern fiel Licht auf Bennos Gesicht. *Was nun?*, formte er stumm mit den Lippen.

Der Mann mit der Maske drehte den Schlüssel im Schloss um und schwenkte den schweren Riegel über der Tür nach oben. Christine wandte sich um und scannte das Patientenzimmer, in dem sie sich befanden. Eine alte Matratze. Ein aufgeschlitzter Stuhl. Bretter und Schutt. Hier gab es kein Versteck für zwei Personen. Keinen Schrank. Keine Nischen. Der Maskierte würde sie sofort entdecken, wenn er den Raum betrat. Sie standen hier wie auf einer offenen Lichtung.

Die Tür im Zimmer nebenan wurde geöffnet. Rostige Scharniere knirschten. Das Parkett knarrte. Schritte ertönten im Gang.

Ein unregelmäßiges Flackern setzte vor dem Fenster ein. Die Gaslaternen im Park sprangen an. Ihr unruhiges Licht fiel ins Hospital. Das Fenster ... Christine legte einen Finger auf die Lippen und zog Benno am Arm. Das Fenster war ihre einzige Chance. Die Vorderfront des Hospitals wies an der Außenfassade ein breites Gesims aus angeschrägten Platten auf. Wenn auch die Rückseite des Hauses damit ausgestattet war, konnten sie sich dort verbergen. Auf Zehenspitzen stieg Christine über die Trümmer am Boden. Benno folgte ihr. Sie deutete nach draußen, und er verstand sofort. Unter Christines Füßen knackte es. Jedes Geräusch ließ sie zusammenfahren. *Luft anhalten. Weiter. Nur noch acht Schritte.* Christine drückte sich an der Wand entlang, ertastete die Risse im Mauerwerk unter ihren Fingerspitzen und erreichte das Fenster. Sie streckte den Kopf durch den zerstörten Fensterrahmen: Ein Gurtgesims verlief angeschlagen und bröcklig über die Außenfassade. Sie atmete auf. Wenn sie sich an die Hauswand pressten, konnten sie darauf stehen. Ein falscher Tritt, und sie würden zehn Meter in die Tiefe stürzen. Die Gaslaternen im Park brannten nun in voller Helligkeit. Christine blickte sich um. Ein anderes Versteck gab es nicht.

Sie kletterte über den Heizkörper auf den Vorsprung und hob ein Bein über den Fensterrahmen. Christine ertastete das Sims an der Außenfassade mit der Schuhspitze. Da spürte sie einen stechenden Schmerz im Oberschenkel. Die Reste der gesplitterten Scheibe, die noch im Holzrahmen steckten, bohrten sich durch ihre Jeans und in ihre Haut. Christine biss sich auf die Lippen, während der Schmerz durch Muskeln und Sehnen schoss. *Nicht aufgeben. Nicht jetzt.* Benno hielt sie an der Hüfte fest, und so fand sie auch mit dem zweiten Bein Halt. Sie klammerte sich an einen Fensterladen und konzentrierte sich auf ihr Gleichgewicht. Alles andere war hier draußen tödlich. Mit der Brust presste sie sich an das Gemäuer.

Über Bennos Schulter sah sie den Lichtstrahl, der im Innern des Hospitals durch den Gang glitt. Benno kletterte nach draußen. Er war größer, breiter und schwerer als Christine. Sie deutete nach links, dort war auf dem Gesims noch Platz. Er verstand ihr Zeichen und tastete sich mit ausgestreckten Armen an der Wand voran. Christine pochte das Herz bis zum Hals. Zentimeter um Zentimeter schob sie sich nach rechts. Die Kälte des Gemäuers drang an ihre Haut. Aus der abgeschlagenen Fassade ragten spitze Steine hervor, die ihr in die Wange stachen. Sie blickte über die Schulter. Der Park lag zu ihren Füßen. Eine Windböe strich über ihren Nacken.

Im Innern des Zimmers ertönten Schritte. Der Lichtstrahl wanderte über den Fensterrahmen und verharrte dort. Die Fußtritte auf dem Parkett verstummten. Das Handy in Christines Hosentasche vibrierte einmal. Noch einmal. Viel zu leise, um drinnen hörbar zu sein, und doch laut genug, um ihnen gefährlich zu werden. Die Schritte kamen näher. Stille. Zwei behandschuhte Hände legten sich auf den Fensterrahmen. Christine atmete nicht. In ihren Ohren rauschte das Blut. Benno griff nach hinten in seinen Hosenbund. Kurz darauf lag der Schlagstock in seiner geballten Faust. Christine winkelte ihren linken Ellbogen an. Sie würde zuschlagen, wenn der Maskierte seinen Kopf durch den Rahmen des Fensters steckte. *Eins. Zwei.* Innerlich zählte sie die Sekunden mit. *Drei. Komm schon. Ich warte.*

Die behandschuhten Hände hoben sich, schwebten wie körperlos in der Luft. Dann wurden die Fensterläden zugezogen. Ein Riegel rastete ein. Knirschende Schritte waren im Zimmer zu hören. Sie wurden leiser und erstarben schließlich ganz.

Das war knapp gewesen. Viel zu knapp.

Der Maskierte hatte sie ausgesperrt. Sie waren auf dem Sims gefangen. Christine lehnte an der bröckligen Wand und holte tief Luft.

Benno presste seine Stirn gegen das Gemäuer. »Was nun? Wenn die uns jetzt erwischen, sind wir erledigt«, flüsterte er. »Wir haben hier draußen keine Chance.«

Benno hatte recht. Auch im Raum nebenan waren die Fensterläden zugezogen. Das Gurtgesims schimmerte gräulich im Licht der Gaslaternen. Der Stein war an vielen Stellen beschädigt. Die Feuchtigkeit der Jahrzehnte hatte ihn zerstört. Über dieses Sims würden sie kein anderes Fenster erreichen, durch das sie ins Hospital zurückklettern konnten. Eine Sackgasse.

Christine ertastete die fingerbreite Mittelfuge zwischen den Fensterläden. Der Riegel war fest eingerastet. Feiner Staub rieselte über ihre Hand. Sie rieb die Finger gegeneinander. Rost – er hatte sich durch das Eisen gefressen. »Kannst du den Riegel mit deinem Schlagstock aufhebeln? Das Eisen ist kräftig korrodiert.«

Benno hatte jede ihrer Bewegungen verfolgt. »Vielleicht. Aber wenn ich zu laut bin, dann können wir einpacken.«

»Dann sei eben leise.«

»Das dauert aber länger.«

»Fang einfach an.«

Wieder vibrierte Christines Handy. Sie klammerte sich mit einer Hand an den Fensterladen, mit der anderen zog sie das

Gerät aus der Hosentasche. Sie klickte sich durch Alberts Nachrichten. *Drei Männer. Sehen alle gleich aus. Sind vorm Tor.* Und weiter: *Sie werden reingelassen und kommen rauf zu euch.*

War das der Moment, in dem sie Tobias Dom kontaktieren sollte? Das Gewicht des Handys lag schwer wie ein Ziegelstein in ihrer Hand. Da hörte sie das Klappern im Fahrstuhlschacht.

»Sie kommen, Benno.«

Selbst im Licht der Gaslaternen sah sie das Beben seiner Nasenflügel. Er setzte den Schlagstock unter dem Riegel an und bewegte ihn vorsichtig hin und her. »Das wird nicht einfach. Aus dieser Position kann ich kaum Druck ausüben.«

»Mach weiter.« Sie streckte ihren Fuß nach rechts. »Ich will wissen, was die Typen jetzt machen. Vielleicht kann ich was sehen.«

»Mann, sei bloß vorsichtig.«

Christine schob sich an der Wand vorwärts, bis sie das Fenster zum Nachbarzimmer erreichte. Unter ihren Schuhen bröckelten kleine Steine aus dem Gesims. Putz rieselte über ihre Arme. Die Lamellen der Fensterläden waren an einigen Stellen verbogen. Durch die Schlitze des Blechs fiel Licht. Christine beugte sich vor. Durch die defekten Lamellen konnte sie weite Teile des Raumes überblicken, doch immer wieder nahm ihr der schwarze Vorhang die Sicht. Der dünne Stoff flatterte am Fenster hin und her. Sie verlagerte ihr Gewicht auf das rechte Bein, als das Knirschen der Fahrstuhltür ertönte.

Wieder trat der Maskierte in Schwarz aus dem Lift, und mit ihm drei Männer. Sie sahen alle gleich aus: kahlköpfig, glatte Gesichtspartie, dunkle Kleidung – als wären sie bei einem genetischen Laborexperiment gezüchtet worden. Masken.

Schweigsam setzten die Männer sich auf die Holzstühle und legten die Arme auf die Lehnen, wie Christine es von den Besuchern einer Oper erwartet hätte.
Der Mann mit dem Kontrabasskoffer stand in der Mitte des Raumes und deutete eine Verbeugung an. Er ging auf das glänzende Gehäuse zu, wobei er die Sekunden hinauszögerte, als würde er einer inneren Dramaturgie folgen.
Christine tippte eine SMS an Albert in ihr Handy. *Ruf Dom an. Sofort.*
Da klappte der Mann in Schwarz den Deckel des Kontrabasskoffers auf.

25

Das Licht. So hell. Flirrende Kugeln schwebten über Claudia und verströmten ihre gleißenden Strahlen. Ihr verschwamm die Sicht. Der Kontrabasskoffer war offen, die Dunkelheit lag hinter ihr. Sie blinzelte. Die Konturen wurden schärfer. Da waren drei Glühbirnen über ihr. Sie kniff die Augen zusammen, und es war, als hebe sich ein dichter diffuser Nebel. Im Raum befanden sich vier Männer. Nein, immer dasselbe glatzköpfige, gefühllose Gesicht. Eine Täuschung, anders ließ sich nicht erklären, was sie da vor sich sah. Claudia kratzte mit den Fingernägeln tiefe Rillen in die Samteinlage des Koffers. Mark, wo war Mark?

»Nimm meine Hand, Claudia«, hörte sie seine Stimme ganz nah.

Die Bilder wurden klarer. Die Worte kamen aus dem Mund des Glatzköpfigen rechts neben ihr. Es war keine Illusion, nicht das Resultat fehlgeleiteter Sinne. Das hier war die Realität. Vier Männer. Einer von ihnen war Mark. Masken. Sie alle trugen dasselbe falsche Gesicht.

Claudia wankte aus dem aufrecht stehenden Koffer. Sie war nackt, schutzlos. Jeder Schritt tat weh. Auf dem Eichenparkett lagen die scharfen Splitter zerstörter Wandfliesen. Eine alte Badewanne stand auf drei Beinen, als würde sie gleich umkippen. Ein angeschlagenes Waschbecken aus Emaille hing an der Wand, darunter stand ein kleiner Kühlschrank. Ein verbeulter grüner Verbandskasten, zerstörte Fensterrahmen und Spiegel waren auf dem Boden verteilt. Und über ihr diese Glühbirnen. Sie tauchten den Raum in schmutzig gelbes Licht.

Drei Männer saßen reglos auf ihren Holzstühlen und beobachteten Claudia so entspannt, als würden sie einen sonnigen Tag in einem Café genießen und vorbeiziehende Menschen betrachten. Der Mann ganz links war der größte von den dreien. Sein Körper wirkte drahtig, fast dürr. Er war das genaue Gegenteil von seinem Sitznachbarn, dessen Bauch sich unter dem Hemd abzeichnete und über dem Gürtel hing. Der Mann ganz rechts trug einen dunkelblauen Anzug. Normaler Körperbau. Eine Hand verbarg er unter seinem Sakko, als ob er einen Gegenstand unter dem Stoff ertastete.

Etwas abseits stand ein vierter Stuhl. Er war leer.

Nur einen Moment lang überlegte Claudia, die Hände vor ihren Brüsten zu überkreuzen. Doch es spielte keine Rolle mehr.

»Niemand darf Sie berühren. Das sind unsere Regeln.« Mark nahm ihre Hand. Claudia verkrallte sich in seinen Fingern. Sie wusste, dass sie sich selbst betrog. Mark würde sie töten, und die Männer in den dunklen Anzügen schauten ihm dabei zu. Das war der Deal.

Er schob sie vor die Stuhlreihe. In einem Abstand von zwei Metern blieb Claudia vor den Männern stehen. Fremde Augen musterten ihren nackten Körper. Sie spürte Marks Finger an ihrem Hals. Mit streichelnden, fast liebevollen Bewegungen berührte er ihre Haut mit seinem dünnen Seidenhandschuh. Trotz der sommerlichen Wärme wurde ihr kalt. Wie aus weiter Ferne, als würde sie über ihrem Körper schweben, nahm sie Marks Berührungen und das Geschehen vor sich wahr. Die bleichen Masken und dunklen Anzüge verschwammen vor ihren Augen.

Vor drei Jahren war Claudia bei einem Autounfall verletzt worden. Die harte Bremsung, das knirschende Blech – der plötzliche Aufprall hatte sie fast durch die Windschutzscheibe geschleudert. Damals rotierten ihre Gedanken wie in einem angenehmen Schwindel, der sie in seine Arme schloss. Der Moment bevor sie in Ohnmacht fiel, war befreiend gewesen. Sie hatte die Schwere ihres Körpers hinter sich gelassen. Im Krankenhaus wachte sie wieder auf. Ihre Mutter hielt ihre Hand. Claudia war zurückgekehrt ins Leben. Aber davor hatte sie dieses Gefühl der Leichtigkeit empfunden. Fast hatte sie es vergessen, doch jetzt setzte die Erinnerung daran wieder ein. Die Bilder könnten ihr die Angst nehmen – vor Mark und den schweigenden Männern. Vor ihrem Tod. Doch es wäre nur Selbstbetrug. Claudia konnte sich nicht so einfach austricksen.

»Meine Herren, dies ist die letzte Aufführung. Und ist sie nicht *schön?*« Mark strich über Claudias Stirn. »Ist sie nicht *besonders*? Das Finale hat begonnen. Genießen Sie es.« Seine Worte wurden von den Wänden zurückgeworfen.

Die drei Männer auf den Stühlen nickten synchron. Ihre Gesten erschienen wie ein einstudiertes Ritual.

Mark zog sie zu einer aufrecht stehenden Metallliege mit einer Matratze, die wie eine weiße Wand wirkte. Braune, rissige Lederriemen waren an dem chromfarbenen Gestell befestigt. Ein Metalltritt befand sich am Fußende der Liege, ähnlich einer Stufe, die Claudia emporsteigen musste. Das hier waren ihre letzten Sekunden, bevor sie angeschnallt wurde.

Bewegungslos. Aufgeben. Flucht. Losreißen. Laufen. Gedanken kamen und gingen. *Fort von hier*. Doch wohin?

Hinter den Männern zeichnete sich die rostige Schiebetür eines Fahrstuhls ab. Aber bevor Claudia auch nur eine Chance hatte, den Aufzug zu erreichen, würden acht Hände nach ihr greifen und sie zurückzerren. Ein sinnloser Gedanke.

Doch der Raum musste auch einen Eingang haben. Tatsächlich erkannte sie links von sich eine Tür, die mit einer Eisenplatte verstärkt war. Ein Querriegel lag darüber, darin ein

Schloss, in dem ein Schlüssel steckte. Zehn Meter trennten sie von der Tür. Sie musste schneller als Mark sein und an den Männern vorbeirennen. Es war unmöglich, aussichtslos.
Ein großes Loch im Gemäuer, direkt hinter der Liege, war von der anderen Seite mit Holzlatten vernagelt. Mit Gewalt und Zeit ließe sich die Öffnung mit den Brettern sicher aufbrechen. Beides besaß Claudia nicht.
Da bemerkte sie das leichte Flattern des Vorhangs. Der Wind strich von draußen über den schwarzen Stoff, warf ihn in Wellen. Dahinter musste ein Fenster sein. Claudia wusste nicht, in was für einem Gebäude und in welchem Stockwerk sie sich befand. Aber wenn sie schnell genug war, konnte sie womöglich aus dem Fenster springen. Nach unten, in die Tiefe. Vielleicht würde sie diesen Sprung nicht überleben. Doch hier in diesem Raum gab es für sie kein Vielleicht mehr, sondern nur noch eine Gewissheit: den Tod.
Marks Schuhe knarrten neben ihr. »Es ist zu spät für all das, Claudia. Der Moment ist längst verstrichen.« Er brachte seine Lippen ganz nah an ihr Ohr. »Du wirst keinen Schmerz spüren. Du hast mein Versprechen. Ich halte es aber nur, wenn auch du dich an die Regeln hältst.« Er legte einen Finger an ihr Kinn. »Nur dann.« Seine blauen Augen hinter der Maske waren auf sie gerichtet. Er durchleuchtete sie, wollte ihre Reaktion erahnen. Claudia konnte seine Gedanken spüren.
Ein Holzstuhl knirschte. Das Hupen eines Autos ertönte in weiter Ferne. Ein Generator brummte irgendwo im Haus.
Als Claudia auf die Liege stieg und das kühle Metall unter ihren Füßen berührte, kehrte Ruhe in sie ein. Die Männer auf den Stühlen beugten sich gleichzeitig vor. Mark band die Lederriemen um ihre Handgelenke. Das Metall der Schnallen presste sich kalt in ihre Haut. Er ging in die Knie, zog die Gurte erst über ihr rechtes, dann über ihr linkes Fußgelenk.

Er streichelte über ihre braun lackierten Zehen, vielleicht, um sie zu beruhigen. Das Leder saß stramm, doch es schmerzte nicht. Mark hielt sein Versprechen. Er legte den breiten Gurt über ihre Hüfte, zog ihn durch die Schnalle und schob den Dorn durch das kleine Loch im Leder. Die Matratze schmiegte sich weich an Claudias Rücken. Mit den Zehenspitzen schob sie ihren Körper ein wenig höher. Mehr Bewegungsspielraum blieb ihr nicht.

Mark wandte sich den Männern zu. Unter seinem Hinterkopf mit der fleischfarbenen Maske bildeten sich in Halshöhe kleine Falten. Schweißflecken zeichneten sich unter den Achseln seines Hemdes ab. »Es ist so weit. Wie immer beginnen wir mit *Mir ist, als ob ich alles Licht verlöre.*« Er drehte sich wieder zu Claudia um. »Bitte …«

Das war ihr Zeichen. Sie senkte den Kopf, holte Luft und blickte den drei Männern direkt in die Augen. Sie würde keine Schwäche zeigen. Sie hätte in Tränen ausbrechen und schreien können. Es war sinnlos. Das hier war das Ende. Sie sah Johannes vor sich, wie er durch die Tür ihrer Wohnung von ihr gegangen war. Sie sah sich in der Sonne auf den Treppen am Lietzensee sitzen. Sie sah einen blauen Himmel, darunter das Meer und die ausklingenden Wellen am Strand.

»Mir ist, als ob ich alles Licht verlöre. Der Abend naht und heimlich wird das Haus; ich breite einsam beide Arme aus, und keiner sagt mir, wo ich hingehöre.«

Die drei Männer auf den Stühlen schwiegen. Claudia entdeckte in ihrer Stimme den Mut und die Kraft, die ihr in den vergangenen Monaten verlorengegangen waren. Sie sprach mit einer Lautstärke und Klarheit, mit der sie Präsentationen in der Bank vorgetragen hatte. *»Wozu hab ich am Tage alle Pracht gesammelt in den Gärten und den Gassen, kann ich dir zeigen nicht in meiner Nacht, wie mich der neue Reichtum* *größer macht und wie mir alle Kronen passen?«* Sie legte ihren Hinterkopf an die Matratze und schloss die Augen. Nur kurz. Ein letzter Moment für sie allein.

Von draußen erklang der hohe Schrei einer Katze. Das Brummen des Generators nahm an Intensität zu.

Da hörte sie ein Rascheln. Direkt vor sich. Sie riss die Augen auf. Die drei Maskierten erhoben sich von ihren Stühlen.

»Großartig, ganz großartig«, flüsterte der dürre Mann ganz links durch die Mundöffnung seiner Maske.

»Geil«, einfach nur »geil«, murmelte der Dicke neben ihm. Immer wieder »geil, geil«.

Der Mann ganz rechts erschien zurückhaltender als die anderen beiden. Er schwieg. Als er einen Schritt nach vorn machte, bemerkte Claudia, dass er sein Bein nachzog.

»Treten Sie bitte näher heran, bevor wir beginnen. Sehen Sie sich meine heutige Muse an.«

Die drei Männer gingen langsam auf die Liege zu, die kahlen Köpfe dicht beieinander wie Kugeln, die unweigerlich auf Claudia zurollten.

Der Dicke blieb in einem Abstand von einem Meter vor ihr stehen. Er öffnete seinen Mund und fuhr sich mit der Zunge über die Schneidezähne. »Ja«, flüsterte er und ahmte mit den Händen die Rundungen ihrer Brüste nach, ohne Claudia zu berühren. Er nickte Mark zu. »Ja. Gut. Sehr gut sogar.« Er trat beiseite.

Der drahtige Mann beugte sich zu ihr vor. Durch die Nasenöffnungen seiner Maske spürte Claudia seinen Atem. Er roch an ihr, an ihrem Hals, an ihren Brüsten. Er ging vor ihr in die Knie und sog ihren Geruch auf. Sie spürte den Luftzug zwischen ihren Schenkeln. Die Haare an ihren Unterarmen stellten sich auf. Er verharrte einen Moment in dieser Position und blickte sie aus dunklen Augen an. Er fühlte sich anders an

als die anderen Männer – gefährlicher und unberechenbarer. Trotz der Maske über seinem Gesicht konnte sie die hämischen Züge um seine Mundwinkel ahnen. »Du bist schön«, flüsterte er und trat einen Schritt zurück.
Der Mann im dunkelblauen Anzug schaute sie nicht an. Seine Augen wanderten unruhig zwischen ihr und den anderen Maskierten umher. Immer wieder verschwand seine rechte Hand unter dem Jackett im Hosenbund. Er trat einen Schritt zurück und zog dabei sein Bein nach.
»Bitte nehmen Sie wieder Platz.« Mark deutete auf die Stühle. »Ich werde nun beginnen.«
Der Anfang war ihr Ende. Die Männer setzten sich, Holz knirschte, Stoff raschelte. Claudias Atem ging schneller, unregelmäßig. Sie verlor die Kontrolle über ihre Angst. Mark stellte sich vor sie und legte beide Hände um ihren Hals. Der Stoff seiner Handschuhe war weich. Er nickte ihr zu, dabei erhöhte er den Druck. Seine Finger wurden zu Stahlklammern. Er presste ihre Halsschlagader zusammen – so schnell und unerwartet, dass ein kalter Schock durch Claudias Körper fuhr. Tränen stiegen ihr in die Augen.
»Nein.« Ihre Stimme klang dünn, fremdartig und weit entfernt. Fünfzehn Sekunden vergingen. Ihre Muskeln spannten sich. Mit dem Oberkörper stemmte sie sich gegen den Ledergurt. Ein Pfeifen setzte in ihren Ohren ein, es schwoll zu einem Rauschen an.
»Nein!« Sie schrie Mark mit letzter Kraft an.
Er drückte fester zu.
»Nein, nein, nein.« Ein heiseres Gurgeln entrang sich ihrer Kehle. Marks falsches Gesicht verschwamm vor ihren Augen zu einer fleischfarbenen Masse. Dann, als würde ein innerer Knopf in ihm gedrückt, ließ er seine Hände fallen.
Claudia atmete tief ein. *Luft!* Blut schoss ihr in den Kopf.

Ihre Lunge brannte. Ihr Körper entkrampfte sich. Ihre Zunge fühlte sich taub an. Ein Kribbeln stieg in ihrem Hals auf.

Mark trat einen Schritt zur Seite.

»Na los, mach die Schlampe fertig.« Der Dicke schlug beide Hände ineinander. »Komm schon.« Der Hagere kicherte leise, sein Gelächter vermengte sich mit dem Brummen des Generators und dem Flattern des Vorhangs am Fenster.

Mark neigte sich Claudia zu. »Ich biete dir ein edles Sterben. Zerstöre es nicht.« Seine weißen Zähne blitzten hinter der Öffnung der Maske auf. »Denk an das, was ich dir beigebracht habe.«

»Bitte … Mark …« Ihre Stimme brach.

»Ich helfe dir nur.« Er drückte zu. Blitzschnell und stärker als zuvor lagen seine Finger um ihren Hals, als wollte er durch die Poren ihrer Haut in ihren Körper eindringen. Claudia bekam keine Luft mehr. Ihre Lunge war leer. Mark presste beide Daumen rechts und links neben ihrem Kehlkopf tief in ihren Hals. Ihr Herz raste. Vierzehn Sekunden. Das Licht der Glühbirnen senkte sich wie ein gelber Schleier vor ihren Augen. Einundzwanzig Sekunden. Marks Lippen unter der Maske zitterten vor Anspannung. Er schloss die Augen. Blut lief aus seiner Nase durch die Öffnung der Maske. Der Druck seiner Hände nahm zu.

Luft, Luft, nur ein einziger Atemzug. In ihrem Kopf platzt etwas. Stechender Schmerz schießt ihr über die Augen. Achtundzwanzig, neunundzwanzig. Ihre Zunge, schwer und dick in ihrem Mund. Dumpfes Pochen. Die Männer brüllen. Marks Finger bohren, pressen. Der Vorhang flattert. Licht schwingt, vor und zurück. Sechsunddreißig. Pressen, keine Luft, zweiundvierzig. Dreiundvierzig. *Luft, Luft, Luft.* Glühbirnen flackern, graue Nebel wabern. Achtundvierzig.

Licht verlöscht – ewige Dunkelheit.

26

Ihr Drecksäue. Jetzt seid ihr fällig!« Der eiserne Riegel am Fensterladen gab nach. Benno riss die beiden Flügel aus Blech auf und kletterte zurück ins Patientenzimmer. Er hetzte zu der mit Brettern vernagelten Wand. Dort setzte er einen Fuß an die Mauer und riss mit beiden Händen an einem Brett, das ihm den Zugang zum angrenzenden Raum verwehrte. Sein ganzes Gewicht legte er in diese Bewegung. Er presste seinen Rücken wie eine gespannte Gerte durch. Haare fielen ihm vor die Augen. Staub rieselte aus der Wand.

Christine zog sich am Fensterrahmen ins Zimmer. Endlich hatten sie wieder festen Boden unter den Füßen. Sie waren dem Gurtgesims entkommen. Fast fünfzehn Minuten hatte Benno gebraucht, um den Riegel mit der Spitze seines Schlagstocks aufzuhebeln – Millimeter für Millimeter und so leise wie möglich.

Christine, die das Tötungsritual von draußen beobachtet hatte, wollte nur eines: die Maskierten aufhalten. Egal wie. Aber am besten mit nackter Gewalt.

»Wir sind zu langsam, Benno. Schneller.« Christine nahm ein Stück Holz vom Boden und setzte es unter dem Brett im Gemäuer an. Sie hebelte das Holz nach oben. Kleine Brocken bröselten aus der Mauer. Splitter prasselten auf das Parkett. Die Stahlnägel in der Wand hoben sich.

Im Zimmer nebenan fiel ein Stuhl um. Die Schreie von zwei Männern ertönten. Fußgetrappel setzte ein. Spätestens jetzt wussten die Maskierten, dass sie nicht allein im Hospital waren.

Dom war auf dem Weg. Alberts Nachricht auf Christines Handy war eindeutig. Immer wieder blickte sie zum Fenster und hoffte auf rotierendes Blaulicht vor dem Hospital. Doch da war nichts. Nur die Gaslaternen, die sich mit ihrem Licht durch die Finsternis bohrten.

Zwei Herausforderer gegen vier maskierte Männer. So sah das Spiel aus. Ihre Gegner waren in der Überzahl und womöglich bewaffnet. Riskant. Christine war schon oft in solche bedrohlichen Situationen geraten, doch diesmal hatte sie Benno an ihrer Seite.

Seine Wut verwandelte sich in blinde Raserei. Das tote Holz in seinen Händen zerbarst wie ein morscher Knochen. Er warf es fort, nahm sich die nächste Latte vor. »Ich mach euch fertig! Hört ihr?« Er schrie seinen ganzen Zorn heraus und zerrte das Brett mit einer solchen Kraft aus der Wand, dass er einen Schritt nach hinten torkelte. Die zerstörte Latte krachte mit einem von den Wänden widerhallenden Poltern auf den Boden. Der Blick in das angrenzende Zimmer lag frei.

Zwei der Maskierten, ein langer, dürrer Typ und ein dicklicher Mann, befanden sich auf der linken Seite des Raumes. Dort war die Tür. Der Dicke drehte einen Schlüssel im Schloss, doch der Querriegel war noch immer blockiert.

Der Dünne trieb ihn an. »Mach! Na los! Schneller! Raus hier!« Seine Stimme zitterte. Das war Angst. Sehr gut.

Christine analysierte die Situation durch das Loch in der Mauer, das vor ihr klaffte. Ruhe kehrte in ihr ein. Ihr analytischer Geist übernahm die Kontrolle. Von den beiden Flüchtenden erwartete sie keine Gefahr.

Benno riss an der nächsten Latte und stemmte sich mit seinem Körper gegen den Widerstand. Das Holz vibrierte in seinen Händen, es knirschte, zerbrach aber nicht.

Der Maskierte an der Metallliege löste die Ledergurte am

Körper seines Opfers. Erst an den Beinen, dann an den Armen. Die Frau bewegte sich nicht mehr. Zweifelsohne war sie tot. Trotz der brisanten Lage wirkte jede Geste des Mannes, von der Drehung seines Handgelenks bis zur kleinsten Bewegung seiner Finger, wie von einem Präzisionsinstrument ausgeführt. Christine hatte seine Handschrift an Nanas totem Körper gesehen. Er war der gefährlichste der vier Männer.

Das Brett in Bennos Händen splitterte. Die Öffnung in der Mauer war nun groß genug, um in den angrenzenden Raum zu gelangen. Jede Sehne von Bennos Körper spannte sich an.

»Jetzt seid ihr dran! Ihr Hurensöhne!«

Zwischen dem flatternden Vorhang und der Badewanne stand der vierte Maskierte. Mit fünf Schritten lief er zur Mitte des Raumes, verharrte dort. Er zog ein Bein nach. Immer wieder schaute er zu dem maskierten Mörder hinüber, dann zur Öffnung im Gemäuer. Er wirkte unsicher. Seine Hand verschwand unter dem Jackett, dabei blickte er Christine ins Gesicht.

»Vorsicht, Benno!« Sie trat einen Schritt zurück.

Doch Benno ignorierte Christines Warnung. Blitzschnell riss er den Schlagstock aus seinem Hosenbund und hechtete mit einem Sprung durch die Öffnung in der Mauer. Er rollte sich auf dem Boden ab und verharrte in der Hocke, unschlüssig, wen er zuerst angreifen sollte, und doch lauernd wie ein Panther.

Der Humpelnde zog eine Waffe. Eine Automatik.

»Deckung, Benno! Jetzt!«

Der erste Schuss fiel. Die Kugel krachte in die Decke.

Im Umgang mit seiner Waffe war der Mann unerfahren oder einfach nur nervös. Seine schlaffen Arme und die lockere Fingerhaltung an den Griffschalen verrieten ihn. Umso besser.

Putz und Staub rieselten zu Boden und prasselten auf die

zwei Maskierten nieder, die in diesem Moment die Tür aufrissen. Sie stolperten hinaus in den Gang. Ihre Schritte hallten hämmernd wieder. Zwei gegen zwei, rechnete Christine die Gleichung durch, die sich ihr nun präsentierte.
Der Mann mit der Waffe fixierte Benno. Seine rechte Hand zitterte. Er stützte mit der anderen Hand seinen Unterarm ab. Diesmal krachte die Kugel ein paar Zentimeter neben Benno ins Parkett. Er sprang hinter die gusseiserne Badewanne. Für ein paar Sekunden konnte sie ihm vielleicht Schutz bieten.
Aus den Augenwinkeln registrierte Christine eine Bewegung am Fahrstuhl. Der Mörder hatte sich die Tote über die Schulter geworfen. Er wollte mit seinem Opfer fliehen.
»Verdammt«, flüsterte sie. Doch der Mann mit der Automatik musste zuerst ausgeschaltet werden. So schnell wie möglich.
Im einfallenden Licht der Gaslaternen checkte sie das Patientenzimmer. Der Griff eines Skalpells ragte neben ihr aus einem Schutthaufen hervor, daneben waren die Reste eines Otoskops sichtbar. Beides unbrauchbar für ihren Plan. Unter dem Heizkörper lag eine verbogene Lochzange. Schon besser. Auf den Knien rutschte Christine über den Boden, damit sie keine Zielscheibe bot. Sie packte sich die Lochzange, sprang auf und hechtete zur Maueröffnung.
»Hey«, rief sie in Richtung des Bewaffneten, der ihr instinktiv den Kopf zudrehte und dabei die Pistole in ihre Richtung schwenkte. Christine spannte ihren Oberkörper. Die Zange lag gut in ihrer Hand. Ein halbes Kilo Metall, das sich in ein Wurfgeschoss verwandeln ließ. Sie holte aus. Der Maskierte folgte ihrer Bewegung mit seiner Waffe. Die Zange flog durch die Luft, der Mann duckte sich weg – das Werkzeug prallte mit einem dumpfen Geräusch vom Gemäuer ab.
Da sprang Benno hinter der Wanne hervor und packte den

Maskierten am Waffenarm. Sehr gut. Er hatte den Plan verstanden. Bennos erster Fausthieb traf den Mann am Kehlkopf, der zweite Schlag landete in seinem Gesicht. Er torkelte nach hinten, die Waffe entglitt seinen Fingern. Sie landete auf dem Parkett und rutschte hinter den Vorhang am Fenster. Benno setzte nach und trat dem Mann von hinten in die Kniekehlen. Er sackte zusammen. Benno hatte die Situation im Griff.

Christine wollte aufatmen, da bemerkte sie die geöffnete Fahrstuhltür. Der Mörder hatte jede Sekunde genutzt. Im fahlen Licht des Lifts zog er das Gitter hinter sich zu, die Tote über die Schulter geworfen. Die Aufzugtür rumpelte und schob sich mit einem Knirschen zu. Bevor sich der Spalt ganz schloss, nickte der Mann ihr zu.

»Wir beide sind noch nicht fertig.« Sie ballte ihre Fäuste, bis die Knochen knackten. »Noch lange nicht.«

27

Der erste Schuss hallte im Gemäuer des Hospitals wie Donner wider. Albert zuckte zusammen. Ein Kribbeln begann in seinen Knien und stieg hinauf bis in seinen Hals.
»Christine!«
Er verließ seinen Beobachtungsposten am Fenster und stürzte aus dem Zimmer im Erdgeschoss. Ein verbogener Nagel am Türrahmen zerfetzte den Ärmel seines Kapuzenshirts und riss ihm die Haut am Unterarm auf. Albert spürte keinen Schmerz. Seine Beine liefen von allein, er sprang über verkohlte Bretter hinweg, er wich zerbeulten Arztschränken und zersplitterten Glasscheiben aus. Er rannte durch die dunklen Gänge des Hospitals, vorbei an verschmiertem Graffiti. Mit jedem Schritt versuchte er, die Bilder einer angeschossenen und blutenden Christine zu vertreiben, die ihm durch den Kopf jagten. Da fiel der zweite Schuss.
»Nein, nein, nein ...« Durch einen langen Gang erreichte er die Säulenhalle, an deren Ende das Eingangsportal des Hospitals lag. In dreißig Meter Entfernung hetzte einer der Maskierten die geschwungene Freitreppe herunter. Der hagere Körper des Mannes verschwand hinter der zuklappenden Tür am Eingang. Ihn zu verfolgen machte keinen Sinn. Nicht jetzt, wo Christine ihn brauchte. *Schneller.*
Albert packte den splittrigen Handlauf der Freitreppe. Er nahm mehrere Stufen auf einmal. Da hörte er ein Poltern über sich. Er warf einen Blick die Treppe hinauf. Ein weiterer Maskierter, deutlich korpulenter als der andere, rannte die Stufen herunter, ihm entgegen. Schritt für Schritt näherte er

sich ihm. Offenbar stufte ihn der Dicke nicht als wirkliche Gefahr ein.

Auf dem Zwischenpodest im ersten Stock kam es zur unvermeidlichen Begegnung. Der Mann holte sofort zum Schlag aus.

Albert sprang zur Seite, er spürte den Luftzug an seiner Wange. Er hielt sich am Geländer fest. Der Maskierte würde ihn nicht stoppen. Er war nur ein Hindernis, das er auf seinem Weg zu Christine forträumen musste. Egal wie. Niemand würde ihn aufhalten. Mit Schwung rammte Albert seinem Angreifer die linke Faust in den Magen. Seine Hand versank in der schwammigen Masse. Knöpfe platzten. Der Mann japste nach Luft. Noch einmal schlug er zu, jedoch härter. Diesmal mit der rechten Faust. Der Maskierte torkelte rückwärts. Am Fuß des Podests lag zwischen verblichenen Aktenordnern eine alte Adler-Schreibmaschine. Die meisten Tasten fehlten. Tausende Berichte mochten auf ihr geschrieben worden sein. Diagnosen, die vielleicht den Tod von Patienten prognostiziert hatten. Albert packte sie an der Walze, riss sie hoch und schlug sie dem Maskierten ins Gesicht. Der Kugelkopf traf das Kinn des Mannes. Kein voller Treffer, aber ausreichend. Der Maskierte kippte nach hinten.

Instinktiv hielt er sich an Alberts Schulter fest. Sekundenlang rang Albert mit dem Mann um das Gleichgewicht. Sein Gegner wog mindestens hundertzwanzig Kilo. Aus seinem Mund tropfte Blut. Er drückte Albert nach hinten und stieß ihn von sich. Albert krachte rücklings auf die Treppenstufen. Der Dicke torkelte, kippte vornüber und stürzte mit seinem vollen Gewicht auf Alberts linkes Knie. Das Geräusch in seinem Bein glich einem trockenen Knacken. Es erinnerte Albert an seine Mutter, wenn sie in der Küche Selleriestangen zerbrach.

»Du kleiner Penner«, flüsterte der Mann mit unerwartet tiefer

Stimme. Er hievte sich mühsam auf die Füße und zog seine Maske am Hals gerade.
Der Druckschmerz in Alberts Knie kletterte die Nervenenden hinauf, wo er sich in ein Gefühl der Taubheit verwandelte.
Das war's. Da lag er auf der zerbröckelten Treppe des Hospitals und wartete auf den finalen Schlag seines Gegners.
Der Dicke atmete schwer, hielt sich am Treppengeländer fest. Er blickte Albert an und keuchte: »Elender Penner.« Auf wackligen Beinen lief er das letzte Stück der Freitreppe hinunter. Nach einer Weile ertönte das Klappen der Tür am Eingang.
Albert zog sich auf das Zwischenpodest. Mit beiden Armen hielt er sich am Treppengeländer fest. Egal, wie viele Stufen vor ihm lagen, egal, ob die Nervenenden seines Beins in Flammen standen, er musste zu Christine. Er schloss die Augen und lauschte in die Stille. Da erklang aus dem oberen Stockwerk ein mechanisches Rumpeln.

28

»Wir müssen ihn stoppen, Christine!« Benno deutete auf die Fahrstuhltür. Mit dem anderen Arm hielt er den strampelnden Maskierten im Würgegriff. »Er darf uns nicht entkommen.«

Der Aufzug rumpelte im Schacht. Fahrstuhlseile knarrten.

Der Lift war alt, sein Laufwerk verrostet. Christine blieben zwanzig Sekunden, bevor der Aufzug im Erdgeschoss ankam.

Sie hetzte aus dem Patientenzimmer und rannte durch den dunklen Gang. Zimmer um Zimmer passierte sie. An der Freitreppe im zweiten Stock hielt sie an. Ein tiefes, mechanisches Ächzen ertönte. Gleich würde der Aufzug die untere Ebene erreichen. Niemand konnte den Mörder dann noch aufhalten. Doch über die brüchigen Treppen würde sie es in der Dunkelheit niemals rechtzeitig nach unten schaffen. *Verflucht.*

Der Geruch von altem Rauch drang in ihre Nase. Die Glassplitter einer zerbrochenen Spritze knirschten unter ihren Boots. Vor einem Erker mit einem Balkon raschelte eine Kastanie. Der Türrahmen war ausgebrochen. Die Zweige des Baumes strichen übers Gemäuer, als würden sie Christine zuwinken.

Sie lief hinüber zu dem Balkon. Nur noch die linke Hälfte des Vorsprungs hing an der Fassade des Hospitals.

Abgebröckelte Steine und verrostete Scharniere lagen auf dem Boden des Balkons. Das schmiedeeiserne Gitter mit seinen rankenden Lilien war bloß noch an drei Stellen mit dem Fundament verbunden. Wie ein Windspiel schaukelte es in der Luft.

Christine setzte einen Fuß vor den anderen. Ganz vorsichtig. Der Vorsprung hielt. Im Stockwerk darunter befand sich ein weiterer Balkon, der besser erhalten war und auch vertrauenswürdiger wirkte. Das war mehr, als sie sich erhofft hatte, und doch zu wenig, um sie zu beruhigen. Das Bild des Mörders im Fahrstuhl blitzte vor ihr auf. Dieses selbstherrliche, überlegene Nicken, mit dem er sie verhöhnt hatte. Sie trat mit zwei Schritten an den Rand des Balkons. Ihre Zehenspitzen ragten in die Luft hinaus. Die Brüstung im Stockwerk darunter war leicht versetzt. Wenn sie auf den Fußballen landete, konnte sie den Aufprall abfedern und sich abrollen. Gefährlich, doch die Zeit wurde knapp.

Christine biss die Zähne zusammen, spreizte die Arme vom Körper und ließ sich fallen. Der Wind strich über ihr Gesicht, ließ ihre Haare tanzen. Mit knackenden Knochen landete sie auf dem Balkon im ersten Stock. Sie rollte sich auf dem Plateau ab, dabei stieß sie mit dem linken Bein gegen ein Eisengitter. Ein dumpfes Pochen schoss durch ihren Oberschenkel, dort, wo die Glassplitter ihre Haut durchbohrt hatten. Sie presste ihre Hand auf die pulsierende Wunde. *Jetzt nicht anhalten, den Schmerz ignorieren.* Sie richtete sich auf. Unter ihr befand sich der Haupteingang des Hospitals samt seinem verzierten Vorbau und den beiden angeschlagenen Säulen, auf denen er ruhte. Das Licht einer Gaslaterne warf die Schatten der Bäume durch den Park. Vor einer Mauer stand ein Baugerüst. Die Streben klapperten im Wind. Am Stacheldraht auf der Mauer wehte ein Fetzen Stoff.

Gedämpfte Schritte, von unten. Sie kamen aus dem Innern des Hospitals und näherten sich dem Eingang. Christine kletterte über die Brüstung des Balkons. *Verlass dich auf deine Instinkte. Spring.* Sie ließ sich auf den Vorbau fallen. Diesmal milderte das dichte Moos ihren Aufprall. Die Tür am Haupteingang knarrte. Ein weißer Körper blitzte in der Dunkelheit unter ihr auf. Die Frau – noch immer ruhte sie leblos auf der Schulter ihres Mörders. Bei jedem seiner Schritte schaukelten ihre Arme. Er eilte auf das Tor des Hospitals zu.

»Vergiss es.« Christine stieß sich vom Gemäuer hinter ihr ab und hechtete über den Vorsprung.

Der Aufprall war hart. Sie unterdrückte einen Schrei. Mit dem Oberkörper schlug Christine auf der rechten Schulter des Maskierten auf. Er stöhnte und brach unter ihr zusammen. Wie eine leblose Puppe fiel die nackte Frau ins Gras und blieb zwischen Farnkräutern und Dornbüschen liegen. Christine streifte die Haut der Fremden am Unterarm. Blutleer. Kalt. Tot.

Sie sprang in die Hocke und richtete sich auf. Christine wich ein paar Schritte zurück. Der Maskierte lag drei Meter neben ihr auf dem Bauch. Er stützte die Hände auf den Boden und drückte sich in die Höhe. Hastig drehte er sich zu Christine um. Sein kahler Kopf schwebte wie eine helle Kugel über seinem Hals.

»Und nun? Was willst du jetzt tun?« Seine dunkle Stimme klang nach einem Mann in den frühen Dreißigern. »Sie gehört mir.« Er zeigte auf die Tote im Gras. »Du kannst sie nicht haben.«

Christine machte einen Schritt nach hinten. »Ich will sie nicht.« Eine Waffe. Sie brauchte etwas in ihren Händen. Auf dem Boden lagen Stöcke, alte Autoreifen, zerfetzte Plastiktüten – nichts. Keine drei Meter waren sie voneinander entfernt.

»Ich will dich.« Sie verbarg ihre Furcht, unterdrückte das Zittern in ihrer Stimme.

Er schüttelte den Kopf und bewegte seinen Fuß kaum merklich in Christines Richtung. Sein Brustkorb hob und senkte sich. »Das ist dein Wunsch, ja?«

Zeitungspapier. Leere Blechdosen. Keine Waffe. »Nein, mein Ziel.«
In der Öffnung der Maske zeigten sich weiße Zähne und ein Mund, der lachte. »Tapfer. Sehr, sehr tapfer sogar.« Er machte einen nahezu unmerklichen Schritt auf Christine zu, der ihr jedoch nicht entging. »Bist du aufgeregt? Ich kann dein Herz schlagen hören. Das gefällt mir nicht.« Seine Hände verkrampften sich zu Fäusten. Seine Beine spannten sich. »Ich werde das ändern.« Er machte einen Satz. Seine ausgestreckten Arme griffen nach Christines Hals.
Mit einer schnellen Bewegung wich sie aus und sprang aus dem Angriffsradius ihres Gegners. Sie ging in die Hocke. Da lag ein alter Feldbrandstein, an den Rändern zerbröselt, aber mit einer messerscharfen Kante. Sie packte zu. Das Gewicht des Steins gab ihr Sicherheit. Sie schlug den Ziegel in das Gesicht ihres Angreifers. Das Geräusch erinnerte an den scharfen Schnitt durch ein Blatt Papier. Ein Riss in der Maske. Blut perlte durch den Schlitz auf der rechten Wange. Der Mann fuhr mit der Hand über sein Gesicht. Das Blut konnte er durch seinen Handschuh unmöglich spüren, und doch schien er zu wissen, dass es da war. »Du … du hast … mein Gesicht zerstört.« Seine Stimme hob und senkte sich, als hätte er die Kontrolle über seine Stimmbänder verloren.
Er war mindestens eins neunzig groß, durchtrainiert – und am Ausrasten. Seiner rohen Kraft hatte Christine nichts entgegenzusetzen.
Sie wich einen Schritt zurück. Zu spät. Der Maskierte stürzte sich auf sie. Er packte sie zuerst an der rechten, dann an der linken Schulter. Wie scharfe Krallen pressten sich seine Finger in ihre Haut, als er sie an sich riss. Sein Atem roch scharf wie Ammoniak. »Mein Gesicht. Du weißt nicht, was du getan hast«, zischte er und rammte sein Knie in Christines Magen.

Alle Luft entwich ihrer Lunge. Sie rang nach Atem. Der Druck seiner Hände ließ nach. Christine stürzte rücklings zu Boden. Sie rollte sich zur Seite. Sand drang in ihren Mund. Grashalme stachen sie am Hals. Luft. Sie brauchte Luft, doch da kam nichts. Je verzweifelter sie einzuatmen versuchte, desto heftiger empfand sie ihre Atemnot. Sie krümmte sich zusammen. Der Maskierte trat ihr in die Magengrube. Sie verschränkte beide Arme schützend vor ihrem Bauch. Da rammte ihr der Mann den Absatz seines Lederschuhs in die Nieren.
»Mein Gesicht«, zischte er. »Du hast es zerstört.«
Die kahle Kugel schwebte über seinem Körper, er blickte auf sie herab. Christine nahm seinen Kopf unscharf wie durch eine milchig trübe Glasscheibe wahr. Speichel rann aus ihrem Mund. Sie schloss die Augen. *Schmerz ist nur ein Gefühl. Er entsteht in deinem Gehirn. Beherrsche ihn.* Sie atmete in kurzen Zügen. Der Sauerstoff brannte in ihrer Lunge.
Ein Kirchturm läutete zweimal, eine Nachtigall zwitscherte ein Crescendo. Gras raschelte, Schritte entfernten sich.
Sie öffnete die Augen. Der Maskierte schleifte die Tote an den Armen über den Boden. Dann wuchtete er sich den Körper wie einen Sack über die Schulter und ging zum Tor.
Natürlich. Ohne seine Trophäe hätte er das Hospital niemals verlassen. Nun würde er das nächste Körperteil aus dem Leib eines Opfers herausreißen. Christine konnte ihn nicht daran hindern. Er hatte sie geschlagen.
Der Maskierte schloss das Hauptportal auf. Er brachte den Panzerriegel in eine senkrechte Position und öffnete das Tor. Ohne Eile verschwand er hinter der Pforte. Einen Moment später klappte eine Autotür zu. In der Ferne heulte ein Motor auf. Durchdrehende Räder fassten in Straßenschotter. Der Motor verfiel in einen gleichmäßigen Rhythmus und wurde immer leiser, bis Christine ihn nicht mehr hören konnte.

Ihr Handy brummte. Sie richtete sich auf und wischte den Speichel von den Lippen. Ihre Hände zitterten, in ihrem Magen verspürte sie ein Druckgefühl. *Wo bist du? Bin im ersten Stock,* stand auf dem Display. Albert.

Auf wackligen Beinen schleppte sie sich die Stufen zum Eingang des Hospitals hinauf, vorbei an zerstörten Tonkübeln und Schlingpflanzen, die das steinerne Geländer umrankten. Über die Freitreppe schaffte sie es in den ersten Stock.

Albert kauerte auf dem Zwischenpodest. Sein linkes Bein wirkte unnatürlich verdreht.

»Christine.« Er sagte ihren Namen so leise, als ob er Angst hätte, sie zu erschrecken. »Einer der Kerle hat mir das Bein gebrochen.« Er klopfte auf sein Knie. »Mist.«

Christine ging in die Hocke. Sie presste sich an Albert, atmete seinen Geruch ein und legte ihren Kopf an seine Schulter. Er strich ihr übers Haar. »Einen haben wir überwältigt«, flüsterte sie. »Benno hält ihn fest.«

»Und die anderen?«

»Geflohen – mit dem Opfer. Die Frau ist tot.«

Albert senkte den Blick. Christine legte einen Arm um seine Hüfte und stützte ihn beim Aufstehen. »Wir müssen rauf zu Benno. Wir können ihn da oben nicht alleine lassen.«

Albert stöhnte leise auf, als er sich am Geländer hochzog. Seine Bewegungen wirkten verkrampft.

Schritt für Schritt kämpften sie sich die Treppe hinauf. Nach achtundzwanzig Stufen hielt Albert inne.

»Christine?«

»Ja?«

»Das ist keine normale Beziehung, die wir beide führen, oder?«

»Nein.« Sie zog ihn noch enger an sich. »Bestimmt nicht, Albert.«

Er küsste sie auf den Mund.
Schweigend erklommen sie den zweiten Stock, humpelten durch den langen Gang und betraten das erleuchtete Zimmer. Benno stand aufrecht im gelblichen Licht der drei Glühbirnen. Der Vorhang und die Läden vor dem Fenster waren aufgezogen. In der Hand hielt er die Waffe, die er dem Maskierten abgenommen hatte. Er hatte sie auf den Rücken seines Gefangenen gerichtet. Ein Mann mit schütterem Haar kauerte vor ihm. Seine Maske lag einen halben Meter entfernt auf dem Parkett. Als Christine den Raum betrat, schaute er zu ihr auf. Der Mann hatte die fünfzig überschritten. Der rechte Ärmel seines Jacketts war herausgerissen. Seine Lippen zitterten, in den Mundwinkeln klebte Blut. Er hatte lebendige Augen, in denen etwas Freundliches lag.
Bis auf einen Meter trat Christine an ihn heran. Wie zur Entschuldigung streckte er seine Hände nach oben. »Bitte ...«, sagte er leise, »ich habe doch nichts gemacht ... wirklich nicht.« Er schüttelte den Kopf. »Ich habe doch nur zugeschaut. Nicht mehr. Nur zugeschaut ... und ich habe Informationen. Ich kann Ihnen helfen.« Er nickte Christine zu, als könnte er sie so von seiner Wahrheit überzeugen. »Sie wollen doch den Mörder, und ...«
Christines rechte Faust krachte in das Gesicht des Mannes. Er fiel mit dem Rücken zu Boden und wirbelte jahrzehntealten Staub auf. Reglos blieb er zwischen Glasscherben, zersplitterten Holzrahmen und Trümmern liegen, als gehörte er zur längst vergessenen Vergangenheit des Hospitals.
»Du krankes Schwein«, flüsterte Christine. Sie blickte durch die Fenster hinaus in die Finsternis, wo die Blaulichter der Polizei rotierten und Sirenen durch die Nacht heulten.

Dritter Teil

DAS BLUT DER VÄTER

29

So still. Hier unten war sie ganz allein für sich. Christine schloss die Augen und gab sich der Dunkelheit hin. Schwerelosigkeit umhüllte ihren Körper. Mit kraftvollen Armbewegungen stieß sie weiter vor in die Tiefe. Der Druck auf ihren Ohren nahm zu, verwandelte sich in ein dumpfes Rauschen. Ihre Brust berührte den Boden. Mit den Fingern strich sie über die glatten grauen Fliesen unter sich, an denen sie vorbeischwebte. Alles war ruhig. Sie empfand die Stille wie einen guten Freund, der kurz bei ihr vorbeischaute und sich nach ein paar besänftigenden Worten wieder verabschiedete.

Christine brachte ihren Körper in eine senkrechte Position und stieß sich mit beiden Beinen vom Grund ab. Über ihr war das Sonnenlicht. Die Strahlen brachen sich in der Wasseroberfläche. Immer näher kam sie dem Funkeln, bis sie unter dem Kreuzgratgewölbe des alten Stadtbades auftauchte. Mit kraftvollen Schlägen durchkraulte sie das Becken und näherte sich der Edelstahltreppe, die ins Wasser ragte.

Christine war die letzte Besucherin. Ein paar Minuten blieben ihr noch. Dann würde das Volksbad schließen. Sie winkte Helmut auf der Zuschauerempore zu. Der Mann mit dem grauen Vollbart schwenkte seinen Wischmopp wie eine Fahne über dem Kopf und erwiderte ihren Gruß. Sie kannte den Bademeister seit über zwei Jahren. Manchmal saß er an der Treppe mit dem geschwungenen Geländer, direkt neben dem Eingang, und vertrieb sich die Zeit mit seinen Französisch-Lektionen. Einmal hatte ihn Christine angesprochen, und seither fragte er sie bei jedem Besuch nach der richtigen Aussprache seiner Vokabeln. *Maison* wurde zu *Määäsong* und *Enfant* zu *Äängfond*. Meist klangen die Worte aus seinem Mund wie wahnwitzige Lautspektakel, so schräg und falsch, dass Christine lachen musste. Aber sie half Helmut gern. Sie hatte Respekt vor seinem unbändigen Wissensdurst. Und dafür ließ er sie immer noch ein paar Runden im Becken drehen, wenn die anderen Gäste schon längst das alte Bad im Stil der Neorenaissance verlassen mussten.

Mit dem Rücken lehnte sich Christine an den Beckenrand und blinzelte in die Mittagssonne. Die Strahlen fielen über die weitflächigen Glasscheiben der Lichthöfe, strichen über die geschwungenen Geländer und die Brüstungen aus Sandstein. Der scharfe Geruch von Chlor lag in ihrer Nase. Wassertropfen liefen über Christines Oberarme, als würden sie vor der wärmenden Kraft der Sonne fliehen.

Als Kind hatte sie oft abends auf dem felsigen Hügel vor dem Haus in Cancale gesessen. Am Ende des Tages hatte Christine die Sonne bei ihrer Wanderung über die Steilküste und die Bucht mit dem kleinen Hafen verabschiedet, bis sie ganz hinter dem blauen Meer verschwunden war. Zu jeder Jahreszeit, egal ob klirrend kalt oder schwülwarm, folgte Christine ihrem abendlichen Ritual. Manchmal setzte sich ihr Vater neben sie und legte ihr sein Cordsakko um die Schultern. Sie schwiegen zusammen und sahen dem nächsten Morgen entgegen, so erwartungsfroh, wie nur zwei Menschen sein konnten, die die Welt immer wieder neu entdeckten und nicht ahnten, dass ihre gemeinsame Zeit endlich war.

Heute jährte sich der Tag. Vor elf Jahren, an einem Dienstag im ausklingenden August, war ihr Vater umgebracht worden. Christine tauchte einen Arm ins Becken und balancierte das Wasser in der Innenfläche ihrer Hand. Wie seltsam. Ihr Vater

hatte nicht schwimmen können. Remy Lenève fürchtete das Wasser und hatte sich ihm dennoch ausgesetzt. In seinem kleinen Boot war er mehrmals die Woche hinaus aufs Meer gefahren. Die Lenèves waren Kämpfer. Mit Starrsinn und Mut wollte Christines Vater die Angst bezwingen, seine Aquaphobie beherrschbar machen. Vielleicht hätte er irgendwann sein Ziel erreicht. Vielleicht. Wenn nicht ein heimtückischer Mörder sein Boot beschädigt hätte und er im Meer ertrunken wäre.
Christine ließ das Wasser ins Becken rinnen. Schon seit Tagen kämpfte sie gegen die Schwere ihrer Gedanken an und verdrängte all die Bilder, die in ihr aufstiegen: die Beerdigung ihres Vaters, die Trauergemeinde unter der alten Korkeiche. Das verlassene Haus in Cancale. Die Jagd nach dem Mörder. Sein Geständnis, sein Flehen um Vergebung. Ihr Hass.
Nur ein Mann am falschen Ort, mehr war nicht nötig gewesen, um ihrer glücklichen Kindheit das Genick zu brechen. Die Leere, die sie damals empfunden hatte, begleitete sie bis heute. Seit Jahren führte sie ein Leben auf der Grenze, ohne Rücksicht auf Gefahren. Anders ließ sich das Gefühl von Sinnlosigkeit nicht vertreiben, das sie jeden Morgen nach dem Aufstehen ergriff. Sie strich über die Schwellungen und Blutergüsse an ihrem Oberschenkel. Der Schmerz fühlte sich gut an, so schrecklich gut. Er erinnerte Christine daran, dass sie noch lebendig war.
Die alte Uhr über der Zuschauerempore tickte laut. Wasser schlug gegen den Beckenrand. Ein unregelmäßiges Platschen ertönte vom Barfußgang.
»Guten Tag, Christine.«
Sie drehte den Kopf über die Schulter. Die nackten Füße am Beckenrand waren perfekt pedikürt und wirkten so gepflegt, wie es Christine von einer Frau mit viel Tagesfreizeit erwar-

ten würde. Nur die wuchernde Behaarung an den Unterschenkeln störte das Bild, dazu die graue Anzughose, die bis unter die Knie hochgekrempelt war. Über Christine tauchte das Gesicht von Kriminalkommissar Dom auf. In der rechten Hand hielt er ein Paar braune Lederschuhe und wirkte ganz und gar nicht wie ein Besucher des Schwimmbades – er erinnerte sie an einen ratlosen Mieter, dessen Wohnung unter Wasser stand.

»Mein Gott, was für ein ungewöhnlicher Ort, um eine junge Frau zu stalken. Sehr originell, Herr Dom.«

Er spielte mit dem Daumen an einem Schnürsenkel herum. »Albert Heidrich hat mir gesagt, dass Sie hier sind. Ich habe ihn angerufen, und wenn es nicht so dringend wäre, dann …«

Christine winkte mit ihrer nassen Hand ab. Ein paar Wassertropfen landeten auf Doms Stoffhose, wo sie sich in dunkle Punkte verwandelten. »Schon gut, schon gut.«

Sie wollte sich mit beiden Armen über den Beckenrand ziehen, da streckte ihr Dom seine freie Hand entgegen. Sie griff zu. Mit einem kraftvollen und doch sanften Ruck zog er sie aus dem Wasser. Seine Augen glitten über ihren schwarzen Badeanzug, saugten sich förmlich daran fest. Die durchschnittliche Dauer eines Männerblicks beim Bodycheck einer Frau betrug nach empirischen Studien drei Sekunden. Mehr wäre eine Frechheit gewesen. Dom überschritt diese Zeit um zwei Sekunden.

Als hätte er sich selbst ertappt, warf er sein halblanges Haar verlegen nach hinten und schien mit außergewöhnlicher Anstrengung den Blick auf Christines Gesicht zu richten. »Diesen Typen, den Sie im Hospital überwältigt haben, dieser Georg Merziger, der war nach der Festnahme komplett fertig. Ihr Faustschlag war sicher nicht ganz schuldlos daran.« Dom ließ eine kunstvolle Pause verstreichen, die Christine vermutlich Zeit für eine Rechtfertigung geben sollte. Als sie nicht reagierte, zog Dom die Nase kraus und fuhr fort: »Unsere Beamten haben ihn ins Virchow-Krankenhaus gebracht, und da hat er versucht, sich zu erhängen.«

»Wollen Sie mir jetzt sagen, dass Ihre Leute Merziger den Gürtel nicht aus der Hose gezogen haben?« Ein Klassiker. Viel zu oft schon hatten sich überführte Kriminelle in der Untersuchungshaft auf diese Weise umgebracht.

»Natürlich haben wir ihm den Gürtel abgenommen. Wir sind doch keine Anfänger.« Dom klopfte seine Schuhe gegeneinander. »Merziger wollte sich mit einer Mullbinde am Bettgestell erdrosseln. Damit haben wir nun wirklich nicht gerechnet.«

»Durchaus kreativ.«

»Ja, aber handwerklich eher mittelmäßig. Er hat überlebt und liegt nun auf der Intensivstation. Viel werden wir aus dem nicht mehr rausbekommen. Aber wenigstens haben wir davor vier Tage Zeit gehabt, um ihn zu verhören.«

»Die Ergebnisse waren nicht ausreichend. Sonst wären Sie nicht hier.« Christine zog die Träger ihres Badeanzugs nach hinten. Der Stoff spannte sich über ihrer Brust, was Dom dank eines raffinierten Seitenblicks nicht entging. »Richtig?«, hakte sie nach.

»Nun. Also … Tja … Hm …« Er quälte sich mit einer Antwort herum. Der Stolz machte seine Zunge schwer.

»Ein simples Ja würde mir reichen. Ein Kopfnicken wäre auch in Ordnung.« Als Dom weiter schwieg, deutete sie auf eine geschwungene Holzbank mit Mosaikmuster, auf der ihr Handtuch lag. »Na gut. Kommen Sie, wir setzen uns, und Sie erzählen mir einfach alles. Ich muss mich aber noch abtrocknen.«

Neben einem Durchgang mit Rundbogen ließen sie sich nieder. An der Wand hinter Doms Kopf war das Relief eines Bären eingearbeitet, der sich von zwei Nixen baden ließ. Das kindlich-absurde Bild passte gar nicht zu Doms ernstem Gesicht. »Wir haben es in diesem Fall mit insgesamt fünf Tätern zu tun. Aber nur einer von ihnen ist der Mörder: der Eismann.«

Christine rubbelte ihren Kopf mit dem Handtuch. Dunkle Strähnen hingen vor ihren Augen. Der flauschige Stoff verdeckte ihre Ohren, und sie glaubte, sich verhört zu haben. »Der Eismann?« Sie legte das Handtuch zur Seite. »Wirklich? Wer kommt denn auf so einen Namen?«

»Georg Merziger hat ihn so genannt. Wir haben im Hospital einen Kühlschrank mit Eiswürfeln und einer Kühldecke gefunden. Der Eismann hat die Frauen darin eingewickelt, nachdem er sie erdrosselt hat. Fragen Sie mich nicht, warum.«

Christine sah den Maskierten vor sich, wie er in blinder Wut auf sie eintrat, weil sie sein Gesicht zerstört hatte. »Ich vermute, er wollte die Leichen der toten Frauen nach der Ermordung nicht beschädigen. Aus irgendeinem Grund muss das wichtig für ihn sein, wenn er später die Körperteile abschneidet. Er ist ein Perfektionist.«

Helmut stieg die Zuschauerempore herab. Am Becken angekommen, begann er mit einem Schlauch die Fliesen abzuspritzen. Er lächelte und zeigte nach oben auf die große runde Uhr mit den schwarzen Zeigern, die eigentlich besser in einen Bahnhof gepasst hätte. Christine nickte ihm zu. Sie mussten sich beeilen. »Der Mörder hat die Körperteile der getöteten Frauen nicht vor den Augen seiner Zuschauer entnommen, oder doch?«

Dom schüttelte den Kopf. »Nein, hat er nicht.« Er krempelte die Ärmel seines weißen Hemdes bis über die Ellbogen und öffnete den obersten Knopf am Kragen. »Er hat seine Opfer in einem umgebauten Kontrabasskoffer befördert. Wir haben

unterschiedliche DNA-Spuren in dem Gehäuse gefunden. Der Kerl hat die Frauen erwürgt und danach mitgenommen. Keiner weiß, wohin. Auch Merziger nicht.«
»Das habe ich vermutet. Dieser Typ muss eine komplexe Methode benutzen, um die Körperteile zu entnehmen. Das ist sein vielleicht größtes Geheimnis. Warum sonst sollte er diesen Akt seinen Zuschauern vorenthalten?«
»Kann sein. Wir haben es in diesem Fall ohnehin mit zwei unterschiedlichen Motivationen zu tun. Auf der einen Seite steht die Gruppe der Zuschauer, auf der anderen Seite die der Mörder. Und jetzt mache ich es noch komplizierter: Merziger kennt den wirklichen Namen dieses Eismanns nicht.«
Sehr smart. Womöglich hatten die Männer mit den Masken ihre Identitäten voreinander geschützt. Das erschien Christine plausibel. Dennoch musste es jemanden geben, der über alles Bescheid wusste: der Mastermind hinter den Tötungsritualen. »Lassen Sie mich raten. Nur Landkamp hat die wirklichen Namen der Zuschauer und den des Mörders gekannt.«
»Exakt, das hat Merziger sofort zugegeben. Hat mich aber nicht verwundert. Einem Toten kann man ja sowieso alles anhängen. Jedenfalls, wenn das stimmt, dann konnte Landkamp das Spiel so besser kontrollieren. Von ›Teile und herrsche‹ hielt er offenbar nicht besonders viel. Er war der Initiator des Spektakels. Bevor ihn der Krebs erwischt hat, wollte er das Leben noch einmal richtig genießen. Er hat die Tötungen auf seine ganz eigene Weise orchestriert. Für jedes Mitglied in der Gruppe wurde eine Frau erwürgt. Vier Männer gleich vier Opfer. Das schweißt echte Kerle noch mal so richtig zusammen.« Dom stellte seine Lederschuhe auf den grünen Fliesen unter der Bank ab, wo es trocken war. »Und nach Landkamps Tod haben die Verbliebenen ihr kleines Projekt zu Ende gebracht, um ihn zu ehren. So was ist mir noch nie untergekom-

men, und ich dachte, mir wäre schon jede Perversion im Leben begegnet.«

Christine erhob sich von der Bank. Die Rillen der Fliesen drückten in ihre Fußballen, als sie vor Dom auf und ab ging. »Was ist mit den anderen beiden Männern, die aus dem Hospital geflohen sind? Ich bin immer noch am Rätseln, wie die überhaupt aus dieser Ruine rausgekommen sind. Das Tor war nämlich verschlossen, bis der Eismann mit seinem Opfer abgehauen ist.«

Dom stellte sich neben Christine an den Beckenrand und blinzelte in die Sonne. »Beim Hospital steht direkt neben der Mauer ein Baugerüst. Die beiden Männer sind darüber getürmt. Wir haben Stoffreste am Stacheldraht gefunden, die wir im Labor auf DNA-Spuren prüfen.«

»Ach, und das Gerüst steht da zufällig einfach rum?«

Dom steckte einen Zeh ins Becken und plätscherte im Wasser herum. Auf der Oberfläche bildeten sich kleine Kreise. »Habe ich auch nicht geglaubt. Das ganze Anwesen wurde vor einem Dreivierteljahr im Auftrag des Landes Berlin gesichert. Die Mauer wurde geflickt, dazu ein neues Tor mit Panzerriegel eingesetzt. Eben alles, was man braucht, um Obdachlose und randalierende Jugendliche von dem Hospital fernzuhalten. Drei Firmen haben daran gearbeitet. Aber sie alle waren nur Subunternehmen, die im Auftrag eines einzigen Baukonzerns gehandelt haben: der Merziger GmbH.«

»*Merde*. Das ist alles verdammt gut organisiert und durchdacht. Erstaunlich.« Christine setzte sich an den Beckenrand und ließ die Beine baumeln. Ihre Zehen wirkten im Wasser wie durch eine Lupe vergrößert. Jedes Detail des Falls fügte sich zu einem Bild zusammen. »Also gut, Landkamp und Merziger sind enttarnt. Welche Anhaltspunkte haben Sie bezüglich der anderen beiden Maskierten?«

Dom lächelte. Er tippte auf seinen rechten Oberarm, als ob er den dort eintätowierten Skorpion anstupsen wollte. Eine seiner Minimalgesten, wenn es um etwas Wichtiges ging. »Wir haben Landkamps ehemalige Lebensgefährtin, Melanie Pritz, verhört. Sie wusste nichts, schien aber irgendwie hocherfreut über die ganze Geschichte zu sein. Ein merkwürdiges Verhalten, wenn Sie mich fragen. Landkamps Sohn ist seit ein paar Wochen im Ausland, hieß es. Wir erwarten ihn in den nächsten Tagen im LKA. Im Moment ist auch da nichts zu holen. Und Merziger hat uns die Namen seiner Kumpane nicht verraten, der ausgebuffte Hund. Sicher will er für den Prozess Verhandlungsmasse schaffen. Geholfen hat es ihm aber nicht.«
Dom drückte die Brust raus und warf sein Haar nach hinten. »Merziger hatte dreißigtausend Euro in der Innentasche seines Sakkos stecken. Das ist die Summe, die der Eismann von jedem Zuschauer nach einer Tötung bekommen hat. Verstehen Sie, Christine? Der Kerl hat sich bezahlen lassen für seine Morde. Die Summe deckt sich mit Ihrer Recherche in Landkamps Haus und seinen Kontoauszügen.«
Christine verstand: ein neuer Fakt, der nicht in das triebhaft-psychopathische System des Mörders passte, von dem sie ausgegangen war. »Haben Sie noch was aus Merziger rausgeholt?«
»Wir haben seine Vergangenheit durchkämmt. Steuerbelege, Studienzeiten, jeden Strafzettel. Wir haben sogar einen Abgleich mit ausländischen Kriminalarchiven vorgenommen. Und dann …«
Helmut näherte sich am Ende des Barfußgangs mit seinem sprudelnden Schlauch.
Christine trat einen Schritt an Dom heran. Er zögerte die wesentlichen Informationen hinaus – wie ein drittklassiger Entertainer, der nach dem Applaus seines Publikums giert. »Wenn Sie sich nicht beeilen, kassieren Sie eine kalte Dusche

von Helmut. Kommen Sie schon, Dom, machen Sie's nicht so spannend.«

Dom checkte den Abstand zum Schlauch und nickte. »Vor über dreißig Jahren ist Georg Merziger in den USA verhaftet worden. Er hat als junger Mann in Chicago Wirtschaftswissenschaften studiert. Alles lief rund für ihn, bis ihn eine Studentin der Vergewaltigung bezichtigt hat. Er wurde angezeigt und vom zuständigen Police Department festgenommen. Aber zu einem Prozess ist es nie gekommen. Und nun wird es wirklich spannend: Wer hat ihn wohl rausgeboxt?«

»Egbert Landkamp«, sagte Christine, ohne zu zögern.

Dom nickte. »Fast richtig. Egbert Landkamp und die heutigen Unternehmer Philipp Röber und Hans Kuhnen waren damals auch an der University of Chicago immatrikuliert. Die vier waren offenbar Freunde. Und gemeinsam haben die drei Männer für ihren Buddy Georg ein wasserdichtes Alibi gebastelt. Die Vorwürfe wurden fallengelassen und das Verfahren eingestellt. Merziger blieb unangetastet. Vielleicht ist ja damals schon eine vage Idee entstanden, die erst Jahrzehnte später gezündet hat.«

Eine Vermutung. Mehr nicht. Für Christine zählten nur harte Fakten. Sie tippte sich gegen die Stirn. »Gut. Im Hospital standen vier Stühle. Damit wäre jeder Platz belegt gewesen. Aber wo ist der entscheidende Beweis dafür, dass Röber und Kuhnen für die Morde bezahlt haben?«

Tobias Dom ging in die Hocke. Seine Knie knackten. »Ich habe die Konten der beiden checken lassen. Wissen Sie, was ich da entdeckt habe?«

»Ungewöhnlich hohe Barabhebungen?« Das war die sichtbare Schwachstelle im System der Maskierten.

»Ganz genau. Immer dreißigtausend Euro, und zwar fast zeitgleich.«

»Ach, und wo haben Sie so schnell eine richterliche Genehmigung für eine solche Untersuchung herbekommen?«

»Wer sagt denn, dass sie legal war?« Dom strich eine Haarsträhne hinter sein Ohr.

Christine konnte ihr Lächeln nicht verbergen. »Haben Sie etwa einen Hacker?«

»Vielleicht. Glauben Sie bloß nicht, dass ich von gestern bin. Jedenfalls war das der entscheidende Treffer. Von Philipp Röber fehlt seit gestern jede Spur, und Hans Kuhnen ist vor genau zwei Tagen nach China aufgebrochen. Beide sind abgetaucht – Rückkehr ungewiss. Die haben ihre Familien einfach sitzenlassen aus Angst, dass ihr Freund Merziger auspacken könnte. Damit schließt sich der Kreis.« Dom ballte eine Faust. »Die zwei werde ich mir holen. Vielleicht nicht heute, aber irgendwann. Bald.« Er schüttelte den Kopf und starrte aufs Wasser. »Wissen Sie, Christine, was wirklich absurd ist? Wenn Sie mit Ihren Partnern die kleine Aufführung im Hospital nicht gestört hätten, dann gäbe es vielleicht gar keinen Eismann mehr.«

Das alte Thermometer aus Messing, das hinter Christine an der Wand hing, zeigte 32 Grad. Ihr Badeanzug war fast getrocknet. Der Stoff pappte an ihr wie eine unangenehme zweite Haut. Helmuts Wasserschlauch gurgelte ganz nah.

»Wie meinen Sie das? Ich bin schuld daran, dass dieses Schwein noch lebt?«

Dom hob wie zur Entschuldigung die Hände. »So hab ich das nicht gemeint. Aber, haben Sie sich eigentlich nicht gefragt, weshalb Georg Merziger eine Automatik bei sich hatte?«

Natürlich hatte sie das. Wären die beiden anderen Zuschauer im Hospital auch bewaffnet gewesen, dann hätten sie keinen Grund zur Flucht gehabt. »Georg Merziger wollte … den Eismann töten?«

Dom setzte sich neben Christine an den Beckenrand. Fast konnte sie seine Schulter an ihrer nackten Haut spüren. »Merziger hat die Panik gekriegt. Der Typ denkt mathematisch. Er braucht klare Antworten. Mit Unsicherheiten kann er nicht leben. Der Eismann hat ihm Angst gemacht. Ein Unbekannter, der jederzeit in seiner Nähe auftauchen konnte – so was produziert Hysterie. Merziger wollte sich und seine Familie schützen. Deswegen musste er den Eismann erledigen. Irgendwie verständlich. Seinen Freunden hat er natürlich nichts von seinem Plan erzählt.«
Christine hatte Merzigers nervöses Auftreten im Hospital vor Augen, seinen ungelenken Umgang mit der Waffe. Es erschien ihr unwahrscheinlich, dass er den Mörder erwischt hätte. Doch theoretische Gedankenexperimente konnten keine Fakten ersetzen. Der Eismann war ein Henker, der gegen Geld vor einer jubelnden Meute aufgetreten war. Und er lief noch immer frei da draußen herum. Nur das zählte. »Die Opfer … Hat der Eismann Nana Reinhardt auch vor Publikum umgebracht?«
Dom stützte die Arme auf die Oberschenkel und legte sein Kinn in die Handflächen. Er sah unschuldig aus wie ein kleiner Junge, der an einem Teich sitzt. »Nein. Nana Reinhardt war die große Ausnahme. Die hat er nach ihrem Störmanöver sofort beseitigt, ohne Zuschauer.« Dom legte den Kopf in den Nacken. Die Sonne brannte auf seiner Stirn. Schweiß glänzte in seinem Gesicht. »Laut seiner Aussage kannte Merziger kein einziges Opfer des Eismanns. Ich glaube ihm. Der Typ hat die Frauen sicher nach eigenen Standards ausgewählt, anhand eines Selektionssystems, das wir nicht durchschauen.« Dom legte seine Stirn in Falten. »Wir haben auch die Vermisstenanzeigen der vergangenen Tage geprüft. Diese Tote aus dem Hospital … wenn Ihre Beschreibung zutrifft, dann han-

delt es sich sehr wahrscheinlich um Claudia Weigert, eine Berliner Bankerin. Vor sechs Tagen ist sie verschwunden. Ihre Kollegen haben sie als vermisst gemeldet. Wir graben gerade Weigerts persönliches und berufliches Umfeld um. Ich will ehrlich sein: Da ist keine brauchbare Spur dabei.« Dom atmete tief ein. »Im Moment sieht unsere kleine Rechnung so aus …« Er streckte Christine seinen sauber manikürten Zeigefinger und Daumen entgegen. »Der Eismann hat Tamara Lee und Claudia Weigert erledigt.« Er hob zwei weitere Finger. »Dazu kommen zwei nicht identifizierte Opfer, die ersten Frauen, die der Irre vor seinem Publikum getötet und irgendwo entsorgt hat. Wie genau, das müssen wir noch herausfinden. Egbert Landkamps Projekt wäre damit jedenfalls beendet gewesen, wenn nicht Nana Reinhardt dazwischengefunkt hätte.« Dom streckte alle Finger seiner rechten Hand aus. »Fünf Tote, und dieser Psychopath läuft noch immer frei in meiner Stadt herum. Ich habe mich schon mal besser gefühlt, ganz ehrlich.«

Eine wandernde Wolkengruppe verdeckte die Sonne vor den großen Glasfenstern der Lichthöfe. Helmut lief mit seinem gluckernden Schlauch hinter Christine und Dom den Gang entlang. Das Wasser sprudelte über die Fliesen.

»Kinder, ihr müsst hier mal langsam raus. Ich bin gleich fertig und will nach Hause. Meine Frau macht heute Kalbsfrikassee.« Er klopfte sich mit der freien Hand auf den Bauch. »Da zählt jede Minute, verstehst du, Christine?«

Sie nickte. »Gleich, Helmut. Wir sind gleich fertig, ja?«

»Biang sür, Madamm«, rief er Christine zu und lief weiter.

Sie tippte Dom an. »Nana Reinhardt. Ich denke die ganze Zeit über sie nach. Wie ist sie Egbert Landkamp überhaupt auf die Schliche gekommen?«

Dom zuckte mit den Schultern. »Ich kann es nur vermuten.

Nana Reinhardt hat eine kleinere Schwester, Ellen. Sie ist schwer krank. So eine seltene Autoimmunschwäche, die nur bei wenigen Menschen auftritt. Die Pharmafirmen interessieren sich nicht dafür. Damit lässt sich nicht genug Geld machen. Ich denke, das war der Auslöser für Nana Reinhardts Krieg gegen die ganze Industrie. Warum sie sich ausgerechnet Landkamp vorgenommen hat – keine Ahnung. Ein Mensch wie sie, der in jeden Rechner einsteigen konnte … Sie muss irgendetwas entdeckt haben, das sie misstrauisch werden ließ. Vielleicht eine verdächtige E-Mail oder sonst was.« Dom erhob sich. »Jedenfalls habe ich die Videos der Überwachungskameras auf Landkamps Grundstück analysieren lassen. Es gibt ein paar Bilder von ihr auf der anderen Seite der Straße. Sie hat Landkamp beobachtet. Irgendetwas muss sie mitgekriegt haben. Den Faktor Zufall können wir hier wohl ausschließen. Nana Reinhardt war eine leidenschaftliche Frau. Das kann ich nur respektieren. Vielleicht hätte sich ihr Leben verändert, wenn sie das Kind bekommen hätte. Das ändert immer alles.«

Christine zog ihre Beine aus dem Becken. »Nana Reinhardt hat ein Kind erwartet?« Die neuen Informationen lagen vor ihr wie zwei Bilder in einem Memory-Spiel, die partout nicht zusammenpassen wollten. Nana Reinhardt. Ihr Kind. Keine Überschneidung. Dazu kam Doms selbstverständlicher Tonfall. Christine erhob sich und drehte die Handflächen nach oben.

»Ja. Vor vier Jahren war sie schwanger. Und der Vater … aber das müssten doch gerade *Sie* wissen …« Dom riss die Augen auf und starrte über Christines Schulter. »Mein Gott, das darf ja nicht wahr sein.« Seine Stimme wurde lauter, höher, mit einer Spur von Hysterie. Dom lief auf die Holzbank zu und bückte sich. Er hielt seine beiden durchnässten Schuhe in den Händen. Das braune Leder hatte dunkle Flecken vom Wasser bekommen. Tropfen liefen von den Schuhspitzen auf den gefliesten Boden.

»Das hat Ihr Helmut mit seinem Schlauch ja toll hingekriegt. Ganz toll sogar.« Er schüttelte den Kopf. »Die sind aus Italien. Das waren meine Lieblingsschuhe.«

Albert und Nana. Das Foto im Keller der Hacker. Alberts Arm um Nanas Schulter. Guidos Wut auf Albert. Er hatte gewusst, dass Nana ein Tattoo an der Hüfte trug. Christine hörte Doms Worte gedämpft, wie aus weiter Ferne. Helmut drehte einen knirschenden Wasseranschluss zu. Kleine Wellen schlugen gegen den Beckenrand. Wie verzweifelt Albert gewesen war, als er von Nanas Tod erfahren hatte, sein tiefes Mitleid für einen Menschen, den er vorgab, nicht wirklich leiden zu können. Christine jagte den Mörder der Frau, von der Albert ein Kind erwartet hatte. Er hatte es ihr verschwiegen.

»Ist was, Christine?« Dom hielt seine Schuhe behutsam wie zwei kleine ertrunkene Tiere in der Hand. Immer wieder schüttelte er sie, als wollte er ihnen so Leben einhauchen. »Was ist denn los?«

Christine wandte sich ab. Ihr Vertrauen in Albert war absolut gewesen. Er war der einzige Mensch, dem sie sich arglos nähern konnte. Sein aufrichtiger Charakter hatte viele der Schatten vertrieben, die ihr Leben verdunkelten. Das war einer der Gründe, warum sie Albert liebte. *Sehen Sie? Deswegen tut es immer so weh. Weil wir es glauben wollen. Wir können nicht anders.* Die Worte von Melanie Pritz hallten in Christines Gehirn wie ein unwirkliches Echo.

Sie blickte in die Tiefe des Beckens vor ihr. Die Christine, die sich jetzt im Wasser spiegelte, war vor ein paar Sekunden noch eine andere gewesen.

»Alles ist in Ordnung.« Sie senkte den Kopf. *Und alles hat sich geändert.*

30

Im Eis erblühte sie. Ihr Körper war Winter geworden. Die Kristalle auf ihrer Haut funkelten in der Sonne wie Edelsteine. Die dünne Eiskruste umhüllte vollends ihre Haut.
Kalte Dämpfe stiegen auf und umnebelten sein Gesicht, als er den gläsernen Deckel der Kühltruhe anhob. Tief sog er die Luft ein und ließ sie durch seine Lunge strömen. Für einen Moment glaubte er, den Duft von Schnee wahrzunehmen. Doch das war nicht mehr als eine Erinnerung, die seine Geruchsnerven in die Irre führte. So war es bisher jedes Mal gewesen. Er ließ die Täuschung zu, begrüßte sie sogar, weil er daran Gefallen gefunden hatte.
Der gefrorene Körper vor ihm war eine Anomalie in diesem viel zu heißen Sommer. Mit der Kraft seiner Hände hatte er einen Widerspruch geschaffen, sich gegen die Natur aufgebäumt und gesiegt. Als er ausatmete, zogen neblige Schwaden durch den Raum. Claudia war eins mit dem Eis geworden. Er hatte es vollbracht.
Mit seiner Hand strich er über den kristallinen Körper, fuhr über ihre Beine und ihre Brüste und spürte unter seinen Fingernägeln die feinen Körner hartgefrorenen Eises. Claudia hätte zu seinem Triumph werden können. Wenn sich nur nicht die rotvioletten Verfärbungen auf ihrer Haut abzeichnen würden. Unter der dünnen Eisschicht zeigten sich die Totenflecken wie hässliche Male. An ihrem Bauch. An ihrem Hals. In ihrem Gesicht. Nicht perfekt. Mangelhaft. Er war daran nicht schuld. Hätte ihn die Frau mit dem schwarzen Pagenkopf im Hospital nicht gestört, wäre seine Arbeit ein-

wandfrei gewesen. »Ich kann nichts dafür«, flüsterte er Claudia zu. »*Sie* hat es verdorben. *Sie* war es. Nicht ich.«
Claudias Schweigen kam ihm lauter und zorniger vor als jeder wütende Widerspruch. »Was hätte ich denn tun sollen? Bitte, verzeih mir doch.«
Bei seiner Flucht aus dem Krankenhaus hatte er auf die Kühldecke verzichten müssen, die er vorbereitet hatte. Zusammen mit den zehn Kilo schweren Eiswürfeln hätte er die Temperatur im Gehäuse des Kontrabasses bei minus zehn Grad gehalten, sie beherrschbar gemacht. So wie all die Male zuvor. Mit dieser Konstruktion wären die dreiundsiebzig Minuten Fahrt vom Hospital bis zu seinem Haus problemlos zu bewältigen gewesen, ohne dass die Verwesungsprozesse den Körper angegriffen und sein Material zersetzt hätten. »Es tut mir leid, Claudia. Glaub mir doch.«
Ihr Gesicht. So glatt. Ihre Nase. Die Quintessenz ihres Charakters, entstellt von rötlichen Sprenkeln, die der stillgelegte Blutkreislauf auf ihrer Haut hinterlassen hatte. Anfangs hatte er noch versucht, die Flecken mit dem Druck seiner Hände zu verlagern, sie wegzudrücken. Doch sie waren zurückgekehrt.
»Das hast du nicht verdient, Claudia. Dein Gedicht war ganz außergewöhnlich. So wunderschön. So perfekt.« Er nickte ihr zu. »Du warst die Beste.«
Da vernahm er ein Rascheln hinter sich. *Du Versager. Hast du wirklich geglaubt, du bist so gut wie ich? Du bist unnütz. Wertlos. Du Abschaum.*
Die Stimme war ganz nah. So sachlich und gleichzeitig vor Hohn triefend, wie er sie schon seit frühester Kindheit kannte. Er musste sich nicht umdrehen, um die Anwesenheit seines Vaters zu spüren. Das ganze Haus war von seiner Präsenz erfüllt.

»Ich habe mein Bestes gegeben. Immer. Nie war dir das gut genug. Niemals warst du zufrieden mit mir.« Er deutete auf den gefrorenen Körper. »Das hier habe ich geschaffen. Ich ganz allein. Mehr, als du je erreicht hast. Viel mehr.«
So armselig. Du beherrschst dein Handwerk nicht. Sieh sie dir doch an. Mit diesem Material willst du arbeiten? Pathetischer Nichtsnutz. Du bist nicht mein Sohn.
Die Kühltruhe brummte. Die Vibrationen eines vorbeifahrenden Zuges übertrugen sich auf das Gemäuer des Hauses. Das Rauschen seines Blutes hämmerte in seinem Kopf. »Ich habe es doch versucht ... bitte ...« Das Parkett knackte, als er auf die Knie fiel.
Blut schoss aus seiner Nase, tropfte vor ihm auf den Boden wie roter Regen. Er wischte sich mit dem Handrücken über die Oberlippe. Die Schlieren hinterließen ein Muster, das wie von einem Pinselstrich ausgeführt auf seiner Haut zurückblieb. Vor ihm lagen Claudias abgeschnittene Haare, zu einem Haufen getürmt. Er griff nach einer Haarsträhne und presste sie an sein Gesicht, atmete den abgestandenen Geruch ein, als wäre es reiner Sauerstoff. Mehr davon. Noch mehr. Wieder griff er nach den Haaren, da drang ein Geräusch an sein Ohr. Ein langgezogener Basston erklang. Musik. Ganz nah.
Er erhob sich und wankte zu einem Fenster. »Bitte nicht.« Er presste seine Stirn gegen das Glas. Dort unten, zwischen den Apfelbäumen, hatte sein Vater immer auf seinem knarrenden Holzschemel gesessen, wenn er sich von seiner Arbeit entspannte. Wie ein brummendes, böses Tier klemmte der Kontrabass zwischen seinen angewinkelten Beinen. Zärtlich und mit geschlossenen Augen hatte er den Bogen über die Stahlsaiten gezogen und dem hölzernen Korpus tiefe Töne entlockt, die sich zu düsteren Melodien von Sergej Prokofjew aufschwangen.

Einmal, er war zehn Jahre alt gewesen, da hatte er sich im Schatten eines Baumes ins Gras gesetzt und seinen Vater aus der Nähe beobachtet. Als hätte der Alte die Anwesenheit des unerwünschten Gastes gespürt, öffnete er die Augen und zeigte mit der Spitze seines Bogens auf ihn. »Du störst die Schönheit der Musik. Das Hässliche hat hier keinen Platz. Mach, dass du wegkommst.«
Erst als er hinter dem Haus verschwunden war, setzte die Musik wieder ein, lauter und kraftvoller als zuvor, als ob sie ihn verhöhnen wollte. Von da an hatte er seinen Vater im Verborgenen beobachtet. Er war nur ein Kind gewesen, allein mit sich und der Welt, die ihn umgab. Nur er, niemand sonst.
Er schlug gegen das Fenster und rieb mit der Hand über das Glas, bis es quietschte. »Es … gibt … keine Musik mehr. Du bist tot.« Er hielt sich die Ohren zu. »Tot.« Die Töne verstummten. In der Reflexion der Scheibe sah er sein Gesicht. Die Schnittwunde an seiner Wange war verschorft. Er folgte der roten Linie mit der Spitze seines Fingernagels und riss sie auf. Blut perlte aus der Haut und vermengte sich mit seinen Tränen. Er fiel auf die Knie. »Tot.«
Vor sich sah er die Frau mit den großen Augen, den Stein in ihrer Hand und die schnelle, katzenhafte Bewegung, mit der sie sein Gesicht vor dem Hospital zerfetzt hatte. Wie sein Vater, so hatte auch sie sich ihm in den Weg gestellt. Ein weiteres Hindernis, das er wie diese Nana Reinhardt beseitigen musste. Er brauchte nicht nach ihr zu suchen. Da war ein Gefühl von Gewissheit in ihm, dass sie von selbst zu ihm kommen würde. Gut. Dann sollte es so geschehen.
Mit zitternden Knien erhob er sich und strich noch einmal über die Glasscheibe der Kühltruhe. Still ruhte der von Eis umgebene Körper bei minus 35 Grad in dem Gehäuse. »Heute Abend werden wir unser Werk vollenden, Claudia. Heute

Abend.« Dafür hatte er gelebt. Nur dafür. Er würde sein Versprechen halten, weil er es ihr schuldig war.
Schnell lief er die geschwungene elfenbeinfarbene Treppe zum Erdgeschoss hinab. Unten angekommen, trat er vor die Haustür.
Die schwüle Hitze zerrte an ihm. Die Wunde auf seiner Wange pochte. Im Garten war eine seltsame Stille eingekehrt. Kein Zug. Kein Nachbar Rose. Keine Vögel.
Von seinem Publikum fehlte auch jede Spur. Auf seine Nachrichten hatte er keine Antwort bekommen. Die Männer mit den Masken schwiegen. Vielleicht waren sie schon längst inhaftiert. Es war ihm egal. Im Hospital war der letzte Vorhang ohnehin gefallen. Seine Verfolger waren ihm einen Schritt näher gekommen. Doch noch immer war er frei.
Auf der Stufe vor der Haustür lag ein Schmetterling. Er hob den Falter auf und betrachtete das kleine Wesen in seiner Hand. Die Fühler hingen schlaff herab. Die dunkelblauen Flügel mit den weißen Flecken zuckten noch einmal, bevor sie ganz erlahmten. »Tot«, flüsterte er.
Am Himmel zogen Wolken auf. Seit Wochen hatte es keinen Regen gegeben. Die Erde war aufgeheizt, in der Luft lag elektrische Spannung. Er ließ den Schmetterling ins Gras fallen. Ein Sturm würde kommen und die Stimme der Stille verschlucken. Schon bald. Er war bereit.

31

Warum hast du mir nicht gesagt, dass Nana ein Kind von dir erwartet hat?«

Die Frage stand im Raum.

Sie löste in Albert trotz der Hitze im Krankenzimmer ein Frösteln aus.

Christine vergrub die Hände in den Taschen ihrer schwarzen Schlaghose und fixierte ihn mit starren Augen. Es war ihr erprobt analytischer Blick, mit dem sie die Dechiffriercodes für Verhaltensweisen an ihrem Gegenüber durchspielte. Sie erwartete eine Antwort von ihm.

Seit Tagen begleitete Albert die Angst, dass Christine ihn mit ihrem Scharfsinn entlarven würde. Nichts, wirklich gar nichts ist so sichtbar wie das, was man verheimlichen will. Das war einer der Leitsätze ihrer journalistischen Arbeit. Nun war *er* ihr in die Falle gegangen. Albert schloss die Augen. Die Dunkelheit über seinen Pupillen verschaffte ihm ein paar Sekunden mehr Bedenkzeit. Wenn er sie öffnete, musste er eine Antwort liefern.

Der beißende Geruch von Desinfektionsmitteln hing in der Luft des Krankenzimmers. Das Bett knirschte, als er seinen Rücken durchdrückte. Sein Bein lag vom Oberschenkel bis zum Fuß in Gips. Ein glatter, unkomplizierter Bruch, doch der Juckreiz war nach vier Tagen unerträglich.

Irgendetwas hätte er herauspressen und damit das Verhör schnell hinter sich bringen können. Bei jedem anderen Menschen würde das funktionieren. Doch vor ihm stand Christine. Ihm fehlte der Mut.

»Warum hast du es mir nicht gesagt?« Etwas Trauriges lag in ihrer Stimme.
Ihr Tonfall gab Albert einen Stich. Vielleicht fühlte sich für Christine ihre Liebe nun ganz anders an. Keine Ausreden mehr. Dafür war es zu spät. Nur noch die ganze Wahrheit konnte seine Beziehung retten.
Er öffnete die Augen. »Ich wollte dir von Anfang an alles erzählen. Ich habe mich nicht getraut. Und dann ist das alles über uns hereingebrochen. Die Suche nach den Daten. Die Morde im Hospital. Dieser Eismann.« Er zog an dem weißen Laken über seinem Bauch und knetete den dünnen Baumwollstoff mit den Fingern. »Ich wollte dich nicht verletzen, Christine.«
Sie nahm beide Hände aus den Hosentaschen und zuckte mit den Schultern. »Aber genau das hast du getan, Albert. Das tust du immer noch. Selbst jetzt.« Christine blickte aus dem Fenster.
Draußen im Park tönte die schrille Sirene eines Krankenwagens. Der Wasserhahn am Handwaschbecken tropfte. Albert richtete sich mühsam auf. »Christine. Bitte …«
»Wir haben nicht nur einen Killer gejagt, sondern den Mörder deiner Ex-Freundin. Gott, Albert, du wärst der Vater ihres Kindes gewesen. Du hast es mir nicht gesagt, weil du mir nicht vertraut hast. Richtig?« Sie trat zwei Schritte an sein Bett heran. »Die Welt da draußen ist nicht immer gut zu uns. Wir haben es erlebt. Und wenn wir beide uns nicht vertrauen, dann ist alles wertlos.« Sie zeigte auf das Fenster. »Ich dachte, wir wären besser als das da draußen.« Dicke steingraue Wolken türmten sich am Himmel wie Berge auf, veränderten ihre Form und wanderten weiter. »Ich habe mich in dir getäuscht.« Sie nickte. »Das habe ich wohl. Ich gestehe es mir nur ungern ein.«

Albert ließ sich auf die Matratze sacken. Er presste den Hinterkopf in das viel zu weiche, durchgelegene Kissen und starrte zur Decke. Sein Mund war zu trocken zum Sprechen, zumindest fühlte er sich so an. Nana. Ihr helles Lachen, das noch immer in seinen Ohren klang. Ihr schwarzes Haar, das immer ein wenig nach Veilchen geduftet hatte und ihn an die parfümierten Taschentücher seiner Großmutter erinnerte. Nana hatte ihm seinen Weg gewiesen. Er hatte seine Talente hinter der Maske des Mittelmaßes verborgen, weil er nicht auffallen wollte. Doch wenn seine Finger über die Tastatur des Rechners getanzt waren und er kleine Wunder vollbrachte, dann stand Nana oft lächelnd neben ihm. Albert genoss diese Momente. Und eine Nacht, nur eine einzige Nacht, hatte alles zum Einsturz gebracht. Eine ungewollte Schwangerschaft und ihre Folgen, mehr war nicht notwendig gewesen, um zwei Menschen auseinanderzutreiben, als ob es niemals ein Wir gegeben hätte. Und nun hatte ihn die Vergangenheit wieder erwischt.

An der Decke des Krankenzimmers prangte ein gelber Wasserfleck. Je länger ihn Albert betrachtete, desto mehr verborgene Strukturen offenbarten sich ihm. Kamillengelbe kleine Kreise. Honiggelbe Schattierungen und eine feine äthergelbe Linie, die sich wie eine Nabelschnur quer über die Decke zog und im Nichts endete. »Nana wollte das Kind nicht. Da lief ein echter Nervenkrieg zwischen uns. Sie hat es abgelehnt. Ich habe dafür gekämpft. Ein Kind … das wäre für mich ein wirklicher Neuanfang gewesen. Ich hätte einen echten Sinn in meinem Leben gefunden, weit weg von diesem irren Leben im Keller. Das hat sich irgendwie … gut angefühlt.« Er wandte den Blick von der Decke ab. »Nana hat das Kind nach drei Monaten abtreiben lassen. Einfach so.« Albert kratzte über den Gips an seinem Bein. »Sie war so voller Hass auf die Gesellschaft, dass sie an nichts anderes mehr denken konnte. In ihrem Leben gab es nur Platz für ihre Mission. Nana hatte eine jüngere Schwester, die sehr krank war. Niemand wollte ihr helfen. Pharmaunternehmen forschen nur, wenn es sich lohnt. Zu wenige Betroffene, zu wenig Umsatz – ganz einfach. Und dann hat sich Nana die ganze Industrie vorgeknöpft.«

»Ich weiß. Aber das ändert nichts an deinem Verhalten mir gegenüber. Du vertraust mir nicht. Das ist die Wahrheit.«

Er atmete schwer aus. »Das ist alles so lange her. Vier Jahre. Nana und ich, wir waren wie zwei Gefangene in diesem Keller in Kreuzberg. Wir waren einsam und haben uns aneinandergeklammert, als ob wir am Ertrinken wären. Diese Zeit war der reinste Alptraum. Ich wollte alles verdrängen, bloß nicht mehr daran denken. Und dann habe ich das Foto am Flughafen gesehen, und die ganzen Scheißgefühle kamen wieder hoch. Ich wollte dich nicht damit belasten.«

Christine verschränkte die Arme vor ihrer Brust. Eine Haarsträhne ihres Pagenkopfs löste sich. Die Haarspitzen berührten ihre Lippen. »Du bist aber nicht mehr in deinem tristen Kreuzberger Keller mit deinen Nerds. Und du bist auch nicht mehr einsam. Wenn es ein Problem gibt, musst du es mir sagen.« Sie wischte die Haarsträhne fort. »Die Wahrheit. Du hättest mir nur die Wahrheit sagen müssen. Ich weiß nicht, ob ich dir noch vertrauen kann. Du liegst da in deinem Krankenbett und wirkst auf mich wie ein komplett anderer Mensch. Was verschweigst du mir noch?«

Na gut. Jetzt war alles egal. Er richtete sich wieder auf, ließ sein gesundes Bein über den Rand des Bettes baumeln und bemühte sich um ein besonders schmerzverzerrtes Gesicht. Vielleicht würde das bei Christine ja Mitleid auslösen. Doch sie verdrehte nur die Augen.

»Was noch, Albert?«, hakte sie nach.

»Erinnerst du dich an den Typen vom Flughafen? Der Kerl in dem taubenblauen Anzug, der dich so finster angeguckt hat?«
»Der Spinner mit dem Handy am Ohr? Klar.«
»Das ist ein Unternehmensberater, der unseren Sender auseinandernimmt. Kürzen. Streichen, weg damit – du weißt schon. Und in diesem Chaos droht mir Breinert jetzt auch noch mit Kündigung, wenn ich ihn nicht über unsere Rechercheergebnisse auf dem Laufenden halte. Er hat was mitgekriegt, und er will die Story. Ich habe eine Bedenkzeit bekommen.«
Christine trat ganz nah an Albert heran. »Was? Das sagst du mir auch erst jetzt?« Sie tigerte mit quietschenden Schuhen übers Linoleum vor seinem Krankenbett. »Breinert, der freundliche Diktator von nebenan. Diesmal ist er zu weit gegangen.« Sie blieb stehen. »Ich werde ihn mir vornehmen. Das lasse ich mir nicht gefallen. Dieser kleinwüchsige Parasit. Das hier ist unsere Geschichte.«
»Christine, warte mal.«
»Warum, Albert? Warum hast du mir das nicht sofort gesagt?« Sie tippte mit der Schuhspitze auf den Boden. Ihre Wut fokussierte sich nun auf Breinert. Was Albert deutlich besser gefiel.
»Ich habe es dir nicht gesagt, weil ich mich erst mal selbst entscheiden muss. Du bist anders als ich. Du lässt es auf eine Konfrontation ankommen. Aber ich muss erst mal in Ruhe alles überdenken. Schritt für Schritt.«
»Willst du dir deine Story von Breinert wegnehmen lassen? Er erpresst dich.« Ihre Unterlippe zitterte.
Albert schüttelte den Kopf. »Für mich ist das viel mehr als nur eine Geschichte. Es ist ein Teil meines Lebens. Da geht es mir nicht mehr um journalistische Professionalität. Versteh das doch, bitte.«
Mit durchgedrücktem Rücken stand sie vor ihm – ein einhundertfünfundsechzig Zentimeter großer Körper, aus dem die

Energie sprühte und der explodieren würde, wenn er seine Kräfte nicht sofort auf ein Ziel lenkte.

Da erklang ein dumpfes Klopfen. Im nächsten Moment streckte Benno seinen Kopf durch den Türrahmen des Krankenzimmers. In seinen Händen hielt er eine Obsttüte, auf die stilisierte Weintrauben und Erdbeeren aufgedruckt waren. Äpfel lugten aus dem Papier. »Störe ich?«

»Nein. Komm ruhig rein.« Perfekt. Albert atmete hörbar auf. Christine warf ihm aus zusammengekniffenen Augen einen Blick zu. Das Thema war nicht abgehakt. Noch lange nicht.

»Bedient euch ruhig.« Benno stellte die Tüte mit den Äpfeln auf dem kleinen Rollschrank neben dem Bett ab. »Äpfel helfen immer. Hat mir meine Mutter auch immer gebracht, wenn ich krank war. Besser als Blumen. Und sowieso viel besser als deine Energydrinks.« Der silbrig graue Haufen geleerter Blechdosen türmte sich auf dem Schränkchen neben dem Bett zu einer beeindruckenden Altmetallsammlung auf. »Aber eigentlich bin ich deswegen hier.« Mit einem Griff in seine Gesäßtasche zog Benno ein Handy hervor. Er drehte das flache Gerät zwischen seinen Fingern hin und her. »Das ist Georg Merzigers Handy.«

Wie das unwirkliche Relikt einer längst vergangenen Nacht lag das Telefon in Bennos Hand – so weit weg kamen Albert nach ein paar Tagen die Ereignisse in der Ruine vor.

Christine ging um das Bett herum und nahm Benno das Handy mit spitzen Fingern aus der Hand. »Woher hast du das?«

»Na, als ich im Hospital Merziger überwältigt habe, ist ihm was aus der Tasche gefallen. Ich habe damals bloß das Poltern auf dem Parkett gehört. Dann habe ich mich heute noch mal an den Polizeiabsperrungen vorbeigeschlichen. Ab durch den Gang im Pförtnerhäuschen und hoch ins Hospital. Und im zweiten Stock habe ich das Telefon gefunden.«

Christine reckte ihr Kinn vor. »Das Handy haben Tobias Doms Ermittler vorher nicht entdeckt?« Sie wog das Gerät in einer Hand, als ließe sich ihre Frage durch das exakte Ermitteln der Grammzahl beantworten. Dabei ließ sie Benno nicht aus den Augen. »Warum hast du es nicht aufgehoben, als wir noch im Hospital waren?«

»Ich hab nicht mehr dran gedacht. Da war doch so viel los.«

»Verstehe. Wo genau lag es denn?«

»Na, im Schutt.«

»Obendrauf?«

»Nein, so halb unter den Mauersteinen am Fenster.«

»Halb und nicht ganz?«

»Na, mehr so halb verdeckt.«

»Ach, das Handy ist von ganz alleine unter die Steine gekrabbelt. Irgendwie so halb, ja?«

Benno strich sich übers Haar. Auf seinen Wangen machte sich eine Röte breit, die sich bis über seine Stirn zog. Selbst in seinem Bett meinte Albert, Bennos Herzschlag zu hören.

Christine neigte den Kopf zur Seite. »Wieso glauben alle Anwesenden in diesem Zimmer, mich so leicht austricksen zu können? Was bildet ihr euch eigentlich ein?« Sie krempelte die Ärmel ihrer weißen Bluse hoch. Das tat sie bevorzugt dann, wenn sie ihrem Gegenüber am liebsten einen Faustschlag verpassen wollte, sich aber aufgrund ihrer Erziehung an längst überholte gesellschaftliche Konventionen hielt. So gut kannte Albert sie.

»Niemals würde Doms Spurensicherung ein Handy in einem Raum entgehen, in dem mehrere Frauen getötet wurden.« Sie tippte Benno gegen die Brust. »Du hast das Gerät seit vier Tagen bei dir und hast uns nichts gesagt.«

Auf dem Gang rumpelte ein Rollwagen. Geschirr klapperte. Eine Krankenschwester rief etwas.

Bennos Haare hingen in fettigen Strähnen herab, sein hellblaues Hemd zeigte tiefdunkle Schweißflecken. Er ließ den Kopf zwischen die Schultern sacken. »Na gut. Es stimmt, Christine«, murmelte er. »An dem Abend im Hospital dachte ich, dass ich auf dem Handy irgendwas Brauchbares finde, um die geflüchteten Typen doch noch zu schnappen.«
Ganz nah stand Christine vor Benno und blickte zu ihm hoch. »Du wolltest sie alleine stellen? Ohne uns?«
Mehr als ein Kopfnicken brachte er nicht zustande. »Ich war so wütend. Ich wollte irgendwas tun. Irgendwas. Ich komme nicht damit klar, dass uns der Mörder entwischt ist.« Er deutete auf das Bett. »Und dann hat sich Albert das Bein gebrochen, und du hast auch was abbekommen. Ich dachte, ihr beide seid erst mal fertig.«
Christine trat gegen das Bettgestell. Das Metall klirrte. Der heftige Ruck übertrug sich auf Alberts Bein und löste einen tiefen, pochenden Schmerz aus. Er schluckte ein Stöhnen hinunter.
»Verdammt. Wir sind ein Team, Benno. Wir müssen uns vertrauen. Wenn wir das nicht schaffen, haben wir den Kampf von vornherein verloren. Verstehst du das?«
Benno nickte. Ganz automatisch ahmte Albert seine Kopfbewegung nach. Christine hatte es bemerkt.
»Das gilt auch für dich, Albert. Besonders für dich.« Christine warf das Handy aufs Bett und lief zum Waschbecken. Kaltes Wasser rauschte über ihre Pulsadern. Mit beiden Armen stützte sie sich auf das Emaillebecken. »Unfassbar.« Sie schüttelte den Kopf.
Im Spiegel über dem Becken sah Albert ihr Gesicht, ihre großen schwarzen Augen, in denen ein schmerzvoller Zug lag. Bennos Vertrauensbruch mochte sie ärgern, doch sein Geheimnis um Nanas Schwangerschaft hatte sie wirklich ver-

letzt. Nur wenn er an Christines Jagdinstinkt appellierte, konnte er die Stimmung in dem viel zu heißen Krankenzimmer vielleicht wenden.

Albert beugte sich vor, griff nach dem Handy und drückte auf den Tasten herum. Er klickte sich durch das Menü. Das Handy wirkte so unbenutzt, als sei es gerade aus der Verpackung genommen worden. »Sieh an. Sehr seltsam«, flüsterte er und durchbrach die entstandene Stille im Zimmer. »Keine Telefonnummern im Speicher. Keine Listen von eingehenden oder ausgehenden Anrufen.« Er klickte auf einen Foto-Ordner. Leer. Natürlich. »Und auf dem Handy wird ein Guthaben von vierzig Euro angezeigt. Erstaunlich. Kann sich Georg Merziger nichts Besseres leisten?« Er hielt das Display in Christines Richtung. »Du weißt, was das bedeutet.«

Sie starrte ins Handwaschbecken und stocherte mit dem Zeigefinger im Abfluss herum, als sei durch die kleinen Löcher etwas entschwunden. »Ein Prepaid-Handy. Das fehlende Bindeglied.« Sie wandte sich zu Albert um. »Auf diese Weise haben die Männer miteinander kommuniziert. Egbert Landkamp muss auch eines besessen haben. Melanie Pritz hat mir von einem Telefon erzählt, das er vor ihr versteckt hat. Doms Ermittler haben es bei ihrer Hausdurchsuchung nicht gefunden.« Sie ging mit kurzen Schritten durchs Krankenzimmer. Auf und ab. Hin und her. »Das erklärt auch, wie der Eismann nach Landkamps Tod den Kontakt mit den Maskierten aufrechterhalten hat, obwohl er sie vermutlich nicht kannte.« Sie setzte sich ans Fußende von Alberts Bett. »Ja, so muss es sein. Ich bin mir sicher.«

»Gestern gegen neunzehn Uhr dreißig hat es gepiept. Da war eine Nachricht«, sagte Benno. »Deswegen bin ich hier.«

Albert drückte zwei Tasten auf dem Handy. »Stimmt. Hier steht: *Bitte Rückmeldung. Alles in Ordnung?* Eine eingegangene SMS ohne Kennung des Absenders.« Er richtete sich mühsam auf. »Benno, reich mir doch mal meinen Laptop vom Tisch rüber und das USB-Kabel, das daneben liegt. Jetzt will ich es aber wirklich wissen.«

Nach zwölf Minuten und achtundzwanzig Sekunden beendete Albert seine Diagnose. Benno und Christine hockten am Fußende seines Bettes und hingen an seinen Lippen. »Wenn auf diesem Handy noch andere Nachrichten eingegangen sind, dann kann ich sie nicht mehr herstellen. Ich kann euch auch nicht verraten, wer der Absender der Nachricht ist. Die SMS wurde von einem Handy verdeckt übers Netz verschickt. Wir haben zwar eine IP-Adresse, aber ich gehe davon aus, dass die auch zu einem anonymen Prepaid-Gerät gehört. Die Spur führt also erst mal ins Nichts. Aber eines können wir herauskriegen.« Er klopfte auf das Gehäuse des Handys. »Das Teil hier hat die Nachricht gestern empfangen. Das heißt, hier wurden aktive Daten über die Funkzellen in der Stadt verschickt. Einfach ausgedrückt: Wir müssen uns beim Provider einhacken, und mit ein bisschen Glück können wir dann wenigstens den exakten Funkmasten bestimmen, von dem die Nachricht ursprünglich ausgegangen ist.« Er tippte mit dem Finger auf das Display. »Ihr müsst euch das so vorstellen: So eine SMS aus dem Netz ist ein reines Datenpaket. Sie hinterlässt elektronische Spuren, und zwar nicht nur auf dem Handy, sondern auch bei den Funkzellen, die die Daten übertragen haben. Klar?«

Christine und Benno nickten.

»Gut. Mit der richtigen Software können wir die Spur zum Einwählknoten zurückverfolgen. Und innerhalb dieses Senderadius müssen wir vor Ort nach Anhaltspunkten suchen. Logisch, ich weiß, wir bekommen keinen Namen. Aber das ist besser als gar nichts. Mehr kann ich nicht bieten, sorry.«

»Das ist sehr gut, Albert«, sagte Christine.
»Es gibt nur ein Problem: Ich habe die Software nicht.«
Sie zuckte mit den Schultern. »Dann besorgen wir sie uns eben. Wer kann uns helfen?«
Vor Alberts geistigem Auge blitzten zwei mit Sommersprossen übersäte Arme vor der Tastatur eines Computers auf. Auf Christines Frage gab es nur eine Antwort.
»Guido. Guido ist ein Experte, wenn es um IMSI-Catcher, Log-in-Daten und das ganze Zeugs geht.«
»Gut. Dann rufen wir ihn jetzt an.«
»Christine?« Albert verkrampfte sich. Nach all den Streitereien mit Guido wollte er ihn nicht auch noch um Hilfe bitten. Der Gedanke war ihm unerträglich.
»Ja. Was?«
»Also, ich denke, wir brauchen einen anderen Plan.«
»Und ich glaube, wir brauchen Guido.«
»Ich weiß echt nicht, ob ich das will.«
»Aber ich weiß es. Ich weiß es ganz sicher.«

Guido hatte zwei Laptops mit abgestoßenen Ecken unter den rechten Arm geklemmt, als er das Krankenzimmer betrat. Ein Kopfhörer aus schwarzem Leder baumelte um seinen Hals. Die Bässe von Elvis' *Devil in disguise* wummerten aus den Membranen. Fünf Sekunden lang inspizierte er Alberts Gipsbein. Dabei sagte er kein Wort. Zwei kleine Grübchen zeigten sich stattdessen an Guidos Mund. Sie verliehen seiner Miene einen heiteren Ausdruck. Albert hätte ihn am liebsten hochkant aus dem Krankenzimmer geworfen.
Stattdessen lag er in seinem Bett, ausgebreitet wie ein Exponat vor vorbeiziehenden Ausstellungsbesuchern.
Guido nagte an einem losen Hautfetzen an seinem Daumen herum. Die Pflaster an seinen Fingern zeigten schmutzige

Verfärbungen. In den vergangenen Tagen hatte er sie wohl kaum gewechselt. Geplatzte Adern zogen sich durch das Weiß seiner Augen. Seine Lippen wirkten blutleer. Er trat an Alberts Bett heran. Der Geruch von Feuchtigkeit und Moder hing in seinen Klamotten. »Ich helfe euch, weil es um Nana geht. Nur deswegen. Damit das mal klar ist.«
Albert spannte die Halsmuskeln gewaltsam an, so sehr musste er sich zu einem wortlosen Nicken zwingen. Noch immer hatte er Guidos Vorwurf von mangelnder Professionalität in den Ohren, als Nanas Schwangerschaft vor vier Jahren herausgekommen war und seine Rolle als möglicher Vater aufgedeckt wurde. Ihre kameradschaftliche Beziehung war zu Staub zerbröselt. Als er dann auch noch dem schmutzigen Keller in Kreuzberg entflohen war, hatte ihm Guido den Stempel des Abtrünnigen auf die Stirn gedrückt.
Nun stand Guido hier vor seinem Krankenbett und streckte ihm seine rissige Hand entgegen. »Für Nana, Albert. Ein letztes Mal. Nur für sie.« Die Sommersprossen auf Guidos Haut ähnelten den braun verfärbten Flecken einer vermoderten Frucht.
Christine stand mit verschränkten Armen am Fenster. Benno nickte Albert zu, als würde er gar nicht begreifen, weshalb er zögerte.
Albert strich über den Gips auf seinem Bein, ertastete die Unebenheiten. *Oh yes, you are the devil in disguise*, tönte es noch einmal leise aus Guidos Kopfhörern, bevor die Musik erstarb. Das Bettgestell quietschte. Albert atmete mit einem Seufzer aus. Vor seinem Bett trafen sich die Zeitzonen seines Lebens: Guido aus dem Gestern, flankiert von Benno. Christine war Gegenwart und Zukunft in einer Person, wenn auch von ihrer gemeinsamen Zukunft vielleicht nicht mehr viel übrig war. Und über allem schwebte der Schatten einer Toten. Wenn Al-

bert die Welt wieder in Ordnung bringen wollte, dann musste er sich selbst besiegen. Heute und hier.
»Also gut. Für Nana. Ein letztes Mal.« Albert griff zu. Die Pflaster an Guidos Fingern schabten über das Innere seiner Handfläche. Sein Händedruck war feucht und weich. Als er seinen Arm zurückziehen wollte, ließ ihn Guido nicht los. Der wandte sich an Benno und Christine. »Was ist mit euch beiden?« Mit seinem Kinn deutete er auf Alberts Hand, die er immer noch hielt. »Schlagt ihr ein?«
Ohne Zögern ging Benno zwei Schritte auf das Krankenbett zu und legte seine Hand auf die von Guido. »Ich bin dabei«, sagte er.
»Und was ist mit dir, Christine?« Guidos ohnehin dünne Stimme kippte am Ende des Satzes eine Oktave nach oben.
Sie zog die Augenbrauen hoch und lächelte ihn schmallippig an. Albert kannte diesen amüsierten Zug in ihrem Gesicht, hinter dem sich meist das Ergebnis eines komplexen analytischen Prozesses verbarg.
»Weißt du, Guido, bevor ich bei euren pathetischen Jungenspielchen mitmache, hätte ich eine Frage.« Sie steckte die Hände demonstrativ in die Hosentaschen und schlenderte auf Guido zu. Der Saum ihrer Schlaghose raschelte. Der Wind rüttelte an dem halb gekippten Fenster. Anderthalb Meter vor Guido blieb sie stehen. »Ich habe vorhin Kommissar Dom getroffen. Und ich frage mich gerade, wie er an so viele private und vor allem pikante Informationen über Nanas Vergangenheit gekommen ist.« Sie beugte den Kopf vor. Guido steckte einen Finger in den Mund und kaute darauf herum. »Und ich habe auch den Eindruck, dass ihm ein Hacker auf illegale Weise bei seinen Ermittlungen geholfen hat.« Christine zuckte mit den Schultern. »Wer, das frage ich mich, könnte das wohl gewesen sein?«

Mit der freien Hand fuhr sich Guido über seinen hellroten Bart. »Na, das war ich. Das gebe ich sofort zu. Ich bin kein Bullenfreund, aber meine Vorlieben sind doch völlig schnuppe, wenn nur Nanas Mörder geschnappt wird. Und außerdem, wenn ich ganz ehrlich bin …« Er wich allen Blicken aus und starrte auf den Boden. »Dom wollte mir auch bei einem kleinen Missgeschick helfen, in das ich da mal reingeraten bin. Nichts Großes. Nur so ein kleiner Kreditkartenvorfall. Könnt ihr ruhig wissen. Ist besser so.«
Christine lächelte. »Gut, Guido. Nur mit der Wahrheit verdient man sich Vertrauen.« Sie wandte sich Albert zu. »Nur so.«
Er spürte ihren Blick so intensiv wie einen in Zeitlupe ausgeführten Faustschlag gegen sein Kinn. Ausgerechnet Guido hatte sich Christine zum Musterknaben für ethisch einwandfreies Verhalten auserkoren. Unfassbar.
Christine legte ihre Hand auf Guidos Arm. »Na gut. Ich bin dabei. Dann also für Nana.«

Das blaue Licht der Laptops erstrahlte im Krankenzimmer. Albert und Guido bearbeiteten die Tasten der Keyboards wie Schlaginstrumente. Das rhythmische Klackern durchschnitt die Stille des Zimmers. Die Lüfter der Maschinen brummten. Guido fluchte, Albert stöhnte. Energydrinks zischten. Bennos Schuhe knirschten, während er unruhig durch das Krankenzimmer wanderte. Christine blickte aus dem Fenster.
Nach anderthalb Stunden legte Guido den Kopf in den Nacken. »Ich glaub, ich hab ihn.« Er fuhr sich über die Stirn. »Da sind drei Masten, in die das sendende Handy eingeloggt war. Aber nur eine Funkzelle hat die Daten transportiert – die mit der größten Feldstärke.« Er drückte zwei Tasten auf dem Keyboard. Kolonnen von Buchstaben und Zahlen rauschten

über den Monitor. »Ich gebe nur noch die Koordinaten vom Standort ein. Einen Moment …« Mit beiden Armen riss er seinen Laptop hoch und drehte das Display um, so dass alle es sehen konnten. Auf einem Satellitenfoto zeigten sich symmetrisch angeordnete Häuserdächer mit roten Ziegeln und Grünflächen außen herum. »Seht ihr?« Er hielt das Display noch höher. »Das Ding steht mitten in Zehlendorf. Das ist ein riesiger Block, jede Menge Einfamilienhäuser. Und wir sprechen hier über einen Radius von bis zu einhundertfünfzig Metern, von dem aus das Signal des Handys aufgenommen wurde. Wird nicht leicht, da was zu finden.«

Christine betrachtete den Monitor. »Gut. Das schau ich mir mal vor Ort an. Jetzt gleich.«

Alberts Atem ging schneller. »Nein. Christine.« Er richtete seinen Oberkörper im Bett auf. »Nein. Wir geben Dom die Informationen. Ich lasse dich nicht alleine gehen. Nicht noch einmal.«

Christine trat vor sein Bett. Etwas Hintergründiges verbarg sich in ihrem Lächeln. Sie beugte sich über die Matratze und klopfte mit dem Zeigefinger auf sein eingegipstes Bein. »Na, dann komm doch mit.«

Ohne die Antwort abzuwarten, wandte sie sich ab und ging aus dem Zimmer. Ihre schwarze Schlaghose verschwand mit einem Rascheln hinter der Tür. Ihre Schritte im Gang wurden leiser. Benno nickte Albert zu und folgte ihr.

Durch die geöffnete Tür drangen Gesprächsfetzen von Patienten, die den Wetterumschwung beklagten. Eine vorbeigehende Assistenzärztin lachte in ihr Handy, das sie sich ans Ohr presste. Die Tür fiel hinter Benno zu.

»Echt mal, Albert …« Guido kaute am zerfetzten Pflaster seines Zeigefingers herum. »Die Kleine gefällt mir irgendwie.«

32

Am Himmel ballten sich niedrige Wolkenformationen. Strähnig und verweht wanderten sie durch den Äther. Immer wieder bohrten sich einzelne Sonnenstrahlen durch die grauen Ballen. Der Wind nahm zu.

»Da braut sich richtig was zusammen.« Benno ließ seinen rechten Ellbogen aus dem Fenster des Citroën hängen. Eine Brise fuhr durch sein Haar.

Christine hielt die Tachonadel an der Armatur konstant auf vierzig Stundenkilometer. Bei dieser Geschwindigkeit konnte sie jedes Detail in der Siedlung speichern und fuhr doch schnell genug, um nicht aufzufallen. Zweiunddreißig Häuser hatte Christine bei ihrer ersten Umrundung des Blocks gezählt: streng in Reihen angeordnete Gebäude mit roten Dachziegeln, die in einem regelmäßigen architektonischen Rhythmus an den Fenstern ihres Wagens vorbeizogen. Dunkelgrüne Zäune, weiß verputzte Fassaden, braune Holzfenster und Türen, die in Segmentbögen eingelassen waren. Die zweigeschossigen Gebäude waren neben den Fenstern mit Außenlampen bestückt. Großzügige Gärten umgaben die Häuser vorne und hinten. Auf den Rasenflächen waren bunte Mülleimer, Fahnen, ein Indianerzelt, Springbrunnen, Steinskulpturen, sprudelnde Gartenschläuche und Holzbänke verteilt. Die ehemalige Zehlendorfer Arbeitersiedlung wirkte idyllisch wie ein kleines Dorf aus einer anderen Zeit.

»Nach was genau suchen wir hier eigentlich?« Benno deutete mit seinem Kinn nach draußen.

»Das weiß ich erst, wenn ich alles gesehen habe. Konzentrier dich auf alle Details. Im Kleinsten siehst du immer das Ganze.« Christine schlug das mit Leder ummantelte Lenkrad nach rechts ein. Der Wagen rumpelte über das Kopfsteinpflaster. Noch einmal umkreiste sie den Block.

Es war dreizehn Minuten nach sieben. Die SMS war gestern Abend um halb acht auf Georg Merzigers Handy eingegangen. Wer immer der Absender war, er musste sich im Umfeld dieser Häuser aufgehalten haben. Und vielleicht war er auch heute wieder hier – zur selben Uhrzeit am selben Ort. An dieser abgelegenen Siedlung kam niemand zufällig vorbei. Nein. Das war unwahrscheinlich.

»Christine, ich weiß, dass du schon oft mit Mördern zu tun hattest.« Benno wippte im Fußraum mit den Schuhspitzen auf und ab. »Was ist dieser Eismann für ein Typ? Ich kapier seine Motive nicht. Was bringt ihm der ganze Scheiß?«

Wenn die Wut nachließ, kamen die Fragen nach dem Warum. Christine hatte das schon viel zu häufig erlebt. »Ist das wirklich wichtig? Für mich ist nur entscheidend, dass ich seine Systematik begreife. Er arbeitet in einem geschlossenen Regelsystem. Das ist wie ein Code, den wir knacken müssen. Und dann haben wir ihn. Nur das zählt.«

»Ja, klar. Ich will das Schwein auch kriegen. Mehr als sonst was. Aber, der muss doch auch mal normal gewesen sein. Irgendwann mal.«

»Vielleicht. Aber so wird er nie wieder sein.« Sie schaltete den Motor einen Gang herunter. Ein hohes Brummen setzte ein. »Die Antworten auf deine Fragen werden dir nicht viel bringen. Dein Ziel muss es sein, nach dieser Geschichte der Benno zu bleiben, der du vorher warst. Wenn *du* ein anderer Mensch geworden bist, aber kein besserer, dann hat der Eismann gewonnen. Das wäre sein größter Triumph.« Sie tippte ihm auf die Schulter. »Und den sollten wir ihm nicht gönnen.«

Benno zog ein Beutelchen Tabak aus seiner Gesäßtasche. Er streute die braunen Krümel in sein Zigarettenpapier und drehte es zwischen Zeigefinger und Daumen hin und her. »Ja, klar, ich weiß, was du meinst.« Er schnippte ein paar Tabakreste von seinem Hemd. »Bist *du* denn die geblieben, die du vorher warst?«
Christine schüttelte den Kopf. »Nein.« Die Straße lag still vor ihr. Keine Menschen. Keine fahrenden Autos. »Ich kann mich kaum noch daran erinnern, wer ich war – vorher.« Der Mörder ihres Vaters. Ikarus, der Killer mit den Federn. Und nun der Eismann. In Christines Leben gaben sich die Mörder die Klinke in die Hand. Mit jedem Fall hatte sich ihr Wesen ein bisschen mehr verhärtet – bis Albert gekommen war. Er hatte sich mit seiner einfühlsamen Art einen Platz in ihrem Herzen erobert. Zumindest bis vor ein paar Stunden. Verlorenes Vertrauen ließ sich nun mal nicht mit einer Vermisstenanzeige wiederfinden, und was einmal verschwunden war, musste nicht unbedingt wiederkehren. Davor hatte Christine am meisten Angst.
Sie tippte das Gaspedal an. Der Citroën brummte. Das Gebläse knatterte. Benno entflammte seine schief gedrehte Zigarette und nahm einen langen Zug. Der bittere Geruch von Nikotin umnebelte Christine.
Sie atmete tief ein. Zeit für eine ihrer geliebten Gauloises wollte sie sich jetzt aber nicht gönnen. Sie scannte die Gegend vor der Windschutzscheibe und suchte nach Unstimmigkeiten: Gießkannen, schief zusammengenagelte Vogelhäuser, Skulpturen, Kinderfahrräder, hölzerne Windmühlen – erstaunlich, was Menschen alles in ihren Gärten horteten.
Christine wollte gerade um die Ecke der holprigen Straße biegen, da trat ihr Fuß wie automatisch aufs Bremspedal.
Bennos Oberkörper knallte durch den plötzlichen Ruck ge-

gen die Armatur. Die Zigarette hing schräg in seinem Mund.
»Was ist? Was hast du?«
Der Citroën vibrierte. Die gelbe Tachonadel wackelte am unteren Bereich der Skala zwischen zwei kleinen Strichen hin und her. Christine legte den Kopf zurück und presste ihn in das Rindsleder ihres Sitzes. Sie schloss die Augen. Die Villa Landkamp. Die bepackten Umzugswagen. Der Tennis-Court mit seinem roten Sand. Melanie Pritz. Der Garten.
»Moment mal.« Sie legte den Rückwärtsgang ein und gab Gas. Der Wagen rollte fünfzehn Meter zurück, bis sie ihn vor einem Haus mit geöffneten Fenstern stoppte. Dahinter flatterten weiße Vorhänge im Wind. Auf dem Briefkasten am Gartentor stand der Name SYLVIA WEBER in schwarzen, an den Rändern angerissenen Druckbuchstaben. Ein Werbeprospekt für Gartenmöbel ragte aus dem metallenen Briefschlitz. Neben dem Tor waren leere Pfandflaschen aus Glas aufgereiht. Die Steinskulptur einer Frau mit ernst dreinblickender Miene stand auf der Wiese. Mit gebeugten Knien und angewinkelten Armen blickte sie von ihrem Podest hinab. Daneben lagen zwei Harken im Gras. Alte Einmachgläser mit roten Gummis türmten sich vor einem Gartenhäuschen.
»Was hast du entdeckt? Nun sag schon.« Benno beugte sich vor. Er blickte angespannt durch die Scheibe.
Christine stellte den Motor ab, stieg aus und ging um den Citroën herum. Ihr war, als umwehte sie ein eisiger Wind. Hinter den flatternden Vorhängen an den Fenstern konnte sie niemanden erkennen, doch aus dem Erdgeschoss vernahm sie ein Tellerklappern.
Wer immer hier wohnte, er war zu Hause.
»Benno, park den Wagen ein Stück weiter unten an der Straße. Aber nur so weit entfernt, dass du den Eingang im Auge behalten kannst.« Christine beugte sich durch das geöffnete

Seitenfenster zu ihm hinunter. »So eine Statue habe ich schon einmal gesehen.« Sie zeigte in Richtung Garten. »Auf dem Anwesen von Egbert Landkamp.« Diesmal war der Körper der Skulptur nicht wie bei einem Balanceakt gespannt. Mit ihren gebeugten Knien erinnerte die Statue an eine Ballerina in einem klassischen Ballett, die ihr Grand-Plié vorführte. Doch das aus Naturstein gemeißelte Gesicht trug zweifelsfrei die gleichen Züge wie die Figur in Landkamps Garten. Das lange Haar, der erhabene Gesichtsausdruck – es konnte keinen Zweifel geben: Die beiden Skulpturen waren das Werk desselben Künstlers.

»Soll ich nicht mitkommen?« Benno reckte den Hals durch das Seitenfenster und versuchte, einen genaueren Blick auf die Statue zu werfen.

»Nein. Mit einem Ein-Meter-neunzig-Riesen an meiner Seite wird mir wohl kaum einer die Tür öffnen.« Immer noch regte sich nichts hinter den Fenstern. »Du bist mein Back-up, Benno. Wenn ich in zwanzig Minuten nicht rauskomme, dann klingelst du.« Sie deutete auf die geöffneten Fenster. »Im Ernstfall hörst du mich ja drinnen rufen. Bleib in der Nähe. Klar? Halt Augen und Ohren offen.«

Er nickte, warf die Zigarette durchs Fenster auf den Asphalt und hangelte sich auf den Fahrersitz. Christine schaute dem davonfahrenden Citroën nach. Am Straßenrand standen nur vereinzelte Kleinwagen. Benno würde sicher einen Parkplatz in der Nähe finden.

Mit fünf Schritten erreichte Christine das Tor am Gartenzaun. Sie drückte die eiserne Klinke nach unten. Kein Knarren. Frisch geölt. Kieselsteine knirschten unter ihren Schuhen. Sie lief an der Skulptur vorbei, strich im Vorbeigehen über den erwärmten Kalkstein. Unter ihren Fingerspitzen fühlte sich die Oberfläche glatt und poliert an. Eine Meise badete in einem Steintrog am Fuß der Figur. Alles im Garten wirkte friedlich und still.

Über drei Stufen aus Klinkerziegeln erreichte sie die Haustür. Zwei Fensterausschnitte mit einem filigranen Eisengitter waren ins Holz eingelassen. Links neben der Tür ragte ein gesprungener Klingelknopf aus dem Mauerwerk. Christine drückte ihn zweimal. Ein nostalgisch anmutender Gongschlag ertönte. Hinter den geöffneten Fenstern hörte sie die Stimme einer Frau.

»Ja, ach, Gott. Ja, ja, ja.«

Schnelle Schritte kamen näher. Das Gesicht einer grauhaarigen Frau tauchte hinter dem Glas in der Tür auf. Ihre strahlend blauen Augen musterten Christine von oben bis unten. Die Frau nickte ihr hinter der Scheibe zu, als würde sie eine alte Bekannte begrüßen. Sie zog die Tür auf. »Na, wart ihr draußen spielen?«, fragte sie.

Christine blickte über ihre Schulter. Doch hinter ihr stand niemand. »Guten Tag. Ich bin Christine Lenève. Sind Sie Frau Weber?« Sie ließ sich ihre Irritation über die seltsame Begrüßung nicht anmerken.

Die Frau blinzelte in die wolkenverhangene Sonne. Sie mochte siebzig Jahre alt sein. Ihr blumenbesticktes, verwaschenes Kleid erinnerte Christine an die siebziger Jahre. Die grauhaarige Frau war sehr dünn, ihre Finger wirkten lang und schmal wie Bleistifte. Gelblich-braune Altersflecken zogen sich über ihre Unterarme.

»Soll ich dir eine Milch warm machen?«, fragte sie und öffnete die Tür noch ein Stück weiter. Hinter ihr, an einem Garderobenhaken an der Wand, hingen ein Filzhut, daneben eine hellgraue Sommerjacke und ein zerfledderter Regenschirm. »Die anderen Kinder kommen bestimmt auch gleich. Ich habe auch noch Kekse da. Na, komm.«

Meist wurde Christine wegen ihrer zierlichen Figur und ihres mädchenhaften Gesichts deutlich jünger geschätzt, als sie wirklich war. Die Situation an der Haustür ließ allerdings nur einen Schluss zu: Die kognitiven Fähigkeiten der Frau mussten gestört sein. Altersverwirrung, Demenz, Alzheimer – was auch immer. Oder die Frau spielte ihr raffiniert etwas vor, um sie in eine Falle zu locken.
Christine trat ein. Sofort checkte sie den Raum hinter der Tür, ballte ihre Fäuste, bereit, im Ernstfall einen Angriff abzuwehren. Doch in dem dunklen Flur befand sich niemand außer der alten Frau, die nun durch den Korridor zur Küche ging.
Die Kühle des Hauses ließ Christine frösteln. Draußen vor der Tür stieg die aufgeheizte Luft auf, verwandelte sich in immer dichtere Wolkentürme. Der Wind trieb eine dunkelgraue Front von Norden nach Westen. Bald würde sich ein heftiges Gewitter entladen. Sie schloss die Tür hinter sich. Der Schnapper klickte metallisch.
Eine verwinkelte Treppe führte in die obere Etage. Das jahrzehntelange Auf und Ab hatte auf dem Holz helle Spuren von Abnutzung hinterlassen. Vergilbte Rauhfasertapeten klebten an den Wänden. Der würzige Geruch von altem Holz lag in der Luft des Vorraums.
Die Alte stand im Türrahmen zur Küche und winkte ihr zu. Hinter ihr hingen Edelstahltöpfe an einer gefliesten Wand. Weiße Stühle mit breiten Rückenlehnen, ein Tisch, von dem die Beschichtung an einigen Stellen abgeblättert war, und eine Anrichte mit Brotkasten waren im schummrigen Licht erkennbar.
Die Haare auf Christines Unterarmen richteten sich auf. Der Mantel an der Garderobe erschien ihr zu groß für Frau Webers schmale Gestalt. Eine Falle. Die Grauhaarige lockte sie in einen Hinterhalt. Christine trug keine Waffe bei sich. Nicht

einmal einen Elektroschocker. Noch konnte sie entkommen. *Raus aus dem Haus. Geh nicht weiter.* Sie hörte Alberts Stimme wie ein dumpfes Rauschen in ihrem Kopf. Christines Schritte klangen hohl auf den knarrenden Dielen, als sie die Küche betrat. Benno wartete auf der Straße. Sie war nicht allein. Es gab einen Zusammenhang zwischen den Statuen in Landkamps Garten und diesem Haus. Daran zweifelte sie nicht.

»Frau Weber, leben Sie hier allein?« Christine konnte nur vermuten, dass der Name am Briefkasten zu der Frau gehörte, die gerade eine Flasche Milch aus dem brummenden Kühlschrank nahm. In den Fächern waren Tomaten, Eier, ein Kohlkopf, Wurst und mehrere Flaschen Orangensaft verteilt. Christine konnte sich nicht vorstellen, dass Frau Weber in ihrem verwirrten Zustand selbständig in einem Supermarkt einkaufte.

»Allein?«, fragte sie, und der geöffnete Kühlschrank warf sein kaltes Licht auf ihr Gesicht, in dem sich ihre Falten wie langgezogene Flüsse abzeichneten. »Aber du bist doch da. Wie kann ich denn da allein sein?« Sie schloss den Kühlschrank.

Auf der Anrichte lag eine weiß-blaue Streichholzschachtel. Sie holte ein Zündholz heraus und ratschte es über die Reibefläche. Der Geruch von Schwefel zog durch die Küche. »Du stellst immer so lustige Fragen.«

Neben dem Fenster befand sich ein Gasherd. Frau Weber drehte den Regler für die Gaszufuhr auf und hielt das Streichholz über ein Kochfeld. Sofort schoss ein Kranz blauer Flammen in die Höhe. Sie kippte die Milch in einen Simmertopf, stellte ihn auf das Kochfeld und ließ sich auf einem knarrenden Stuhl am Tisch nieder. Ihre Füße steckten trotz der sommerlichen Hitze in Fellhausschuhen. Christine setzte sich ihr gegenüber auf den zweiten Holzstuhl, den Unterarm auf dem Tisch. Aus dieser Position konnte sie Frau Weber, das geöffnete Küchenfenster und die Tür im Auge behalten. »Diese Statue da im Garten …« Christine zeigte über ihre Schulter. »Wer hat die denn gemacht?«

Frau Weber blickte in die angedeutete Richtung. »Das ist doch die Maria.« Sie winkte ab. »Die Maria kann man doch nicht machen.«

»Ich meine die Figur auf dem Rasen.«

»Ja, das ist die Maria.« Frau Weber beugte sich vor. »Ach, du bist aber heute schwer von Begriff.« Sie strich über Christines Hand. Drei kleine Grübchen bildeten sich an jedem ihrer Mundwinkel aus. »Ich mach dir jetzt mal deine Milch.« Frau Weber stand auf, zog die Schublade am Küchenbuffet auf und nahm einen Löffel mit Ornamenten am Stiel in die Hand. Sie ging zum Herd und rührte damit in dem Topf herum. »Die Maria ist die Maria.« Ihre Worte waren ein Singsang, der sich mit dem klappernden Löffel zu einer kindlichen Melodie verband. »Und die Maria, die ist für den Egbert da.«

»Egbert?« Christine erhob sich. »Egbert Landkamp?« Sie trat einen Schritt näher an Frau Weber heran. »Sie kannten Egbert Landkamp?«

»*Pst*. Du kriegst deine Milch ja gleich. Sei doch nicht so ungeduldig. Ist ja alles gut.«

Aus Frau Weber war nicht viel herauszukriegen, und doch hatte sie ihre Beziehung zu Landkamp verraten. Für einen echten Rechercheerfolg reichte Christines neugewonnene Erkenntnis dennoch nicht. Noch nicht.

Frau Weber rührte mit kreisenden Bewegungen in der blubbernden Milch und summte leise eine Melodie.

»Wie lange kannten Sie Egbert Landkamp schon?« Christine berührte sie an der Schulter. »Waren Sie befreundet?«

Keine Reaktion. Unbeirrbar kreiste der Löffel in der Milch, warf kleine Wellen auf, während unter dem Topf die Gasflam-

men zischten. Frau Weber lebte in ihrer eigenen Welt, unerreichbar für andere. Keine Chance.
Christine trat an das Küchenbuffet. Sie stützte die Arme auf den hölzernen Schrank und senkte den Kopf. Da hörte sie ein Knarren. Das Geräusch war leise und kam aus dem ersten Stock. Sie lauschte. Die Zimmerdecke verlief zweieinhalb Meter über ihr. Sie hatte sich den Laut nicht eingebildet. Zentimeter für Zentimeter prüfte Christine die Küchendecke, folgte einem Rohr und fixierte ein Loch, aus dem blaue und rote Stromkabel hingen. Sie rechnete mit einem erneuten Geräusch und zuckte dennoch zusammen, als es wieder knarrte, diesmal weiter entfernt und noch dumpfer und langgezogener als zuvor. Auf die Dielenbretter im ersten Stock war Druck ausgeübt worden. Womöglich schlich dort oben ein ausgewachsener Mensch durch die Zimmer. Vielleicht war auch nur das Holz durch die hohe Luftfeuchtigkeit aufgequollen, und wegen der erhöhten Spannung rieb nun Diele gegen Diele. Das hatte Christine in ihrem Elternhaus in Cancale oft genug erlebt. Und dennoch …
Von oben kam kein weiterer Laut. Neben ihr verstummte das Klappern des Löffels. Sie wandte sich Frau Weber zu. »Sind wir alleine im Haus? Nur Sie und ich?«
»Ach, Gott, jetzt wäre mir fast die Milch angebrannt.« Frau Weber drehte die Flammen am Gasherd kleiner. »Jetzt warte doch mal. Du bekommst dein Glas ja gleich.« Sie strich über Christines Kinn. »Nur noch einen Moment.«
Christine gab auf. Vor ihr stand der erste Mensch, bei dem alle ihre erprobten Verhörtechniken versagten. Zeit für einen neuen Plan. »Darf ich mir einen Löffel für die Milch nehmen?«
Frau Weber reagierte nicht. Sie starrte in den Topf, folgte den Bewegungen ihrer Hand und summte weiter vor sich hin.
Christine zog eine Schublade auf. In einem hölzernen Besteck-

kasten klapperten Gabeln, Messer und Löffel. Ganz rechts in der Lade befanden sich zwei lange Messer. Sie entschied sich für eine Klinge mit schwarzem Plastikgriff. Christine stach mit der Spitze in ihre Handinnenfläche. Ein kleiner, roter Punkt blieb für einen Moment auf ihrer Haut zurück. Das Messer musste als Waffe genügen. »Ich geh mal auf die Toilette, ja?«

»Mach aber nicht so lange. Sonst wird alles wieder kalt.« Frau Weber blickte über ihre Schulter. »Und lauwarm magst du deine Milch doch nicht.«

»Ich beeile mich. Versprochen.« Sie verbarg das Messer hinter ihrem Rücken und ging aus der Küche. Der handgeknüpfte Läufer verschluckte das Geräusch ihrer Schritte. Dennoch setzte Christine ihre Füße mit Vorsicht auf den Boden. Sie passierte den Vorraum, an den das altmodische Wohnzimmer grenzte. Das mechanische Ticken einer Uhr ertönte und wurde lauter, je näher Christine einer Schrankwand in heller Eiche kam. Daneben befand sich eine wuchtige Standuhr aus Nussbaum. Ein Pendel schwang von rechts nach links und wieder zurück. Zwei Zeiger lagen auf dem verblichenen Ziffernblatt. Sie zeigten auf fünf Minuten vor halb acht.

Christine checkte den Raum. Ein Vitrinenschrank. Wandteller mit Landschaftsmotiven aus der Lüneburger Heide. Ein grünes Samtsofa mit drei Sitzen. Nur der Platz in der Mitte wies helle Gebrauchsspuren auf. Davor stand ein Fliesentisch. Auf ihm lag eine geöffnete Fernbedienung. Die Batterien fehlten. Christine entdeckte Spuren von weißer Creme auf dem Tisch. Sie führten zu einem offenen, fast leeren Töpfchen Nivea-Creme, das unter einem bestickten Taschentuch hervorlugte.

Vor dem Fenster am Ende des Raumes stand ein Ohrensessel mit Häkeldeckchen auf den Armlehnen. Der Sessel war einer

Glastür zugewandt, die in den Garten führte. Christine sah Frau Weber tagein und tagaus in dem wuchtigen Leder sitzen, den Blick nach draußen gewandt – in eine Welt, zu der sie nicht mehr gehörte.

Das ganze Zimmer roch muffig. In der Schrankwand befanden sich neben abgebrannten Kerzen in Keramikständern, einer Brille und drei Jahre alten Fernsehzeitschriften auch ein paar gerahmte, verblichene Fotos. Auf zweien davon war Frau Weber zu sehen, umgeben von mindestens zwanzig Kindern. Christine nahm das Bild aus dem Regal und pustete den Staub vom Glas. Die Partikel flogen durch die Luft. Frau Weber mochte auf dem Foto um die vierzig sein. Dunkelbraunes Haar, schmaler Körperbau. Sie trug einen knielangen Rock und eine streng geschlossene Bluse. Mit ihrer aufrechten Körperhaltung und den gefalteten Händen strahlte sie eine archaisch anmutende Strenge und Güte zugleich aus. Sie stand vor einem Haus aus roten Ziegeln, das mit seiner breiten Toreinfahrt an eine Schule erinnerte. Sylvia Weber war offenbar Lehrerin gewesen, bevor ihr Geist verblasst war.

Als Christine das Foto an seinen Platz zurückstellte, fielen ihr drei Bilder auf, die übereinandergestapelt in der hintersten Ecke des Regals lagen. Auf dem gelbstichigen Fotopapier war ein Junge abgebildet, der vielleicht zehn Jahre alt war. Bekleidet mit einer zerschlissenen Cordhose und einem T-Shirt kniete er auf dem Boden, in seinen Händen hielt er Hammer und Schraubenzieher. Er bearbeitete einen gräulichen Gegenstand, den er sich zwischen die Knie geklemmt hatte. Das Gesicht des Jungen war der Kamera zugewandt und wirkte eigenartig verzerrt. Sicher ein Fehler, der auf eine defekte Kameralinse zurückzuführen war. Auf dem zweiten Foto war derselbe Junge abgebildet, diesmal von hinten. Der Hammer lag in seiner rechten Hand, zum Schlag erhoben. In der linken

Hand hielt er den Schraubenzieher. Seltsam. Er könnte einer von Frau Webers Schülern gewesen sein. Doch die Umgebung sah nicht nach einem Schulgelände aus. Christine konnte zwei Apfelbäume und eine Garage im Hintergrund erkennen. Dieses Foto wirkte kameratechnisch einwandfrei. Das dritte Bild, derselbe Junge. Sein Gesicht war groß, ganz nah. Sein Lachen wirkte verzerrt. Die Falte zwischen Nase und Mund war missgestaltet. Sein rechtes Augenlid hing tiefer als das linke, als sei die Haut auf einer Seite des Gesichts erschlafft. Seine Augen, so blau. In ihnen lag eine nicht greifbare Leere und Ausdruckslosigkeit. Das Gesicht unter den blonden, strubbeligen Haaren hatte etwas von der Studie einer anatomischen Disharmonie – eine groteske Überzeichnung des Hässlichen. Wer war der Junge?

Christine legte die Fotos zurück ins Regal. Fester als zuvor umklammerte sie den Plastikgriff des Küchenmessers. Schritt für Schritt tastete sie sich durch das Erdgeschoss, erreichte die Treppe und stieg nach oben, wobei sie zwei Stufen auf einmal nahm. Sie verlagerte ihr Gewicht, trat so vorsichtig wie möglich auf, doch das Knarren unter ihren Schuhen war unvermeidbar. Sie lauschte, aber mehr als das von Frau Weber verursachte Klappern aus der Küche drang nicht an ihre Ohren.

Sie erreichte den ersten Stock. Da war ein kleiner Gang mit einer Kugellampe an der Decke. Drei Zimmer gingen von ihm ab. Die Treppe führte weiter hinauf zum Dachgeschoss. Das Messer in Christines Hand fühlte sich leicht an. Sie umklammerte den Griff und öffnete die Tür zu ihrer Rechten.

Ein Schlafzimmer. Eine schwere braune Wolldecke lag über dem Bett. Daneben stand eine Kommode mit drei Schubladen und gedrechselten Füßen. Über ihr hing ein Kreuz. Der dreitürige Kleiderschrank mit den eckigen Spiegeln reflektierte das gedämpfte Licht, das durch die zwei Fenster fiel. Nichts Auffälliges. Christine hatte genug gesehen.

Die Tür zum Nebenzimmer war schwerer zu öffnen. Sie knarrte in den rostigen Angeln, was darauf schließen ließ, dass dieser Raum wohl nicht oft benutzt wurde. Gleich neben dem Eingang stand ein ausklappbarer Notenständer. Auf der Ablage, einem metallenen Gitter, lag ausgebreitet die Partitur von Prokofjews *Gang der Grillen*. Die eingestellte Höhe des Ständers ließ darauf schließen, dass die Körpergröße des Musikers mindestens einen Meter achtzig betrug. Frau Weber war deutlich kleiner.

Angelruten, ein altes schwarzes Fahrrad mit einem Miele-Emblem am Schutzblech, eine Öllampe, zerschlissene Arbeiterhandschuhe, Regale mit bunten Kinderbüchern – das Zimmer glich eher einer Rumpelkammer der vergessenen Dinge. Nichts Ungewöhnliches. Nur noch ein Raum blieb für Christines Inspektion übrig.

Eins … drei … fünf … neun … Sie zählte ihre Schritte, wie sie es oft tat, wenn sie sich beruhigen wollte. Sie erreichte die Tür am Ende des Ganges. Dies war das Zimmer, das direkt über der Küche lag.

Christine legte die Hand auf die Klinke. In diesem Moment ertönte ein scheppernder Gongschlag aus dem Erdgeschoss. Die Vibrationen der Standuhr im Wohnzimmer erreichten das erste Stockwerk. Die Uhr schlug halb acht.

Sie drückte den Griff herunter und stieß die Tür mit der Schuhspitze auf.

Die Vorhänge vor den Fenstern waren zugezogen. In der Dunkelheit zeichneten sich die Silhouetten eines Schreibtisches und eines Bettes ab. Keine knarrenden Dielen, kein fremdes Atmen. Kein Angreifer. Ein starker Geruch von Zitrone hing in der Luft.

Christine hielt das Messer ganz nah an ihren Körper, als sie den Raum betrat. Sie tastete sich bis zum Fenster vor. Mit der freien Hand zerrte sie die schweren Baumwollvorhänge zur Seite. Wärmendes Tageslicht fiel in den Raum.
In der Mitte des Zimmers befand sich ein Bett mit bunten Kissen. Sie waren mit Motiven von Eisenbahnen und Schmetterlingen bestickt. In einem Regal neben dem Bett standen nach Größe geordnet ein paar Spielzeugautos. Die Farbe blätterte an vielen Stellen schon vom Metall ab. Christine tippte die Nachbildung einer Corvette an, die sofort nach hinten wegrollte und gegen die Rückwand des Regals schrammte. In einer roten Plastikkiste neben dem Bett lagen ein verrostetes Taschenmesser, ein kleiner Lederball, eine abgenutzte Tischtenniskelle und zwei Actionfiguren, denen die Gliedmaßen fehlten. Dicke Staubschichten bedeckten die Spielsachen.
Das alles ließ nur einen Schluss zu: Sie befand sich in einem Kinderzimmer, das einmal ein Junge bewohnt haben musste.
An der Wand hing van Goghs *Sternennacht* mit ihren wirbelnden Zypressen am nächtlichen Himmel, daneben Monets *Sonnenuntergang* in satten roten Farben und Michelangelos *Erschaffung des Adam,* das Gemälde mit dem ausgestreckten Zeigefinger. Das Kind, das dieses Zimmer bewohnt hatte, musste eine Leidenschaft für Kunst gehabt haben.
Der wuchtige Schreibtisch an der Wand neben dem Fenster erinnerte Christine an ein altes Lehrerpult. In die abgeschrägte Fläche war eine Aushöhlung für Stifte eingelassen. Kugelschreiber und zwei Füllfederhalter lagen darin. Eine breite Schiefertafel hing über dem Schreibtisch. Verblasste Reste von weißer, blauer und roter Kreide waren noch darauf zu erkennen. Die Zeichnungen stellten ovale Gebilde dar, in denen einzelne Flächen farbig schraffiert waren.
Christine legte das Küchenmesser auf den Schreibtisch und

strich über die Tafel. Die Präzision der Skizzen war auffallend. Das war kein oberflächliches Geschmiere, sondern eine von ruhiger Hand ausgeführte Darstellung, die millimetergenau identische Formen aneinanderreihte – warum auch immer.
Sie zog die oberste Schublade des Schreibtisches auf. Ein schwarzes Schulheft lag darin. In exakt gerader Linienführung prangte der Name LARS WEBER KLASSE 5A in Druckschrift auf dem Deckblatt, geschrieben mit einem blauen Kugelschreiber, dessen Spitze tiefe Druckstellen auf dem Papier hinterlassen hatte. Die ersten drei Blätter des Heftes waren leer. Danach folgten Seiten mit eingeklebten Farbfotos. Ein ernst dreinblickender Mann um die fünfzig war darauf abgebildet. Er saß auf einer Wiese, in seinen Händen hielt er ein Instrument. Einen Kontrabass. Der schwarz glänzende Musikkoffer im Hospital blitzte vor Christines geistigem Auge auf. Das konnte kein Zufall sein. Im Hintergrund befand sich ein Bahnhof. Auf einem Schild konnte Christine den Schriftzug FALKENSEE entziffern.
Sie strich über das matte Fotopapier. Der Mann war nicht allein. Im Garten standen zwei Apfelbäume, die ihr schon auf dem Foto aus dem Wohnzimmer aufgefallen waren. Im Schatten des rechten Baumes hockte ein Kind, als würde es sich verstecken wollen. Christine drehte das Foto zum Fenster und hielt es sich näher vors Gesicht. Ein Junge. Blondes Haar. Sein Antlitz war nicht identifizierbar, weil es mit einem spitzen Gegenstand zerkratzt worden war. Christine blätterte zur nächsten Seite. Der Mann mit dem grauen Haar trug eine Baskenmütze und ein hochgekrempeltes Hemd. Das Foto war in einer Scheune oder einer Garage aufgenommen worden. Der Mann hatte sich eine Lederschürze um die Hüften gebunden. Er hielt Hammer und Meißel in den Händen und bearbeitete

einen Kalkstein. Die groben Konturen eines Armes zeigten sich in dem steinernen Klotz. Christine blätterte weiter. Wieder der Junge. Diesmal saß er mit überkreuzten Beinen im Gras. Eine Katze mit rötlich-gelbem Fell ruhte in seinem Schoß. Ihre Schwanzspitze hatte einen kleinen Knick. Auch auf diesem Bild war das Gesicht des Kindes bis zur Unkenntlichkeit zerkratzt, doch an einer Stelle, zwischen zwei besonders tiefen Ritzen, erkannte Christine das hängende rechte Augenlid wieder.

Das hier war also Sylvia Webers Sohn. Lars. Ein Kind mit entstelltem Gesicht. Womöglich war der Bildhauer auf den Fotos sein Vater. Durch die Deformation von Lars' Gesicht ließ sich kaum eine Ähnlichkeit zwischen den beiden ausmachen. Zudem waren die Fotos ramponiert.

Christine riss an einer Ecke des Bildes, bis sich der Kleber vom Papier löste. Sie drehte das Foto um. Ein blauer Stempel mit dem verblassten Datum *24.9.1991* zeichnete sich auf der Rückseite ab. Der Junge auf dem Bild musste heute Mitte zwanzig sein.

Sie blätterte weiter. Eingeklebte Polaroid-Fotos mit verwaschenen Farben wanderten durch ihre Finger. Auf keinem Bild waren Menschen abgebildet – nur Tiere. Eine in fünf Stücke zerteilte, glänzende Ringelnatter lag auf einem erdigen Untergrund. Ihre Segmente waren so sauber abgetrennt, wie es Christine bei einem Modellbausatz erwartet hätte. Neben dem Kopf der Schlange erkannte sie die Schlagfläche eines Hammers und die Spitze eines Schraubenziehers. Seite um Seite blätterte sie weiter. Zwei Tauben, die Köpfe sauber von grauen Körpern separiert. Eine Ratte lag ohne Fell und mit abgetrennten Gliedmaßen neben einem Abfluss, der wohl zu einer Küchenspüle gehörte. Dann die letzte Seite. Eine tote Katze. Rasiert. In ihrem Kopf fehlten die Augen. Scharf umgrenzte, leere Höhlen waren verblieben. Die Vorderläufe waren abgetrennt. Christine erkannte das Tier am Knick im Schwanz wieder.

Das Papier raschelte in ihren Händen. Im Erdgeschoss klapperte immer noch der Milchtopf. Ein Auto fuhr mit knatterndem Auspuff am Haus vorbei. Eine Hitzewelle stieg in Christine auf. Ihr Atem ging stoßweise. »Mein Gott. Er ist es. Er muss es sein.« Sie strich über das Foto. »Er hat das Töten geübt. Er hat es schon als Kind geübt.« Sie durchblätterte das Schreibheft noch einmal. Die Bilder flatterten wie in einem Daumenkino an ihr vorbei. »Du bist es. Ich weiß, dass du es bist.«

Sie legte das Heft auf den Schreibtisch und riss die nächste Schublade so hastig auf, dass sie fast aus der Schiene rutschte. Ein Schraubenzieher, zwei Hämmer mit Holzgriff und drei Meißel lagen vorne in der Lade. Dahinter befanden sich ein Bildband mit Disney-Motiven und ein zerfleddertes Buch.

Christine griff nach dem Schraubenzieher und prüfte seine Spitze. Sie wog das Werkzeug in ihrer Hand und legte es wieder zurück an seinen Platz. Da hörte sie über sich ein Knacken. Der Dachboden. Sie schloss die Augen und lauschte. Nein. Nichts zu hören. »*Merde*. Ich werde in diesem Haus noch verrückt.« Gleich würde sie Benno holen. Nur zur Sicherheit.

Christine zog das zerfledderte Buch aus dem Schreibtisch. ANATOME TOPOGRAPHICA stand auf dem Einband. Ein freundlicher älterer Herr mit weißem Vollbart war darauf abgebildet. Eine Abhandlung über den russischen Wissenschaftler Nikolai Iwanowitsch Pirogow, der im neunzehnten Jahrhundert gelebt hatte. Eingerissene Blätter. Bunte, lithographische Tafeln, verteilt auf zweihundert Seiten. Ovale Querschnitte durch menschliche Knochen. »Moment mal.«

Christine hielt das aufgeschlagene Buch vor die Schiefertafel mit den Kreidezeichnungen. Die ovalen Formen an der Tafel glichen den Abbildungen im Buch. Verdammt. Fast identisch. Was sollte das bedeuten?

Christine blätterte rückwärts durch die anatomischen Illustrationen, bis sie den Anfang des Buches erreichte. Sie überflog Zeile für Zeile.

In der Einleitung wurden Pirogows Leben und seine Arbeit im kalten Winter Sibiriens beschrieben. Der Forscher hatte Leichen von Erwachsenen bei minus fünfzehn Grad komplett durchfrieren lassen. Drei Tage reichten dafür aus. Anschließend zerstückelte er die Leichen mit einer Säge in zentimeterdicke Scheiben. Auf diese Weise erhielt er Querschnitte des gesamten menschlichen Körpers. Im Vorwort des Buches wurde Pirogows Arbeit als Vorläufer der Computertomographie gefeiert.

Schon beim Betrachten der Tiere in Lars' Schreibheft war Christine etwas aufgefallen: kein Blut. Überall abgetrennte Körperteile, doch nirgendwo auch nur ein Tropfen Blut. Die Kälteverbrennungen an Nanas Körper fielen ihr wieder ein, die weißgrauen Flecken in der Leichenkammer. Alles ergab einen Sinn.

Sie klappte das Buch zusammen und legte es auf das Pult. Eingefroren. Lars Weber hatte die toten Frauen rasiert, tiefgekühlt und dann ihre Körperteile herausgemeißelt – sie bearbeitet wie glatten, toten Stein. Ganz wie sein Vater. Eine Tötungsmethode, geboren aus elterlicher Inspiration.

Christine trat ans Fenster, öffnete beide Flügel und holte tief Luft. Draußen bewegte sich ein Ahornbaum im Wind. Schwalben flogen tief über den Garten. Auf der Straße sah sie ihren Citroën und das Konterfei Bennos, das sich unscharf hinter der Frontscheibe abzeichnete. »Wir haben ihn, Benno.

Wir haben den Eismann gefunden«, flüsterte sie ihm zu, als ob er sie dort unten hören könnte.
Das Knarren am Eingang des Zimmers klang dumpf. Christine zuckte zusammen. Zwei hastige Schritte ertönten hinter ihr. Bevor sie sich umdrehen konnte, legte sich eine Hand über ihren Mund, riss ihr den Kopf nach hinten. Sie wollte nach dem Messer auf dem Schreibpult greifen. Zu weit entfernt. Sie rammte ihren Absatz in den Fuß ihres Angreifers. Ein Aufstöhnen, mehr war nicht zu hören. Die fremde Hand wanderte über ihr Kinn. Sie musste schreien. Jetzt. Benno würde sie da draußen hören. Doch ehe Christine Luft holen konnte, legte sich die Hand um ihren Hals und presste ihn zusammen. Ein Rascheln, direkt an ihrem Ohr. Ein Sack. Ihr Angreifer wollte einen schwarzen Nylonsack über sie ziehen. Sie warf ihren Kopf hin und her. Ein Knie wurde ihr in den Rücken gerammt. Sie verlor das Gleichgewicht, wurde nach hinten gezerrt. Der Sack fiel über ihre Augen, über ihren Mund, berührte ihre Schultern. Zwei Hände pressten den Stoff um ihren Hals zusammen. Eine Männerstimme, ganz nah an ihrem Ohr und doch weit entfernt. »Sie haben mich also gefunden, ja?« Der Druck der Hände verstärkte sich. »Als Sie über die Schwelle dieses Hauses getreten sind, haben Sie sich für Ihren Tod entschieden.«

33

Regen fiel auf die Windschutzscheibe des Citroën, vereinzelte Tropfen, die ihre Bahnen über das Glas zogen und Bennos Sicht auf das zwanzig Meter weit entfernte Haus trübten. Die Sonne wurde vom Grau des Himmels verschluckt. Die Vögel verstummten.

Christine war vor achtzehn Minuten in dem Haus verschwunden. Eine Ewigkeit. Benno tippte den chromfarbenen Schalter neben dem Lenkrad an. Die Wischblätter fuhren mit einem Surren über die Scheibe. Im Fünf-Sekunden-Takt prüfte Benno die Zeiger seiner Uhr. Er legte den Kopf in den Nacken. Der Zündschlüssel ratschte, als er ihn aus dem Schloss zog. Er öffnete die Fahrertür. Neunzehn Minuten mussten auch reichen.

Die Tür klappte hinter ihm zu. Er rollte die Ärmel seines Hemdes über die Ellbogen. In gerader Linie überquerte er die Straße und lief schnell auf das Haus zu. Der Regen hinterließ dunkle Flecken auf seinem Hemd, die Nässe drang bis auf die Haut vor. Benno ging durch den Garten. Hinter den flatternden Gardinen des Hauses waren keine Bewegungen zu erkennen, kein Geräusch war zu hören. Er passierte die Statue und stieg die Stufen zur Haustür empor. Mit der Faust schlug er gegen das Holz. Benno verabscheute den künstlichen Klang von Türklingeln. Sie erinnerten ihn an die Enge der Wohnungen in seinem Block, wo jedes Geräusch der Nachbarn durch die dünnen Wände drang. Außerdem sollten die Bewohner dieses Hauses ruhig merken, dass hier jemand stand, mit dem nicht zu spaßen war.

Eine grauhaarige Frau in einem Kleid mit Blumenmotiven öffnete ihm.
»Ich möchte Christine Lenève abholen.« Seine Worte klangen flach und gehetzt. Er konnte seine Aufregung nicht verbergen.
Die Alte zog die Tür noch weiter auf und fuhr sich durchs Haar. »Das Mädchen ist nicht zurückgekommen.« Sie senkte den Blick. »Sie hat nicht mal ihre Milch getrunken.«
»Die Frau. Ich meine die Frau, die hier vor zwanzig Minuten bei Ihnen reingekommen ist.«
Die blauen Augen der Alten wanderten unruhig über sein Gesicht. »Dabei hatte sie mir doch versprochen zurückzukommen. Sie ist lieber spielen gegangen.«
Benno konnte mit dem Gerede nichts anfangen. Nur eines war klar: Mit der Alten stimmte etwas nicht. Er machte einen Schritt auf sie zu. »Wo ist sie? Wo ist Christine?« Er hatte kurze Worte gewählt und sie so langsam ausgesprochen, dass ihn selbst eine Dreijährige verstanden hätte.
»Na, sie ist spielen gegangen, mit dem Jungen.«
Bennos Schuhe knarrten, Regentropfen fielen auf sein Haar. Eine Schwalbe flog dicht an ihm vorbei.
»Ein Junge? Hier war ein Junge?«
Die Frau nickte.
Nein. Kein Junge, sondern ein Mann. Benno hatte keinen Zweifel. Ein Mann hielt sich in dem Haus auf, hier direkt vor ihm. Und Christine war bei ihm.
Benno schob die Alte an der Schulter zur Seite und stürmte hinein. Er durchquerte den dunklen Vorraum. Von hier aus konnte er die offene Tür im Wohnzimmer sehen, die direkt in den Garten führte. Davor lag ein umgekippter Armsessel. Der Tisch neben dem Sofa war auch umgestoßen. Er betrat das Zimmer.

Ein Creme-Töpfchen und eine schwarze Fernbedienung lagen auf dem Boden. Hier hatte ein Kampf stattgefunden.
»Nein, nein, nein. Gott, bitte nicht.«
Benno ging zwei Schritte in Richtung Gartentür. Glas knirschte unter seinen Schuhen. Die Scheibe der Standuhr zu seiner Linken war eingeschlagen, die schweren Messingpendel bewegten sich nicht mehr. Die Zeiger waren um sieben Uhr siebenunddreißig stehen geblieben. Vor drei Minuten. *Nur* drei Minuten.
Benno rannte hinaus in den Garten. Schwarze, feuchte Erde spritzte über seine Schuhe. »Christine!« Er lief an hohen Hecken vorbei, spähte in die angrenzenden Gärten. Nichts. Der Regen hatte die Menschen in die Häuser getrieben. Keine Zeugen. »Gottverdammte Scheiße.«
Das Tor im Gartenzaun hinter dem Haus stand offen. Benno spurtete hindurch. Ein sandiger Pfad führte zwischen den Häusern in einen kleinen Park mit dichtem Blattwerk, das ihm jede Sicht nahm. Benno rannte den Weg hinunter. »Christine!«
Er erreichte die Straße hinter der Grünanlage. Autos parkten auf dem Kopfsteinpflaster. Ein gelber VW, zwei japanische Viertürer. Er horchte in die Ferne. Doch da war kein heulender Motor, keine quietschende Bremse zu hören. Wie automatisch zog er sein Handy aus der Tasche und wählte Christines Nummer. Regen tropfte auf das Display und lief ihm über die Finger. Er presste das Telefon so fest an sein Ohr, dass es schmerzte. Ein Klingelton, ganz in der Nähe. Vielleicht zehn Meter von ihm entfernt. Benno drehte sich um die eigene Achse. Links von ihm, daher kam der Ton. Dort erstreckte sich ein fremdes Grundstück mit einer Buddelkiste, mit Fahrrädern und Blumenkübeln. Er lief über den Rasen. Im Schatten einer Tanne, verborgen unter ausladenden Zwei-

gen, lag Christines Handy im Gras. Er fiel auf die Knie und hob das Gerät auf. *Der Anrufer ist nicht erreichbar. Versuchen Sie es später noch einmal*, tönte es aus seinem Handy.

»Fuck. Fuck. Fuck.« Damit hatte Benno gerechnet. Und doch empfand er Christines Telefon in der Hand als Symbol seines Scheiterns. Ihm blieb nur eine Möglichkeit. Die Alte. Trotz ihres wirren Geredes musste er die Wahrheit aus ihr herauspressen. Egal wie. Die Frau war alles, was ihm blieb, um Christine zu finden.

Seine Schuhe klatschten auf den nassen Sand des Pfades, als er den Weg zum Haus zurückhetzte. Die Bilder einer gefesselten Christine und eines verzweifelten Albert begleiteten ihn bei jedem Schritt. Benno durchquerte den Garten, spurtete durch die geöffnete Tür ins Haus und erreichte den Vorraum.

Die Alte saß in der Küche. Mit einer Hand strich sie über den Rand eines Glases Milch, das vor ihr auf dem weißen Küchentisch stand. Angesichts dieser unwirklichen Ruhe der Szenerie ballte Benno die Fäuste. Christine war fort. Entführt. Und die Alte spielte an einem Glas Milch herum.

Er betrat die Küche und zog sich einen Stuhl heran. Die hölzernen Beine polterten über die Bodenfliesen. Der Stuhl knirschte unter seinem Gewicht. Er beugte sich über den Tisch, griff nach der knochigen Hand der Frau und drückte sie. Viel zu hart. Ein bisschen stärker, und ihre Finger würden wie Streichhölzer brechen.

Die Frau betrachtete ihre Hand wie einen fremdartigen Gegenstand, dessen Sinn sich ihr nicht erschließen wollte. Auf ihre schmalen Lippen legte sich ein Lächeln. In ihrem Blick lag eine Milde, wie sie Benno von seiner eigenen Mutter kannte. Ein Gefühl von Scham ergriff ihn.

Sofort lockerte er seinen Griff und strich über die dürren Finger der Frau. »Bitte, ich muss wissen … Wohin sind der Junge und das Mädchen spielen gegangen?« Er streichelte über ihren Unterarm, als könnte er die Frau mit Sanftmut zum Reden bringen. »Bitte …«

Hinter den blauen Augen mochten irgendwo noch die letzten Reste eines gesunden Geistes hausen. Die Alte musterte ihn.

»Wo spielen die Kinder?« Diesmal flehte er um eine Antwort.

»Hast du Hunger? Soll ich dir was zu essen machen?« Sie deutete mit ihrer freien Hand auf den Kühlschrank.

Benno senkte den Kopf. An seinen Schuhspitzen klebte Erde aus dem Garten. Ein beschlagener Teelöffel lag neben einem Tischbein, draußen trommelte der Regen gegen die Scheiben.

»Die Kinder …« Er ließ die Hand der Frau los und stützte seinen Kopf in beide Hände. »Wo spielen die Kinder?«, flüsterte er.

»Na, neben den Schienen.« Die Frau wischte ein paar Brotkrümel vom Tisch.

Benno richtete sich auf. Vielleicht hatte er sich ihre Antwort ja nur eingebildet, sie so sehr herbeigesehnt, dass ihn nun seine Sinne trogen. »Neben den Schienen?«

Die Frau nickte ihm zu. »Bei der Eisenbahn.« Sie stand auf und blickte aus dem geöffneten Fenster. Der Regen prasselte auf das Sims.

»Da spielen sie immer.«

34

Das Geräusch erinnerte an ein Scharren – wie zwei Flächen, die schnell aneinandergerieben werden. Knirschende Schritte ertönten, dann ein Quietschen. Ein dumpfes Brummen drang an Christines Ohren. Wieder ein Quietschen, langgezogener als zuvor. Darauf folgte ein Rumpeln, vermutlich von einem Tisch mit Rollen, der über den Boden gezogen wurde. Sie konnte das Klicken eines Schalters hören. Die synthetischen Fasern des Segelsacks, in dem sie seit einer Stunde gefangen war, ließen nicht die Spur von Licht an ihre Netzhaut dringen. Der reißfeste Stoff umhüllte sie vom Kopf bis zu den Knien.

Ihr Entführer hatte sie mit einem Auto an einen unbekannten Ort verfrachtet. Sekunde um Sekunde hatte Christine die verstreichenden Minuten gezählt und die Geschwindigkeit des Wagens anhand der Lautstärke des Motors hochgerechnet. Insgesamt vierunddreißig Minuten bei einer durchschnittlichen Beschleunigung von fünfzig km/h – das entsprach einer geschätzten Distanz von siebenundzwanzig Kilometern.

Nun war sie in einem Haus im ersten Stock gefangen. Die klappenden Türen, die sie gehört hatte, und der Aufstieg über eine Treppe ließen keinen Zweifel zu. Der Mann hatte sie auf dem Boden abgelegt.

Die Hitze trieb Christine den Schweiß in die Augen. Das Nylon rieb ihr übers Gesicht. Ihr Kreislauf stand vor dem Zusammenbruch. Jeder Atemzug fühlte sich noch verbrauchter an als der vorherige, ihre Kehle war trocken.

Schnelle Schritte näherten sich, bis sie direkt neben ihr stoppten. Hände berührten ihren Bauch an der Stelle, wo ein Gummiriemen den Nylonsack über ihrem Körper zusammenhielt, den Stoff in ihre Haut presste und ihr die Luft zum Atmen nahm. Der Gurt wurde geöffnet, der Druck ließ nach. Sie bewegte die Beine. Die mit Leder verstärkten Enden des Sacks schlackerten um ihre Knie. Licht fiel von unten in die Schwärze des Segelsacks. Sie befand sich auf einem Parkettboden aus hellen Landhausdielen. Die Lederschuhe eines Mannes schauten unter dem Saum einer dunkelblauen Anzughose hervor. Die Füße verschwanden, liefen um sie herum. Ein Ruck. Der Sack glitt erst über Christines Oberkörper, dann über ihr Gesicht.

Frische Luft. Sie atmete tief ein. Der Geruch von Zitrone drang in ihre Nase. Das Licht von drei Pendelleuchten blendete sie. Ein Metalltisch stand in der Mitte des Raumes. Drei Ventilatoren waren still um ihn herum plaziert. Am Ende des Tisches befand sich ein Stuhl mit Armlehnen, rechts daneben brummte eine überdimensionierte Kühltruhe an der Wand. Einen solchen Gefrierschrank hätte Christine eher in einem Supermarkt vermutet.

Hinter sich spürte sie eine Wand aus Backstein. Stahlträger ragten aus der Decke. Am Ende des Raumes ruhte eine Steinbüste, die einen ernst dreinblickenden Mann mit Baskenmütze darstellte. Neben der Tür stand eine antikweiße Kommode, auf der ein aufgeschlagenes Lederetui mit einem metallischen Besteck lag. Sie zählte vier Fenster, zwei vor und zwei hinter ihr. Sie waren mit weißen Vorhängen verhüllt. Durch einen Spalt konnte Christine zuckende Blitze in der Dunkelheit erkennen, in der Ferne grollte es. Ein Gewitter kam näher.

Sie stützte die Hände auf den Boden und richtete sich auf. In ihrer Speiseröhre stieg ein Brechreiz auf, den sie hinunterschluckte. Speichel rann aus ihren Mundwinkeln. Sie fuhr

sich über die Lippen. Der Mann mit den Lederschuhen stand hinter ihr. Er packte sie unter den Armbeugen und zog sie in die Höhe. Ihre Knie knickten ein. Ihr wurde schwindelig. Das Parkett unter ihr verwandelte sich in ein verschwommenes Auf und Ab aus rotierenden hellbraunen Farbtönen.
»Ich möchte mich für diese rohe Behandlung entschuldigen. Sie haben sicher etwas Besseres verdient. Aber in der Eile musste ich improvisieren«, flüsterte ihr eine freundliche Stimme ins Ohr. Warmer Atem glitt gegen ihren Hals. Christine riss den Kopf herum.
Der blutrote Striemen auf der rechten Wange, das blonde Haar. Blaue, klare Augen und ein Mund, aus dem eine dunkle Stimme drang, in der Besorgnis mitschwang – sein Gesicht, so perfekt symmetrisch, als wären seine Züge nach einer geheimen Schönheitsformel modelliert. Der Park. Die Statuen. Christine kannte diesen Mann. Das letzte Puzzleteil fügte sich an den ihm zugedachten Platz.
»*Sie* sind es.« Ihre Stimme klang rauh und trocken.
»Wie könnte ich es denn nicht sein? Und nun begegnen wir uns schon zum dritten Mal in so kurzer Zeit. Fast wie alte Freunde.« Er ging um Christine herum, blieb vor ihr stehen und zog die Schultern hoch. »Aber … Sie klingen enttäuscht. Oder irre ich mich?«
Christine lehnte sich an die Wand. Das kühle Gemäuer an den Schulterblättern gab ihr Halt. »Ich hätte mir mehr von einem Serienmörder erhofft als einen ordinären Handwerker, der im Garten von Egbert Landkamp Steinstatuen mit Pasten einpinselt.« Eine Provokation. Sie analysierte ihren Gegner. Er war gefährlich, aber sie musste seine Schwachstellen ausfindig machen. So schnell wie möglich. »Wissen Sie, ich bin Journalistin, und ich habe schon oft genug mit Mördern zu tun gehabt. Ich hätte mir unter dem geheimnisvollen Eismann einen,

sagen wir mal ... einen Mörder mit etwas mehr Format vorgestellt. Das hier ist ein neuer Tiefpunkt in meinem Berufsleben.«

Sie spielte auf Zeit und hoffte auf Bennos analytische Fähigkeiten. Er würde sie finden.

Das dunkle Lachen des Mannes vermengte sich mit dem Brummen der Kühltruhe. »Sollte man Menschen nicht nach ihren Leistungen beurteilen?« Er verschränkte die Arme vor seiner Brust. »Nein? Wussten Sie, dass der Bildhauer Joan Miró nur ein simpler Kaufmann war und dennoch Werke von unfassbarer Schönheit erschaffen hat?« Er machte einen Schritt auf Christine zu und blieb breitbeinig vor ihr stehen. »Ihre Arroganz ist typisch für diese Gesellschaft, die nur nach Vorurteilen und Äußerlichkeiten urteilt.« Seine Unterlippe zitterte. »Ich bin Künstler, allein das zählt. Meine Werke. Dieses Atelier. Alles andere hat keine Bedeutung.«

»Ja? Wirklich?« Christine drückte ihren Rücken durch. Jetzt keine Schwäche zeigen. »Da war mal ein kleiner Junge. Nennen wir ihn doch einfach Lars. Und dieser Junge wurde ausgelacht und fertiggemacht, weil er nicht so aussah wie die anderen Kinder. Etwas mit seinem Gesicht stimmte nicht. Sein hängendes Augenlid und seine verzerrten Züge haben ihn zu einem Freak gemacht.« Sie fuhr sich mit den Fingern übers Gesicht. »Die Mädchen haben den Jungen ausgelacht. Er war ein Loser. Manchmal hat er es fast nicht ausgehalten. Und dabei wollte er doch nur ein ganz normaler Junge sein. Als Lars älter wurde, ließ er sich operieren. Er modellierte sich, machte sein altes Selbst vergessen. Er sehnte sich nach Schönheit. Und warum?«

Er verkrampfte sich. »Warum? Sagen Sie es mir.«

»Weil sich der kleine Lars der oberflächlichen Meinung der anderen unterwarf, die er doch eigentlich hasste. War es nicht

so, Lars? Und steht das verletzte Kind nicht noch immer vor mir? Nur in einer hübscheren Hülle?«
Er griff nach ihrem Kinn und zog es nah an sein Gesicht heran. Sein Atem ging schnell, seine Augenlider flatterten. »Sie verstehen mich nicht.« Lars Weber ließ Christines Kinn wieder los und wandte sich ab. Mit knarrenden Schuhen lief er zu dem Edelstahltisch und stützte seine Arme auf die Kanten. Er beugte sich über das Metall. Seine kräftige Muskulatur zeichnete sich im Licht der Pendelleuchten unter dem weißen Hemd ab. In der Spiegelung einer Fensterscheibe, die zwischen den Schlitzen der Vorhänge herausschaute, sah Christine seine Augen. Er behielt sie im Blick.
»Sie wissen nicht, wie meine Kindheit war. Sie haben keine Ahnung. Was wissen Sie schon?«
»Ich muss nicht einmal etwas über Sie wissen. Ich beschreibe nur das, was ich vor mir sehe. Es ist schon fast zu simpel.«
Er hob den Kopf. »Ist das so? Was sehen Sie noch?«
Lars im Schatten eines Apfelbaumes – kurz tauchte das Bild vor Christine auf. Insgeheim hatte der Junge seinen Vater beobachtet. Auf dem Foto offenbarte sich eine offene Wunde.
»Ich sehe ein hässliches Kind und seinen Vater. Wie geht ein Mann, ein Künstler, der jeden Tag mit Hammer und Meißel die Schönheit des menschlichen Körpers aus grobem Stein herausarbeitet, mit seinem missgestalteten Kind um? Soll ich es Ihnen verraten?«
Weber atmete schwer. Noch immer hatte er Christine den Rücken zugewandt. »Bitte. Nur zu.«
»Ihr Vater hat Sie ignoriert. In seiner Welt haben Sie nicht existiert. Es hat ihm weh getan, Sie auch nur anzusehen. Sie waren der leibhaftige Gegensatz seiner Arbeit. Vielleicht hat er anfangs noch versucht zu begreifen, wie ein solches Kind sein Sohn sein konnte. Doch irgendwann hat er die lästige

Fragerei aufgegeben. Selbst wenn er eine Antwort gefunden hätte, ändern würde sie sowieso nichts. Und dann fingen Sie mit den toten Tieren an. Sie haben sie rasiert, eine glatte Fläche geschaffen, sie eingefroren und daran herumgepickelt – wie an einem Stein.« Sie deutete auf die Statue am Ende des Raumes. »Warum steht die Büste Ihres Vaters hier? Wollen Sie ihm etwas beweisen? Sie haben seine Arbeit kopiert, weil Sie ihm auf diese Weise nahe sein wollten. Weil Sie seine Ablehnung nicht ertragen haben. Bis heute nicht.«
Weber schlug mit der flachen Hand auf den Tisch. Das Metall vibrierte. »Nein. Nicht kopiert. Meine Arbeit ist besser. Authentisch. Mein Vater wollte das Lebendige nachbilden, aber ich, ich habe das Lebendige selbst zur Kunst gemacht. Näher kann niemand dem Wahren sein.«
Er ging zur Kühltruhe an der Wand und zog die Glasplatte mit einem scharrenden Geräusch zur Seite. Eisige Nebel stiegen empor und zerstoben unter der Decke. Auf Webers Gesicht lag das sympathische Lächeln, das Christine schon aus Landkamps Park kannte. Doch jetzt wirkten seine Züge wie eingemeißelt. Starr und unecht. Nur noch eine steinerne Maske.
Er winkte sie zu sich heran. »Schauen Sie sich das an! Mein Werk. Es ist fast vollendet. Sieht *das* aus, als würde ich die Arbeit meines Vaters kopieren? Sagen Sie es mir.«
Christine erhob sich und ging so langsam wie möglich auf die Kühltruhe zu. Sie analysierte den etwa fünfzig Quadratmeter großen Raum, seine Wände und die hohen Fenster. Hinter dem nicht vollständig geschlossenen Vorhang zeichnete sich im Schein einer Straßenlaterne die Spitze eines Apfelbaumes ab. Christine befand sich tatsächlich im ersten Stock eines Hauses. Aus der Dunkelheit kamen Lichter näher, und ein leises Tuten ertönte. Bahngleise. Ein Zug fuhr am Haus vorbei, ein leichtes Vibrieren setzte ein. Das Foto mit dem Schild

vom Bahnhof fiel ihr ein. Sie waren in Falkensee. In diesem Haus war Weber aufgewachsen. Doch auch diese Erkenntnis konnte sie nicht retten. Sie brauchte eine Fluchtmöglichkeit. Die Tür neben der Truhe. Vielleicht würde sie es an Weber vorbei ins Erdgeschoss schaffen. Doch wenn die Tür verschlossen war, hätte sie ihr Überraschungsmoment verspielt. Zu riskant. Das Lederetui auf der Kommode an der Wand. Auf ihm lag neben einem Bunsenbrenner, Hammer, Meißel und ein paar Drähten auch ein Rasiermesser. Die Klinge sah scharf aus. Sehr gut. In ihren Händen würde das Rasiermesser zur Waffe werden.

»Nun kommen Sie schon. Sie wollen mein Werk doch sehen, oder?« Weber winkte sie mit dem Zeigefinger herbei.

Christine trat neben ihn an die Längsseite der Kühltruhe. Der Unterboden war komplett vereist. Wie eine arktische Landschaft mit kleinen Bergregionen hoben und senkten sich die gefrorenen Eismassen – und in ihrer Mitte ruhte ein Körper. Die Frau aus dem Hospital: Claudia Weigert. Sie war tot. Eine ein Zentimeter dicke Eisschicht überzog ihr Gesicht und ihren gesamten Körper. Christine legte beide Hände auf die Glasplatte der Kühltruhe am Fußende der Toten. Kein Teil ihres Körpers fehlte. Der Leib war intakt und lag still vor ihr – wie ein Wesen, das vor Tausenden Jahren vom plötzlichen Einbruch der Kälte überrascht worden und seitdem im Eis gefangen war.

»Ich habe viele Jahre experimentiert. Die perfekte Kühltemperatur liegt bei minus 35 Grad. Drei bis vier Tage reichen aus, und der Körper ist optimal durchgefrostet.« Weber beugte sich vor und kratzte mit dem Fingernagel über das Gesicht der Toten. Feine weiße Krümel klebten an seiner Fingerspitze. »Das Modell lässt sich so am besten mit Hammer und Meißel bearbeiten. Wenn die Eisschicht zu dick wird, geht die

Präzision beim Meißeln verloren. Es ist nicht nur künstlerisch, sondern auch handwerklich die größtmögliche Herausforderung.«

Christine beugte sich tiefer über die Truhe. Neben der Toten, auf Höhe ihrer ausgestreckten Hände, lagen zwei schwarze Kugeln, die Murmeln ähnelten. Nein. Keine Murmeln. Da war etwas Weißes, in das die schwarzen Kugeln eingebettet waren. Augen. Tamara Lees Augen. Er hatte auch seine Trophäen eingefroren. Christine sah Weber, wie er sich jeden Abend mit einem Glas Wein in der Hand über die Kühltruhe beugte und sich an seinen Erinnerungsstücken ergötzte. Trotz der Kälte, die dem Innern der Kühltruhe entstieg, kochte eine warme Welle der Wut in Christine hoch. Das Rasiermesser auf der Kommode. Zu viel Distanz. Noch immer war sie mindestens sieben Meter von der Waffe entfernt.

Christine machte einen Schritt nach rechts, so konnte sie auch die andere Seite der Leiche einsehen. Neben den Knien der Toten, verborgen unter einer dicken Eiskruste, zeichneten sich zwei Lippen ab. Sie sahen aus, als würden sie über dem Boden der Truhe schweben. Nanas Mund, aus ihrem Gesicht herausgemeißelt und eingefroren. Weiter unten schimmerten fünf rote Punkte durchs Eis. Eine zierliche Hand mit lackierten Fingernägeln. In den Eisschichten darunter bildete sich eine verzerrt wirkende, hautähnliche Form ab, die Christine nicht identifizieren konnte. Es musste ein Körperteil des ersten Opfers sein, das schon seit mehreren Wochen im Eis ruhte.

»Ich habe nicht zu viel versprochen, oder? Darf ich Ihr Schweigen als stille Anerkennung deuten? Sie sind der erste Mensch, der meine Arbeit in diesem Stadium sehen darf. Erkennen Sie die Schönheit, die sich vor Ihnen entfaltet? Sie wird erhalten bleiben. Für die Ewigkeit.«

Christine tippte auf die Glasplatte. »Diese Lippen. Sie haben Nana Reinhardt gehört, der Toten aus der Spree.«
Weber kniff die Augen zusammen und griff in die Truhe. Er brach den Eisklumpen mit Nanas Lippen heraus.
Es knirschte, und der Block mit dem Körperteil lag in seiner ausgestreckten Hand. Er erinnerte Christine an einen in Harz gegossenen Schmetterling, den sie als Kind besessen hatte.
»Sie war durchaus etwas Besonderes. Fast hätte sie meine Arbeit zerstört. Aber sie war unvorsichtig.«
Weber wendete den Eisklumpen in seiner Hand. Sein Blick war starr geradeaus gerichtet, er verlor sich in den roten Ziegeln der Backsteinwand.
»Es war nicht klug von ihr, direkt vor Egberts Haus aufzutauchen, wo sie dem Wachpersonal aufgefallen ist. Einfach nur dumm. Einmal bin ich ihr gefolgt, bis zu einem kleinen Café an der Spree. Ich habe sie dort angesprochen. Sie war Mathematikerin. Eine einsame, schöne Frau mit einer unglaublichen Wut auf die Gesellschaft. Sie hat Politik, Polizei und Großunternehmen gehasst. Pharmakonzerne im Besonderen. Aber sie mochte mich. Das habe ich sofort gespürt. Wir haben uns sogar ein zweites Mal getroffen. Ich habe sie für eine harmlose Spinnerin gehalten, die Farbbeutel auf Egberts Haus werfen wollte oder irgendeinen anderen kindischen Unfug geplant hatte. Das habe ich damals wirklich geglaubt. Mein Fehler, nicht wahr?« Weber quetschte den Eisklumpen in seiner Hand, als wollte er ihn zum Bersten bringen. »Sie war eine gefährliche Frau. Sie hat eine meiner Aufführungen im Hospital gestört. An diesem einen Abend wäre sie mir fast entkommen. Ich habe sie mit meinem Wagen bis zu einem Park verfolgt, und als sie mich ohne Maske wiedererkannt hat, ist sie mir regelrecht um den Hals gefallen. Sie wollte sogar die Nacht bei mir bleiben. Erst in meinem Auto

hat sie die Wahrheit begriffen. Zeigt sich da nicht die Ironie in ihrer reinsten Form?«

Das erklärte, warum keine Angriffsspuren an Nanas Körper gefunden wurden. Christine nickte. Weiter. Weber musste weiterreden. Jede Minute zählte für Benno. »Wie hat sie von den Tötungen im Hospital erfahren?«, fragte sie.

Er ließ den Eisklumpen in die Kühltruhe fallen. Spuren von Wasser glänzten an seinen Fingerspitzen. »Sie hat sich in Egberts Computer gehackt. Ihr waren die Pläne für die bautechnische Sicherung des Hospitals aufgefallen. Ein Pharmaboss und die Ruine eines Krankenhauses? Das passte irgendwie nicht zusammen. Von diesem Zeitpunkt an konnte sie nicht mehr loslassen. Bis zum Ende.«

»Und dann haben Sie Nana Reinhardts Leiche in der Spree entsorgt, um Ihre Einfriertechnik zu verbergen. Das haben Sie mit allen Opfern so gemacht. Zwei der Frauen sind bis heute nicht aufgetaucht.«

Er steckte die Hände in die Hosentaschen. Nur seine Daumen lugten hervor. »Bravo. Sehr gut. Das Geheimnis der Kunst liegt doch darin, dass man nicht sucht, sondern findet. Sie haben eben auf wunderbare Weise einen Grundsatz Picassos bestätigt. Ich bin beeindruckt. Sie haben *mich* bestätigt.«

Weber beugte sich über die Truhe. Er strich über das Kinn der Toten. »Wir haben so viel erreicht, Egbert und ich. Unsere Familien waren befreundet. Er hat sich schon für mich interessiert, als ich zehn Jahre alt war und mein Vater auf dem Anwesen der Landkamps an den Statuen gearbeitet hat. Egbert hat etwas in mir gesehen, das meinem Vater entgangen war.«

Er streckte seinen Arm vor Christines Gesicht aus und ballte die Faust. »Meinen unbändigen Willen, die Dinge zu ändern und dafür Grenzen zu überschreiten. Egbert hat das Glühen in mir gesehen. Sein eigener Sohn, Mark, der hat sich bloß für

Partys und Koks interessiert. Und Maria, seine Frau, die ließ sich lieber in ihrer Damengesellschaft als Gattin des mächtigen Pharmachefs feiern. Den beiden hat das gereicht. Aber ich, ich war Egberts wahrer Sohn. Sein Seelenverwandter.« Weber ging zu einem blau leuchtenden Punkt an der Wand. Christine erkannte einen Schalter. Er drückte ihn, und das Licht der Pendelleuchten fiel konzentriert auf den Tisch. »Meine Eltern haben sich scheiden lassen, als ich sechzehn war. Zwei Jahre später ist mein Vater gestorben, ganz plötzlich. Die Bahn da draußen …« Er deutete auf die Fenster hinter Christine. »Er hat sie gehasst. Die Geräusche haben ihn verrückt gemacht, weil sie ihn beim Arbeiten an den Statuen gestört haben. Und einmal, im Herbst, da ist er nach einem seiner Wutanfälle vor den Schienen zusammengebrochen.« Weber trat mit fünf Schritten an den Metalltisch. Er stieß eine der Pendelleuchten an. Sein Schatten zuckte über die Wände. Auf und ab. Größer und kleiner. »Ein Schlaganfall. Einfach so. Als ob jemand in seinem Kopf das Licht ausgeknipst hätte. Ich habe ihn da draußen gefunden. Hammer und Meißel lagen im Gras, die Baskenmütze auf seinem Kopf war verrutscht. Ich erinnere mich noch genau, wie der Herbstwind die Blätter übers Gras getrieben hat. Ich habe mir gewünscht, dass er meinen toten Vater einfach mit sich nimmt.« Webers Gesicht reflektierte sich in der Oberfläche des Tisches. Er schaute sich selbst in die Augen, studierte sich, als würde er sich zum ersten Mal sehen. Es schien, als hätte er Christine vergessen. »Sein Tod war eine Befreiung für mich.«
Ein melancholischer Feingeist, sensibel und ein Opfer väterlicher Ablehnung – so sah sich Weber wohl selbst. Er widerte Christine an. Ein Serienmörder, der in Selbstmitleid ertrank. Er spürte keinerlei Reue und kein Verantwortungsbewusstsein. Weber war das Musterbeispiel eines Psychopathen.

Christine sah Nanas Leiche vor sich, ihren toten Körper, in dem einmal so viel Leben gewesen war, bevor Weber es ausgelöscht hatte. Am liebsten hätte sie ihm die Fäuste ins Gesicht geschlagen. Doch sie musste ihre Gefühle verbergen. Sie entkrampfte ihre Hände. In Webers jetzigem Zustand erschien er kontrollierbar. Doch nur ein falsches Wort, und die Situation konnte kippen. »Und Egbert Landkamp? Er hat Ihnen geholfen in dieser schwierigen Zeit?« Christine gab sich freundlich und verständnisvoll, während sie einen Schritt nach rechts machte – in Richtung Rasiermesser.

»Egbert hat mich für ein Kunststudium an die Sorbonne nach Paris geschickt. Er hat meine Operationen bezahlt. Damals war er alles für mich: Vater und Freund. Ich konnte mit ihm über alles sprechen. Auch über meine … Experimente.« Weber nickte, in seinem Blick lag ein freudvoller Ausdruck. »Meine Ideen haben ihm gefallen. Sehr sogar.«

»Und dann haben Sie den Kontakt abgebrochen?«

»Nein.« Die Antwort kam schnell und hart. »Natürlich nicht. Wie kommen Sie denn darauf?« Er strich über die Knopfleiste seines Hemdes und zog sie gerade. »In den vergangenen Jahren haben wir uns nur ein wenig aus den Augen verloren. Ich bin im Ausland geblieben. Aber wegen des schlechten Zustands meiner Mutter musste ich im letzten Sommer nach Deutschland zurückkehren.« Er faltete die Hände. »Ich besuche sie jeden Tag. Und Egbert war wieder für *mich* da, so wie all die Jahre zuvor. Er hat sich vor einer ganzen Weile scheiden lassen. Melanie Pritz, diese blonde Furie, hat dann in seinem Haus gelebt. Eine ordinäre Person. Laut und dümmlich. Egbert war sehr krank, und er muss sehr einsam gewesen sein, dass er sich auf eine Frau so weit unter seinem Niveau eingelassen hat. Aber dann hat er sie nicht mehr gebraucht. Er hatte ja nun wieder mich an seiner Seite.« Weber nickte. Ein feuchter Film lag über seinen Augen. »Und dann ist Egbert … gestorben.« Seine Stimme brach. »Er hat sich das Leben genommen. Die Krankheit …«

Widerlich. Zwei Männer mit einer pathologischen Lust am Töten waren zusammengekommen, und die Ergebnisse dieses Paktes lagen vor Christine in der Kühltruhe. Weber war ein Psychowrack. Aber gleichzeitig auch einer der gefährlichsten Männer, denen sie jemals begegnet war. Seine Tränen konnten sie nicht täuschen. Zwei vorsichtige Schritte nach rechts. Vier Meter trennten sie noch von der Klinge. Gleich …

Weber fuhr sich über die Augen. »Die Freiheit des Denkens hat nur einen Wert, wenn sie zur Freiheit des Handelns führt. Das habe ich von Egbert gelernt. Das ist mein Glaubensgrundsatz geworden. Das macht echte Kunst aus. Im vergangenen Sommer hat er mich gefragt, ob ich bereit sei, die nächste Stufe meiner Arbeit zu erreichen: die Vollendung.«

Weber ging zur Kühltruhe und drückte einen kleinen Knopf am oberen Rand. Ein Surren setzte ein. Mit einem Knirschen hob sich der Untergrund der Truhe. Die Eismassen und die Tote in ihr schoben sich Zentimeter für Zentimeter in die Höhe, fuhren nach oben wie in einem Fahrstuhl. »Meine Konstruktion. Beeindruckend, nicht wahr?« Weber deutete auf den Stuhl am Ende des Tisches. »Wollen Sie bitte Platz nehmen?«

Verdammt. Wenn sie sich auf den Stuhl setzte, würde sie niemals an die Klinge kommen.

»Bitte!« Webers Ledersohlen knirschten, als er langsam auf sie zuging. »Und glauben Sie nicht eine Sekunde, dass mir Ihr Interesse für mein Handwerkszeug entgangen ist.« Er wandte sich ab und schlenderte wie beiläufig zu der Kommode mit dem Lederetui. »Womit wollten Sie mich angreifen? Hm, mal sehen.« Er hob das Etui an und inspizierte die Gegenstände, die auf ihm lagen. »Mit dem Meißel? Oder womöglich mit dem Rasiermesser?« Er schüttelte den Kopf. »Halten Sie mich wirklich für so einfältig? Nachdem Sie die Perfektion meiner Arbeit gesehen haben?« Er ließ das Etui auf die Kommode fallen. »Töricht.«

Die Tote, das Eis, die weißen Vorhänge und der Geruch von Zitrone – die Kälte in Webers blauen Augen komplettierte die sterile Atmosphäre eines Operationssaales, die er in dem Raum geschaffen hatte. Das war seine Welt, und Christine war in ihr gefangen.

Er steckte die Hände in den Bund seiner Hose. »Und nun, wo Sie Ihre Lage hoffentlich als aussichtslos erkennen, wollen Sie jetzt endlich Platz nehmen?«

Sie zögerte, so schnell konnte sie nicht aufgeben. Das Rasiermesser lag noch immer neben dem Etui. Weber näherte sich ihr, packte den Stuhl an einer Armlehne, hob ihn an und ließ ihn auf den Boden poltern. »Setzen Sie sich!« Er schlug mit der flachen Hand auf die Sitzfläche. »Jetzt!«

Christine nahm Platz. Widerstand hätte gar nichts gebracht. Sie legte die Hände auf die Armlehnen. Durch die Bluse konnte sie das rauhe Holz an ihrem schweißnassen Rücken spüren. Sie brauchte Zeit für einen neuen Plan. Wo blieb Benno nur?

Weber nickte ihr zu. »Na also.« Mit knirschenden Sohlen ging er dicht an Christine vorbei. Er streckte den linken Fuß aus und drückte einen Kippschalter am Boden. Sofort setzte das Rauschen der drei Ventilatoren ringsum den Tisch ein. Die Rotorblätter setzten sich langsam in Bewegung, bis sie so schnell wurden, dass ihnen Christine nicht mehr mit den Augen folgen konnte.

»Kühlung ist wichtig in dieser Phase.« Weber schob die Glasplatten aus der Verankerung der Kühltruhe und stellte sie an der Wand ab. Als er erneut den Knopf am Rahmen des Gehäuses drückte, stoppte das Surren. Die Tote lag aufgebahrt wie in einem eisigen Sarg vor ihm. Ihr Körper ragte über den Rand der Kühltruhe. Weber strich über Claudia Weigerts Füße, über ihr Becken, über ihre Brüste, als würde er sie liebkosen. Er begab sich zum Kopfende der Leiche und umfasste ihr Gesicht mit beiden Händen. »Kunst gibt nicht nur das Sichtbare wieder. Sie ist mehr, viel mehr. Sie macht sichtbar. Auch unsere gesellschaftlichen Unzulänglichkeiten.« Er trat an den Tisch heran und zog ihn übers Parkett. Die Gummirollen rumpelten über die Dielen.

Der Tisch knallte gegen die Kühltruhe. Seine Auflagefläche schloss exakt mit dem oberen Rand des Gehäuses ab. Webers Sucht nach Perfektion zeigte sich in jedem Detail.

»Egbert ging es um die selbst auferlegten Grenzen in unserer Gesellschaft. Konventionen, ungeschriebene Regeln, Gesetze – all das beeinträchtigt uns in unserer Entwicklung. Wie können wir unser volles Potenzial entfalten, wenn wir jeden Tag an Grenzen stoßen, die uns andere auferlegen?« Er zog die Leiche an Schulter und Oberschenkel vorsichtig auf den Tisch. Das Eis knirschte. Die erstarrten Gliedmaßen schillerten bläulich im Licht der Lampen. »Egbert hat sich dem widersetzt. Er hat die Welt als freier Mensch verlassen. Ohne ihn würde meine Kunst nicht existieren.« Weber zog am rechten Bein der Toten. Mit Sorgfalt justierte er den Körper in der Mitte des Tisches. Er ging in die Knie, zerrte, schob und korrigierte die Position der Leiche, bis der Abstand zu den Kanten überall identisch war.

Das hier war kein funktionaler Perfektionismus mehr, sondern der Wunsch nach höchster Vollendung, der im Wahnsinn gipfelte. Nicht mehr Lars Weber stand vor Christine – sondern der Eismann.

»Wenn ich meine Arbeit vollendet habe, dann vielleicht, aber nur vielleicht, werden auch Sie etwas von diesem Gefühl der Freiheit erfahren. Ich würde es Ihnen wünschen, so kurz vor Ihrem Tod.« Er legte die Hände auf die Tischkanten. »Glauben Sie mir.« Weber rollte den Tisch mit dem Körper zurück in seine ursprüngliche Position unter den Pendelleuchten.
Das also war sein Plan. Er hatte Christine am Fußende der Leiche plaziert und eine Anordnung gewählt, die der Tötungszeremonie im Hospital entsprach. Wie Merziger, Kuhnen und Röber war auch sie nur noch Zuschauerin. Weber unterwarf sie seinem Regelsystem – und am Ende würde er sie erwürgen. Sie war Publikum und Opfer in einer Person.
Du bist ihm in die Falle gegangen. Du warst unvorsichtig, aber du kannst ihn überwältigen. Analysiere ihn. Seine Schwächen sind offensichtlich. Er hat sie dir gezeigt. Denk an das, was ich dir beigebracht habe. Du wirst hier heute nicht sterben, hörst du? Nicht heute. Die Stimme ihres Vaters. So nah und fordernd, als würde er direkt neben ihr stehen. *Sieh dir die Opfer an. Es sind immer die Opfer, die die Schwächen deines Gegners verraten.* Christine presste ihre Arme auf die Lehnen. Sie drückte ihren Rücken durch und atmete tief ein. Die Tote auf dem Tisch erzählte ihr eine Geschichte. Sie musste nur besser zuhören als bisher.
Weber öffnete eine Streichholzschachtel. Er entflammte ein Zündholz und hielt es über das Rohr des Bunsenbrenners. Eine blaue Flamme schoss empor. Mit einer Pinzette griff er einen gebogenen Draht, den er über dem Feuer wendete. Als das Eisenstück glühte, trat er an den Kopf der Frauenleiche und legte den Draht um die Nasenpartie der Toten. Ein Zischen erklang. Gefrorenes Eis wurde zu Wasser und verdampfte. »Sehen Sie genau hin. Auf diese Weise kann ich eine Fuge erstellen, in der ich meinen Meißel ansetze. Das macht

die Arbeit sehr viel präziser.« Weber klang euphorisch. »Ich habe jedes meiner Modelle studiert. Ihren Charakter, ihre Eigenschaften. Ich suche immer nach meinem Goldenen Schnitt, nach dem Körperteil, in dem sich die Schönheit und das Wesen der Frau für mich am deutlichsten ausdrückt.« Er fuhr mit der Fingerspitze über die Nase der Toten. »Sehen Sie sich diese Form an. In ihr zeichnet sich so viel Ehrgeiz und Besonnenheit ab, ganz wie es ihrem Charakter entsprach. Und dieses Bild werde ich für die Ewigkeit festhalten.«

Weber hatte seinen Wahnsinn zur Methode entwickelt. Die Fundamente seiner Existenz ruhten in dem von ihm geschaffenen Kosmos, den er regierte. Er hatte Christine die Tür zu seiner Welt geöffnet, und sie war eingetreten. Er würde es bereuen.

Einen Moment lang sah sie Albert vor sich, seine sorgenvolle Miene. Christine vertrieb das Bild genauso schnell, wie es aufgetaucht war. *Fokussiert bleiben. Angreifen.*

Weber setzte den Meißel im vereisten Gesicht Claudia Weigerts an. Er hob den Hammer in seiner rechten Hand und verengte die Augen. Vor dem Schlag holte er tief Luft. Sein Arm zitterte.

»Hat Ihr Vater auch Männer modelliert?« Christine kannte die Antwort auf ihre Frage, seit sie die Figuren im Garten Landkamps gesehen hatte.

Weber stutzte. Er hob die Schultern. »Ja …« Er blinzelte wie ein Erwachender. »Sicher. Warum fragen Sie?« Weber legte Hammer und Meißel beiseite. Mit gespreizten Fingern stützte er sich auf dem Tisch ab. »Was soll diese Frage?«

»Warum modellieren Sie ausschließlich Frauen?«

Weber presste die Lippen zusammen, bis sie nur noch ein schmaler Strich waren. »Ich verstehe nicht …?«

»Warum haben Sie ausschließlich Frauen getötet? Warum keine Männer? Bietet Ihnen der männliche Körper nicht genügend Schönheit?«

Er wandte den Blick zur Statue seines Vaters, als würden ihm die steinernen Lippen eine Antwort zuflüstern. Regen schlug gegen die Fenster. Blitze zuckten über den Himmel. Das monotone Rauschen der Ventilatoren hallte von den Backsteinmauern wider. Weber fuhr sich mit der Hand übers Gesicht. »Nun, also ... Egbert und die maskierten Männer haben ... Wünsche geäußert. Sie wollten sehen, wie ich meine Arbeit mit bestimmten Frauentypen umsetze. Ich bin dem gerne nachgekommen. Das war aufregend für mich. Und wissen Sie, was daran besonders amüsant ist?« Er setzte ein Lächeln auf, doch sein Mund wirkte verbissen. »Meine Modelle entsprachen in äußerlicher Hinsicht den Ehefrauen meines Publikums. Egbert hat es einmal erwähnt. Männer kehren wohl gerne immer wieder zum gleichen Typus zurück. Erstaunlich, nicht?« Er vergrub die Hände in den Hosentaschen und zog die Augenbrauen zusammen. »Oder?«

Das erklärte die Unterschiede in der Wahl der Opfer. Hinter Webers zögerlichem Verhalten verbarg sich aber noch eine andere Wahrheit.

»Sie belügen sich selbst.« Christines Tonfall war sachlich und knapp. Sie musste provozieren.

»Was meinen Sie?« Seine Nackenmuskeln versteiften sich.

»Erinnern Sie sich an die Mädchen, die Sie als Kind ausgelacht und abgewiesen haben? An die täglichen Demütigungen, die Sie ertragen mussten? Sie hassen Frauen. Und unter dem Deckmantel der Kunst haben Sie sich nun endlich an ihnen gerächt. Das ist die billige Wahrheit.«

»Das ist ... Das ist nicht wahr.« Er zog den Kopf ein, schien in sich zusammenzusinken.

»Mit wie vielen Frauen waren Sie in Ihrem Leben zusam-

men?« Christine hob alle Finger ihrer rechten Hand. »Vielleicht fünf?«
Zwei senkrechte Falten traten auf Webers Stirn. Er schwieg.
»Na gut. Dann vielleicht ... zwei?« Sie streckte Zeige- und Mittelfinger hoch, gespreizt wie zum Vicory-Zeichen.
Weber lockerte seinen Hemdkragen.
»Gar keine.« Christine ballte die Hand zur Faust.
»Also, ich ... Wieso wollen Sie das wissen?«
»Warum haben Sie alle Frauen mit den Händen getötet? Persönlicher kann ein Mord gar nicht sein. Da war viel Wut in Ihnen, oder? Der kleine Lars kann einfach nicht verzeihen. Selbst nach so vielen Jahren nicht.«
Weber verlagerte sein Gewicht aufs linke Bein. Er senkte den Kopf. »Das ist nicht wahr«, flüsterte er.
Christine erhob sich. Sie musste beweglich sein, falls er ausrastete. »Nein? Wirklich nicht? Und wie sieht es aus mit den dreißigtausend Euro, die Sie von jedem Zuschauer pro Mord kassiert haben? Ist das auch nicht wahr? Sie haben sich bezahlen lassen wie ein schäbiger Auftragskiller.«
»Woher wissen Sie das?« Weber nestelte an seinem Hemdsärmel herum. Er wich ihrem Blick aus.
»Wir haben einen der maskierten Männer festgenommen. Er hat noch viel mehr erzählt.«
Seine Augen wanderten über Christines Körper. »Das ist alles nicht wahr«, zischte er. »Nicht wahr.« Er ließ die Arme sinken und ballte eine Hand zur Faust. »Das war Egberts Idee. ›Ein Künstler ist nur ein Künstler, wenn er von seiner Arbeit leben kann.‹ Das hat er gesagt. Immer wieder hat er mir das gesagt.« Seine Stimme überschlug sich am Satzende.
»Er hat Sie manipuliert, damit Sie vor seinen Freunden Ihre Tötungsorgien aufführen. Sie waren für Landkamp bloß ein Mörder, der gegen Geld vor einem begeisterten Publikum

Frauen abschlachtet. Das ist das Bild, das er seinen Freunden von Ihnen vermittelt hat. Die Bezahlung hat Sie in Ihrer Rolle als Killer nur noch authentischer gemacht.«

Weber legte den Kopf in den Nacken. Der Wind der Ventilatoren zerrte an seinem Haar. »Nicht wahr.«

Christine konnte das Durcheinander an Gedanken und Gefühlen spüren, die durch Webers Hirn waberten. Weiter. Sie würde ihn mit Worten psychisch zerstören. »Landkamp war ein machtbesessener Mann, der Spaß an der Manipulation von Menschen hatte. Sie haben seine Allmachtsphantasien bedient – schon als Kind. Kann man aus einem hässlichen Freak mit genügend Geld einen neuen Menschen bauen? Wird sich das Innere mit dem Äußeren verändern? Sie waren Landkamps Homunkulus, eine Kreatur, die einem Reagenzglas entsprungen ist. Er hat Sie gesteuert, wie es ihm gerade gepasst hat. Ihre Sucht nach Perfektion hat Sie blind gemacht.«

»Nicht wahr«, raunte er. Blut rann aus Webers Nasenlöchern. Er biss sich auf die Lippen und verlagerte sein Gewicht auf die Fußballen. Eine Angriffsposition. Christine wich einen Schritt zurück. Blitzschnell riss Weber den Meißel vom Tisch, schwang ihn über seinen Kopf und umklammerte ihn wie einen Speer.

»Das ist alles nicht wahr!« Er schoss mit langen Schritten auf Christine zu.

Sie wich weiter nach hinten aus. Die Wand. *Schnell.* Zwei Schritte nach rechts. *Zu langsam.* Er packte sie am Kragen ihrer Bluse. Mit einer kaum wahrnehmbaren Geste fetzte er ihr Oberteil mit der keilartigen Schneide des Meißels auf.

Die Kälte des Metalls auf Christines Hüfte verwandelte sich in stechenden Schmerz. Blutige Striemen bildeten sich auf dem Stoff ihrer weißen Bluse, dehnten sich bis über ihren Bauch aus.

Webers Nasenflügel bebten. Seine Pupillen hatten sich zu Punkten verengt. Er ließ den Meißel fallen. Mit beiden Händen riss er Christines Bluse an der Knopfleiste auf. Er strich über den roten Striemen an seiner Wange. »Jetzt sind wir quitt. Stimmen Sie mir zu?«

Christine ertastete die Wunde an ihrer Hüfte – ein zwei Millimeter tiefer Schnitt, keine verletzten inneren Organe. Der Schmerz pulsierte. Das warme Pochen zog bis in ihren Hals hinauf. Sie wollte die Bluse an ihrer Brust verschließen, doch Weber packte sie am Handgelenk und riss sie zu sich.

»Da ist ja schon eine Narbe an Ihrer Hüfte.« Er fuhr mit der Fingerspitze über die rote Furche in ihrer Haut. »So tief.«

Weber legte die Hand auf ihre Hüfte, verbarg mit seinen ausgestreckten Fingern die Narbe und die offene Wunde. Christine empfand seine Berührung wie einen Stromstoß. Hitze stieg ihr in den Kopf. Der Wind der Ventilatoren glitt über ihre nackte Haut. Sie konnte das Zittern ihrer Lippen nicht kontrollieren.

»Diese Wunde hat mir der Mörder meines Vaters zugefügt.« Sie schob ihren Kopf vor. »Bevor ich ihn ausgeschaltet habe. Verstehen Sie?«

Weber nickte. »Ich verstehe. So viel Gewalt in Ihrem Leben.« Er beugte sich zu ihr hinunter. »Sie sind eine schöne Frau. Und diese Wunde ist sicherlich der Schnittpunkt Ihres Wesens.« Noch einmal ertastete er die glatten Ränder der Narbe. »Ja … ganz sicher.«

»Vielleicht haben Sie recht«, sagte sie leise. »Und vielleicht sind wir uns sogar ähnlich.« Christine konnte nicht lauter sprechen, selbst wenn sie gewollt hätte. Sie umfasste Webers Kopf mit beiden Händen und zwang sich zu einem Lächeln. »Aber ich trage meine Wunden außen und nicht nur innen wie Sie.« Ganz zart strich sie ihm mit den Fingerspitzen über die Wangen und zog seinen Kopf zu sich herab. *Ja. Komm näher.* Halb schloss sie die Augen.

»Was …?« Webers Gesichtsmuskeln erstarrten.

Christine packte ihn an den Ohren und riss seinen Kopf zurück. Sie rammte ihre Stirn in sein Gesicht. Das Knacken seines Nasenbeins ähnelte dem Geräusch eines brechenden trockenen Stöckchens. Weber torkelte nach hinten. Seine Arme ruderten durch die Luft, er taumelte gegen den Metalltisch.

Das Blut lief warm über Christines Bauch. *Nicht hinsehen. Konzentration.* Ihr Gegner war angeschlagen, doch noch stand er. Mit vier Schritten lief sie auf Weber zu und holte mit ihrem rechten Bein aus, als würde sie einen Fußball treten. Ihre Schuhspitze bohrte sich in seine Leistengegend. Sein kräftiger Oberkörper krümmte sich, Weber fiel nach vorn. Seine Lippen formten sich zu einem wulstigen O, doch kein Laut drang aus seinem Mund. Er hielt sich an der Tischkante fest. Seine Kiefer spannten sich, seine Schultern fielen ein. Webers Bewegungen waren auf ein Minimum reduziert – Schockstarre. Darauf folgte Flucht oder Kampf, wenn sie es zuließ.

Christine presste eine Hand auf ihre Wunde. Mit dem Fuß gab sie dem Tisch einen Tritt. Die Rollen rumpelten über die Dielen, Weber verlor den Halt. Mit einem Klirren schlug das Metall gegen die Wand, streifte die Kommode. Die gefrorene Leiche prallte mit dem Kopfende gegen die Backsteinmauer. Kleine Brocken lösten sich aus dem Eis, fielen zu Boden und glitten über die Dielen. Der Bunsenbrenner trudelte um seine eigene Achse. Das Rasiermesser rutschte von der Kommode. Nur zwei Schritte neben Christine blieb die Klinge liegen. Sie bückte sich. An ihrem Bauch spannte die Haut, als ob sie gleich reißen würde. Das scharfe, brennende Pulsieren erinnerte sie daran, dass sie lebendig war. Sie biss sich auf die Un-

terlippe. Der kalte Griff der Klinge ruhte in ihrer Hand. Ein warmes Gefühl von Sicherheit kehrte zurück.
Weber rührte sich nicht, er nahm die Geschehnisse teilnahmslos wie ein Schlafwandler wahr. Den Kopf zwischen den Schultern vergraben, stand er vor der Tür.
»Sie haben meine Arbeit zerstört.« Er fuhr mit dem Handrücken über seine Oberlippe und betrachtete die roten Schlieren auf seiner Haut. »Das fühlt sich alles falsch an.« Sein Blick blieb an der Steinbüste am anderen Ende des Raumes hängen, und er nickte ihr zu. »Ja, ich weiß, was ich jetzt tun muss. Du hast es mir ja oft genug gesagt«, flüsterte er und senkte den Kopf. »Natürlich traue ich mich. Ich bin kein Feigling. Soll ich es dir beweisen?«
Der Wahnsinn hatte viele Gesichter, und Weber zeigte sie alle. Er ignorierte Christine, blendete ihre Anwesenheit aus. Oder war das ein Trick? Noch immer blockierte er den Ausgang.
Wenn es ihr gelang, eines der Fenster hinter ihr zu öffnen, konnte sie vielleicht um Hilfe rufen. Sie streckte den Arm mit der Klinge von sich und bewegte sich rückwärts. Vier langsame Schritte. Mit der freien Hand zog sie einen Vorhang zur Seite. Weber reagierte nicht, er flüsterte wie gebannt auf die Steinbüste ein.
Christine blickte über ihre Schulter hinaus ins Freie. Da war eine kleine Straße mit drei unbeleuchteten Häusern. Kein Mensch zu sehen. Das Fenster besaß keine Griffe, sie ertastete das Gewinde für einen Vierkantschlüssel. Er hatte wirklich an alles gedacht. Der einzige Weg aus diesem Raum hinaus führte an Weber vorbei.
Christine spannte ihren Körper an. Sie umklammerte die Klinge in ihrer Hand. Sie oder Weber. Darauf lief es hinaus.
Der Wind der Ventilatoren brachte ihr Haar zum Tanzen und trieb es vor ihren Augen auf und ab. Aus der Kühltruhe stie-

gen eisige Dämpfe auf. An der Decke über ihr erschienen zwei helle Punkte, die sich langsam ausdehnten und miteinander verschmolzen, bis der Raum in gelbliches Licht getaucht war: die Strahler eines näherkommenden Autos. Das satte Brummen eines Vierzylinders war an der steilen Auffahrt zu hören. *Benno.* Christine erkannte den Klang ihres Citroën sofort. Tief atmete sie aus. *Endlich.*

35

Die Kabel der Pendelleuchten knirschten in der Fassung. Flackernde Lichtkegel zogen über Wände und Decke. Sie erhellten die mürrisch dreinblickende Steinbüste, brachten die von Eiskristallen umgebene Tote zum Funkeln und ließen Weber aufblitzen, der in seinem weißen Hemd transzendent wie eine geisterhafte Erscheinung an der Backsteinmauer lehnte.

Mit der flachen Hand versetzte Christine die drei Pendelleuchten immer wieder in Schwingung. Benno würde das Signal von der Straße aus erkennen. In der anderen Hand hielt sie das Rasiermesser umklammert.

Lars Weber war ihr Manöver nicht entgangen. Sein Brustkorb hob und senkte sich mit langen Atemzügen. Wie in hypnotischer Trance folgten seine Augen den schwingenden Lampen. Mehr nicht. Sein Körper schwieg.

Regen trommelte gegen die Fenster. Die Tropfen rannen über die Scheiben, vom Wind getrieben. Die Scheinwerfer des Citroën verschwammen durch die Fenster. An. Aus. An. Aus. Eine Lichthupe. Perfekt. Benno hatte Christines Plan verstanden.

Weber schob mit der Schuhspitze einen Eisklumpen über die Dielen, hob ihn auf und betrachtete den schmelzenden Brocken in seiner Hand. Er schüttelte den Kopf und ließ ihn fallen. Weber wandte sich der Tür zu. Aus seiner Hosentasche zog er einen Schlüssel. Die Zacken ratschten im Zylinder des Schlosses. Er drückte die Klinke hinunter, hielt in der Bewegung inne. Über seine rechte Schulter warf er Christine einen

Blick aus blauen Augen zu. Keine Anzeichen von Wut oder Panik. Er zog die Brauen hoch. Sein Mund bildete eine schmale Linie. Ein schmerzvoller Zug lag in seinem Gesicht, wie ihn Christine oft bei Leuten auf dem Bahnhof gesehen hatte, wenn ihnen der Abschied von ihren Lieben schwerfiel. Weber nickte ihr zu.

Christine kannte die Geste bereits aus dem Hospital, bevor er mit dem Aufzug verschwunden war.

Als würde eine Brennstoffzelle in seinem Innersten aktiviert, bäumte er sich auf und sprintete die knarrenden Treppen zum Erdgeschoss hinunter.

Seine Flucht war sinnlos, er würde Benno direkt in die Arme laufen. Christine stürzte zu einem der Fenster. Vor den Scheinwerfern ihres Autos bewegte sich ein großer Schatten. Benno sprang über den Gartenzaun des Hauses und hetzte im Licht eines zuckenden Blitzes über den Rasen. Aus dem Erdgeschoss ertönte das Klappen einer Tür.

»Moment mal …« Christine wandte sich um. Sie lief auf eines der rückwärtigen Fenster zu und riss den Vorhang zur Seite. Verdammt. Draußen, hinter dem Haus, im warmen Schein der Gaslaternen, dort verliefen die Gleise. Sie waren gesäumt von Kiefern, Tannen und dicht wachsendem Gestrüpp – und dazwischen rannte ein Mann im weißen Hemd in gebückter Haltung über das Schotterbett. Natürlich. Der Hintereingang.

»Nein. Du entkommst mir nicht.« Christine presste ihre Hand auf die Wunde an ihrer Hüfte. Der stechende Schmerz machte sie hellwach. »Diesmal nicht.«

Zwischen Donnerschlägen und dem Prasseln des Regens war das Wummern von Fäusten an der Haustür zu hören. Christine verknotete die aufgeschlitzte Bluse über dem Bauch und lief die Treppen ins Erdgeschoss hinunter. Sie nahm mehrere

Stufen auf einmal, die letzten zwei Absätze überwand sie mit einem Sprung. Der Aufprall war hart und brachte sie ins Torkeln. Sie schlug die Hand auf die Klinke der Tür.

Benno. Er blinzelte sie durch die Strähnen seiner nassen Haare an. Das Hemd klebte an seinem Körper. Er stürzte auf sie zu.

»Christine! Ich hab die Fotos bei Sylvia Weber gefunden und Albert angerufen, und …« Da blieb sein Blick an den Blutflecken auf ihrer Bluse hängen. »Du bist ja verletzt!«

Sie packte ihn am Oberarm. »Das ist jetzt egal. Der Eismann, er ist durch den Hintereingang geflohen.«

Benno drosch mit der flachen Hand auf den Türrahmen, und noch einmal mit mehr Kraft. »Der Hintereingang. Schon wieder. Diesmal fall ich nicht drauf rein.« Benno schob Christine zur Seite. »Das Schwein hole ich mir!«

Seine nassen Schuhe quietschten auf dem Boden. Kleine Wasserlachen blieben auf den Dielen zurück, als er durch das Erdgeschoss sprintete. Er verschwand im Dunkel des Gangs, drei Sekunden später klappte eine Tür hinter ihm zu.

Christine ließ das Rasiermesser fallen. Sie stützte sich auf dem Treppengeländer ab. Die hölzernen Fugen unter ihren Fingern pressten sich scharf in ihre Haut. Sie legte den Kopf in den Nacken, holte tief Luft und stieß sich vom Geländer ab. »Na gut. Bringen wir's zu Ende.«

Regen peitschte in Christines Gesicht. Der Wind zerrte an ihren Haaren. Zweige schlugen gegen ihre Knie. Ihre Oberarme lagen dicht am Körper. Sie bewegte die Hände rhythmisch auf und ab, als würde sie Handkantenschläge austeilen. Christine hetzte neben dem Gleisbett entlang. Nasse Erde spritzte an ihr empor. Vier Häuser zählte sie in der kleinen Siedlung zu ihrer Linken. Doch nur in Webers Eisenbahnerhaus aus rotem Backstein brannte Licht. Die stille Welt neben den Schienen war das ideale Refugium für einen Serienmörder wie ihn.

Christine erhöhte ihr Tempo und stolperte beinahe über eine Wurzel, die sich aus dem Erdreich wand. Sie verfluchte ihre Schlaghose. Der Stoff schlackerte um ihre Unterschenkel und behinderte sie. Äste peitschten ihr ins Gesicht, ihre Wunde pulsierte. Doch das alles war unbedeutend. Nur Resultate zählten. Sie war eine ausgezeichnete Läuferin. Zehn Kilometer in neununddreißig Minuten war ihre Zeit. Und nun näherte sie sich einer Zielgeraden, an deren Ende die Ergreifung eines Serienmörders auf sie wartete.

Vierzig Meter vor ihr blitzte Webers weißes Hemd auf, als er eine der Gaslaternen neben dem Gleisbett passierte. Er lief auf den Schwellen, folgte der Führung der Schienen. Seine Flucht erschien sinnlos, und doch wirkte er so zielgerichtet wie ein Mann, der einen klaren Plan im Kopf hatte.

Benno spurtete fünfzehn Meter vor Christine. Für jeden seiner langen Schritte brauchte sie mindestens zwei. Bennos Wut war selbst aus der Distanz noch spürbar. Er schwang die Arme, als könnte er die Luftmassen verdrängen und sich so noch schneller vorwärtsbewegen.

Christine hielt ihren Oberkörper ruhig. Keine unnützen Ausweichbewegungen. Ihr Atem ging regelmäßig. Ihre Zehen stießen gegen das Leder ihrer Schuhspitzen. Sie erhöhte ihre Schrittfrequenz und näherte sich Benno. Nur an die zwanzig Meter trennten sie beide von Weber.

Da nahm sie aus den Augenwinkeln einen BMW wahr, der auf dem holprigen Kopfsteinpflaster parallel zum Gleisbett fuhr. Ein Mann mit halblangem Haar saß hinterm Lenkrad und wandte ihr den Kopf zu. Er beugte sich vor zur Armatur. Die Innenbeleuchtung sprang an. Kommissar Dom. Er nickte ihr zu, deutete mit der Hand nach vorn und gab Gas. Alles klar, er wollte Weber den Weg abschneiden. Albert musste Dom kontaktiert haben. Sie erinnerte sich an die tiefen Falten auf Alberts Stirn, als sie sein Krankenzimmer verlassen hatte. Schnell verdrängte Christine dieses Bild – zusammen mit dem flauen Gefühl in ihrem Magen.

Aus einiger Entfernung drang das verzerrte Pfeifen eines Signalhorns heran. Die Lichter eines Zuges bohrten sich durch die Nacht. Der Regen trübte Christines Sicht. Auf ihrer Netzhaut setzte ein Flimmern ein. Die Schienen verschwammen. Ihr Kreislauf sackte ab. *Nicht jetzt. Verdammt. Schlechter Zeitpunkt.* In ihren Ohren rauschte es. Sie musste ihre Schritte verlangsamen.

Benno legte an Tempo zu. Seine Fingerspitzen kamen Webers Schultern mit jedem Schritt näher. Nur noch zehn Meter lagen zwischen den beiden.

Der Zug ratterte über die Gleise. Seine viereckigen Lampen schlängelten sich über die Schienen, folgten den Biegungen. Ein Blitz entlud sich über den Bäumen. Seine Verästelungen zuckten über den Nachthimmel. Alles war eine Sekunde erleuchtet – der Himmel mit seinen dichten Wolkengebilden, die ratternde Regionalbahn, die Ahornbäume, die im Wind wogten. Benno nahm mit jedem Schritt mehrere Bahnschwellen auf einmal. Weber warf immer wieder einen Blick über die Schulter. Weber … und sein Plan, der sich Christine immer deutlicher zeigte.

Ich weiß, was ich jetzt tun muss. Ich bin kein Feigling. Seine Worte hämmerten in ihrem Kopf.

Weber lief mit weit geöffneten Armen über die Schienen – wie ein Mann, der einer Umarmung entgegenfiebert. Fünfhundert Meter trennten ihn von dem näherkommenden Zug. Da rutschte er auf einer Schwelle aus. Der Regen hatte das Holz

durchnässt, es spiegelglatt gemacht. Weber ging in die Knie und fiel nach vorn. Schottersteine wirbelten auf.
Benno machte einen Satz auf den Gestürzten zu. Als er Weber erreichte, zerrte er ihn an den Armbeugen empor, als würde er eine Langhantel in die Höhe reißen. Dazu stieß er einen wütenden Schrei aus. Er packte Weber an Hals und Schulter und zog ihn mit einer Drehbewegung von den Schienen. Weber wehrte sich nicht.
Das Licht einer Gaslaterne streute die Schatten der zwei Männer bis vor Christines Schuhe. Unter den Ästen einer Rotbuche und halb verdeckt zwischen zwei Schwarzdornsträuchern standen die beiden sich gegenüber. Webers Arme hingen an seinem Körper herab. Sein Hemd war am Rücken gerissen. Von seinen Haaren tropfte der Regen. Noch immer lag Bennos Hand um seinen Hals. Sie sprachen miteinander. Ihre Worte waren leise, die Bewegungen ihrer Lippen auf die Distanz nicht erkennbar.
Christine lief auf die beiden zu. Immer wieder riss Benno an Webers Schultern, rüttelte an ihm, als könnte er sich so das Unbegreifliche verständlich machen.
Rechts von Christine knackten Äste. Der Strahl einer Taschenlampe durchschnitt das Gebüsch. Der Lauf einer SIG Sauer blitzte auf. Kriminalkommissar Dom. Er schwenkte seine Leuchte auf die Männer neben dem Gleisbett und hob seinen Arm mit der Waffe.
»Halt! Stehen bleiben! Beide.«
Benno ließ die Hände sacken. Er nickte, ließ Weber jedoch nicht aus den Augen. Im Lichtkegel der Taschenlampe wirkten die zwei Männer wie in der Bewegung eingefroren.
Christine lehnte sich mit der Hand an einen Ahornbaum. Sie klammerte sich mit den Fingerspitzen an die Rillen im Holz. »Gott sei Dank. Es ist vorbei.« Sie legte den Kopf in den Na-

cken und schloss die Augen. Warmer Regen lief ihr übers Gesicht. Der Zug näherte sich. Die Gleisstränge vibrierten. Donner grollte. Ein Flüstern ertönte, sanft wie das Rascheln von Blättern im Wind. Darauf folgte ein Lachen.

»Du mieses Dreckschwein!«

Christine riss die Augen auf. Benno spannte seinen Körper. Der zerstückelte Rhythmus in seiner Stimme. Die viel zu hohen Obertöne. Sein impulsiver Aufschrei. Christine konnte ihn hinter seinen Worten erfühlen und bekam Angst. »Benno!«

Der rote Zug schoss über die Gleise, Regentropfen reflektierten das Licht der Lampen. Der Fahrtwind brachte die Bäume zum Rauschen. Da stieß Benno Weber mit beiden Händen von sich. Schotter wirbelte auf. Weber riss die Arme hoch und torkelte rücklings durchs Gleisbett. Zwei Schritte. Vier Schritte … Er stolperte über die Schienen und ging in die Knie. Die Scheinwerfer des Zuges erfassten ihn, und für einen Moment schien es, als würde ein Lächeln auf seinem Gesicht liegen.

Christine riss ihren Arm nach oben. »Nein!«

Neben ihr hetzte Dom los. Ein Schlag ertönte von den Gleisen, ein Knall, wie er entsteht, wenn beschleunigtes Metall auf weiche Substanz trifft. Blätter raschelten, Äste knickten. Webers Körper wurde durch die Luft geschleudert. Dumpf schlug er wenige Meter neben Christine auf dem Boden auf. Der Luftstrom des vorbeifahrenden Zugs erfasste sie. Christine kämpfte um ihr Gleichgewicht.

»Mein Gott!« Dom rannte los. Er trat das Gebüsch zur Seite und tastete mit dem Strahl seiner Lampe das Erdreich ab.

Vor einem Baum ging er in die Hocke. Webers blondes Haar, das weiße Hemd und die helle Haut seiner Arme hoben sich vom schwarzen Boden ab. Dom presste Zeige- und Mittelfinger auf Webers Halsschlagader.

Benno fiel auf die Knie. Er senkte den Kopf und schloss die Augen. Regentropfen liefen über sein Gesicht.
Von den Schienen ertönte das Zischen entweichender Druckluft. Schleifgeräusche erklangen, gefolgt von einem Quietschen, das an eine langsam rotierende Kreissäge erinnerte. Die Regionalbahn kam zum Stehen. Ein Signalton hallte durch die Nacht.
Christine fiel neben Benno auf die Knie. Sie ergriff seine Hände. »Verdammt, Benno. Warum? Wir hatten ihn doch schon.«
Er zitterte am ganzen Körper und wich ihrem Blick aus. »Der Eismann ... er hat mich gefragt, ob ich was mit einer der Frauen hatte. Ich war so wütend, und dann ist mir das mit Nana rausgerutscht. Er wollte wissen, ob ich sie geküsst habe, wie sich ihre Lippen angefühlt haben ...« Ganz fest drückte er Christines Hände. Tränen liefen über seine Wangen. »Er ... hat gesagt, dass ich ihre Lippen haben kann. Er würde sie ja jetzt nicht mehr brauchen. Und dann hat er mir ins Gesicht gelacht. Dieses gemeine Lachen ...«
»Benno ...« Christine strich ihm über den Kopf. »Es ist vorbei. Alles ist vorbei. Ganz ruhig. Ich bin bei dir.«
Der Strahl der Taschenlampe näherte sich. Dom blieb vor Christine stehen. Er fuhr sich übers Kinn.
»Und?«, fragte sie.
Dom schüttelte den Kopf.
»Verstehe.«
Er legte eine Hand auf Bennos Schulter. »Meine Leute werden gleich hier sein. Wenn Sie noch was brauchen, bevor ...«
Christine sprang auf. »Was? Was soll das heißen?«
Dom zeigte auf Benno. »Er hat eben einen Mann vor einen fahrenden Zug gestoßen und ihn getötet. Ich muss ihn mitnehmen.«
Sie riss Doms Hand von Bennos Schulter und baute sich zwi-

schen den beiden Männern auf. »Das war Notwehr, Dom. Die beiden haben miteinander gekämpft, und dabei ist der Eismann auf die Schienen gestürzt.«

»Das ist nicht wahr, Christine.« Er senkte den Kopf. »Es ist eine Lüge. Ich kann da nicht mitziehen. Und das wissen Sie auch.«

Sie trat einen Schritt näher an ihn heran. »Der Eismann wollte sterben. Was meinen Sie, weshalb er sonst die ganze Strecke über die Schienen gerannt ist? Wollen Sie seinen Plan erfüllen? Soll er am Ende doch noch gewinnen?«

»Christine ...«

»Er hat Benno provoziert. Das war sein Ziel. Sie hätten den Eismann niemals lebendig bekommen. Nur wir drei wissen, was hier wirklich passiert ist. Niemand sonst. Nur wir.«

Dom legte eine Hand auf Christines Oberarm, so leicht, dass sie es kaum als Berührung empfand. »Das mag alles sein. Aber Ihr Partner hat trotzdem einen Mann getötet. Sie können doch nicht erwarten, dass ich jetzt einfach weggucke.«

Sie ballte ihre Faust. »Doch, Dom. Das erwarte ich nicht nur von Ihnen, ich verlange es sogar. Ohne uns hätten Sie diesen Fall niemals gelöst, und der Eismann würde vielleicht noch immer morden. Und zur Belohnung wollen Sie nun einen guten Mann in den Knast schicken?«

Dom schüttelte den Kopf. »Christine, verstehen Sie mich doch bitte. Ich bin Polizist. Ich habe einen Eid auf das Gesetz abgelegt. Wenn ich lüge, wäre alles, woran ich glaube, sinnlos.« Er erhöhte den Druck auf ihren Oberarm. »Einfach alles.«

Sie fegte seine Hand fort. »Mein Vater war auch Polizist. Er kannte den Unterschied zwischen Gesetz und Gerechtigkeit und hat danach gehandelt. Er hat seine Entscheidungen nicht von einem Stück Papier abhängig gemacht.«

»Dann war er nicht wirklich Polizist. Das ist Selbstjustiz«, flüsterte Dom so leise, als spräche er mit sich selbst.
Christine schlug mit der flachen Hand zu. Mit voller Wucht traf sie Doms Wange. Sein Kopf wurde nach links geschleudert, er stolperte. Im Licht der Gaslaterne zeigten sich die Abdrücke ihrer fünf Finger auf seiner Haut. »Sie werden nicht über meinen Vater urteilen. Er hat seine Fälle ohne fremde Hilfe gelöst. Davon sind Sie weit entfernt, Dom. Macht Sie das zu einem besseren Polizisten?« Sie trat einen Schritt vor. »Morgen werden Sie wieder in Ihr staubiges Büro gehen, abgestandenen Kaffee trinken und die Menschen durch die verdreckten Fenster des Landeskriminalamtes beobachten. Aber das Leben ist hier draußen, und es hält sich nicht an Ihre gottverdammten Regeln.«
Benno erhob sich. Er schob beide Hände in die Taschen und blickte in den Nachthimmel. »Ist schon gut, Christine. Alles ist gut. Ich stehe zu dem, was ich gemacht habe.« Er atmete tief aus. »Du hast recht gehabt: So 'ne Geschichte verändert einen Menschen. Ist nun mal so. Dreck …«
Sie rammte ihre Schuhspitze in den Boden, Erde spritzte auf. »Nein. Verdammt. Gar nichts ist gut! Ich besorge dir sofort einen Anwalt.« Sie umfasste Bennos Kinn und zog seinen Kopf zu sich. »Du sprichst ab jetzt mit niemandem mehr ein Wort, klar?«
Er nickte.
Christine wandte sich Dom zu. »Und nur damit es zwischen uns keine Missverständnisse gibt: Achten Sie darauf, dass sich unsere Wege nicht noch einmal kreuzen. Haben Sie mich verstanden, *Kommissar* Dom?«
Er hörte, schien zu verstehen und blickte zu Boden. »Sie müssten jetzt eigentlich mit mir ins LKA kommen. Das wissen Sie.«

»Ja? Wirklich? Dann versuchen Sie doch, mich aufzuhalten.« Sie beugte den Kopf vor. »Gehen Sie mir aus dem Weg. Für immer. Ansonsten sehe ich Sie auf der anderen Seite des Schachbrettes. Und diese Partie werden Sie verlieren. Das verspreche ich Ihnen.« Sie drehte sich um. Es war alles gesagt, alles getan.

Christine ging die lange Strecke über die Schienen zurück. Ihre Hände zitterten. Tränen der Wut stiegen in ihr auf. *Zorn ist besser als Schmerz – Wissen ist besser als Vertrauen. Ein Verräter kommt immer aus der Nähe. Das macht ihn so gefährlich.* Sie hatte sich in Dom getäuscht. Unter dem Deckmantel polizeilicher Moral opferte er Benno für seine Karriere. Anders konnte sie es nicht sehen. Sie kickte einen Schotterstein fort. *Hart ist besser als weich.*

Im Führerstand der gestrandeten Regionalbahn blinkten Warnlichter. Fahrgäste standen neben den Gleisen und diskutierten laut. Handyfotos wurden gemacht. Jemand lachte. Zugbegleiter mit gelben Warnwesten liefen um die Bahn herum. Der Regen ließ nach, der Wind legte sich.

Sie erreichte Webers Haus. Im Schein einer Gaslaterne stand ein gebeugter, grauhaariger Mann neben den Schienen. Um seinen Körper schlackerte ein dunkelblauer Pyjama. Er trug zerschlissene Hausschuhe. In einem Haus am Ende der kleinen Straße brannten die Lichter.

Als sich Christine dem Alten näherte, winkte er ihr mit einer Hand zu.

»Was ist denn da passiert?« Er rückte seine Brille gerade. Der rechte Bügel war mit einem Streifen Tesafilm geflickt. Auf seinem unrasierten Gesicht zeigten sich tiefe Falten – ein Mann, der die achtzig weit überschritten hatte und die Tage nicht mehr zählte.

»Ihr Nachbar, Lars Weber, er ist vor ein paar Minuten auf den Schienen gestorben.«

»Ach Gott. Der Lars.« Der Alte schüttelte den Kopf. »Jetzt auch noch der.« Er spuckte ins Gleisbett. »Die verdammte Bahn hat hier noch jeden gekriegt. Immer im Sommer. Ist wie 'n Fluch.« Er kratzte sich über sein stoppeliges Kinn. »Im Winter mit dem ganzen Eis, da ist hier Ruhe an den Gleisen. Aber der Sommer, nee, nee … Ich mag es lieber, wenn hier alles zugefroren ist.« Er streckte die Brust heraus und stellte sich auf die Schienen, als würde er den Zug herausfordern wollen.

In vierzig Metern Entfernung rotierten blaue und rote Lichter. Absperrbänder wurden ausgerollt. Blinkende Kellen schwenkten durch die Nacht.

Der Alte fuhr mit der Zunge über seine Lippen. »Wissen Sie, ich schlucke am Tag an die zwanzig Pillen. Alles Mögliche schieben mir die Ärzte in den Rachen, damit ich noch 'n paar Tage länger lebe. Und manchmal wundere ich mich, warum es 'n sorgenfreies Leben nicht einfach auf Rezept gibt. Für alle. Einfach so. Wär doch schön, oder?«

In der Ferne liefen Beamte in Uniform über die Gleise. Sie führten Benno in ihrer Mitte ab. Die Türen des weiß-blauen Polizeiwagens klappten. Scheinwerfer sprangen an. Das Auto verschwand in der Dunkelheit.

»Ja, das wäre schön.« Christine nickte dem Alten zu. »Sehr, sehr schön sogar.«

Berlin, 39 Grad, der heißeste Tag des Jahres

Das ist mal eine wirklich tolle Geschichte, Herr Heidrich. Einfach großartig, diese Nummer mit dem Eismann. Da ist alles drin: ein wahnsinniger Serienmörder. Attraktive Opfer. Schreckliche Tötungsrituale. So sieht ein waschechter Scoop aus. Meine Polizeikontakte haben mir da so einiges geflüstert.«

Ralf Breinert bekam sich gar nicht mehr ein. Er stand vor seinem Schreibtisch und trommelte auf dem braun lackierten Holz herum. »Und wenn ich richtig verstanden habe, dann sind Ihre gesamten Rechercheergebnisse über den Irren hier drin, ja?« Er deutete auf den verschlossenen DIN-A4-Umschlag, der vor ihm auf dem Tisch lag.

Albert presste den Rücken gegen die Lehne seines Stuhls. Die Haut unter dem Gipsbein juckte. Die Luft im Büro seines Chefredakteurs war stickig und durchsetzt von erdigem Zigarrengeruch. Das Atmen fiel ihm schwer. Hätte Luft eine Farbe – hier wäre sie tiefbraun. »Meine Recherchen, also …«

Breinert winkte ab. »Nun seien Sie doch nicht so bescheiden.« Er griff nach dem rotierenden Tischventilator auf seinem Schreibtisch und bewegte ihn mit ein paar Zentimetern Abstand vor seinem Gesicht hin und her. Die Haare seines Schnauzers zitterten. Er reichte Albert das surrende Gerät über den Tisch. »Wollen Sie auch mal?«

Die Blätter des vertrockneten Ficus an der Wand raschelten, als der Luftzug sie erfasste.

»Nein. Vielen Dank. Ich erkälte mich sowieso schon dauernd.«

Breinert trat hinter seinen Schreibtischstuhl und zog an einer Kordel. Die Jalousie vor dem Fenster hob sich. Die Mittagssonne fiel mit all ihrer Schärfe in Alberts Gesicht. Genauso gut hätte sein Chef ihn mit einer 5000-Watt-Lampe anstrahlen können. Das hier war eine von Breinerts erprobten Verhörtechniken im Hochsommer, in deren Genuss schon zahlreiche Mitarbeiter gekommen waren. Albert kniff die Augen zusammen und bohrte die Fingernägel in seine Handinnenflächen.

»Sie haben lange gezögert, bis Sie sich entschieden haben, Ihre Informationen zum Fall Eismann rauszurücken.« Breinert tippte auf den verschlossenen DIN-A4-Umschlag. »Da hat doch Frau Lenève gebremst, oder?«

»Na ja, nein …«

»Schon gut, schon gut. Ich habe Christine Lenève erlebt. Knallhart, die Frau. Aber das hat ja auch seinen ganz außergewöhnlichen Reiz, nicht wahr?« Er zwinkerte Albert zu und ließ sich in seinen Bürosessel fallen. Trotz seiner überschaubaren Größe von einhundertachtundsechzig Zentimetern wirkte Breinert mindestens einen Kopf größer als Albert. Natürlich. Sein Drehsessel war dank eines hydraulischen Wunderwerks auf maximale Höhe gepumpt, während Alberts Sitzgelegenheit eher einem Kinderstuhl entsprach. Breinert achtete auf solche Details. Im Handbuch für Machtmenschen gab es keine Zufälle.

»Ich möchte mit Ihnen über etwas reden.« Albert verlieh seiner Stimme einen entschlossenen Ton.

»Jetzt wollen Sie eine ordentliche Gehaltserhöhung, was?« Breinert rieb Zeigefinger und Daumen gegeneinander. »Aber denken Sie dran: Dieser Unternehmensberater hat neulich die ganze Redaktion auf den Kopf gestellt. Hier werden Leute entlassen. Sie aber sind noch im Spiel. Da muss man dankbar

sein.« Das Leder des Sessels quietschte, als er über die Armlehnen fuhr. »Sie haben sich selbst gerettet. Ein Mann muss tun, was ein Mann tun muss. Richtig, Herr Heidrich?«
Albert nickte. »Ja, klar. Muss er.« Seine Hand lag auf seinem gesunden Knie. Er spürte, wie der Schweiß durch den Stoff seiner Jeans sickerte. »Sonst wäre er ja kein Mann.«
Breinert stutzte. »Ja. Hm. Richtig, Herr Heidrich. Richtig.« Er zückte einen silbernen Brieföffner und ratschte den DIN-A4-Umschlag auf. »Die Pressekonferenz der Polizei ist in zwei Tagen. Da haben wir einen Riesenvorsprung mit den ganzen Details Ihrer Recherche. Das ist sehr gut.« Er trommelte auf die Tischplatte und hinterließ auf dem braunen Lack fettige Fingerabdrücke. »Ich setze da gleich drei Redakteure ran. Damit sind wir ganz vorne.«
Albert ertastete das kalte Aluminium der Krücke, die an seinem Stuhl lehnte. Ein echter Dialog mit Breinert war nicht möglich. All die Jahre nicht. Und heute hatte er selbst die Lust daran verloren. Er blickte sich im Büro um: der schwere Ledersessel, der mehr wie der Thron eines finsteren Weltraumfürsten wirkte und immer ein wenig Angst in ihm ausgelöst hatte. Der vertrocknete Ficus, der Breinerts Verständnis von Natur vermittelte. Der Humidor aus Mahagoni, in dem Breinerts Zigarren übereinandergestapelt wie Patronen vor dem Abschuss lagen. Der Lackschreibtisch, in dessen polierter Oberfläche sich so viele in Tränen aufgelöste Mitarbeiter gespiegelt hatten. Das war die Gegenwart – und morgen nur noch eine Erinnerung.
Breinert zog das Blatt Papier aus dem Umschlag. Seine buschigen Augenbrauen hoben sich, während sein Schnauzer absackte. Er öffnete seine Krawatte und zog die beiden Enden wie in einem Geduldsspiel über seinem Bauch gerade, bis sie auf gleicher Höhe waren. »Ist das wirklich Ihr Ernst?« Er

drehte das Blatt auf dem Tisch Albert zu und deutete auf das Wort *Kündigung*, das theatralisch anmutend in Arial 15 pt, fett, in der obersten Zeile des Papiers plaziert war. Es war das erste Mal, dass Albert in Breinerts Stimme einen überraschten Unterton heraushörte.
»Ich habe lange überlegt.« Albert erhob sich schwerfällig. »Und das da, vor Ihnen, das ist meine Entscheidung.« Er verlagerte sein Gewicht auf das gesunde Bein und drückte den Rücken durch. Nur weil er einen Gips trug, wollte er nicht wie ein Schwächling wirken. »Wissen Sie eigentlich, was ich in den vergangenen Tagen durchgemacht habe?«
Breinerts Schweigen erschien Albert regelrecht exotisch.
»Eine alte Freundin ist ermordet worden. Ich bin in einem halb verfallenen Hospital fast draufgegangen, und meine Beziehung liegt in Trümmern.« Er humpelte auf Breinerts Tisch zu. »Und dann soll ich mich auch noch von Ihnen erpressen lassen?« Er hob seine Krücke und stampfte sie auf den Boden. »Nein. Keine Recherchen. Keine tolle Geschichte. Ich bin durch mit dieser Nummer hier.«
Der Ventilator summte wie ein Bienenschwarm. Vor der Tür klackerte ein Fotokopierer, der Blätter auswarf.
Alberts Gipsbein kratzte über den Boden, als er sich vorbeugte. »Kennen Sie das nicht, wenn Sie morgens beim Rasieren minutenlang in den Spiegel gucken und unter all dem Schaum nach dem Mann suchen müssen, der Sie einmal waren?« Die Krücke lag fest in seiner Hand. »Und dann stellen Sie fest, dass nur noch ein kleines bisschen davon übrig geblieben ist.«
Albert hatte sich seine Rede am Vorabend zurechtgelegt und war dennoch überrascht, wie flüssig ihm die Worte über die Lippen kamen. Gar nicht schlecht. Richtig gut sogar.
Breinert erhob sich. Das Leder seines Stuhls atmete auf. Eine Tobsuchtsattacke, ein Faustschlag auf den Tisch, ein erhobe-

ner Zeigefinger, der Albert den Weg nach draußen wies, untermalt mit Gebrüll – all das erwartete er in den nächsten drei Sekunden von seinem Chefredakteur.
Doch Breinert wandte sich dem Fenster zu. Er faltete die Hände in seiner gewohnt herrschaftlichen Geste hinter dem Rücken und blickte in die Sonne. »Ich akzeptiere Ihre Entscheidung. Vielleicht sind Sie ja endlich Ihren Kinderschuhen entwachsen. In diesem Fall freue ich mich, dass ich Ihnen dabei behilflich sein konnte.« Er blickte über seine Schulter. »Auch wenn ich es eigentlich bedauern müsste.«
Albert bemerkte zwei Grübchen neben Breinerts Mundwinkeln, ein angedeutetes Lächeln. Aber womöglich waren es nur die Schatten seines Schnauzers.
»Viel Glück da draußen, Albert.« Breinert wandte sich wieder dem Fenster zu und blinzelte zwischen zwei Lamellen in den Tag hinaus. »Und jetzt raus mit Ihnen. Leute mit Job müssen heute noch arbeiten.«

Wasserflaschen wurden an trockene Lippen gesetzt. Menschen liefen gebückt über die Bürgersteige, als ob sie sich in die Kühle ihres eigenen Schattens retten wollten. Bratwurstverkäufer mit Bauchladen schauten den Passanten missmutig nach.
»Was für ein Tag.« Albert saß entspannt auf dem Beifahrersitz des Citroën. »Ich fühl mich richtig gut.« Christine war irritiert. Eigentlich war Albert ein Grübler, der sich stundenlang in der Beschaffenheit eines Sandkorns verlieren konnte und nur selten zu einer entschiedenen Aussage kam – und erst recht nicht, wenn es um seine eigenen Stimmungen ging. Doch offenbar erlebte er gerade einen emotionalen Höhenflug. Sie schlug das Lederlenkrad ihres Wagens in Richtung Flughafen ein und lächelte.

»Vielleicht mag Breinert mich ja doch irgendwie.« Albert presste den Kopf an die Rückenlehne des Citroën und schloss die Augen. »Aber dann war meine Kündigung ein Fehler.« Er verschränkte die Arme vor der Brust. »Verflucht. Jetzt bin ich mir unsicher, ob ich wirklich das Richtige getan habe.«

Da blitzte er wieder auf, der alte, skeptische Albert. »Genau das wollte Breinert doch nur erreichen. Der Mann ist ein Spieler.« Christine bremste vor einer roten Ampel.

Der Citroën vibrierte im Stand. Auf dem Mittelstreifen ratterte ein Rasensprenger. Christine hielt eine Hand aus dem Fenster. Tropfen perlten über ihren Unterarm. »Typisch Breinert. Der ist mit allen Wassern gewaschen.«

»Er hat aber auch ein bisschen gelächelt, als er sich von mir verabschiedet hat.« Albert kaute auf den Kordeln seines Kapuzenshirts herum. »Das hat er. Echt.«

»Das hat der Eismann auch, als er auf die Schienen gestürzt ist.«

»Party-Pooper.« Albert kratzte über sein gebrochenes Bein, als könnte er zur Haut unter dem Gips vordringen und so den Juckreiz stillen. »Ich habe heute ein wichtiges Kapitel in meinem Leben abgeschlossen. Auch wenn ich jetzt wer weiß wie lange arbeitslos bin.«

»Unsinn. Du bist einer der besten Wirtschaftsjournalisten in Berlin. Du findest immer was. Und zur Not hilft dir deine schwerreiche Mutter. Oder ich.« Christine freute sich auf den Sturm der Entrüstung, der gleich über sie hereinbrechen würde. Noch zwei Sekunden, noch eine … und …

»Also wirklich. Spinnst du? Ich kann selbst für mich sorgen. Und glaube bloß nicht, dass ich Geld brauche und deswegen zum sechzigsten Geburtstag meiner Mutter fliege.« Er scharrte so schnell auf seinem Gipsbein herum, dass ein Rhythmus entstand.

Neben der Fußgängerampel schob sich eine Seniorin ihren schrillen Organza-Hut mit Schleifchen ins Gesicht, als wäre sie zu einem hochherrschaftlichen Pferderennen in Ascot unterwegs. Nur die Badelatschen, mit denen sie über den erhitzten Asphalt schlappte, störten das Bild.

Alberts Blick folgte ihr ein paar Momente, er schüttelte den Kopf. »Weißt du, als ich in dieser Ruine auf den Treppen lag, da habe ich an meine Mutter gedacht. Und wie bescheuert es wäre, so zu sterben. Gott, wie sinnlos diese ganzen Streitereien mit ihr waren. Ich muss das endlich mit ihr klären. Sonst ist es irgendwann zu spät. Davor habe ich am meisten Angst.« Albert drehte die Kordeln seines Shirts wie kleine Taue um seine Finger. »Schade, dass du nicht mitkommen willst.« Er klang enttäuscht und wandte den Kopf zum Seitenfenster.

»Ist irgendwie ein schlechter Zeitpunkt, um mich deiner Familie vorzustellen.« Da war es raus. Mist. Sie bedauerte sofort jedes einzelne Wort. Verdammter Kontrollverlust.

»Ich weiß. Noch so ein offenes Kapitel in meinem Leben, zwischen dir und mir. Und ich habe wirklich keine Ahnung, wie es mit uns beiden weitergeht. Du sagst ja nichts. Die ganzen Tage nicht.« Er legte seine Hand auf ihr rechtes Knie und schob ihren Rock hoch, bis seine Hand ihren Oberschenkel berührte.

»Christine, ich wollte dich echt nicht verletzen mit diesem Geheimnisscheiß. Ich war einfach nur zu feige, dir alles zu erzählen. Das musst du mir glauben.«

Christines Zunge lag unbeweglich und schwer in ihrem Mund. Die Ampel schaltete auf Grün. Sie trat das Gaspedal durch. Die Reifen des Citroën quietschten. Ein halbes Dutzend asiatische Touristen drehten Christine synchron den Kopf zu und ließen in einer fließenden Bewegung die Kame-

ras sinken. Sie musste endlich lernen, ihre Gefühle besser zu beherrschen.
Fünf Tage waren seit der regnerischen Nacht auf den Schienen vergangen. Benno saß in Untersuchungshaft. Christine hatte die ermüdenden Verhöre im Landeskriminalamt über sich ergehen lassen. Die Analyse der Körperteile in Webers Kühltruhe hatte die Beamten zu den unaufgefundenen Toten geführt, einer Architekturstudentin und einer Physiotherapeutin, beide Singles. Ihre Leichen wurden von den Ermittlern in einer Kläranlage und in einem See unweit ihrer Wohnsitze entdeckt. Lars Weber war seinem Modus operandi treu geblieben.
Dom ging Christine aus dem Weg. Sie hatte einen Anwalt für Benno angeheuert und den Fall Eismann Zeile um Zeile als Reportage für ihre Zeitung aufbereitet. So viele Recherchen, Telefongespräche und Interviews. Sie würde für Benno kämpfen – Ausgang ungewiss. Aber wenigstens war er nicht allein. Eine Arbeitskollegin, Julia, kümmerte sich um ihn. Sie schien ein besonderes Interesse an ihm zu haben, das über ein kollegiales Verhältnis weit hinausging. Sie gönnte es Benno. Er konnte jetzt jede Unterstützung gebrauchen.
Christine hatte den Stress der vergangenen Tage genutzt, um die Probleme mit Albert aus ihrem Bewusstsein zu verdrängen. Doch nun saß er neben ihr auf dem Beifahrersitz. Sie konnte Alberts Selbstzweifel spüren – ganz so, als würden seine Gefühle von den Luftmolekülen übertragen. Das Auto war ein Käfig, dem Christine nicht entkommen konnte.
Albert strich über ihren Oberschenkel und betrachtete sie aus den Augenwinkeln. Er verlangte nach einer Antwort. Das wusste sie.
Wenn der beste Liebesbeweis Vertrauen war, dann hatte Albert versagt. Aber vielleicht musste sie ihn ja gerade dann lie-

ben, wenn er es am wenigsten verdient hatte. Sie war sich seiner so verdammt unsicher. »Albert. Ich ...«
Auf der anderen Seite der Straße trötete eine rumänische Blaskapelle auf die Gäste eines Restaurants ein, die sich auf überladenen Holzbänken aneinanderquetschten. Knapp zehn Meter daneben standen vier peruanische Pfeifenspieler, die sich eine Pizzeria vorgenommen hatten. Der Brei aus Flöten und Trompeten verkleisterte Christines Ohren. Ihre Gedanken wollten sich nicht fassen lassen, und irgendeine Antwort wäre sowieso keine Lösung für ihr Problem mit Albert gewesen. Darum schwieg sie.
Er nahm seine Hand von ihrem Oberschenkel. Der nachlassende Druck hinterließ ein Gefühl von Kälte auf ihrer Haut.
Sie fuhren durch überfüllte Straßen. Fahrradkuriere mit gelben Rucksäcken schlängelten sich an ihnen vorbei. Der Asphalt war glühend heiß, vor den Auspuffrohren der Autos flimmerte die Hitze. Der Flug ging in zwanzig Minuten.
Immer wieder blickte Albert auf seine Armbanduhr. »Wird richtig knapp.«
Christine drückte das Gaspedal durch. Sie erreichten die Autobahn. Der Wind strich über ihr Gesicht. Alberts rechtes Knie wippte auf und ab. Er flüsterte leise Worte vor sich hin, als ob er einen Text auswendig lernte. Christine hörte genauer hin, doch Alberts Gemurmel wurde von der ratternden Lüftung verschluckt.
Start- und Landebahnen erschienen hinter einem Drahtzaun an der Schnellstraße. Ein blaues Schild mit dem Piktogramm eines Flugzeugs tauchte am Fahrbahnrand auf. Endlich. Christine schlug das Lenkrad ein und folgte der Straßenführung zum Flugsteigring. Sie waren am Airport Tegel angekommen.

Letzter Aufruf für den Flug AB 6425 nach Nürnberg hallte eine monotone Frauenstimme aus den Lautsprechern in der Wartehalle. Christine und Albert hetzten zum Check-in-Schalter, vorbei an Beamten der Bundespolizei, die sich in verschwitzten Hemden über ihre Kreuzworträtsel beugten. Eine Gruppe Reisender aus Angola lief in bunten Gewändern barfuß über die Kunststeinfliesen. Mit ihnen zogen Gerüche von Zimt und Koriander durch die Halle.

Albert zerrte die Gurte seines Rucksacks von den Schultern. Im Gehen zog er ein kleines Päckchen aus dem vorderen Fach und reichte es Christine. »Hier, bitte. Das ist für dich. Dein Geburtstagsgeschenk.« Seine Stimme zitterte.

Sie nahm die Schachtel mit spitzen Fingern. »Aber ich habe doch erst in fünf Tagen Geburtstag.«

Sie hielten vor dem Gate A12. ABFLUG NÜRNBERG flimmerte in einem leuchtenden Gelb auf der Anzeigetafel. Daneben blinkte ein Lämpchen mit dem Aufdruck BOARDING.

»Ich weiß, wann dein Geburtstag ist. Und wenn dir mein Geschenk nicht gefällt, dann bekommst du ein neues. Solange ich weg bin, kannst du es dir überlegen. Mir ist das zu riskant. Ich möchte an deinem Geburtstag alles richtig machen. Wenigstens an diesem einen Tag.«

Das Päckchen hatte die Größe einer Zigarettenschachtel. Nur leichter. Es war in blaues Glitzerpapier gewickelt mit Kringeln und Kreisen.

Christine wendete die Schachtel und schüttelte den Kopf. »Das mach ich doch nicht vor meinem Geburtstag auf. Niemals.«

»Wetten doch? Du bist der neugierigste Mensch, den ich kenne.«

»Du kennst nicht alle Menschen.«

»Aber ein paar. Und vor allem dich.«

»Ich mach es aber nicht auf. Wirklich nicht.«

»Doch, machst du. Wer nicht neugierig ist, der erfährt nichts. Sagst du doch selbst immer.«
»Ich bin Journalistin.«
»Ich will dir doch nur dein schlechtes Gewissen nehmen, weil du das Päckchen ja doch aufmachst.«
Eine Brünette in einer Airline-Uniform winkte Albert vom Counter zu. »Sind Sie Herr Heidrich?« Sie prüfte ihn durch die Gläser ihrer Designerbrille.
Er trat an sie heran und nickte. »Bin ich.«
Der Lippenstift der Frau war auf das Rot ihrer Uniform abgestimmt, ebenso der Lack ihrer Fingernägel. Sie beugte sich über den Tisch, bis sich ihr Oberteil spannte, und zeigte mit ausgestreckter Hand hinter die Absperrung. »Sie müssen da durch. Aber schnell. Die machen die Maschine gleich dicht.«
»Sofort.« Albert wandte sich Christine zu. Er strich ihr eine Haarsträhne aus der Stirn und studierte ihr Gesicht, als ob er sich ihre Züge für die Zeit seiner Abwesenheit einprägen wollte. Oder gar noch länger. Er zog sie an sich. Christine spürte seine Arme um ihren Rücken, seinen Oberkörper an ihren Brüsten. Die Schnittwunde an ihrer Hüfte pochte. Wie ein warmer Hauch schwebte Alberts Atem über ihr Gesicht. Er berührte ihre Lippen mit dem Mund, so behutsam, wie es nur jemand tat, der sich einer Erwiderung ungewiss ist.
Christine presste sich an ihn. So viel Ungesagtes lag zwischen ihnen. So viele Unsicherheiten. Sie fuhr durch Alberts lockiges Haar und zog seinen Kopf zu sich herab. Christine presste ihre Lippen auf seinen Mund, strich über die Bartstoppeln auf seiner Wange. Er roch nach Gewürznelken. Sie liebte diesen Duft.
Rollkoffer klapperten, Zeitungen raschelten, Ansagen hallten durch den Flughafen.
»Ich muss los, auch wenn ich nicht wirklich will.«

»Albert … ich bin so mies im Adieusagen.« Christines Hals fühlte sich viel zu eng an.

»Jetzt wird es aber wirklich Zeit«, flüsterte die brünette Flugbegleiterin von der Seite.

Albert löste sich aus Christines Umarmung. Er presste seine Stirn gegen ihre und räusperte sich. »Als ich mit Guido allein im Krankenhaus war, hat er mir gesagt, dass du und ich seine Dschungelbuchtheorie bestätigt haben.«

»Dschungelbuch?« Christine hatte keine Ahnung, was der Kinderfilm mit ihr und Albert zu tun haben sollte.

»Genau. Mogli das Dschungelkind streift mit Balu dem Bären und Baghira dem Panther durch den Urwald. Die drei sind die besten Freunde. Und dann, eines Tages, sieht Mogli in einer Menschensiedlung ein hübsches Mädchen mit einem Tonkrug. Und er verlässt seine Freunde und geht mit ihr mit.« Albert senkte den Kopf. »Du bist das Mädchen mit dem Tonkrug. Du warst es immer, Frenchie.« Er strich über ihr Kinn. »Es ist ihm bestimmt nicht leichtgefallen, aber Guido meinte, dass ich damals doch alles richtig gemacht habe, als ich die Gruppe verlassen habe.« Er nickte ihr zu und humpelte mit seiner Krücke durch die Absperrung.

Sein lockiger Haarschopf tauchte hinter der Glasscheibe auf, wurde einen Moment von vorbeiziehenden Menschen verdeckt und verschwand schließlich ganz hinter der Passagierbrücke. Albert war fort.

So wunderbare Worte. Er hatte sie sicher im Auto geübt.

Trotzdem überraschte sie Alberts Entschlossenheit. Sein Auftreten war geradlinig, ohne Zögern und Zweifel gewesen.

Die Brünette beobachtete Christine über den Rand ihrer Brille. Ein mildes Lächeln umspielte ihre Mundwinkel. »Er kommt ja bald wieder.« Und dabei klang sie so beruhigend wie eine Mutter, die ihr Kind tröstet.

Christine nickte ihr zu und durchquerte die Halle. Das blaue Päckchen in ihrer Hand war höchstens zwölf Gramm schwer. Albert hatte die Kanten mit Tesafilm verklebt. Wenn sie vorsichtig genug war, ließen sich die Klebestreifen vom Papier ablösen und wieder in ihre ursprüngliche Position bringen. Ein klitzekleiner Blick in die Schachtel würde ihr genügen. Aber dann hätte Albert recht behalten: Ihr Charakter wäre sehr berechenbar. Dieser Gedanke gefiel Christine gar nicht. Sie steckte die Schachtel in die Hosentasche und klopfte von außen auf den Stoff der Jeans.

Unterwegs zum Ausgang begleiteten sie die fettigen Gerüche der Bistros und die erdigen Aromen der Tabakkioske. In einem Bekleidungsgeschäft mit knallbunten Klamotten hatten sich ein paar Frauen viel zu kurze Röcke übergezogen. Im Laden daneben wurden Koffer verkauft. Christine fragte sich, warum jeder Flughafen auf der Welt zur Shoppingmall verkommen musste.

Sie erreichte die gläserne Drehtür am Ausgang. Die Sonne schien durch die Scheibe. Da hörte sie von der anderen Seite eine laute Männerstimme.

»Ja, ja … ich bin noch am *afterworken* … das war ein ordentlicher *challenge* hier … aber das nächste *Kick-off-Meeting* habe ich schon eingetütet … kein Problem. Proaktiv … immer ran da …« Darauf erklang ein gekünsteltes und viel zu hohes Lachen.

Christine erkannte den Mann im taubenblauen Anzug sofort, der sich ihr auf der anderen Seite der Drehtür näherte. Er presste sein Handy an die Ohrmuschel. In der anderen Hand hielt er eine kleine schwarze Aktentasche. Christine drückte das Glas der Drehtür mit beiden Händen nach vorne.

Die Scheiben bewegten sich sanft über den Boden, drehten sich mit einem Surren um die eigene Achse und gaben das

Schritttempo vor. Der Mann hatte die Drehtür kaum betreten, da schaute er durch die Scheibe in ihr Gesicht. Gegen den Uhrzeigersinn, wie in einem unwirklichen Karussell, begegnete Christine seinem Blick. Ihm stand der Mund offen. Er setzte sein Handy ab. Diese Art von Wiedersehensfreude war Christine neu.

Als würde sie ihr Auto abbremsen, trat sie rückwärts gegen den hinteren Türflügel. Die Drehtür knarrte und blieb auf der Stelle stehen. Der Mann lief mit einem dumpfen Schlag gegen das Glas. Er torkelte rückwärts auf die Straße und konnte nur noch aus den Augenwinkeln den Flug seines Handys verfolgen, das einen Bogen durch die Luft beschrieb. Das Gerät schlug auf den Asphalt und zerbrach in drei Teile.

Zwei Taxifahrer lehnten amüsiert an ihren elfenbeinfarbenen Autos. Ein Kind mit Skateboard fuhr einen eleganten Schlenker um die Bruchstücke. Der Mann in Taubenblau ging in die Hocke und sammelte die Teile ein. Von unten blickte er zu Christine auf, die die Drehtür verließ und neben ihm stehen blieb. Erstaunlich, wie das Leben manchmal eine Kreisbewegung vollzog und sich Situationen wiederholten.

»Sie … Sie …«, knurrte der Mann, offenbar auf der Suche nach einer angemessenen Beleidigung.

Er gefiel ihr, da unten auf dem Boden, zwischen Zigarettenkippen und leeren Cola-Dosen. »Ihnen fällt wohl nichts ein? Wie wäre es mit Miststück?« Sie ging weiter.

Er schien zu überlegen. »Dämliches Miststück«, fluchte er ihr hinterher.

»Sag ich doch. Hab gern geholfen.«

Schade. Albert hätte diese Szene sicher genossen.

Das Geschimpfe hinter ihr wurde leiser, als sie den Weg zu ihrem Auto auf dem Flughafenparkplatz einschlug. Die Strahlen der Nachmittagssonne brannten auf ihrer Stirn.

Ein mit zwei Koffern bepackter Familienvater versuchte, seine überdrehten Kinder mit scharfen Kommandos zu bändigen. Vergeblich. Eine Frau trug eine Box mit einer fauchenden Katze zum Taxistand. Neununddreißig Grad und Fell – kein Wunder, dass das Tier übellaunig in seiner Kiste saß.
Am Himmel stieg ein rot-weißes Flugzeug auf. Das Röhren der Turbinen schallte durch die Luft. Rote und gelbe Lampen blinkten an den Flügeln der Maschine. Albert. Unterwegs zu seinen Eltern. In zweieinhalb Stunden würde er bei seiner Familie in Würzburg sein, in einer Welt, die er vor langer Zeit verlassen hatte. Sicher spielte er schon jetzt in seinem engen Flugsitz sämtliche Begrüßungsszenarien durch. Nur zur Sicherheit. Der Gedanke amüsierte sie.
Aber da war noch ein anderes Gefühl – ein Anflug von Traurigkeit, dass sie ihn nicht begleitete, auch wenn sie sich selbst so entschieden hatte. Sie brauchte mehr Zeit für sich, für Albert und ihre Beziehung.
Christine strich über ihre rechte Jeanstasche. Die Schachtel. Sie zog das Päckchen hervor, fuhr über die Kreise auf dem Geschenkpapier und ertastete die feinen Rillen. Warum wollte Albert, dass sie das Päckchen schon jetzt öffnete? Sie drehte es zwischen ihren Fingern hin und her und ging zu ihrem Wagen. Christine legte die Schachtel auf das heiße Dach und kramte ihre Autoschlüssel aus der Tasche. Sie folgte der Bahn des Flugzeugs am Himmel.
»Ich mach das Päckchen nicht auf. Da kannst du lange warten.«
Albert konnte sie nicht hören. Aber das hieß auch, dass er sie nicht sehen konnte.
»Ach, egal.«
Sie riss die Tesastreifen auf und zerrte das raschelnde Papier zur Seite. Die blauen Kanten einer Zigarettenschachtel zeig-

ten sich. Gauloises. Was sollte das? Christine schüttelte die Schachtel. Kein Geräusch. Viel zu leicht. Die Packung war nicht verschlossen. Sie hob den Deckel an. Ganz vorsichtig, Millimeter um Millimeter.

Ein vorbeifahrendes Auto hupte. Ein voll beladener Gepäckwagen mit klappernden Rollen wurde über den Asphalt gezogen. Das Innere der Zigarettenschachtel war mit blauem Samt ausgeschlagen. Aus einem Kinderwagen ein paar Autos weiter ertönte das Gekreische eines Babys. Christine strich über das weiche Gewebe und hielt die Schachtel ins Sonnenlicht.

Eingelassen in einer Vertiefung des Stoffes befand sich auf dem Boden des Päckchens ein rundes Objekt. Christine bog die Kanten der Zigarettenschachtel auseinander und schob eine Fingerspitze hinein.

Ein Ring. Sie zog ihn heraus. Ein Ring aus Gold. An der Innenseite befand sich eine Gravur. Christine hielt den Ring hoch und neigte ihn schräg, bis die Buchstaben lesbar waren. Nur zwei Worte: TRAU DICH.

Ihr Hals war trocken. Tränen stiegen in ihren Augen auf, die sie wegblinzelte. Sie atmete tief durch. »Albert …«

Das Flugzeug am Himmel zog vier weiße Kondensstreifen hinter sich her, aus denen sich ein gitterähnliches Muster bildete.

Christine legte den Ring in ihre ausgestreckte Hand und lehnte sich mit dem Rücken an die Tür ihres Autos. Sie schloss die Augen.

Einmal, als sie noch ein Kind gewesen war, da hatte sie ihren Vater am Ende eines launischen Herbsttages am Strand von Cancale entdeckt. Inmitten einer Felsformation, umgeben von Fischerbooten, kreischenden Möwen und dem rauschenden Meer, hatte er sich niedergesetzt. In seinem Schoß ruhte ein kleiner Lederbeutel. Als Christine näherkam, sah sie die drei Fotos, die ausgebreitet auf den flachen Steinen vor ihm lagen. Ihre Mutter. Sie war bei Christines Geburt gestorben. Als ihr Vater sie bemerkte, winkte er sie zu sich heran. Christine setzte sich neben ihn. Er nahm sie in den Arm und zeigte auf die Fotos. »Ich vermisse sie immer noch. Jeden Tag. Manchmal ist mir, als ob sie nur kurz weggegangen wäre. Und ich sitze hier und warte auf sie. Ich erzähle ihr dann, was wir beide erleben, und ich höre ihr Lachen.« Er blickte aufs Meer. »Deine Mutter war eine außergewöhnliche Frau. Sie hat mir alles verziehen. Immer. Meine Unruhe. Meine ständige Getriebenheit. Meine Ungeduld. Wenn ich schwach war, war sie stark.«

»Hast du ihr das jemals gesagt?«

»Viel zu selten.«

»Aber warum hast du es ihr nicht öfter gesagt?«

Er stand auf, nahm einen Stein und warf ihn ins Wasser. »Siehst du, Christine? Der Stein wird im Meer versinken und auf dem Grund landen. Das ist sicher. Aber wenn es um Gefühle geht, dann gibt es keine Logik und keine Sicherheit. Meistens wissen wir erst später, was wir hätten sagen oder tun sollen. Ich habe vieles von deiner Mutter gelernt, auch, dass es ohne Verzeihen keine Liebe geben kann. Und du darfst das auch nie vergessen. Versprich es mir.«

Sie hatte es ihrem Vater versprochen.

Christine öffnete die Augen. Seltsam, wie ein so kleiner Ring ein ganzes Leben auf den Kopf stellen konnte. Die Sonne ließ das gelbe Metall aufblitzen.

Sie blickte in den Himmel. Jede Entscheidung ist der Anfang von etwas, und in ihrem Leben gab es kein Vielleicht. Sie musste sich den Ring nur anstecken. Eine kleine Bewegung, mehr nicht.

»Albert … das könnte ein echtes Abenteuer werden.«

Die Sonne brannte heiß auf den Asphalt des Parkplatzes. In ihrem Licht erstrahlten die aufgetürmten weißen Wolken am Horizont. Eine Brise strich über Christines Gesicht. Das Flugzeug über ihr war nur noch ein rot-weißer Punkt, der immer kleiner wurde, bis er ganz im Wolkenmeer verschwunden war.

Und am Ende ...

Tatsächlich bin ich ein Mensch, der sonntags auf Flohmärkten vor zerfledderten Pappkisten hockt, um seine Nase in antiquarische Wissenschaftsbücher zu stecken. Versuchen Sie es auch einmal. Sie werden erstaunt sein, was Ihnen da alles in die Hände fällt. Bei mir war es ein heißer Tag im August, als mir eine vergilbte Abhandlung über den russischen Wissenschaftler Nikolai Iwanowitsch Pirogow ins Auge stach. Zunächst hielt ich das Buch für einen Scherz: Leichen einfrieren, aufsägen, um dann zu wissenschaftlichen Zwecken ganz entspannt in die steinharten Körper zu gucken – das erschien mir höchst rabiat. Nach längerer Recherche und nachdem ich mich an diese eigenwillige Methode gewöhnt hatte, blieb bei mir eine merkwürdige Faszination zurück, aus der dann der Eismann samt seiner mörderischen Masche geboren wurde. Daher bedanke ich mich bei Pirogow für seine Experimente im klirrend kalten Sibirien. Und natürlich: Wenn ich heute an einer Tiefkühltruhe im Supermarkt vorbeigehe, sehe ich selbst die eingefrorenen Hähnchenschenkel mit ganz anderen Augen.

Ich danke Lisa Kuppler für ihr niemals endendes Fachwissen über Kriminalliteratur, das sie mit wahrer Besessenheit in meine Hirnwindungen transportiert.
Danke Dr. Peter Hammans vom Verlag Droemer Knaur für all die herrlich ironischen Kommentare, die ich in diesem Autorenleben bisher ertragen musste. Einfach unvergleichlich.

Bedanken möchte ich mich bei Dr. Harry Olechnowitz, der mich als Agent davor bewahrt hat, unter Bergen von Vertragsformularen zu ersticken, und der selbst in der stressigsten Situation eine beruhigende Wirkung auf mich ausübt. Das schafft nicht jeder.

Danke Jutta Ressel, die zweifelsohne die schnellste Lektorin der Welt ist – und dabei auch noch den eleganten Habitus einer Hildegard Knef ausstrahlt.

Rita Mattutat danke ich für ihre Dienste als Erstleserin. Ihr Einsatz mit dem Rotstift hat mich an düsterste Schulzeiten erinnert. Sie ist Lehrerin. Und was für eine.

Helmut Audrit ist ein Mann, der auf alles eine Antwort weiß. Ich habe ihn getestet – wirklich: immer eine Antwort parat, egal, wie die Frage lautet. In diesem Falle bedanke ich mich bei ihm für sein ingenieurtechnisches Fachwissen über die Funktionsweise von Fernmeldemasten.

Ich danke Jonathan Swift, einem Theologen aus dem achtzehnten Jahrhundert, für seine Theorien zur Freiheit des Denkens, dem Wissenschaftler Scott Boback für seine Studien über das gefühlvolle Töten der Würgeschlangen und selbstverständlich Rainer Maria Rilke, mit dessen Versen ich aufgewachsen bin.

Der größtmögliche Dank geht an Anja Weinhold, die mit mir nicht nur über sperrige Zäune mit Stacheldraht geklettert ist, um die Ruinen von längst vergessenen Krankenhäusern zu erkunden – zwei zerfetzte Hosen gehen leider auf mein Konto. Sie schreckte auch nicht davor zurück, sich in einem Musikfachgeschäft in einen Kontrabasskoffer einsperren zu lassen, um die Transportmöglichkeiten des Eismanns zu überprüfen. Was für ein Einsatz! Danke!

Und zuletzt möchte ich mich bei allen Lesern bedanken, die mit mir seit *Federspiel* über Christine Lenèves Eigenarten diskutieren und sich auf die Gedankenwelt der störrischen und knallharten Frau aus Cancale eingelassen haben. »*Merde,* ihr spinnt doch«, würde sie uns vielleicht zurufen. Egal. Unter www.olivermenard.de können wir uns austauschen.
Ich freue mich darauf.

Und Christine muss es ja nicht wissen …

Oliver Ménard

Er liebt junge Frauen.
Er holt sie sich.
Niemand kann ihn stoppen.

Oliver Ménard

FEDERSPIEL

Thriller

Als die Fernsehmoderatorin Sarah Wagner spurlos verschwindet, nimmt eine Journalistin die Jagd nach dem unbekannten Entführer auf: Christine Lenève. Eine Frau, die unbeirrbar ihrem Instinkt folgt. Die Spur führt sie zurück in die Vergangenheit – zu Ikarus, dem gefährlichsten Serienmörder der DDR. Stets hinterließ er eine Feder am Tatort und schickte die Asche seiner Opfer an die Eltern. Hat der Psychopath wieder zugeschlagen? Bei ihren Nachforschungen gerät Christine in ein doppelbödiges Spiel, bei dem sie ihr Leben riskiert.

Hochspannung aus Deutschland –
ein überragendes Thrillerdebüt!

KNAUR